洛克斐勒之狼

MARK SEAL

馬克・席爾 著　　吳宗璘 譯

U0013209

THE MAN IN THE ROCKEFELLER SUIT

A NOVEL

THE ASTONISHING RISE AND SPECTACULAR FALL OF A SERIAL IMPOSTOR.

一如既往，以我全部的愛獻給蘿拉

作者的話

這本書是訪談了近兩百個人所得的成果，他們跟這名自稱克拉克・洛克斐勒的神秘男子曾有過交會，地點橫跨了德國與美國多州，他在這段時間當中運用各種偽裝與身分逐步發跡。

所有的事實都來自於本書作者的訪談、警方筆錄、法庭與大陪審團紀錄謄本，以及來自電視與其他媒體的報導。

因應部分消息提供者之要求，書中姓名予以配合變更。

所有的場景重建與人物意見都來自於上述之訪談、警方筆錄、法庭與大陪審團紀錄謄本，以及來自電視與其他媒體的報導。

前言

二〇一三年一月十八日

一月的陽光灑落在洛杉磯郊區的阿罕布拉高等法院，身穿藍色囚服、自稱是克拉克·洛克斐勒的那名男子，正站在裡面。法庭裡擠滿了他以各種身分遊走三十年當中結識了他的那些人。不過，當被告進來的時候，他卻迴避那一大排觀者，對於被他欺瞞過的那些人，他根本懶得多瞄一眼。現在，他被關在牢裡，因為要聆聽指控他的最新罪行之證據，所以才會短暫出現在這間法院。

不知道這種場面是否讓他惴惴不安，想必答案是肯定的，而他完全沒有顯露出任何的惱怒。其實，他幾乎沒有展現任何的情緒。自從他在波士頓綁架自己的女兒、經歷審判的這兩年之中，他的臉更形消瘦，皮膚更加蒼白，嘴角溝紋越來越深，已經成了固定不變的噘嘴形狀。

這個性好上流豪奢生活、在美國最尊榮小圈子打滾三十年的傢伙，使用了各式各樣的名字，性格也越來越浮誇，最後，他給自己冠上「克拉克·洛克斐勒」的名號，如今面臨檢方指控殺人。在為期五天的預先聽證過程當中，一共會傳喚二十九名證人，然後法官哈瑞德·莫賽斯將會做出證據是否足以讓這名騙子接受審判的決定。對我來說，這是一生充滿離奇之人的另一個驚異轉折。在前三年當中，我傾力撰寫有關這名罪犯的報導，每當我覺得自己大功告成的時候，就會出現某一事件、線索，或是新發現的身分，就會立刻把我打回現在早已滾瓜爛熟的寫作之守備區。

現在，令人震撼的謀殺罪指控讓法院裡的他坐立不安。好，這名被告被傳喚的姓名是他真正的名字，一九七八年從家鄉德國離開，到達波士頓時所使用的姓名：克里斯提安・卡爾・葛海茲萊特。原本是上流子弟腔調的宏亮聲音，如今到庭的音量卻龜縮成輕聲細語，簡直像是心不甘情不願說出了「不認罪」。

司法體系準備要進行另一場指控克拉克・洛克斐勒的案件聽證會，已然成了觀眾的我們——包括了被他戲耍的那些人，還有忙著記錄他驚人謊言的我與其他同業——現在只能屏息以待，等著看這個超級大騙子接下來會怎麼出招。

序曲

二〇〇八年七月二十七日

計畫萬無一失，路線也早已有過事先演練，每個角色各就各位，行程安排完美無缺。他外表冷靜，但心跳飛快，歷經數個月的縝密規劃，他終於準備要付諸行動。

他歷經千辛萬苦，才終於能夠躋身進入這個尊貴之地，波士頓的阿爾岡昆俱樂部五樓的某個房間，這個俱樂部是全美菁英氣息最濃厚城市的某座神聖堡壘，打從一八八六年開始，這就是歷任美國總統、州長，以及地方與全國菁英偏愛的開會地點。他屬於這裡，他是董事會成員之一，在這些擁有挑高天花板、博物館等級油畫，豪華到無法令人想像的俱樂部空間之中，他是熟悉的身影，是制服工作人員都認識與信任的對象。他名叫詹姆斯・佛雷德里克・米爾斯・克拉克・洛克斐勒——對他的朋友來說，他是克拉克；但是對其他人而言，他是洛克斐勒先生。

「日安，洛克斐勒先生……」當他坐在擁有四個壁爐、可以坐擁聯邦大道絕美景色用餐室的時候，服務生們會向他問好；或者，當他們進入排滿書本，四周全是總統柯立芝與美國上流名人等級的俱樂部過世成員肖像的圖書室，為他送上傍晚雪利酒的時候，也會送上一句：「晚安，洛克斐勒先生。」四十七歲的他地位屹立不搖，因為他與美國最傳奇的家族有關聯，追溯其源頭可推至創立標準石油，建立慈善家王朝的約翰．戴維森．洛克斐勒。

最近，克拉克．洛克斐勒一貫陽光的外貌，卻籠罩了一大片的烏雲。難怪他現在不僅僅是享用午餐，而是乾脆住在這裡，阿爾岡昆俱樂部是成員們的避風港，不僅可以讓他們躲避外在世界的失控亂局，也包括了暫時性的痛苦不幸事件，比方說分居，或者，像是洛克斐勒一樣，離婚。不過，今天他有開心的理由，他準備要與性格早熟的七歲寶貝女兒——被他暱稱為司努克絲的蕾恩，共享親子時光。

那是陽光普照的週日早晨，他的打扮一如往常：古著風卡其褲、天空藍的拉寇斯特襯衫，胸前有鱷魚商標刺繡。斯佩里帆船鞋（老樣子，不穿襪子），印有「耶魯」紋章的紅色棒球帽。他調整了一下自己的黑色厚框眼鏡——有些人會因為這東西而聯想到納爾遜．洛克斐勒——他離開自己的房間，從寬闊木梯走下去。他穿過了充滿亮光劑與真皮芳香的俱樂部走廊，進入豪華前廳，司努克絲正在等他，旁邊還有一位臨床社工人員，在這八小時的探視過程中會全程陪伴監控。洛克斐勒前妻珊卓拉的居住地點雖然只相隔了幾個街區，但她依然遵從法院命令，透過社工把小孩送過去。

司努克絲大喊「嗨！把拔！」，立刻衝過去擁抱他。對於七歲的小孩來說，她個頭嬌小，長度及肩的瀏海鮑伯頭，帶著一抹淘氣微笑，身穿無袖休閒洋裝。大約在中午時分，洛克斐勒把女兒舉到肩頭，走向波士頓公園，他們之前說好了，要在「公共花園」裡面玩天鵝船。「早安，洛克斐勒先生……」經過他身邊的人紛紛向他問好，因為他在這個「燈塔山」區域是知名人物，他曾在波士頓最佳路段之一、佈滿常春藤的美金兩百七十萬五層樓豪宅居住多年。但後來珊卓拉逼他歷經了一段痛苦又丟人的離婚過程，她拿走的房產除了那棟燈塔山豪宅之外，而且還包括了他們位於新罕布夏州的另一間房子。她還拿到了司努克絲的監護權，帶她搬到了倫敦，也就是她現在工作的地方，只留給他每年三次、每次為時八小時的探視時段，而且必須接受法院監管。今天是第一次，他女兒的隨行陪伴者是霍華德．亞飛，這位緊跟在他們後面的社工，簡直就像是吱嘎作響的第三個輪子一樣。

不過，克拉克．洛克斐勒依然擁有自己的名聲、才智、市值將近十億美元的不凡藝術藏品、名流好友，以及東岸尊貴私人俱樂部的會員資格，這可以讓他得以遠避那些庸俗的飯店與餐廳。雖然他失去了司努克絲，但因為離婚財產分割拿到了八十萬美金，而今天，他的愛女可以重回他身邊。

他轉彎，進入馬爾伯勒街，這是泰德．甘迺迪曾經住過的林蔭大道，有台黑色休旅車停在街區遠端的人行道邊緣。駕駛是達里爾．霍普金斯，失意過好一陣子的豪華轎車司機，在某個下雨天超走運，載到了某個洛克斐勒家族的成員。去年夏天，他開車行經波士頓市中心，注意到這位尊貴紳士——全身濕透，那身打扮似乎是剛開完帆船一樣——正努力要攔計程車，霍普金斯急煞，主動送他一程。自此之後，霍普金斯與他的這位尊貴不凡的乘客成了某種團隊關係。洛克斐勒沒有駕照，但似乎總是得去哪個地方，而霍普金斯則非常樂意當他的司機。

洛克斐勒先生具有符合司機預期的那種超級有錢人特質，濃重的東區有錢富家子弟腔調，要是沒穿卡其褲與馬球衫，那麼就是盎格魯－撒克遜新教白人菁英的時髦打扮：藍色外套，搭配斜紋領帶或是領巾領帶。在洛克斐勒妻子與小女兒移居倫敦之前，霍普金斯總是載司努克絲到位於布路克萊恩的昂貴女子私校紹斯菲爾德去上課，然後接她放學。

今天有點反常。洛克斐勒先前交代霍普金斯，他與司努克絲與林肯．查飛（著名「洛克斐勒派共和黨人」之一的羅德島前參議員）之子已經約好了，要一起開帆船。不過，他說他遇到了麻煩——在他們坐入房車之前，必須要先甩開某個黏人的家族朋友。他請霍普金斯幫忙，酬金是兩千五百美元。

中午過後沒多久，霍普金斯把車停在馬爾伯勒街，看到他們朝他的房車走來，短短的三人行隊伍——洛克斐勒與放在他雙肩上的女兒，後面跟了一個身材結實，身穿牛仔褲與鮮黃色馬球衫的中年男子。

當他們快要走向那台車的時候，洛克斐勒放下司努克絲，停下腳步，指向這條街的某幢相當美麗的古宅。當亞飛轉頭看那棟建物的時候，這個著名家族的後裔以身體粗壯部位對付這名社工、將他痛毆至倒地不起。

洛克斐勒猛力打開車門，對他女兒大吼：「進去！」同時把她推入後座，力道之猛烈，害她手中的娃娃飛了出去，他也跟著立刻上車，在這個時候，霍普金斯早已發動引擎。

當洛克斐勒關上車門的時候，亞飛蹣跚站起來，捉住了車門把手，努力想要進入車內，洛克斐勒下令：「走！走！快走！」霍普金斯踩油門，把那名社工拖行了好幾公尺，他最後只能放手，頭部撞到車子側面，然後跌摔在人行道。司努克絲在車內嚎啕大哭，一直摀著頭，因為她爸爸剛才把她硬拉進來的時候，她的頭撞到了車門框。

「怎麼回事？」霍普金斯忙著加速、同時透過後照鏡瞄她，「妳是不是撞到頭了？」

小女孩回道：「不只是撞到，是猛烈衝撞。」

「好，至少我們擺脫哈洛德了……」洛克斐勒開口，他講的其實是霍華德．亞飛。

「把拔，我知道……」司努克絲哭聲變得斷斷續續，慢慢恢復平靜。

洛克斐勒對霍普金斯大吼大叫發號施令——右轉，然後左轉，現在右轉，左轉——最後，他們到了燈塔山「白雞便利商店」外停車場某台計程車的前面。

洛克斐勒大吼：「在這裡停車！」他宣布前往新堡的計畫生變，他要帶女兒前往麻州總醫院檢查頭部傷勢，而且他要搭計程車。「你就在『全食超市』的停車場等我。」他說完之後，把裝了現金的信封扔在前座。

洛克斐勒上了計程車之後，指示司機的方向不是麻州總醫院，而是波士頓的海航中心。過了幾分鐘之後，他與司努克絲進入某台白色凌志休旅車的後座。駕駛座的女子是艾琳．洪，三十歲的亞裔女子，是鋼琴與長笛教師，也是網頁設計師。她一年前在海航中心的會員之夜認識了洛克斐勒，洪女覺得此人古怪，但一想到他系出名門，也就沒那麼驚訝了，隨著時間慢慢過去，她也跟他混得頗熟，但只是一般朋友的程度。

最近，他告訴她，他打算帶他女兒搭他新買的七十二英尺遊艇環遊世界。他邀請洪女一起加入，他說這樣一來她就可以教司努克絲彈鋼琴。然後，就在兩天前，她在電影院的時候，手機響了。後來，她發現克拉克留言給她，「準備要啟航出發了嗎？」

她回電說自己不能去，他說沒關係，但是否可以請她載他去紐約，也就是他的遊艇停放地點。他說，當然，他會付五百元負擔油錢以及彌補她損失的時間。因為艾琳知道他不會開車，所以就答應了。

星期天的時候，她在波士頓海航中心外頭、坐在自己的車內等人，洛克斐勒帶著女兒匆匆過來，鑽入後座。「希望妳別介意，我打算要坐在後座，因為司努克絲頭痛，我得要照顧她。」

司努克絲問道：「把拔，我們要去哪裡？」

「我們要去搭我們的新遊艇。」

然後，這對父女都坐在後面。當洪女進入羅德島之後沒多久，洛克斐勒爬到副座，向她借手機。之後，她拿起來看了一下，發現被他關機了。

大雨滂沱，再加上嚴重塞車，這趟車程拖拖拉拉了將近七個小時。洪女在途中曾經一度打開手機，發現一共有四封簡訊。

洛克斐勒下令：「別碰妳的手機！」她乖乖照辦，再次關機。她開車的時候，聽到洛克斐勒與司努克絲在講話、玩遊戲，還有唱歌。

司努克絲一度說道：「把拔，我好愛好愛你……」

當他們進入紐約市的時候，克拉克告訴洪女，現在前往四十二街與第六大道交叉口，他與司努克絲要在那裡攔計程車前往長島搭船。她被卡在中央車站前的車陣裡，她根本還沒來得及停車，他就開口說道：「我要在這裡下車搭計程車。」他把裝有現金的信封丟到前座，抓住他的女兒，連聲再見都沒說就直接走人。

洪女望著他們離開，又打開了手機電源，電話幾乎是立刻響起，來電者問道：「妳那個洛克斐勒家族朋友的名字是什麼？」

洪女好生困惑，「克拉克……」

「好，他剛剛綁架了自己的小孩，襲擊某名社工，現在全麻州都在追查他的下落，已經啟動安珀警報❶。」

「他們剛剛才離開我的車！」洪女問道，「我該怎麼辦？」

「打電話報警！」

回到幾個小時之前的波士頓，霍華德．亞飛一臉恍惚坐在街頭。他的屁股、下巴、肩膀，以及膝蓋都出現瘀傷，不斷流血，而且頭痛欲裂。他好不容易才掏出手機，撥打九一一。他告訴接線員：「有個爸爸剛剛綁架了他的女兒！」等到他講完所有重要細節之後，他又打電話到四季飯

❶ 美加地區的孩童綁架案警示系統。

店，也就是洛克斐勒前妻的下榻處。

「小珊，他把她帶走了，」他說道，「我不知道該怎麼向妳啟齒，他把她帶走了。我在馬爾伯勒街，警察馬上會過來。」

珊卓拉．博絲，身材高挑、通常會散發出一股自信氣質的美女，搭了計程車匆匆趕赴現場。她整個人崩潰，近乎發瘋，淚流滿面，在街頭拚命來回踱步。然後，某個頂著灰白頭髮，身材細瘦的私家偵探跑過來找她。博絲先前花錢找了他的公司，讓他派人偷偷在公園監視洛克斐勒與司努克絲，但那名私家偵探卻跟丟了。亞飛與博絲只能站在那裡，驚愕不已，等待警方抵達。洛克斐勒逃之夭夭的這個地點，馬上就要成為犯罪現場。

「我就知道會出這種事！」當警方到來的時候，博絲告訴他們，「現在你們永遠找不到他們了！」

其中一名警員問道：「為什麼？」

「因為他並不是他自己聲稱的那個人。」

兩人結縭十二年，她一直到最近才恍然大悟。在他們進行離婚的時候，也就是二〇〇七年的夏天，博絲曾經發出一份正式法律申請書，質疑她丈夫的真實身分。而他在自己簽署、起誓、經過法院公證，依照偽證罪規範的法律文件之中，則是不客氣回嗆：

珊卓拉．博絲與我在一九九三年二月五日認識，自此之後，她認識的我自始至終就只有唯一的名字：詹姆斯．佛雷德里克．米爾斯．克拉克．洛克斐勒。要是我有別的名字，實難想像在這將近十五年的時間之中不曾曝光，尤其珊卓拉在我們共同生活的這段時日之中，結識了許多知道我這個名字的人，而且他們認識我的時間比她認識我更為長久。

現在，他對她又發出了回應：有本事來抓我。

某台救護車把腦震盪的亞飛急忙送往醫院，波士頓警局的警探喬．李曼把歐斯底里的博絲送回飯店，她把女兒與前夫的照片交給了他，過沒多久之後，這照片就已經散布到四面八方。值此同時，警局總部的工作人員把洛克斐勒的名字輸入各種資料庫，一無所獲。其中一名職員通知警探，他們聯絡了博絲。大家嚇了一大跳，因為她聲稱克拉克並沒有社會安全號碼，也沒有駕照，而且她從來沒有見過他的所得稅申報書。

信用卡與手機呢？

她開始解釋，他的信用卡都是在她的名下，而據她所知，他並沒有護照或支票帳戶。自從他們離婚之後，她找他的那支手機號碼其實是掛在某個朋友名下，她完全無法講出可供他們追查他行蹤的任何資料。

綁架案發生的二十四小時之後，聯邦調查局專員諾琳．葛莉森仔細審視克拉克．洛克斐勒的這起離奇案件。她要求找出嫌犯的資料，本來以為會收到一般上流階層的基本檔案：常春藤聯盟名校文憑、一長串的豪宅地址、至少七位數起跳的所得稅申報書。

探員告訴她：「什麼都沒有……」

她詢問他的社會安全號碼。

對方回道：「連這個也沒有。」

葛莉森不可置信。她打電話給洛克斐勒家族的某位發言人，在約翰．戴維斯．洛克斐勒的七十八名子孫，以及小約翰．戴維斯．洛克斐勒的一百四十名子孫當中，並沒有叫做克拉克的成員。發言人說道，他可能是遠親，不過，衡諸他所犯下的罪行，似乎可能性不高，總之，發言人宣布：「我們從來沒聽過這號人物。」

但過沒多久之後，只要是看到電視或追蹤這條新聞的人都知道了他這個人。葛莉森與一組海內外的聯邦調查局探員與警察花了六天的時間在大海撈針，比方說達里爾．霍普金斯與艾琳．洪，他們立刻就發現這兩個人被耍了。在執行綁架計畫之前，洛克斐勒也仔細擬定了同樣縝密的脫逃計畫。他告訴自己的許多權貴朋友，他打算要旅行，告知每個人的地點都不相同，每一個都是謊言。他對某人說自己要航行到百慕達，又對另一個人說要飛到秘魯，還有特克斯與凱克斯群島，警方從阿拉斯加查到南極，每一條線索都追到底，最後都只是死路一條。

由於有媒體曝光，聯邦調查局與波士頓警方也收到了來自世界各地的線報。不過，最有價值的線索就來自於波士頓，洛克斐勒的某個朋友。他告訴探員，在綁架案的前一晚，克拉克待在他家，喝了一杯水，由於這位朋友還沒有洗杯子，所以探員立刻衝過去拿它。技師們小心翼翼採了指紋，送到維吉尼亞州匡提科的聯邦調查局實驗室。

在進行指紋分析的時候，葛莉森擔憂不已。不只是因為他們不知道這個綁架犯到底是誰，更重要的是，他們不知道他現在可能會對自己的女兒做出什麼事。葛莉森是個性強悍的金髮女子，已經在聯邦調查局波士頓分處工作了十七年之久，她知道父母下手綁架小孩會有多麼可怕。綁架小孩的那一方被揪出來的時候，揚言「要是女兒無法在我身邊，那麼她也別想！」的例子屢見不鮮。這種案件的結局通常是綁架犯殺死小孩，然後自殺。要是他們最後走到那個地步，洛克斐勒知道自己會被逮，而女兒依然在他身邊，葛莉森擔心這樣就完蛋了，決定權落到他手上。

葛莉森告訴同事：「我們得加快速度……」不過，他們得要先知道他在哪裡。

實驗室送回指紋報告，終於有一件事得到釐清：綁架犯絕對不是洛克斐勒家族的人。他名叫克里斯提安．卡爾．葛海茲萊特，四十七歲的德國移民，在一九七八年的時候以學生身分來到美國。在他抵達之後沒多久就人間蒸發了，波士頓檢察官稱其為「在我工作生涯之中，逍遙最久的騙子」。從一名十七歲學生進入美國後人間蒸發為起點，宛若迷宮般繁複的葛海茲萊特的一連串變身大冒險，讓此人故事的離奇程度，遠遠超過了任何天才小說家所能想像的情節。

那是二〇〇八年的夏天，經濟榮景開始消退。房價暴跌，過沒多久之後，投資基金被掏空，美國的「新鍍金時代」特質似乎開始成了過往歷史。當然，再過幾個月之後，暴富時代就會終結。崩解將會隨著一股令人作嘔的浪潮而來，披露出有多少事物是建立在幻象之上。就此而言，克拉克．洛克斐勒的確是這個時代的人物。

第一次向我提到克拉克的人，是我的終生好友羅克珊．威斯特，她分居紐約市與德州兩地。當綁架案發生的第二天，她打電話給我，對我尖叿出那個名字，「克拉克．洛克斐勒！」她上氣不接下氣，「馬克，你有沒有聽說克拉克．洛克斐勒的事？」

羅克珊滔滔不絕講出某個荒唐離奇的故事。這位活潑的金髮德州油業女繼承人，最近在紐約住了一段時間，吸引了億萬富豪、搖滾明星、聯合國外交官，以及國家元首的關注。兩個月之前，羅克珊與一些朋友在上東城的那些藝廊四處巡禮，其中也包括了位於東六十九街某棟豪奢聯排屋、專長領域是古典大師的「史泰格拉德藝術中心」。在那裡的雞尾酒時段，她遇到了一個魅力獨具的男子，對方自稱是畫廊老闆們的老友。

「嗨，妳好嗎？」他操持的是上流社會口音，「我是克拉克……」他停頓了一會兒，才說出自己的姓氏，「……洛克斐勒。」

羅克珊回道：「哦，嗨……」

她覺得，這個人果然就像是洛克斐勒的家族成員：貴族私校風卡其褲、藍色外套、紅色斜紋領帶、教授眼鏡、散發貴氣。羅克珊的朋友艾瑞克．杭特．史拉特是骨學系學生，可以在擠滿了人的空間裡、認出誰是上流階層人士的本領，讓他頗是自豪，他也看出了那種相似度。「他有洛克斐勒家族的下巴……」等到對方轉身之後，史拉特曾在羅克珊耳畔低語：「注意那下巴線條：短小卻很堅實，這一點絕對洩露了他的出身。」

當羅克珊與朋友離開藝廊的時候，洛克斐勒幾乎是立刻就黏在她屁股後面。一夥人進入某位朋友的公寓之後，他又與她窩在同一張沙發上面。夜晚將盡，他堅持要搭計程車送她回家。

第二天她收到了他的簡訊：「抱歉給妳這麼冷淡的簡訊，不過我人在大都會藝術博物館當導覽，館方不喜有人使用手機，」他寫道，「我們見個面吧……拜託要傳訊給我……我不想讓妳知道，我真的覺得妳非常……」然後簡訊就這樣以刪節號結束，讓羅克珊苦思他到底是什麼意思。

傳了那封簡訊沒多久之後，他就打電話給她共進午餐。他們約在上東城的某間時髦餐廳，他向她透露了一些自己的過往。他在小時候父母因車禍雙亡，留給他一筆可觀的信託基金。他今年四十歲，畢業於耶魯，是單親爸爸——他的七歲女兒是靠代理孕母所產下，使用的是他的精子。他是核物理學家，正準備要前往中國出差。他才剛剛帶女兒與她的朋友參觀大都會藝術博物館，由於他家族提供了大量捐贈，所以他相當熟悉館藏。

克拉克以現金付了午餐帳單之後，在人行道與羅克珊道別。他幾乎前腳剛走，羅克珊就接到了他發的電子郵件與簡訊，她把它稱之為簡訊調情。她在電話裡向我透露了某些內容：

「我遇到問題了：腦子裡都是妳，揮之不去。該怎麼辦？唉！」

「剛剛盯著土星十分鐘，在布魯克萊恩的夜晚顯得好動人。真希望妳可以見到這景象，真希望我可以見到妳。」

「在潛水艇裡。擁擠，詭異，一分鐘前想到了妳。」

「此刻在奈塔克特啜飲獨特的熱帶飲品，很想見妳。接下來這個禮拜也許會去中央公園，接吻，不錯吧？」

不過，後來他開始抱怨自己沒辦法去曼哈頓，因為他在自己的那些私人俱樂部裡面都找不到合適住所，他說他絕對不會考慮飯店。「已經找到了過夜保姆，但明天俱樂部的所有房間都滿了……煩人。」

羅克珊又唸了好幾段給我聽，她說自從那次午餐之後，她就再也沒有見過這個神秘男子。然後，她突然大叫：「他綁架了自己的女兒！」

那天晚上，我打開電視，發現幾乎所有的頻道都在討論羅克珊的這位追求者，但措辭更加聳動。

其中一名主播驚呼：「國際大追捕某名洛克斐勒家族成員！」

另一名記者說道：「警方發動陸地與海面大追捕，找尋某名男子與其七歲女兒的下落。」

克拉克．洛克斐勒在一夕之間成為全美的頭號要犯。過沒多久之後，他將會成為大家只要看到有名姓氏就會無所不信的那個時代的象徵。他的故事逐漸被抽絲剝繭，它似乎就與這位主角一樣，令人瞠目結舌，難以置信。

第一部

1

克里斯提安・卡爾・葛海茲萊特

德國伯根

眾人初逢乍見「真正」的克拉克・洛克斐勒，是在二〇〇九年五月二十八日，波士頓市中心的蘇佛克郡高等法院。許多民眾與記者急著想要一睹這個讓波士頓人癡迷又驚恐了將近一年的男人。在這座全美教育程度名列前茅的城市裡，某個能言善道的德國移民，能夠成功假扮的不僅僅是某名上流社會人士，還是洛克斐勒家族之人。

被告被一群警衛推擠進去。他坐在自己那群昂貴的律師團隊之間，依然是完全一派波士頓婆羅門❷與世界紳士的姿態。他步入法庭，正好演繹了卡莉・賽門的歌詞（她的代表作〈You are so vain〉），彷彿踏上了遊艇——或者是他隸屬的哪個私人俱樂部，彷彿他的富豪尊貴人生只是暫時被這起倒霉事件稍微干擾一下而已。

法警大喊：「注意！注意！」宣布即將開庭。然後，英俊嚴肅的義大利裔法蘭克・M・賈西阿諾法官進入法庭，法警向大家示意起立。當法官以充滿威儀的聲音開始說話的那一刻，顯然已經宣示他一切都會照章行事。被告起身，扣好了他的休閒外套鈕釦。他身穿古著風卡其褲，斯佩里帆船鞋沒有穿襪子，幾乎就是他綁架女兒那天的打扮，不過，他今天沒有穿馬球衫，而是白色直扣襯衫搭配斜紋紅色領帶，外穿黃銅鈕釦海軍藍外套。當檢察官大衛．德金開始朝他細數罪狀的時候，他雙眼直視前方，宛若獅身人面像。

乾淨體面、說話直接了當的德金，讓人聯想到了《梅岡城故事》裡的高尚律師阿提克斯．芬奇，宛若這部經典小說電影版當中、葛雷哥萊．畢克所飾演的角色。

德金說道：「這些規則並不適用於克里斯提安．葛海茲萊特……」

洛克斐勒聽到自己的名字，面無表情。

「以下的證據，將會讓各位看到他自以為是何等人士。」

德金這句話是針對陪審團成員，這些人之所以會入選，主要是因為他們因為某些原因、一直沒有受到克拉克．洛克斐勒這起離奇案件的媒體報導的連番轟炸。對於一個詐欺大師來說，要是能夠騙倒這一群幾乎全是年輕人、看起來容易被操弄的波士頓人，將會是最終的勝利。

不過，洛克斐勒並沒有紆尊降貴自行作證，反而交由自己的律師開口說出他想要講出的一切情節。當檢方證人一一細述他欺瞞他們的經過，他只是默默坐在那裡，唯一看得出的情緒就只有偶爾眨眼或是緊繃下巴。

打從去年夏天開始，我就開始研究克拉克．洛克斐勒，我對他偽裝的一生充滿了各種無解問

❷當地名門。

題，深信這場審判終能解開一切。好，在這間法庭裡，曾經在洛克斐勒的難解謎題人生當中、被他欺瞞過的那些人，準備要講出對他不利的證詞——當中最重要的就是他的前妻，超高階管理顧問珊卓拉．博絲。我本來以為這就像是有一堆資料的餐廳：證人們會把菜端上來，我只需要寫下來就是了。

結果證明我大錯特錯。

這個案子慢吞吞進行了兩個多禮拜，我仔細聆聽曾經深信被告、卻被他背叛的那些人的證詞，我這才發現自己就和他們一樣容易受騙。我先前居然就和他們一樣、讓自己輕信我真的以為自己認識這個男人。其實，雖然我花了一年進行研究，我只知道故事的一小段而已，看到的只是鯨魚的尾巴，而整個身體依然在水面底下，根本看不見。

「為了要了解這份證據，諸位必須要回到一九七八年……」大衛．德金在審判一開始就告訴陪審團，「因為，就是在那一年，出生於德國席格斯多夫的十七歲克里斯提安．卡爾．葛海茲萊特……以觀光簽的方式進入美國。」

他說得沒錯。想要近距離描繪某個幽魂之畫像，必須要回到初始，回到應該是這名年輕人首遇他第一組受害對象的德國幽暗角落。

在開庭的某一天，當檢察官正努力對克拉克．洛克斐勒混亂過往進行抽絲剝繭的時候，他唸出了被告抵達美國數年之後、寫給美國移民及歸化局密爾瓦基分處的某封短信，時間是一九八一年五月二十六日：

您好：謹以此封信通知您，明天起我將變更地址，我的新地址如下：

克里斯提安．K．葛海茲萊特

代收人艾莫爾．克林醫生

「地址不揭露」

洛瑪林達，加州，郵遞區號九二三五四

這名字是個線索，是某段漫長又難忘旅程的第一步。

我打電話到加州洛瑪林達的克林夫婦家中，接電話的是名女子。「嗨……」當我一提到克拉克．洛克斐勒的名字，她立刻阻斷我說下去，開始大叫「艾莫爾！」，她先生過來接電話，「說來話長……」艾莫爾建議我要去一趟加州。

艾莫爾與珍依然住在同一棟素樸屋宅，位於某條典型的南加州宜人街道，當初他們結識現在是克拉克．洛克斐勒的那名男子的時候，就是住在這裡。珍是身材壯碩、個性活潑的好客女子，她開了大門，「我做了雞肉沙拉，」她帶我進入角落放有直立式鋼琴、採光良好的客廳，艾莫爾進入廚房，加入我們的行列。「希望你可以留下來和我們共進午餐。」他體格精壯而矮小，外貌有點像是演員米基．隆尼，他一直在當牙醫，最近剛退休，成了洛瑪林達大學牙醫學院的教員。

雖然已經是三十多年前的往事，但過沒多久之後，我就發現他們回想當年與未來的克拉克．洛克斐勒邂逅的所有細節，依然深感不安。當艾莫爾對我娓娓道來的時候，他的妻子起身離開，回來的時候手中拿了一疊照片。

「他老是在擺姿勢……」她口中的他，是我連續數個禮拜窩在波士頓法庭裡面、緊盯不放的那名男子，他坐在那裡沉默不語，完全看不出任何情緒波動。她拿了一張照片給我看，裡面是一個褐色長髮的青少年，藍色襯衫外加一件學院風白毛衣，對鏡頭露出了古怪笑容。然後，她又翻出了十幾張其他的照片，最吸引人的那一張裡面並沒有人，只有一小叢房子，正中央還有一個類似圖騰柱的東西，那是克里斯提安．卡爾．葛海茲萊特位於德國伯根的家鄉。聽完艾莫爾與珍．克林的驚人經歷之後，我決定追查克拉克．洛克斐勒真正身分之旅的下一站就是它了。

伯根是一座小鎮——其實應該說是村落——這裡的居民共有五千人，每個人似乎都認識彼此。我從慕尼黑開車過去，距離不到八十公里，隨行的還有一位我懇請幫忙的德國記者，擔任我的翻譯與導遊。乍看之下，伯根宛若童話故事裡的場景，座落於巴伐利亞阿爾卑斯山區某座蓊鬱河谷的美麗小村。這座小鎮中心的重點是教堂與啤酒花園（上帝與啤酒是巴伐利亞生活的兩大支柱），而俯瞰它們的正是珍．克林照片裡的那根圖騰柱，我後來才知道，那是五月柱，巴伐利亞鄉間的常見景觀。

找到克里斯提安．卡爾．葛海茲萊特自小生長的那間房舍並不難，地址是火車站街十九號——幾乎就是高速公路下來的第一間。不過，當我們剛把車停在那棟房子對面那一排商店前面的時候，我真的聽到了鎖門、拉下百葉窗的聲響。

在葛海茲萊特住家正對面的那間咖啡店裡面，有名女子提到伊爾曼嘉德住在那棟屋子裡，而她的兒子亞歷山大則住在後面的公寓。伊爾曼嘉德的丈夫賽門已在多年前過世。那女子補充說道，她之所以知道這些，是因為伊爾曼嘉德的父母曾經在咖啡店的現址做過生意。

克里斯提安・卡爾・葛海茲萊特的童年住家是一棟兩層樓的白色樓房，大門有星爆圖案，窗戶周邊有繁複圖樣，海軍藍的百葉窗與窗台的爆盆紅色天竺葵相當搶眼。我敲了好幾次門，但是沒人應答，而且也聽不見屋內有任何聲響。我透過某扇窗戶往內張望，可以看到整齊的廚房，以及其他顯然有人居住、但整潔無瑕的房間。

我的翻譯與我曾經試圖打電話到亞歷山大・葛海茲萊特的辦公室。來自《波士頓前鋒報》的某名記者曾經敲了他家大門，拿出這名綁架女兒的嫌犯照給他看，就是他向美國媒體證實，這名自稱為克拉克・洛克斐勒的男子的確是他哥哥。不過，自此之後他就封口。「不用再問了——答案就是不要。」他丟下這句話之後就掛了電話。

葛海茲萊特的隔壁鄰居好客多了。海格・豪韋嘉幾乎是立刻開門，而且還與我們握手致意。我們解釋了前來造訪的目的，她也邀我們入內一談。

豪韋嘉是位身材嬌小、和藹可親的女子，她說自己住在葛海茲萊特隔壁已經數十年，與那一家人都很熟。我們坐在她乾淨簡樸家中的餐桌前面，她向我們娓娓道出這一家人的故事。賽門與伊爾曼嘉德．葛海茲萊特夫婦都是伯根當地人——其實，自小就是對街鄰居。賽門很外向，而伊爾曼嘉德則個性沉靜。他們在鎮上教堂成婚，之後就住在賽門的木匠父親親手打造的簡樸小屋裡。

一九六一年二月二十一日，他們生下了第一個小孩，克里斯提安。伯根沒有醫院，所以他是在附近的席格斯多夫城鎮出生。「父母：賽門．葛海茲萊特，天主教徒；伊爾曼嘉德．葛海茲萊特，娘家姓氏琥博，天主教徒，兩人都是伯根居民……」我曾經在波士頓警方的建檔資料裡面、看過他的出生證明。

根據海格．豪韋嘉的說法，賽門是「可愛的人」，他是藝術家，也是裝潢油漆工。經常可以在巴伐利亞住家的門窗——也包括了葛海茲萊特的住家——所見到的繁複金屬細絲錯視藝術，正是他的專長。「他很會講笑話，說故事，」豪韋嘉說道，「而且，我們買過他的某張畫，他感激得不得了。」他的畫幾乎都是以伯根與附近鄉間地景為主題，豪韋嘉還去拿了自己與先生買的那幅畫——賽門的確有點天賦。我的女主人還補充說道，除此之外，賽門的領導地位也深受伯根人敬重，任何結社與活動都可能會有他的身影。

豪韋嘉說道：「伊爾曼嘉德就比較孤僻一點……」她們在外頭打理花園的時候會聊天，但伊爾曼嘉德從來沒有到過她家。我覺得對一個還在世的鄰居使用過去式很奇怪，但我很快就知道原因了。自從二〇〇八年十月八日之後——也就是克拉克．洛克斐勒真實身分被披露的那一天開始——伊爾曼嘉德．葛海茲萊特似乎就變成了截然不同的人。

「伊爾曼嘉德在某個鄉下朋友家窩了幾天，希望媒體可以退散，」豪韋嘉說道，「等到她回來的時候，我按電鈴，送了一盆花給她。她說，『謝謝妳這麼勇敢』，然後就關上大門，自此之後再也沒跟我講話。」

我詢問豪韋嘉之後是否看過她，「有啊，而且我開口打招呼，『早安，』但她不吭氣，直接走回屋內。」看來，歷經了記者與攝影師出現在她家門口的突襲、甚至還有人直接尾隨她進入屋內，伊爾曼嘉德．葛海茲萊特還需要一段時間才能恢復常態。當時某名新聞記者在她兒子被捕時的照片，是最好的明證，裡面可以看到葛海茲萊特住家完美無瑕的草坪。而當我造訪的時候，草坪一片蔓生，宛若被荒棄一樣。當豪韋嘉提到伊爾曼嘉德的時候，她沒辦法說出我後來聽到的其他伯根居民的評論——心神失常，需要接受心理治療——但暗示已經很明顯了。

藝術家父親、加上內向的母親，居住在大家都知道他人大小事的小鎮——冶煉克里斯提安．葛海茲萊特之爐缸面貌，也變得更為清晰。

克里斯提安的弟弟亞歷山大一直到一九七三年才出生，所以，克里斯提安在十二歲之前一直是獨生子，他是全家的關注焦點，不只是他的父母，還包括了他的姑姑與奶奶。這男孩所有稀奇古怪的念頭，他們全然縱容，甚至他想要看什麼電視節目也不成問題——就連鎮上多數父母禁止的科幻節目也不例外。

「我覺得他有紀律問題，」豪韋嘉說道，「在他小時候，我兒子會和他一起玩耍，他會與克里斯提安做出一些大人禁止的事。」比方說，大多數的伯根家長都認為當地河流是小孩不該涉足的危險地方，但那卻是克里斯提安最愛的地方之一，而且帶其他小孩一起去玩耍也毫不遲疑。豪韋嘉繼續說道，隨著克里斯提安年紀增長，也越來越愛惹是生非。「他會把足球砸向車庫的門，長達數小時——數小時之久！雖然他們都在家，但是卻沒有人叫喊『停手！』所以我走過去抱怨，但克里斯提安根本不在意。」

克里斯提安對於自己的特殊待遇不但沒有感激之情，反而表現出越來越強烈的憎惡感。過沒多久之後，就可以看出他與這座小鎮對於卑微出生默默死去的生活感到心滿意足的多數居民並不一樣。等到克里斯提安進入青春期之後，他立下了唯一目標：脫逃。

他刻意把自己與伯根其他人區隔開來，展現的不只是態度，還有他的外表。「他很執迷於要裝酷，」豪韋嘉說道，「他必須要與眾不同。他常戴某頂特定的帽子、太陽眼鏡，還蓄長髮。這一切對伯根來說都很特殊，但克里斯提安總是要比別人搶先走在時代尖端。」

她嘆氣，望向隔壁的那間屋子。她說，如果我想要知道更多有關克里斯提安的事，應該要過去啤酒公園，加入「酒友會」，也就是天天去酒館報到的當地男性喝酒與交流的預定席。我看了一下手錶：現在才早上十點。

豪韋嘉告訴我：「這一點不需要擔心……」現在「酒友會」一定早就開始了。

她說得沒錯，當我抵達的時候，「酒友會」已經高朋滿座。有一群男人圍坐在啤酒花園戶外區樹蔭下的餐桌，每個人的前面都擺放佈滿霜霧的啤酒杯。我的翻譯與我朝他們走去，這些人的年紀幾乎都是六十到八十歲左右。他們一臉狐疑看著我們，我們是兩個帶著筆記本的陌生人，可能的解釋只有一種：是衝著克里斯提安的事而來，他們早就看過一堆好奇打探的記者。不過，當我的德國同伴開始與他們攀談講笑話——尤其在我主動請客讓大家喝一輪之後——他們放鬆戒心，故事就像啤酒一樣源源不絕而來。

其中一人名叫格奧爾格·海頓邁亞，八十三歲——與賽門·葛海茲萊特同年出生，兩人一起長大。

海頓邁亞說道：「要是賽門還在世，現在人一定在這裡！」

「這裡？」我問道，「在中午前喝啤酒？」

他說沒錯，另一個人也附和。他們向我解釋，賽門不只是「酒友會」的成員，而且還是老大。「因為他是藝術家，」其中一名男子這麼告訴我，「而藝術家並沒有固定工時。他每天早上會在十點鐘冒出來，很準時，然後會在十一點四十五分回家吃午餐。要是賽門·葛海茲萊特一開口，大家都會安靜下來，因為賽門總是有要事要宣布。」他舉起自己的啤酒杯，向「酒友會」的已故領導人致敬，重複了一次：「他是藝術家。」

時間慢慢過去，有些人離開，又有新成員加入，每一個人對於這個後來成為伯根最有名人物的古怪小孩，姑且不論好壞，都各有不同的觀察。其中某名克里斯提安的同學說道：「他總是想要在班上引起大家注意，對我們來說，他就是一個怪咖。」

另一個接口：「他非常聰明！」

「克里斯提安讀了很多經典作品，」第一名男子說道，「當我們十一、二歲的時候，他會冒出那些不可思議至極的引言。他是非常厲害的演說家，對他來說表達自我輕而易舉，不過，他在學校成績不怎麼樣。」

第三名男子說道：「而且他是媽寶！」

對，其他人也同意，有個當地知名人物爸爸的媽寶。

他努力向爸爸看齊。「他會穿西裝上學，」他同學說道，「不是巴伐利亞的正式服裝，而是正式西裝，星期天去教堂或是參加婚禮時才換穿的那一種。不過，這一點讓他母親很驕傲，伊爾曼嘉德喜歡浮誇，她就是個普通的裁縫，修補鄰居的衣服，但她卻努力表現出大家閨秀的姿態。」

午餐時段過了，到了雞尾酒時段；雞尾酒時段也過了，到了晚餐時段，喝啤酒的酒客們轉移陣地，從戶外桌位移入酒館內比較大張的桌子，正中央還有「酒友會」的金屬招牌，某名友善的女服務生頻頻送來啤酒，空氣中瀰漫了菸草氣味，有關克里斯提安的故事也越來越離奇。

大家告訴我，克里斯提安繼承了父親的豐富創造力，但是他發揮的面向不是繪畫，而是角色扮演，想像自己根本不住在這個似乎從生到死永不離開的小鎮。他們家的工具棚屋成了他的工作室，讓他可以搞各式各樣的玩意兒：收音機、電視、電影設備。他的嗜好就是偷聽卡車司機透過民用頻段無線電聊天的內容，觀看懷舊美國電影。他看了越來越多電影之中的美國，越覺得自己應該要離開伯根。

「他的主要任務成了戲弄我們的老師，」克里斯提安以前的某位同學說道，「一大早的時候，他會鄭重向我們宣布，『注意了！』然後，大家就知道會出事。」

好幾個男人異口同聲問道：「他做了什麼？」

「某天早上，他在拳頭裡藏了東西、朝老師走去。『克里斯提安，你手裡拿的是什麼東西？』老師繼續說道，『把它交給我。』他伸開五指，裡面是胡椒粉，他立刻撒在她臉上。」

眾人搖頭，另一名酒客突然想起了另一段往事。

「在每個週五夜晚，賽門都會帶克里斯提安參加『酒友會』……」這對父子總是挨在一起，坐的正是我們現在的座位。「而賽門總是這麼說他兒子，『他是瘋狗』。」

那男人繼續說道：「不過，他的意思是讚美。賽門覺得克里斯提安個性古怪，但頗以兒子為傲。他是這麼說的：『他就跟我一樣瘋狂，行徑古怪，日後一定會很傑出。』」自己兒子的厚顏無恥與蔑視一切，讓他覺得很驕傲——他知道兒子日後想要在伯根之外的地方創造自我人生、這些特質必須要很強大。

伯根這小廟，容不下克里斯提安這尊大佛，每一個人似乎都這麼說，他想要遠離這座從來沒有人離開的小鎮，唯一的方式就是捏造出另外一種身分。若是要躲避在這裡等候他的可預期之宿命，他必須要憑空編出一個全新自我。畢竟他父親也曾經試圖要離開伯根，在慕尼黑的美術學校註冊，卻在父親過世，自己的藝術家生涯無以為繼之後，被迫回到故鄉。也許這就是賽門對克里斯提安感到驕傲的原因，兒子正在拚命努力追求的是賽門當初在美術學校短暫期間的未竟之業：

跳脫出生長大的小鎮、在某個與先祖們完全不同的場域，當一個成功人物。

我提到了克里斯提安某位童年朋友告訴《紐約時報》的內容：

曾經是他好友的湯瑪斯・史威格說道：「克里斯提安喜歡玩假扮別人的遊戲。」史威格先生提到，克里斯提安十三歲的時候，曾經打電話到監理處，「他裝聲音，自稱是來自荷蘭的百萬富豪，想要登錄自己的兩台勞斯萊斯。」雖然那名公務員半信半疑，但克里斯提安最後還是成功說服對方。他好友說道：「這次的角色演出完美成功。」

眾人哈哈大笑，這是年少克里斯提安探索超容易受騙世界的另一個實例。然後，另一個人加入聊天陣容，似乎很篤定自己說出的故事將會壓倒全場，不過，正當他要開口的時候，好幾個人插嘴大喊：「靈車！」

其中一名酒客接續話題，「就在克里斯提安快要前往美國的時候，他和他爸爸發生不快，」那男人說道，「他爸爸把他趕出家門，告訴他：『不准你睡在這裡了。』克里斯提安買了一台靈車，停放在他父母家的外面，整村的人都怒了。一開始的時候，大家以為是他們家的老奶奶死了，但克里斯提安睡在裡面！這成了村裡討論許久的話題。他會開著這台黑色大車到射擊練習場，顯然他喜歡開著它四處跑，驚擾眾人，激怒大家。」

同桌的另一個人則說他搞錯了：的確是有一台靈車在葛海茲萊特家外頭停放了一段時間，不過，開那台車的人是克里斯提安的弟弟亞歷山大。現在已經過了半夜十二點，我不在乎誰說的才是正確版本，我的肚子裡裝滿了啤酒，聽了一整天的伯根故事讓我的腦袋無比暈眩。我腳步踉蹌，回到了畫滿巴伐利亞日常美景的彩色五月柱之下、我投宿的那間小旅館，在克里斯提安．卡爾．葛海茲萊特拋卻的這座安靜小鎮沉沉睡去。

我醒來的時候，又有另一個消息來源對我講出了對伯根任性之子的更深入觀察：賀伯特．威靈格，坐在旅館櫃檯後面的老闆，他一直是克里斯提安．葛海茲萊特的同學。威靈格和大家一樣，他所描述的是一個自認應有更偉大成就的冷漠年輕人。

「克里斯提安會對我們講出這種話：『巴伐利亞這裡的一切都是狗屁。要是想過更好的生活，就得要去美國。』當他的同學嘲笑他的時候，他會回嘴：『你們就等著看吧。』」威靈格繼續說下去，某一天，「克里斯提安宣布他在紐約的某間廣播電台找到了工作……」不過，威靈格非常確定這並非實情，「佯裝成別人根本就是他的本性。」

不過，克里斯提安顯然嘗試逃離已有一段時間之久。為了要體驗伯根以外的世界是什麼滋味，他會走出家門、直接前往附近的公路，伸出他的大拇指。過沒幾分鐘之後，就會有汽車、卡車，或是摩托車停下來，就這樣，他可以前往另一座小鎮，另一個世界，遠離小小的伯根。一開始的時候，他會搭便車到鄰近比較大的城鎮，如特勞恩施泰因，或是到羅森海姆市，也就是他上課的地方。隨著他的野心日益壯大，他的範圍也越拉越廣，公路旁經常可以看到他，一直在找尋所有可能幫助他逃離的人事物。來自美國加州洛瑪林達的艾莫爾與珍．克林夫婦，就是開車行經那裡的時候、進入了他的軌道。

那天大雨傾盆，他們租來的小車的雨刷幾乎擋不住雨勢。在一片濕茫風雨之中，艾莫爾與珍幾乎看不見公路。他們從慕尼黑出發，正努力前往貝希特斯加登探訪「鷹巢」，也就是希特勒位於巴伐利亞阿爾卑斯山區高點的鄉村豪宅。大約在傍晚五點的時候，克林夫婦在伯根附近下了高速公路，找尋躲避風雨的地方。

開車的是艾莫爾，他看到有個年輕人站在路肩、對空伸出大拇指。通常他是不會讓人搭便車，但他從來沒有在德國被困在什麼也看不見的暴風雨之中。艾莫爾對妻子說道：「也許他可以告訴我們要在哪裡過夜……」她還來不及出聲抗議，他已經靠向路邊停車。這個全身濕透的年輕人打開後座的門，上車了。

那時候的他最多就十七歲吧，戴著白框墨鏡，搭配緊身牛仔褲，寬邊軟帽，底下冒出一綹綹的棕色髮絲，因雨浸濕的衣服緊貼他的瘦小身軀。

「我是克里斯提安・卡爾・葛海茲萊特……」他從後座伸出濕漉漉的手，向他們問好，這對夫婦覺得，他報出自己名字的那種語氣，彷彿自己是什麼重要人物一樣，打從他們認識的那一刻，這個人就讓他們大感驚豔。

珍被他的俊朗容貌迷得神魂顛倒。他有英挺的鷹勾鼻，一開口講話的時候就會化為咧嘴燦笑的豐唇，而他話匣子一打開就一直沒停過。他說他在羅森海姆當英文導遊，有時候在慕尼黑，那一口毫無瑕疵的英語讓克林夫婦幾乎沒有起任何疑心。

他不只是好看而已，還有吸引人的特質。雖然他是比他們年輕了幾十歲的外國年輕人，但艾莫爾與珍．克林夫婦也不知道為什麼，覺得他們與他有共通特質，想要進一步了解這個年輕人。艾莫爾問道：「你建議我們在哪裡過夜？」

克里斯提安回道：「你們就住我家啊。」克林夫婦陷入猶豫，但他十分堅持。要是換作其他時候，他們一定會多所顧慮，但雨勢狂暴，夜幕即將到來，而且這位年輕人的確具有某種磁吸魅力，所以他們接受了邀約。

當克林夫婦把車停在他家住屋門口的時候，他們被它所深深吸引：窗戶外頭有天竺葵花盆的美麗典型巴伐利亞屋宅。那個時候，雨勢已經趨緩，這名搭便車年輕人的父親在屋頂工作，而母親則待在廚房裡。克里斯多福陪伴這兩名美國人進去的時候、只對父母打了聲招呼。他們馬上就看出端倪，兒子才是這間房子的主人。

他佔領整間客廳、把它弄成自己的房間，讓珍嚇了一大跳，看來是有父母的同意，或者至少是得到了他們的默許。他放了一張大書桌當成工作台，連結了各式各樣的器材——最重要的是電影投影機與螢幕。克里斯提安向艾莫爾與珍解釋，電影，是他的摯愛，其實，他馬上就要前往美國、成為電影工作者。他喜好的類型是黑色電影，尤其是希區考克的作品。他說他要給他們看某段範例，他調暗燈光，打開了投影機。

就在這時候，珍的肚子正好在咕嚕叫，她在電影放映之前就打斷他，「我們沒吃午餐，我們有點餓了……」

克林夫婦邀請他們一家人到某間餐廳用餐，幾乎大家都婉拒，只有克里斯提安除外，他帶引他們前往某間典型的巴伐利亞餐廳，有播放背景音樂，他們坐在某個木頭包廂區，吃德國香腸配啤酒，暢聊美國之事。

當他們的飲料送上來的時候，珍大喊：「我想要拍張你的照片！」

「等等，」克里斯提安的頭東擺西晃。努力找出完美姿勢，他下達指令，「現在可以了。」他信手壓住自己的太陽穴，相機發出喀嚓聲響，正好捕捉到這個年輕人雙眼光芒四射、直視鏡頭的那一刻，儼然自己在二十世紀福斯公司拍大頭照。

吃完晚餐之後，他們回到了葛海茲萊特的家中，克里斯提安帶克林夫婦進入某間客房，向他們道晚安。

珍迫不及待壓低聲音對先生說道：「我覺得很不舒服！」但她說不上來到底是為什麼。這房子舒適至極，而克里斯提安的母親、父親、弟弟也和藹可親，當然，克里斯提安也對他們展現了無比友好的待客之道，但他完全把自己的父母當空氣。

艾莫爾說道：「珍，快睡吧。」

「我不知道自己是否睡得著，」她一直覺得這個特殊的年輕人與他的家庭有哪裡不太對勁，她一整夜都沒有闔眼，她回憶過往，「我覺得他活在某個幻想世界裡，而裡面並沒有他父母的蹤影。」

艾莫爾回首他們待在克里斯提安．葛海茲萊特家的那一個夜晚，帶給他最強烈的感受是困惑。「他的確提到了他想要到美國，」他開始追憶，「鄉下人待在自己的小木屋裡面感到心滿意足，或是想要住在紐約，你當然可以看出有所不同。在他的心中，他必須有朝一日成為一號人物。從他的一切言行中都可以看得出端倪，我想，他渴望聲名大噪，我覺得，是想要名聲。難怪他想要切斷自己與德國文化的關係，因為他要是繼續當德國人，也只能走投無路。」

第二天早上，克林夫婦迫不及待想要離開，但克里斯提安堅持要他們喝完咖啡吃麵包之後再走。他們與這位年輕主人交換聯絡方式之後，隨即告別，開車離去，他們覺得一輩子再也不會見到這個人。

過沒多久之後，克里斯提安．卡爾．葛海茲萊特拿出了一張紙，放在自己的書桌上面：讓他得以進入美國的觀光簽證申請表，在短期造訪期間的保證人欄位，他填入的是「艾莫爾與珍．克林夫婦」。

2

火車怪客

法庭宛若馬戲團，源源不絕的貌似善良、誠實、值得信賴之人，都遭到被告欺瞞，程度各有不同。曾經如此友善迷人、大家眼中名叫克拉克．洛克斐勒的這個男人，對於要決定他命運的人禮貌致意，包括了法官與陪審團，在他們進場與離場的時候都會站起來。至於那些證人——尤其是講出對他不利證詞的那些人——他甚至連看都不看一眼。

某天下午兩三點，訴訟程序正在進行，有名移民官員正在簡述被告年輕時來到美國的過程，有人拍了一下我的肩膀，對我附耳低聲講話。

「今晚有沒有空喝一杯？」此人後來叮嚀我，絕對不能講出他的真正身分。

他告訴我，今日訴訟程序結束之後，到法庭附近的某間酒吧會面。正當我在品啜飲料的時候，他帶了一個厚厚的牛皮紙袋進來了。他把它交給我之後，只簡單丟下一句話：「也許這可以幫助你解惑。」然後就迅速走出去。

我打開那個信封，瞠目結舌。裡面有一百多份文件——移民資料、法庭紀錄、警方資料——鉅細靡遺道出這名不動聲色的沉默被告的一切細節，從他的出生證明到去年夏天的逮捕狀都有。

我開始從頭細讀：有一份是他自就讀之德國高中畢業的文件，還有一封是伯根某間公司出具的證明，他的父親賽門．葛海茲萊特是他們聘請的設計師，工資為「月薪一千九百美金」，還有賽門的資助宣誓書，裡面載明他會資助在美的克里斯提安每個月兩百五十美金，「外加健康保險」，因為，他撰寫的內容是「期盼我兒在美就學一年」。

我心想，一年，然後回去伯根？回到那間白色小屋與壓抑的小鎮？答案立刻顯而易見，顯然那一個時限並不在這名年輕移民的計畫之中。在那一疊文件接下來的那幾頁當中，其中一份資料是被告自己以整齊印刷體手寫的內容，要求變更他的非移民簽證身分。他的觀光簽證到期日是一九七九年四月十五日，也就是他抵美後的六個月，他申請延長四年。「我的深造目標……拿到企管的大學學位。」申請表詢及在美期間的資助來源，他撰寫的內容如下：「我目前是高三學生，每個月會領到兩百五十美金，我父親會資助我接下來這四年念大學的所有費用。」表格的最下方，是賽門的允諾簽名。

我迅速來回翻閱文件，想要知道這位移民到達希望之地、到底住在哪裡，不過，只看到了以打字顯示的簡短時間序列：

一九七八年十月十六日：葛海茲萊特搭乘漢莎航空抵達波士頓。
一九七八年十月二十一日：註冊康乃狄克州的柏林中學。
一九七九年十二月三十一日：因學生身分而得到延長居留期限。

然後，我不意找到了某份警方筆錄，「探員詢問柏林高中的校長湯瑪斯．葛拉文，」裡面列出了葛拉文的一連串證詞，「葛海茲萊特在一九七八年入校，葛海茲萊特的先前就學紀錄在德國，葛海茲萊特的檔案完全沒有父母資料，葛海茲萊特一直沒有畢業。」

同樣在一九七八年的那個夏天，克里斯提安．葛海茲萊特認識了艾莫爾與珍，而且還邂逅了另一名名叫彼得．洛卡普里歐的美國年輕人，他剛從康乃狄克州的梅里登高中畢業。彼得靠著歐鐵通行票、已經在歐洲當了三個月的背包客，暢遊了許多國家。某一天，他在德國火車上認識了這位態度友善、衣裝體面、超級有禮與博學的克里斯提安．卡爾．葛海茲萊特。

葛海茲萊特是希區考克的超級影迷，想必對於這一次相遇所蘊含的意義覺得津津有味。這不禁讓人聯想到一九五一年的大師經典懸疑作品《火車怪客》，劇中的神秘人物布魯諾．安東尼闖入了某名網球明星的生活之中，他先是慫恿對方一起喝酒，最後邀他一起殺人。

葛海茲萊特顯然是一直在物色能夠順利讓他逃離伯根的人，當他一發現彼得．洛卡普里歐，立刻就自我介紹。宛若布魯諾．安東尼對目標下手一樣，葛海茲萊特立刻開始諂媚，大力稱讚，討對方歡心，還招待這名年輕人去高檔餐廳，然後，親自帶彼得走了一趟當地的觀光行程。他對巴伐利亞如數家珍，原因其來有自：他告訴彼得．洛卡普里歐，他自小在這區長大，過著優渥生活，他父親是某名「實業家」，在賓士汽車公司位居高位。這位美國人大感驚豔，所以在這位新朋友真誠要求交換聯絡資訊的時候，他當然不可能拒絕。

「嘿，要是你來康乃狄克州的梅里登，要來找我，」彼得・洛卡普里歐在道別的時候應該是說出了這樣的話，「你可以住在我家。」

就在短短幾個禮拜之後，克里斯提安接受了彼得的好意。根據葛海茲萊特親人的朋友說詞，克里斯提安告訴他的父母，他在紐約市找到了一份DJ工作，他們同意在他安頓好之前、每個月會寄兩百五十美元給他，而與他家人同住的大姑姑，也答應要寄錢，所以他每個月收到的資助超過兩百五十美元。當他一拿到六個月觀光簽證的時候（他偷偷把珍與艾莫爾列為自己的保證人），他就收拾自己的東西，在一九七八年秋天從慕尼黑到了波士頓，當時的他十七歲。

他到達波士頓之後，打電話給他母親，他宣稱航空公司弄丟了他的行李，能否請她寄多一點錢過來讓他購置衣物與必需品？她說當然沒問題。第二天，他前往康乃狄克州的梅里登旅遊，介於紐哈芬與哈特福之間、人口約五萬八千人的小鎮。對葛海茲萊特來說，這地方沒有什麼特殊之處，但他認識的那三名美國人其中一個就住在這裡。他打電話給彼得・洛卡普里歐，也就是他之前在火車上認識的那名學生，他向對方的母親解釋，他接受了她兒子在那個夏天的貼心邀請。「我人在公車站，可否請您過來接我？」彼得顯然當天不在家，但他母親立刻就衝過去。要是她兒子曾經在德國認識了某個對他表現善意的年輕人，那麼她怎麼可以不還這份恩情呢？她在自己家裡弄了個房間給他，她與全家人都熱誠歡迎這位身材瘦弱的金髮青少年。彼得帶他去梅里登的普拉特高中，幫助他註冊高三班。其實這位個性外向的移民早就在德國完成了高中學業，但是他並沒有告訴任何人。

根據我所看到的文件——克里斯提安與洛卡普里歐一家人共處的時間只有幾個禮拜，他們覺得他離開之後應該就會立刻返回德國。不過，光是這幾個禮拜的時間，已經足以讓葛海茲萊特打下這次美國長征之旅的根基。

康乃狄克州的柏林地方報出現一小則分類廣告，「交換學生徵求供餐之分租房」。這內容其實是騙人的，因為這名德國年輕人進入美國時拿的是觀光簽證，但不重要。這則廣告吸引了葛溫・賽維爾的注意，她是柏林高中的圖書館員，她與家人過去曾經接待過交換學生——上一次是名叫多明尼克的法國男孩——得到了開心又饒富意義的體驗。她撥打了廣告裡的電話，而過沒多久之後，克里斯提安・葛海茲萊特又再次對空伸出大拇指，想要從梅里登搭便車到柏林。不過，卻沒有人停下來，所以他步行了七、八公里到達了他的新家，擁有一萬五千名人口，還有個與他恰好相配的德國式地名。

他是在當天的四、五點到達。他吃力攜帶自己為數不多的個人物品，一路走來，模樣頗是狼狽。愛德華・賽維爾是他們家裡四個小孩之中的老大，當時的他十五歲，現在是加州的某名編劇，對於當時葛海茲萊特到來的情景，他記憶猶新。愛德華說道，此人似乎拚命想要模擬自己心目中的美國青少年模樣，白框太陽眼鏡，緊身牛仔褲。他的頭髮「被風吹得蓬亂，到處亂翹」。但最讓愛德華・賽維爾印象深刻的是這男孩的好奇心，他東張西望，似乎想要把看到的一切都牢牢記住。當然，他們全家人都對他很好奇，他到底是誰、從哪裡來，以及為什麼最後會落腳在康乃狄克州的柏林。

「我名叫克里斯提安．葛海茲萊特……」他講話聽得出一點淡淡的德國腔，而這個友善、外向、好相處的典型移民，再次努力討好大家，對於能夠在這個陌生新國家找到了一個家感到開心。賽維爾家中沒有客房，但他說他很樂意睡在客廳沙發。

葛海茲萊特成了這一家的第五個小孩。愛德華有一對十歲的雙胞胎弟弟，還有一個八歲的妹妹，大家都喊她司努克絲。他們的爸爸吉姆是一位電腦工程師。賽維爾說道：「我的出生證明的父親職業欄，填寫的是『電腦操作員』。在那個年代，聽起來簡直像是他在太空梭工作一樣。」他們家裡塞滿了早期的電腦與電玩遊戲，想必這一點讓葛海茲萊特欣喜若狂，愛得不得了，因為他這個人就是科技迷。

搬入賽維爾家中的時候，葛海茲萊特把自己在普拉特高中的資料全轉到了柏林高中，就學業表現來說，這是康乃狄克州最好的公立學校之一。他說自己是高三生，由於他的就學資料在德國，似乎也沒有人費心去查證。

至於此人的背景，愛德華．賽維爾是這麼說的：「他說他父親是實業家，而且暗示他父親與賓士有往來，反正就是想盡辦法讓別人覺得他出身有錢家庭。」

克里斯提安與高二的愛德華一起去上學，不過，他真正的教室是在賽維爾這一家人的客廳裡。他最愛的節目是《吉力根島》，還會模仿由金姆．巴庫斯所飾演的落難富豪索斯頓．霍威爾三世。當他說話的時候，他會拉長每一個字的音節，想要裝出某種英國或是常春藤聯盟式腔調。

「愛～德，」他在餐桌前會對愛德華這麼講話，「麵～包就麻煩你遞～過來。」賽維爾回憶過往，「那腔調就像是索斯頓．霍威爾三世與約翰．韋恩的綜合體。」

賽維爾想要幫助這位客人融入新學校，但不是很成功。「大部分男生對克里斯的反應是：『這傢伙是怎樣？』不過，有些女孩子對他很有興趣，他總是會吸引女性注意力。」甚至還有一個女孩開車來接他去參加高三畢業舞會。葛海茲萊特當時身穿黑西裝，搭配咖啡色襪子，賽維爾一直努力勸他咖啡色與黑色並不搭調，但是他拒絕更換襪子，他說：「又沒什麼大不了。」

在早期的那些時日，葛海茲萊特是夢想成為蝴蝶的毛毛蟲，愛德華．賽維爾接受《日界線》節目訪問時說道——當時還看不太出來此人之後培養的優雅氣息。不過，他雖然古怪，性喜矯揉做作，但卻相當外向，盡可能認識每一個人，努力學習有關美國的一切。

「我在柏林中學的輔導室工作，」開口的是某名認識他的女子，她也是德裔。「在圖書館視聽中心工作的米亞．麥克馬洪，知道我是德國人，他也是。她覺得他看起來很孤單，他應該會想要找個德國人聊天。」

一想到這個在美國流浪的孤單移民男孩，就讓她嘆氣。「我自己是個媽媽，覺得他好可憐！」她繼續說道，「他倒是完全沒有自憐情緒，充滿了自信。」

「附近的新不列顛小鎮有一個龐大的德國社群，而我母親相當重視自己的德國傳統，」這名德國女子的兒子告訴我，「她從我五歲開始就對我講德語，而且她還是民俗擊鞋舞的舞者——她希望能夠讓我們一家人的生活繼續保有德國文化。」

好，現在可以帶一個真正的德國進入他們家，難道還有比這更好的方法嗎？「我們好幾次邀請他來過節——復活節，還有感恩節，」這女子說道，「他個性親切，但是卻很迷惘，無論在哪裡都格格不入。」他為了要討大家歡心，刻意美化了自己的人生情節。「他一直說他父親是從南非購買高級原木的重量級進口商，而他母親也是專業人士，但我不記得到底是什麼了。」

她兒子說道：「他很聰明，這一點顯而易見，不過，他這方面很古怪……」當這一家人帶葛海茲萊特前往他們位於新罕布夏州湖畔小屋度假的時候，他的那一面就顯露出來了。

「我們家的小孩其實與他一點都不親，」這位母親說道，「他對運動沒有興趣，但熱愛音樂，尤其是古典音樂。每次我們去湖邊的時候，他一定會帶蘇格蘭風笛，而且很喜歡吹奏。他的度假週末打扮是全身上下只穿一條泳褲，搭配牛仔靴，我的兒子們都覺得很搞笑。」

「我先生是律師，對於股票與債券頗有鑽研，」她繼續說道，「他會與克里斯提安聊很久，而且克里斯提安知識淵博——頗懂股票與債券還有銀行。」克里斯提安知道該怎麼在這些領域結識人脈。

而待在柏林高中的葛海茲萊特，充分利用自己對古典樂的熱愛、將其轉換為一份兼職工作。當初他在伯根的時候，曾經向別人吹噓他會在美國當DJ，不過他後來真的走上這一行。

「那時候，我在柏林高中弄了一個教育調頻電台，」傑夫・威恩時任柏林鎮的媒體處長，督導柏林的所有圖書館與學校，確保它們擁有最先進的視聽設備。大約在葛海茲萊特還在柏林中學的那個時候，哈特福的某間電台捐給柏林鎮一堆古典音樂專輯，威恩告訴我：「都是很高檔的作品——蕭邦、莫札特，很可能有上千張。我們不能隨便找人亂放唱片，必須對古典音樂略有涉獵，不過，中學生對於古典樂沒有興趣。」

但還是有個特例。

「某天，圖書館館員米亞・麥克馬洪帶著克里斯提安來找我，某個蓄長髮的傢伙，貌似歐洲人，講話有德國腔，」傑夫・威恩繼續說道，「『他是古典樂專家，』她對我說，『他對你的電台節目很有興趣。』」

「我立刻就逮住機會，」威恩告訴我，他對於葛海茲萊特的知識大感驚豔，立刻就安排他做節目。「過沒多久之後，我們就有了一堆聽眾。他會宣布曲名，講一小段評論，然後播放——非常專業。是比不上公共電台，但想一想他那個年紀吧？如果你是古典樂迷，一定會覺得這個人超棒。」

我拚命想像葛海茲萊特坐在控制台前面，以殘餘的德國口音對著麥寇風嘁嘴的畫面：「現在，要播放的是夏爾・古諾一八七二年的作品，動人的《木偶葬禮進行曲》。」

威恩回首過往，覺得葛海茲萊特也許太專業、太聰慧了。「我沒看到他跟大家打成一片，或是真的有什麼朋友。他看起來比一般高中生成熟多了，我懷疑他到底是不是中學生，看起來比別人老成世故。」

住在賽維爾家中的某些夜晚，葛海茲萊特會窩在愛德華的臥室，裡面有書桌、音響，還有直立式鋼琴，愛德華靠著它為學校音樂劇寫歌。當初克里斯提安執意要離開德國伯根的家鄉，現在的愛德華就和他當年一樣，也打算離開柏林尋找新視野。他的夢想是搬到洛杉磯，成為編劇以及導演。「我想要拍電影，」賽維爾告訴我，「我小六的時候就知道了自己的志向，而克里斯提安與我還曾經討論過這件事。」

「你怎麼能忍受在這種地方長大？」葛海茲萊特會問賽維爾這種問題，「我絕對不會想待在這裡。」

「我很喜歡在這裡長大，」賽維爾會這麼回答他，「我的確不想要住在這裡，但這樣的家鄉很美好。我的目標是申請學校，前往加州。」

葛海茲萊特很堅持，「不過，紐約——才是大都市。」

「對，紐約是世界級的大都市，」賽維爾也同意，「不過加州才是大家拍電影的地方，那是一切活動的匯聚中心。」他說他打算要念南加大或是加州大學洛杉磯分校的電影學院，然後朝好萊塢開疆闢土。葛海茲萊特一如往常專注聆聽，把每一個字都記在心中。

雖然葛海茲萊特努力要與愛德華結為好友，但是他對於接待家庭的態度卻越來越傲慢。現在他是古典音樂DJ，還會與那個德國家庭一起到鄉間過週末，再加上他對於索斯頓·霍威爾這個電視劇人物的觀察，他開始自命不凡，而且覺得自己比接待家庭中的每一個人都來得重要。「我的父～親，」他會以那種假貴族腔調開口，「從來不讓我跟鄉下人說話。」

「我們絕對不會這樣用餐，」他在晚餐餐桌前抱怨，「我們會叫僕人送上食物，」他對於葛溫．賽維爾每天烹煮的美式義大利餐點越來越不耐，他會講出這種話：「哦，這就是我們要吃的東西，又來了？」

「我絕對不會娶義大利人，」他曾經這麼說過，「她們太情緒化了。」

「哦，幸好啊！」賽維爾太太會回嗆他，「義大利女孩真是走運！」

葛海茲萊特不斷說道：「我絕對不會過這樣的生活……」他所指的是待在沒沒無名之地的小鎮、住在小屋裡生活。

愛德華提醒他：「不過，克里斯，你過的是這種生活啊！明明就是如此……」

這名德國青少年的轉變也延伸到了他的姓名。「當他來到我們家的時候，他叫做克里斯提安．葛海茲萊特，」賽維爾解釋，「然後是克里斯．吉爾哈特，後來又成了克里斯多福．肯尼斯．吉爾哈特。」想必他很喜歡那名字的發音——濃厚的美國風味。而且，換個新名字多麼容易！這種事在美國所在多有，你只需要自我認定就夠了，隨時隨地使用它，不會引來任何質疑。

不過，克里斯．吉爾哈特的行為模式依然還是很像克里斯提安．葛海茲萊特，他強佔賽維爾一家人的客廳，待在他的睡床沙發上面、日日夜夜看電視。

「拜託，安靜！」當寄宿主人一家子在早上準備出門、而他看了一整晚的電視努力想要補眠的時候，他會開口喝令。他需要休息，而當他醒來的時候，他覺得自己的衣服都應該洗好了，餐食也都已經準備妥當。

他待在賽維爾家中的那兩個月，總是斜躺在沙發上看電視，可能是《吉力根島》——也許看著洛薇討好索斯頓而哈哈大笑，或是學索斯頓講台詞。他看得太入迷，所以沒有聽到敲門聲，不然就是聽到了也置之不理。反正，他沒有起身離開沙發，害司努克絲在寒天中站了數小時之久。

葛溫．賽維爾回家的時候，發現小女兒在門口發抖。她這麼告訴葛海茲萊特：「你得去找別的地方住了……」

「我母親是非常客氣有禮的人，就算是生氣也不會發火，但她那次是真的怒了，」賽維爾回憶過往，「她對我講出整個過程，我說：『嗯，的確難以令人接受。可是妳要怎麼辦？時值冬日，妳是要把他踢出去，讓他流落街頭？』」

她回我：「我就是要他走……」

葛溫四處打電話，當初把葛海茲萊特介紹給許多人的學校圖書館員米亞．麥克馬洪願意收留他，克里斯提安態度粗魯，離開了賽維爾的住家。

他離開的時候還撂話：「反正我本來就要找更好的地方。」

我試圖聯絡米亞．麥克馬洪，但是她拒絕與我一談，寧可把回憶留在自己心中。不過，我還是找到了一份她在多年之後、接受警方問案時的供詞摘要：

她提到的內容如下：克里斯．葛海茲萊特當初是在一九七八／七九年、離開賽維爾的住家之後、出現在她家門口。克里斯告訴她，他來自德國，離開母國是為了要避免從軍。他父親是工程師，母親是南非公民。克里斯居住在她家的這段期間，打了好幾通撥給德國與南非的冗長國際電話。克里斯與她不歡而散，因為克里斯對於支付國際電話費這件事的態度不佳。

不到一年的時間，他離開（或是被踢出）了三個住所，待在康乃狄克州的日子就此完盡，他懶得等到學期結束，因為他有更遠大更美好的目標：大學。他已經得到了威斯康辛大學史蒂芬斯角分校的外籍生入學許可，這是麥迪遜分校主校區的分部，所以門檻比較寬鬆。

我仔細研究克里斯提安．卡爾．葛海茲萊特所填寫的入學申請表格，當時的他遇到正式用途依然會使用這個名字。很難看出他到底是怎麼進入這間大學——他的確聰明，智識水準很高，花了許多時間在柏林中學圖書館閱讀與研習，但是他從來沒有拿到柏林中學的文憑。不過，我卻看到了一份入學許可，內容如下：「威斯康辛大學史蒂芬斯角分校，已錄取該生為全職生。」

美國的學生簽證申請表格要求仔細填寫「居住在美國、與申請者關係最親近之人」，而葛海茲萊特所填寫的姓名與地址是那名住在柏林的德裔女子以及他們家的湖畔小屋。「他曾經打過一通電話給我們，」我詢問她，在他離開康乃狄克州之後，可曾聽到他的任何消息。「他說他母親剛動完癌症手術，需要找個地方休養，不知能否使用那間小屋。」他指的是他們家的湖畔小屋，「他想要告訴我們他上大學了，還一直講股票與債券的事。我只記得那是十月，之後就再也沒有接過他的電話。」

克里斯．吉爾哈特申請的主修是政治學，還提到自己打算在威斯康辛大學史蒂芬斯角分校念滿四年、取得他的學士學位。在一九七九年八月，他搬到了威斯康辛州，住在某間名為「鮑德溫大樓」的學生宿舍，許多大學外籍生都住在那裡。校方鼓勵大家要多參與社交活動，目的是要培養他們的語言與文化技能——對葛海茲萊特來說，這是絕佳環境，雖然他已經學到了這麼多，但想要成為美國人，這還是相當受用。

我找出自己檔案文件中的校方行政人員名字，逐一聯絡，似乎沒有任何人能夠提供有關這名年輕人的資料。「我們很想要幫忙，但是（我曾經工作過的）外籍學生辦公室裡面並沒有任何資料，而且我對於此人也沒有任何印象。」這是葛海茲萊特大學顧問寫給我的電郵內容。終於，我找到了他的第一個室友，柯力斯．紐柏格，他對於這名新鮮人記憶猶新，來到宿舍的時候帶了黑色行李箱，一組高爾夫球桿，散發貴族氣質。「他媽媽或爸爸好像是什麼不重要地方的大使吧……」紐柏格說道，「他說他來自麻州波士頓。」

「我有一面牆貼滿了我的海報，牆尾還有一面破破爛爛的美國國旗，」紐柏格繼續說道，

「我覺得這很酷，象徵了我的國家飽受戰爭蹂躪。」不過，克里斯多福卻覺得這看起來很俗氣，他以正式的英國腔告訴自己的室友：「抱歉，但你得要把它燒毀，根本不成體統。」

他努力維繫自己是波士頓統治階級家族之子的形象，靠的是經常練習高爾夫球、還有自己的飲食習慣：只喝愛爾蘭咖啡，還有波士頓鮮奶油派，不是遇到特殊場合才會出現，而是天天食用。「我們都以為他爸爸是聯邦調查局幹員，不然就是什麼參與保護計畫的證人，因為他對於他家裡的一切總是保密到家……」這是另一名同學里奇．雷多的回憶。他的行徑太過神秘兮兮，甚至堅持「鮑德溫大樓」櫃檯的學生名冊必須塗銷他的姓名與生物特徵——以及緊急聯絡人資訊。某天晚上，女生寢室舉辦派對，在午夜結束的時候，克里斯多福死不肯離去，女孩們必須要叫寢室助理逼他離開。「你們知道我是誰嗎？」克里斯多福大吼大叫，「我不需要聽從你們的命令。」

里奇．雷多說道：「那是我們最後一次見到他。」

其實，他在威斯康辛大學史蒂芬斯角分校只待了三個月。一九八〇年一月，他轉到了威斯康辛大學密爾瓦基分校，在他寫給校方的申請書中，他自述的學習目標是「傳播科系的學士學位」。

送出威斯康辛大學轉校申請的同時，他也忙著在處理其他文件——申請變更為非移民身分、非移民身分學生簽證效期延長。核可速度都是驚人飛快，約翰、欣西亞、喬丟出一連串簽名，這些忙碌官僚應該是永遠不曾見過這個謎樣的德國年輕人，而且把他在文件上撰寫的內容都認定為真。

在那個時候，克里斯提安・卡爾・葛海茲萊特——也就是克里斯・肯尼斯・吉爾哈特——正在搜尋能夠讓他永遠待在美國的終極文件：結婚證書。

3

成為美國人

「我認識他的時候，他名叫克里斯．吉爾哈特……」葛海茲萊特於一九八〇年一月抵達威斯康辛大學密爾瓦基分校的時候，當時的托德．拉薩是那裡的學生。

「我當時二十一歲，修了多門電影課，我們兩個都是。我與克里斯共修的一堂課是黑色電影。他告訴我，他前一學期在威斯康辛大學史蒂芬斯角分校就讀，他跟我成為朋友。」

拉薩是《汽車潮流》雜誌的作者，他回憶過往：「我剛認識他的時候，他講話還有德國腔，他沒有要隱藏的意思。他住在密爾瓦基的某個郊區，榆樹林。我去過那裡一次，他邀請我去他家，中上階級的房子，正與我對他的形象一致。我不記得他是否提到那是他父母或是姑姑的房子，但裡面沒有別人。租下那房子很怪，因為租金太高了，也許他只是幫人看家吧。」

「我和他的交情就是我們與另一名同學喝了啤酒幾次而已，所以，當他問我可否在麥迪遜的結婚公證儀式當他伴郎的時候，我嚇了一大跳，」拉薩說道，「我那時候才認識他三、四個禮拜吧，但我回他：『沒問題，一定幫忙。』」

這位幸運新娘名叫艾咪．傑寧．傑斯爾德。

克里斯．吉爾哈特是透過艾咪的妹妹艾蓮認識了她，對他而言，艾蓮簡直就是天賜大禮。她年方二十二歲，父母是奮發向上的中產階級，亞瑟．傑斯爾德與伯莎．M．蓋格．傑斯爾德，住在印第安納州的艾克哈特。他是透過教友聚會認識了艾蓮。她不是美女，但非常活潑外向，更重要的是，她是美國公民，所以在吉爾哈特這個關鍵人生時刻、有權可以為他拿到他最想望的東西：綠卡，與美國人成婚的外國人可以因此取得永久居留身分。

克里斯向她提到了結婚這件事，他說他想要留在美國，是因為要避免從軍，要是他入伍的話，鐵定會在冷戰對峙中被抓到前線、直接送到俄羅斯軍隊的槍火之下。艾蓮好生同情——這個可愛友善又瘦小的克里斯．吉爾哈特，不論是送到哪一場戰爭的前線，應該都不會有活命的機會——不過，她不打算幫他。雖然艾蓮沒意願，但是她說她姊姊艾咪也許可以。

我打電話給艾蓮．傑斯爾德，想要知道後來發生了什麼事。她立刻接起電話，個性陽光又開朗，但當我一提到克里斯．吉爾哈特，她的語氣就變了。

「這位朋友，我必須老實告訴你，恕難奉告，」她氣急敗壞，還補了一句：「我本來以為早就結束了，但看來並沒有。」

不過，艾咪．傑斯爾德就不能說出這樣的話了。在波士頓的那一場審判，她被傳喚作證，法庭裡的所有記者與觀眾都引頸期盼她的到來。我們終於能夠聽到——某個曾經在這個怪異年輕人剛到美國銳不可當之際、真正認識他的人所說出的供詞。

當艾咪．傑斯爾德走進來的時候，媒體群的那些人面面相覷，彷彿在問：*就是她？*她五十歲，飽經風霜又陰鬱的面容，白色長髮辮落在淺褐色西裝外套的背後。餐飲業工作了數十年的代價──她最近在一家名為「變形叉子」的密爾瓦基餐廳擔任廚師──在她的臉龐刻蝕了明顯的皺紋，實在很難想像她就是這個樂享優渥生活男人的第一任妻子。

大家可能會覺得被告在三十年後見到了第一任妻子，應該會出現什麼波動。不過，他雙眼直視前方，看不出有任何的情緒。

等到艾咪完成宣誓之後，檢察官開口：「詳述妳第一次遇到他的情景。」

她操持中西部嚴肅的單調口音：「他與我妹妹來找我，直接請我嫁給他。」

從我閱讀的文件當中、我知道艾咪認識克里斯的時候、在某間名叫「東區美食」的熟食店任職，年薪是五千八百美元，也就是說，她的淨收入是週薪一百出頭美元。我也知道她與她男友住在她工作地點附近的某間小公寓。到底是什麼原因讓她願意嫁給一個完全不認識的人？他是不是答應要給她錢？在當年那時候，要是有哪個年輕美國人樂意迅速假結婚，一定會有飢渴的移民毫不猶豫掏錢出來。之後，檢察官說艾咪不記得對方是否有給錢，但她的記憶的確是沒有收到這名移民的任何一毛錢。

檢察官接下來問艾咪：「是誰建議妳嫁給他？」

她回道：「我的妹妹艾蓮……」

「她有沒有告訴妳為什麼盼望妳能夠嫁給他？」

「我不記得詳細措辭……那一切細節。但因為他想要留在美國，他是外國交換學生。」

她說，在接下來的那一個小時當中，她仔細聆聽克里斯與艾蓮解釋要是艾咪與他成婚克里斯就可以成為美國居民的流程。檢察官並沒有在法庭上問她雙方是否談論到錢的事。

檢察官只問了她一句：「後來妳做出決定了嗎？」

「對，」她回道，「我的確要嫁給她。」

檢方沒有繼續追問，而艾咪當然也不會進一步說明當初首肯的動機。「一切很簡單……」她開始解釋——她只需要學到怎麼唸、怎麼寫未來老公的名字就可以了。「我只知道我們安排好了，他會載我到威斯康辛州的麥迪遜丹恩郡成婚。」

在艾咪答應之後沒多久，吉爾哈特詢問托德．拉薩可否當他的伴郎。這兩名學生花了一學期的時間共同研習黑色電影的範例，這種類型影片的重點通常都是在某個黑白分明的世界裡，滿懷鬼胎的人要對他者施加暴行。吉爾哈特的要求——找一個幾乎一點都不熟的人，在不知道從哪裡冒出來的婚禮擔任伴郎——與他們在課堂裡看到的那些電影情節相比，似乎算是頗為正常，拉薩爽快答應了。

「那是某個週六下午，」拉薩告訴我，「他開車來接我，我們駛入密爾瓦基的某個老社區。」他們坐的是克里斯的一九八〇年份的普利茅斯之箭，克里斯與托德都身穿西裝，而傑斯爾德姊妹在門口等他們。不過，奇怪的是，托德以為克里斯在約會的對象——也就是妹妹——居然不是他要娶的人。

「她們似乎在開玩笑，」拉薩說道，「克里斯也是。他給我的解釋很離譜，他說他是為了稅務緣故所以才娶了女友的姊姊，他出版了一本書。而且，他也不想要給女友什麼重要承諾。我當然聽得出他是在鬼扯，他就是下定決心要弄到綠卡。」

當時的托德還注意到另一個明顯特點，克里斯的習慣就是想要什麼就要什麼。而且，有何不行？他年輕聰明英俊，大有可為。一九八一年二月二十日，就在克里斯．吉爾哈特即將滿二十歲的前一天，他一臉肅穆，與艾咪．傑斯爾德站在一起，兩人待在丹恩郡的法院裡面，巡迴法官理查德．W．巴爾德威爾唸出範本，直接了當的問題，等待他們回應。

「克里斯提安．卡爾．葛海茲萊特，是否願意接受艾咪．潔寧．傑斯爾德為你的合法妻子……」

過沒多久之後，這場簡單的婚禮就宣告結束，也沒有婚宴。等到說出「我願意」那句話之後，這對新婚夫婦就各自解散。克里斯與托德送傑斯爾德姊妹回家，然後兩人返回學校。過了幾個禮拜之後，克里斯又去接艾咪，把她載到密爾瓦基的聯邦法院，叫他不斷練習他真正全名的拼法與發音——克里斯提安．卡爾．葛海茲萊特。

四月七日，兩人正式結為夫妻，但不是在床上，而是靠文件。「他給了我一張紙，上面有他的名字、可以幫助我記憶，畢竟他名字的字母也太多了，」艾咪告訴檢察官，「我必須要看著這張小抄，才能夠把它填入我得要簽署的那些文件。」

對方繼續追問：「那些文件的目的是？」

「讓他可以合法留在美國。」

「妳是否有意願與他結為夫婦？」

「從來沒有。」她一臉不屑，這是她的語氣中第一次出現情緒反應。

當那些文件交給她簽署的時候，她完全沒有出現任何狀況，也沒有任何人起疑這是一起偽戀愛婚姻。我在我的檔案裡面找到了結婚證書與相關文件，看得出艾咪填寫財力證明宣誓書的時候，完全沒有任何瑕疵，她聲明自己「有意願與能力接納、扶養、支持」她的先生。她有填寫自己的年收入，但是要求申請人填入存款與個人資產的欄位卻留下空白。她在如有需要的狀況下、是否願意支付保釋金的條款勾選了同意，這條規定是美國移民及歸化局為了要確保她先生不會成為美國的累贅或是「公眾負擔」。

她在宣誓書的原因欄位寫下的是「申請先生的永久居留權」。然後，她簽了名——經過了宣誓——艾咪．葛海茲萊特，與她先生簽名一樣的風格與迴圈方式。

艾咪被問了這個問題，「前往法院的那一天之後，還有沒有再見過他？」

「沒有……」她還補充說道，十二年之後，她想辦法搞定離婚，這樣一來才能嫁給她真正愛的男人。當時克里斯．吉爾哈特已經搬走，遠離了密爾瓦基，對他來說，離婚應該已經毫無意義可言，她也無意告知他。她的供詞是，她只需要在當地報紙刊登廣告，宣布自己與克里斯提安．卡爾．葛海茲萊特離婚，這樣就搞定了。

托德．拉薩說道：「到了學期末的最後那幾個禮拜，他就乾脆消失了……」

密爾瓦基再也沒有任何人見過吉爾哈特。他已經拿到了他在密爾瓦基所需要的一切，而他只需要對著艾咪．傑斯爾德與巡迴法官講出「我願意」就夠了。光靠這句話，美國的歡迎雙臂已經大開迎接他。

以下的這些文件，言簡意賅道出了這段過往：

一九八一年二月十一日：威斯康辛州……結婚證書，新郎，克里斯提安．卡爾．葛海茲萊特……新娘，艾咪．傑寧．傑斯爾德。一九八一年二月二十日舉行結婚典禮，正式簽署與批准。

一九八一年四月七日：美國司法部移民及歸化局……永居身分申請，正式簽署與批准。

等到克里斯．吉爾哈特有了合法妻子之後，他鑽入自己的普利茅斯之箭，開車上路奔向更美好的未來，他急速狂飆，準備要大展身手達標。對於他這種高度的夢想者來說，只有一個目的地：洛杉磯，美夢即產業的地方。

過沒多久之後，他通知移民及歸化局，更換新的加州地址，（艾莫爾與珍．克林夫婦的住所），他嶄新人生的最重要文件有正式簽署與建檔：「一九八一年六月十六日，合法永居紀錄備忘錄，核准，移民局，伊利諾州芝加哥」，文件簽署人是克里斯提安．卡爾．葛海茲萊特。

這是他最後一次使用那個繞口的名字。對於他即將要前往的那個地方而言，就連他的新名字克里斯．吉爾哈特，也顯得太過無趣、德國風太強烈了。對於他即將展開的新生，他必須要採用有貴氣、令人驚嘆的名字，暗示舊大陸時代的金錢、權力，以及威望。

在他一路西行的過程中，他試了好幾個名字，包括克里斯多福．萊德醫生，這是他在拉斯維加斯短暫停留時的假名。他運氣不錯，遇到了那座城市的某位心臟科醫生，他大嚷真的是太巧了，自己也正好是心臟科醫生，還說他準備要搬到賭城，希望能夠找到這裡的良醫、讓他可以加入。

這年輕人問道：「你覺得我們是否有可能合得來？」

這位拉斯維加斯的醫生覺得他魅力十足，所以主動開車帶他在拉斯維加斯的高檔住宅區四處閒逛，想要幫助這名新人找到合適房子。在這段路途中，萊德醫生哄騙這位新的心臟科朋友借他一千五百美金，這位醫生慷慨解囊，不過，萊德醫生根本沒還錢就默默離開了。

這名年輕人到達加州洛瑪林達——艾莫爾與珍．克林夫婦住所的時候，依然在尋索新名字，這就是他當初在德國搭便車的時候認識的那對夫婦，他在對方完全不知情的狀況下、以他們的名字當成移民文件的保證人。他故技重施，又在未告知或徵求他們同意的狀況下，把他們的家當成了自己的加州永久住址，但他根本連短暫造訪都沒有。

當他出現的時候，他們差點認不出來，本來的時髦蓬亂長髮，如今已經剪成了俐落短髮，還有令人想起七〇年代美國嬉皮風的衣裝，現在已經是完全的常春藤聯盟名校派頭。不過，他告訴艾莫爾與珍，他的變身並不完整，他還有一個想在電影產業佔有一席之地的夢想，他需要一個更好的名字。他坐在克林夫婦住家的客廳裡，開始翻找聖伯納尼諾的電話簿，為自己尋找新名字。

珍問道：「你自己的名字是怎麼了嗎？」但艾莫爾完全明瞭這是怎麼一回事。克里斯準備要在好萊塢討生活，在那裡使用假名是稀鬆平常之事，某個名叫伯納德．施華茲的人可以變成東尼．寇提斯，而虛假與童話之間的唯一分隔，就是看一個人的事業發達到什麼程度而定。

艾莫爾提醒妻子：「電影圈裡不會有人用真名！」他繼續解釋：「妳要記得妳人在加州，改名並不是不合法的行為，很多人都有假名。我以前當大學系主任的時候，得要頒發學生文憑。要是有學生在畢業前來找我，開口說道：『我希望我的文憑是這個名字……』那麼他日後當牙醫執業的文憑就是如此。來找我的有許多都是亞洲學生，有一個讓我記得特別清楚，他的姓氏是德，不想被別人喊作『德德』❸，所以他們更改名字不成問題。這在加州是合法的，我覺得他挑個新名字完全不成問題。」

克里斯在翻閱電話簿、準備找尋一個能讓他遠離包袱的名字的時候，對於自己的真名嗤之以鼻，「太德國了……」

他在電話簿裡沒找到自己喜歡的名字，開始細數他認識的那些人。他回想起自己在康乃狄克州柏林的時候，他的夢幻女神老師瓊安．奇徹斯特，教導科學與生物的輔導老師。她一頭金髮，人長得漂亮，簡直有英國氣質，而年輕的葛海茲萊特曾經暗戀過她。這是愛德華．賽維爾告訴我的事，但瓊安‧奇徹斯特自己卻說她完全不記得這個年輕人。「這樣說實在殘酷，」她告訴我，「我年紀大了，但我想這與老化無關。我當初是輔導老師，班上應該有他這個學生，當時我應該就是覺得他沒那麼傑出。我沒有其他可以補充的了，我對他的所知，全是你告訴我的一切。」

克里斯‧吉爾哈特經常在愛德華‧賽維爾面前這麼說：「哦，她真的好棒！」除了她的美麗外貌與智慧之外，她還有個完美姓氏，奇徹斯特，而克里斯總是故意唸成奇～徹斯特。充滿了美妙的英國風格，尤其，搭配一個如克里斯多福之類的尊貴名字，更是如此。

他突然靈機一動：克里斯多福‧奇徹斯特！他畫蛇添足，又加了一個華麗的中間名：蒙巴頓。克里斯多福‧蒙巴頓‧奇徹斯特。艾莫爾與珍忍不住微笑，他們的年輕德國朋友準備要在好萊塢大展身手！打從這對夫婦遇到那個站在德國公路邊、全身濕透的便車客的第一天開始，他一路行來，已經大有斬獲。當時的他顯然已經知道要怎麼開口恭維與表現乖順、何時該開口與保持沉默，也知道要如何操弄美國體系。

在好萊塢，大家都知道，改頭換面是一種生活方式。不過，克里斯多福‧奇徹斯特卻下定決心，不要在洛杉磯落腳展開新生。套個編劇的術語，「太標準」，也就是太平凡無奇、太公式化了。他挑中的地點反而是位於洛杉磯東方十九公里之外，某個具有田園氣息的獨立之地，完全美

❸ Dr. Duc。

式風格、自給自足的小鎮，而且充滿了堅貞信徒，他們展現無比熱情洋溢擁抱陌生人，尤其是一個有傑出不凡名字的人。

4

克里斯多福・奇徹斯特
加州聖馬利諾

我的波士頓秘密線人給我的那些文件之中，我撈到一份讓我眼睛一亮的線索，一九九四年七月四日的洛杉磯郡治安官辦公室報告：

警探們表示奇徹斯特講究衣著，外貌體面，而且能言善道。他參加教堂禮拜，而且會討好富有社區的老人。他佯裝自己是電腦專家、電影製片人，以及證券經紀人。他告訴別人，他的父親是律師、人類學家，不然就是英國貴族；而他的母親是建築師、人類學家，或者是女演員，他對於自己談論主題的涉獵相當深入。雖然大家說奇徹斯特講話有英國腔，但是警探們認為他不是英國人，據信應是來自另外一個西歐國家。

這個年輕移民的檔案文件附近還出現了以下幾行的文字：

一九八一年五月二十六日：搬到加州，成了克里斯多福．奇徹斯特。

一九八三年二月七日：加州核發駕照，編號為C三〇九九七三——在這個日期與八五年二月八日之間的某段時間，他搬到了聖馬利諾的洛蘭路一九二〇號的後屋。

我從來沒去過聖馬利諾，不過，當我進一步研究之後，我立刻明瞭這個自稱為克里斯多福．奇徹斯特的德國人為什麼會選擇在那裡落腳。《紐約時報》介紹此地的標題是「充滿人間逸趣之花園」。《洛杉磯時報》一九九六年的某篇報導列出了這座城市的驚人數據：三點七五平方英里；人口數：一萬兩千九百五十九人；年齡中位數：四十一點二歲；家庭收入中位數：十萬一百零一美元。

該篇報導的內容如下：

以其資產與收入著稱的聖馬利諾，是一座頂峰之城。

我們先關注一下這裡的其中一項特色：這座城市的創始人之一是鐵路大亨亨利．愛德華茲．杭亭頓，而這裡的縣治估稅員數目、幾乎就與以他姓氏作為洛杉磯房地產名稱的公司一樣多。

這座城市的第一任市長是喬治．巴頓，知名的二戰「血膽」將軍。年輕的喬治在葡萄園湖裡面游泳，而它現在已經成了三十五英畝、綠意盎然的珍寶，萊西公園……

必須要執行嚴格規矩，才能維持高檔生活風格：住戶要是把車子停在自家車道、會被人看見的地方，不可超過四十八小時之久；每一戶只能入住一個家庭；街道上不能看見垃圾桶；絕對禁止出現挨家挨戶的叫賣小販與鐵網圍牆。對於某些躁動不安的人來說，唯一的救贖是雙倍義式濃縮咖啡，這座城市允許販賣的最強烈飲品也就只有這個了。

在二〇〇八年的某個秋日，我從洛杉磯市中心走一一〇快速道路，到了盡頭之後急轉，進入某條一般道路，駛過帕薩迪納某段破舊的短程區域，突然之間天空變得開闊，綠蔭濃密，空氣清涼颯爽，路面也轉為六線道的大馬路。我瞬間進入一個截然不同的世界，與二十公里之外的那座城市成了強烈對比。聖馬利諾似乎堅留在另一個時代，諾曼．洛克威爾的美國插畫記憶重現，被聖蓋博山脈所包圍的純淨小鎮，有棕櫚樹點綴其間，而且裡面都是善良正直又虔誠的國民。與我剛剛離開的那一大片都會區相比，立刻增加了安全感。

佔據洛杉磯的那種礙眼雙層商場，並沒有入侵到這個地方。這裡的主要道路，杭亭頓大道，兩側都是整潔古雅的小店：「杭亭頓汽車服務站」（有真人服務員，不是那種制式的自助式電腦加油機台）、「黛安娜．迪伊禮品店」、「上層階級髮廊」、「農園之屋」、「時尚乾洗店」、「科內特舞蹈學校」（專長是芭蕾）、「高奢修鞋店」。這裡有提供護膚、國標舞課程、訂製服、手工藝品、各種娛樂項目的店鋪，似乎到處都看得到教會，我立刻就發現基督教科學派第一教會旁邊的某間基督教科學派閱覽室。到了中午時分，當地人把「群聚廚房」擠得水泄不通，外頭的招牌寫有——每日營業，七點鐘開始，特餐供應！透過櫥窗，我看到了笑容滿面的女服務生們正在為享受培根與煎蛋的體面紳士們倒咖啡。

這地方的一切，都讓我的臉龐立刻洋溢微笑。

這就是聖馬利諾，克里斯提安．卡爾．葛海茲萊特成為美國公民之後的第一個真正固定住所。約莫在他到達這裡的時候，有個當地人為這座城市寫了一首歌：

我聽說過有座城鎮
住了許多富豪
就在洛杉磯二十分鐘車程外的地方
他們有警察局、消防隊
但其實並不需要
因為這裡沒有犯罪與暴亂，他們安全無虞

這裡的每一座車棚
都停放了五台房車
學校都超級有錢
各式各樣的運動課程全部都有

街燈整夜不滅

樹木修整得恰如其分

它叫什麼名字？

聖馬利諾

克里斯多福．蒙巴頓．奇徹斯特於一九八一年在此處落腳。嫻熟英語的他，準備要向大家展現他最令人驚豔的新身分——地點不是在處處都是做作之人的洛杉磯，而是在這個充滿人間逸趣之花園。

我的第一站是楊恩瑞典髮廊，位於主街的迷人精品小店之一。當我踏入大門的那一刻，我覺得自己彷彿意外發現了某間藝廊，而不是髮廊。從上到下的每一吋空間，都擺滿了銀珠馬鞍，牛仔與駿馬的黃銅雕像，牆上掛有鹿頭與牛頭標本、吉他以及曼陀林、牛仔競技賽的優勝緞帶與獎盃，還有數十年來在「玫瑰碗」體育場展會中拍攝的多張相框照，主角是某位金髮大鬍子牛仔。

老闆出現了，身材超級高大，頭頂真的碰到了天花板，他身穿亮紅色的西部牛仔襯衫，脖子上圍了一條印花巾，搭配蛇皮牛仔靴，緊身牛仔褲褲腳紮入靴口，腰間佩戴的是牛仔專用銀質巨大環扣的手工製皮帶。他留有一頭雪白長髮，我實在很難分辨哪裡是髮尾，哪裡又是大把鬍鬚的起點，鬍鬚線的下方看得到一旋毛狀的胡桃木色短髭。他露出燦爛的咧嘴缺牙笑容，自我介紹的時候，藍綠色的眼眸發出燦光。

楊恩．艾德諾爾是在一九七一年來到美國。「那時候的我乾乾淨淨——就像是羅斯．裴洛特……」他指的是曾競選總統的那位德州富豪。然後，有人帶楊恩去騎馬，突然勾起了他的興趣，之後就成了他的執戀。「我開始蓄髮留髭，把店內裝潢得跟西部拓荒年代一樣，我成了瑞典牛仔！」自此之後，他多次在展會時騎馬上陣，還有一次在《傑哥戽斗秀》節目中表演騎馬。

當我詢問他有關克里斯多福．奇徹斯特的事，他大吼一聲，「好！」過沒多久之後，我就發現這是他最愛的口頭禪之一。「他當年就坐在那裡……」他指向某張古董理髮椅，上面有一塊飾版，記載它的歷史溯自一八八六年。

楊恩說他從一九七二年開始就在這座小鎮裡當理髮師，聖馬利諾的每一個人他幾乎都認識。我講出我已知的少許線索：自稱為克里斯多福．奇徹斯特的某個移民，之所以選定此處落腳，是因為這裡是有祖產財富與涵養的著名獨立之地。

我重複艾莫爾．克林告訴我的話，「他想要前往有錢人的地方。」不過，他到底是什麼時候到來，又住在哪裡，就連瑞典楊恩也不知道。

楊恩說道：「我想他應該是住在貝德佛德路的某名女子家，寄人籬下。」

「寄人籬下？」我原本以為是因為他英文不好誤用片語，其實他打算要說的是「與某位女子同居」。不，他向我保證，他的意思的確是寄人籬下。而聖馬利諾的女子們對於此人出現都很開心，幾乎是立刻展現歡迎熱誠，因為他不僅僅是一個有錢有品味有教養的年輕人，而且還是貴族。「他告訴大家他來自英格蘭的某個皇室家族，自稱是克里斯多福．奇徹斯特。」楊恩唸出奇徹斯特這個姓氏的時候，還刻意拉長了「奇」那個音節的母音。「雖然他只有二十六歲，但行為舉止卻像是四十歲。只要他剛認識哪位小姐，他都會先執起她們的手、親吻一下之後才自我介紹，這些女子認為奇徹斯特是天賜之禮啊什麼的，」他繼續說道，「因為他的行為舉止相當得體，與這國家的其他男人很不一樣。他可以暢聊股市、政治，什麼話題都難不倒他。她們會邀請他到自己的豪宅裡過夜，他們都有客房啊什麼的，而且還會招待他吃東西，為他買衣服。」

我問道：「你是怎麼認識他的？」

他說，早在認識這個人之前，就已經聽過對方的名號，而且在地方報紙看過他的照片，總是穿西裝打領帶。「我心想：『這傢伙到底是誰啊？』然後，這個名叫奇徹斯特的人出現在市政廳會議與各式各樣的場合，當然很快就開始在俱樂部打轉。」

我問道：「俱樂部？」

「『城市俱樂部』、『扶輪社』啊什麼的，」他說道，「那些人我都認識，然後他們都告訴奇徹斯特，『既然你是英國人，就應該去找楊恩剪頭髮，因為他也來自歐洲！』所以突然之間，他就穿著西裝出現了，要求剪頭髮。之後他開始跟我講了那一堆故事——他是蒙巴頓家族的人啊什麼的。」

他繼續說道，他不只是蒙巴頓家族的人，而且還是蒙巴頓閣下的外甥，只要看過菲利浦．齊格勒撰寫之《蒙巴頓》自傳的書衣內頁介紹，就會知道這是一名具有不朽歷史地位的親戚。

他出生於一九〇〇年，是巴滕貝格路易斯親王，曾祖母是維多利亞女王，他是俄國沙皇與皇后的外甥，也是英王的表哥。他後來成為路易斯・蒙巴頓親王，是英國海軍的年輕偶像，最後是二次世界大戰三名最高聯軍統帥（另外兩位是艾森豪與麥克阿瑟）之一，直接指揮二十五萬名美國人，他是印度末代總督，在極其艱困環境之中統領大局，也就是印度脫離英國的獨立戰爭……

這是筆墨幾乎無法形容的一生。蒙巴頓曾經掌控全球上億人口，而這位國家自由與民主的堅決擁護者，也充滿了貴族氣息：他是表弟溫莎公爵的摯友；愛丁堡公爵的舅舅，而他與伊莉莎白女王的婚姻，也是由蒙巴頓一手打造；還是查爾斯王子「宛若祖父之輩」的摯愛長者。

他充滿魅力，帥氣逼人，娶的是某名歐洲最有錢也最美的女富豪繼承人……關於他的一切，都必須以恢宏角度觀之。

然後，有個自稱是他姪子的年輕人……出現在某座南加州小鎮。但是大家找不出懷疑的理由。關於他的一切——衣著、口音、教養、魅力——似乎都真確無誤。

楊恩指向他的古董理髮椅，「自從一八八六年之後，有許多混蛋都坐過那張椅子……」這是他對每個新客人都會說的話。然後，他大手一揮，我想那意思是指「坐看看是什麼感覺」。我入座，楊恩繼續講故事：「所以奇徹斯特開始來找我剪頭髮，至少一個月兩次。他就跟許多客人一樣，來找我的時候會訴說自己的故事與問題，他們知道我會聆聽。算是把我當成了便宜的心理治療師，就像是酒保一樣。」

我整個人深陷在椅身裡，老舊，吱嘎作響，但柔軟舒適。楊恩就與其他鎮民一樣，準備講出精采故事。

想要在聖馬利諾更上一層樓的年輕人，聰明的第一步是認識肯尼斯．維榮達。他是當地社區的要角，也是西南學院自一九六一年之後的校長。這所學校是維榮達的父親莫里斯於一九二四年所創立，是一所高級預科學校。而這位在史丹佛大學取得了碩士學位、擔任校長的維榮達，透過嚴格的預科學校課程以及他自己的智識與深入指引，帶領無數的少男少女長大成人。

一九八〇年初的某一天，一個名叫克里斯多福．奇徹斯特的年輕人，走入西南學院整潔校園精緻木屋，到了維榮達的小小辦公室。

「他剛來聖馬利諾，有人叫他過來這裡找我，看看要如何更加融入這個社區……」維榮達身材壯碩，態度彬彬有禮，他坐在凌亂的大桌後面回憶過往。我坐在他的對面，正是克里斯多福．奇徹斯特多年前所坐的同一個位置，我不難想像那個身穿西裝的體面新成員、面對這個重要的友善長者的情景，想必是立刻吸引了他。「他說他是英國奇徹斯特家族的後裔，而他母親待在瑞士家鄉。他來這裡是要念南加大，主修的是傳播或是電視。他相當謙遜，還說：『哦，對，我們是英國貴族，但我是窮親戚。』」

大家對待他的態度都十分親切，尤其是維榮達，引他進入聖馬利諾的社交圈。「我邀請他加入某個商業聯誼會，也就是與五十名人士認識寒暄，他來了，」維榮達說道，「然後，他想加入『扶輪社』，他也辦到了，每週扶輪社午餐聚會他都會報到。當然，他比大多數成員要來得年輕——幾乎所有人都是五十多歲或是更年長。他總是衣裝得體——精緻剪裁的英國西裝，襯衫加領帶。而且他有禮貌，個性討人喜歡。不過，在這樣的會面場合之中，其實能夠講話的時間並不多。等到你在自己的自助餐餐盤夾滿菜的時候，就開始進入正事，宣告事項，然後會有議程與演講。」

過沒多久之後，克里斯多福．奇徹斯特成了這些俱樂部、市政廳會議、有錢富豪派對的常客，對於自己的聚會裡有皇室成員，他們似乎是很開心。

「這座城鎮一共分為三個區域，」楊恩．艾德諾爾說道，「超級馬利諾，山丘的房子，五百萬美元起跳；聖馬利諾，平地區的優質寬敞豪宅，住戶是醫生與專業人士；還有下馬利諾，房價比較便宜，住的是工程師、老師，還有收入比較低的人。」對於聖馬利諾的這三大階層，我們準備要進行一趟開車巡禮。我與楊恩約在他的髮廊相見，我在外頭等候，而他則忙著開車出來——巨大的吉姆西貨卡，引擎轟隆隆，而且還黏有他馬廄的乾糞肥。這台車就和楊恩其他所有部分一樣，在寧和的聖馬利諾，顯得格格不入，不過，這位瑞典牛仔早就成了這座城鎮的特殊人物，大家對於他搞怪早就不以為怪了。

「在買下這一台之前，我開的是紅色卡車，前面有德州長角牛頭，」他說道，「後面的槍架上放了一支雙管霰彈槍，車斗放了一大捆乾草，純粹是為了裝飾而已。警察總是把我攔下來，開口問道：『楊恩，那把槍是不是有裝子彈？』我會說：『要是沒裝子彈就不是槍了啊！』」他哈哈大笑，告訴我裡面從來沒有子彈——單純就是喜歡它的造型。

我上了車，楊恩一如往常講個不停。我們在聖馬利諾的平地區，而這座城鎮收入最低的社區——下馬利諾——就在我們的後面。不過，楊恩不想以那裡作為起點，反而直接開往中上階級區，當我們開車行經中等階層區段的時候，他開始解釋：「這裡的房子比較大，比較漂亮，一棟約一兩百萬美金，住的都是醫生律師之類的人。不過，他們不是超級有錢人，並非坐擁祖產，對於這種等級，奇徹斯特只會皺鼻以對，他想要跟有恆產的富豪為伍。」

卡車從聖蓋博山腳開始上行，房子也越來越大，越來越奢華，我可以感覺到在楊恩的聖誕老公公鬍鬚之下、他正露出了咧嘴大笑。這裡是超級馬利諾，克里斯多福．奇徹斯特目不轉睛的菁英世界。

這個社區的起點是亨利．杭亭頓圖書館，這裡原本是鐵路大亨與創城之父亨利．杭亭頓的佔地兩百零七英畝故居。現在這裡有一間藝廊、植物園，還有一間超過六百萬本的珍本書籍與手稿的研究圖書館，全都是杭亭頓從世界各地找來的藏品。

奇徹斯特會挑選一個擁有全美最重要圖書館之一的城市落腳，也很合理，因為他無論去哪裡，圖書館都是他生存的重要環節。他花了許多時間待在裡面，努力研究要如何假扮成為另外一個人。

杭亭頓圖書館令人聯想到了聖西蒙，也就是報業大亨威廉・藍道夫・赫斯特的著名城堡，盤踞在加州海岸線之上，我向楊恩提起這件事，「好，杭亭頓比赫斯特偉大多了，」他的語氣充滿驕傲，「他擁有太平洋鐵路，在澳洲、華盛頓州有農場——到處都有。他去了英格蘭，買下一堆圖書館，毫無所求，最後全帶回了聖馬利諾。」

我們前往奇徹斯特給出的第一個聖馬利諾住址：圓環大道一四〇五號，楊恩告訴我，這不只是超級馬利諾，而是位於城鎮頂端的超級版超級馬利諾。「我不確定他一開始的時候到底住在哪裡——沒有任何人知道，」他說道，「在他開始廣結人脈之前，搞不好是住在汽車旅館。」當然，絕對不可能會是在聖馬利諾，他補充說明——聖馬利諾禁止飯店入住，遑論便宜的汽車旅館。她說，這個年輕移民很可能必須在帕薩迪納、聖蓋博，或是阿罕布拉比較普通的區域找尋住所——只相隔了幾分鐘車程而已，但是與綠樹成蔭的美麗聖馬利諾相比，卻是截然不同的世界。

楊恩從來沒聽說過奇徹斯特宣稱的圓環大道住家地址，所以他和我一樣迫不及待想要見識一下。圓環大道是位於某座高聳山丘頂端的半月形街道，這裡的尊貴住戶可以眺望整個聖馬利諾。我是在某人給我的那堆文件之中、找到某份資料，所以才知道奇徹斯特曾註記自己住在圓環大道一四〇五號。那個住址的宅邸非常大——是一整區豪宅裡最大的一間。當我們到達那裡的時候，楊恩還驚呼：「哦！好！」如果奇徹斯特真的住在這裡的話，應該是待在後面的客屋，位於游泳池與網球場的附近。

不過，他要是沒有住在那裡，那他到底住在什麼地方？楊恩沒辦法回答這個問題，但我第二天遇到的某些人也許可以。

我與楊恩的旅程結束之後，我順道拜訪了曾經被克里斯多福．奇徹斯特所深深吸引、住在超級馬利諾的某些太太。「我是在教會認識他的，」那女子告訴我，「救主堂教會，他人超好。週日早晨禮拜結束之後，大家一起在平台區喝咖啡，他上來自我介紹。」

救主堂教會正好在聖馬利諾的外圍，地址位於聖蓋博鎮，不過，那其實是超級馬利諾聖公會教友們的生活中心。創辦人是老喬治．派頓將軍，而他的兒子是二次世界大戰英雄，有身著馬褲的銅像矗立在花園，供人懷念。

沒幾個人記得奇徹斯特第一次現身的時候、坐在教會前排座位的情景。不過，當禮拜結束之後會眾聚集在平台區，他很快就跑來講自己的事，而且還廣發名片。

「嗨，認識您真是榮幸……」他會尖聲細氣打招呼，抓住某位女士的手、拉到自己的唇邊，接下來的動作是把手伸入西裝外套，拿出重磅數的名片，煞有介事交給對方，上面寫的是：

克里斯多福．奇徹斯特第十三代男爵[4]
加州聖馬利諾
加州聖斐爾

[4] 原文是XIII，Bt.

要是有人問他的話，他會解釋Bt.是男爵的縮語，而羅馬數字代表他是第十三代男爵（如果聖馬利諾居民動念想要研究一下，可能會發現第十一代男爵，愛德華．約翰．奇徹斯特爵士依然在世，也就是說，第十三代男爵根本還不可能存在）。

這張名片的明顯特色是家族徽飾——以白鷺為主題的紋章，大展雙翅，鳥喙裡有一條鰻魚——還有顯然是家族格言的某句話：Firm en foi，對於那些好奇的新朋友，他會在他們面前翻譯，「堅持信仰。」

過沒多久之後，這名男爵不僅在每個星期天在救主堂教會受到大家的崇拜，而且還參加了特定的委員會，幫忙準備教堂禮拜事宜。他好安靜，非常乖順，顯然是相當孤單，也因而讓某些友善女教友母愛大噴發、想要好好照顧他。其中一名是名叫貝蒂．伍茲的家庭主婦，從各方面看來，她都不是超級聖馬利諾的一員，但確實屬於聖馬利諾的一分子。她邀請奇徹斯特到家裡吃早餐，過沒多久之後是午餐。最後，她邀請他與她的家人一起吃平安夜晚餐，她是這麼說的：「我喜歡邀請流浪漢共度聖誕節……」

救主堂教會給予新成員的文件中，包含了下面這一段話：

> 大家會歡迎你……因為做禮拜讓我們成為了一個大家庭。做禮拜可以帶來諸多恩賜，最後提到、但卻同樣重要的就是社群感。坐在我們身邊的是不完美、困惑、很棒的人，與我們身處在同

一條路徑。他們也努力了解生命的意義，想要成為更好的人，他們想要接受挑戰成長，讓世界變得更加美好。你將會找到真心的朋友，多年陪你一起晚餐、散步、一起舉行家庭野炊。

沒有人發現聖馬利諾的住戶以及救主堂教會的會眾們特別歡迎克里斯多福．奇徹斯特——尤其是這座城鎮的有錢寡婦們。我詢問了好幾位，她們告訴我奇徹斯特是她們教會的常客，通常會參加早上七點半與早上十一點半的禮拜，還有十一點四十五分為得醫治的禱告，之後是咖啡與甜點時段。

「我是在救主堂教會認識他的，在教會活動結束之後，他會到外頭的平台區與眾人聊天，整個人看起來很時髦，但非常友善。」某位聖馬利諾的長期居民梅利迪絲．布魯克納說道，「他講話腔調很有教養，而且非常急切表現出友善態度，與大家聊天。他穿海軍藍外套，上面有紋飾，不是什麼家徽，只是廠商印在口袋上的某個徽章圖案而已。他總是看起來很有氣質，如果你想要讓聖馬利諾的人接納你，那麼你一定得看起來充滿氣質。當他在平台區被部分人接納之後，大家都接納了他，大家真的是對他很好。」

她繼續說道：「可愛的克里斯多福什麼主題都可以聊……」他的多才多藝，在玩桌遊「猜謎大挑戰」的時候最顯突出。梅利迪絲．布魯克娜曾經與他玩過幾次「猜謎大挑戰」，她還說，克里斯多福．奇徹斯特總是贏家。

這絕非易事。當然，要是有人想要靠桌遊學習有關美國速成課，「猜謎大挑戰」的那些主題將會是絕佳選擇。我找到了奇徹斯特成為遊戲高手那段期間的幾個範本題：

洛達❺的娘家姓氏是什麼？（莫根史坦）

約翰．F．甘迺迪遭李．哈維．奧斯華刺殺身亡，他自己又是在幾天之後被人槍殺？（兩天）

電視觀眾一共看了幾季的首映《吉力根島》？（三季）

在一九八〇年的時候，十萬名尷尬的美國婦女買了二十萬個什麼東西？（隆乳假體）

這個年輕人擅長的不只是桌遊而已。在奇徹斯特後來寫給某位朋友的信中，也顯露出他對於文學經典一樣嫻熟。「聽說你開始精讀莎士比亞作品，真是太好了，」他寫道，「應該是有史以來的絕頂佳作！《理查二世》與《理查三世》應該是我的最愛。當然，我可以幫忙，只要你有任何需要，讓我知道是哪一齣戲劇、哪一幕、哪一場，然後把台詞編號唸給我，我就可以以把我的意見告訴你。」

「他無所不知無所不曉，」布魯克娜繼續細數奇徹斯特的非凡本領，「他是運動、劇場、電影的專家……知識涉獵範圍廣泛，了不起……是個萬人迷，魅力十足！」

一九八二年的某一天，地方報紙出現了克里斯多福的報導，更為他增添傳奇。文中披露這位剛成為聖馬利諾居民的年輕人，其實是法蘭西斯．奇徹斯特爵士的後裔，他是曾在一九六七年接受伊莉莎白女王授封為爵士的傳奇探險家，因為他是獨自以帆船環遊世界的第一人。有名女子記得克里斯多福曾經驕傲拿出那份報導給她看，然後，他臉紅了，還說報紙關注他以及他的有名親戚也讓他感到相當不好意思。

那位看到報紙的女性這麼告訴我：「然後我們大家都覺得：『哇！真有趣！他有報紙的背書！』」當地報紙不時提起他，讓他成為這座城鎮的話題人物，是受到大家歡迎的晚餐賓客。他在聖馬利諾公共圖書館也同樣得到大家的喜愛。義工會問他：「你真的是法蘭西斯．奇徹斯特爵士的親戚嗎？」而這位年輕人總是迫不及待為眾人補充細節。

結果還真是剛好，搖滾樂團「險峻海峽」推出一首名為〈單手帆船家〉的流行歌曲，主題正是法蘭西斯．奇徹斯特爵士以及他兩百二十六天的旅程，出發點及終點都是英格蘭的普利茅斯，期間只有在澳洲雪梨稍作停留而已。要是聖馬利諾的居民聽過那首歌，當然會按捺不住，認定奇

❺ 電視劇人物。

徹斯特的孫子也可能是有潛力的英雄吧？

某個星期三晚上的禮拜結束，某名聖馬利諾女子載他回家，他告訴對方：「我姓名的由來是因為英國的那座城市，奇徹斯特。」

她興奮尖叫，「克里斯，我去過那裡！」兩人開始共同回憶那座古城的點滴，最有名的就是當地的十二世紀大教堂。

「其實我最近剛繼承了那座大教堂，」奇徹斯特說道，「我一直在想要把它移來美國，但是我沒有找到準備好、能夠收下它的市政府。」

這女子顯然沒有想到拆解、運送某座中世紀教堂的無法計量之難度與花費，也沒有稍作停頓仔細思考，這種歷史古蹟居然會被某一個家族所獨佔，是多麼荒謬的事。

「啊，克里斯，要是能把那教堂運來聖馬利諾就太好了！」她還說自己有個地方，將會是放置它的理想地點。

奇徹斯特回她：「好，我當然會列入考慮。」

第二天，這女子遊說聖馬利諾執政官，大讚奇徹斯特大教堂的壯麗，還解釋聖馬利諾的那位顯赫新居民打算要把它移過來。它將會與杭廷頓圖書館齊名、成為這座城市的必遊地點！她問道：「是不是有什麼方法讓我們把它運過來？」

執政官回道：「如果我們得出錢，當然不可能。」

「哦，克里斯有的是錢。」不過，當她再次向他提起這件事的時候，他卻說為了這種事、勢必得從他的信託基金抽出大筆資金，他父母不會允許。

不論聖馬利諾的居民發表了什麼後見之明，但當時多數人都受到克里斯多福．奇徹斯特所左右，的確是不爭事實。某天下午，我受邀與當地的某些重要人物太太們一起喝茶，我們待在超級馬利諾某間豪宅的大型起居室，坐的是印花棉布襯墊座椅。「我們這條街很有錢，」女主人承認，「相隔兩戶的那個鄰居有十億美金身家，隔壁那一棟是百萬富豪，它的隔壁又是十億美金富豪。」

這些女子超友善大方。當我們提到克里斯多福．奇徹斯特的時候，她們還是保持客氣有禮的態度，一直不曾動搖。其中一名女子告訴我，她幾乎每個星期三都會載他去教會、還會把他送回去。因為他那台破爛的普利茅斯之箭經常壞掉，所以聖馬利諾的這些女士會輪流當他的司機。她說，每次她去接他的時候，他都是在某棟漂亮的超級馬利諾豪宅門口等她，而當她送他回去的時候，他總是說：「不需要轉過去，讓我在街角下車就可以了。」她會乖乖遵從指示，然後這名年輕人離開她的凱迪拉克，消失在夜色之中。週三接送上演了一年之久，他還是沒有讓這名寡婦知道他究竟住在哪裡。

另一名女子接續這個話題，她說道：「我們在地方報《聖馬利諾論壇報》刊登了一個小小的告示，詢問是否有人能夠幫忙高中的粉刷工作……」這是聖馬利諾典型的共同目標，會有無數的社區成員投入支援。當地媽媽會為油漆工送來自製的午餐，還有人會送來一九五〇年代的音樂點唱機讓大家開心。大家都覺得，身為男爵、而且是蒙巴頓家族後裔的奇徹斯特，自告奮勇從事這樣的體力工作，絕對是美事一樁。

「我把他介紹給大家認識，」她的語氣滿是懊悔，繼續說道，「我問每一個人，『你認識克里斯多福．奇徹斯特嗎？』我們都好友善！他在那所高中結識了一大堆人，他教養良好與衣裝得體的那種程度——根本不會引人懷疑。」

她放下自己的茶杯，那一瞬間，我以為她終於失去冷靜，開始要斥責奇徹斯特，但她就連在回憶過往的時候，也依然很自制，她說道：「他不是很好的油漆工。」

奇徹斯特幫忙在中學刷油漆之後，想辦法躋身參加了聖馬利諾最重要的社交活動：「爸爸之夜」，這座城鎮裡的爸爸們——大部分是政治人物與商界人士——會在原創音樂劇裡面歌唱跳舞。這是自一九三二年開啟的傳統，而一九八二年的那一場有聖馬利諾最重要的百名居民登場演出。他們曾經表演過許多百老匯經典，例如《酒店》、《紅男綠女》、《歡樂音樂妙無窮》，改編歌詞配合聖馬利諾（「你有麻煩了，我的朋友，我說有麻煩，就在聖馬利諾！」）[6]。為了增添樂趣，這座城鎮的許多父親都會穿女裝現身。

其實，這一整個社區對於「爸爸之夜」頗是狂熱。公司行號會在當地報紙下開玩笑的廣告：

「預祝斷腿❼！」還有「我們在辦公室已經捐錢嘍」。不過，與我喝茶的那些女子向我保證，這場活動具有嚴肅目標，是為「聖馬利諾城市俱樂部」募款的主要活動，該組織是當地慈善團體與家長會的贊助者。其實，這場活動通常是由我們的這位女主人籌辦，但是在一九八二年的時候，奇徹斯特卻自己找上門來，堅持要由他來統籌一切。他說他電腦很厲害，他會將一切電子化，這樣一來就可以讓大家省去許多麻煩。

不過，等到真正要開始動工的時候，奇徹斯特卻發現自己面對一大堆文件——表演註記、歌詞、演出名單——然後他就直接放棄了，完全沒有任何貢獻。接下來，他完全不作任何解釋，直接出現在正式登台前一週的預演。我們的女主人說道：「我說：『給他穿上狗狗裝。』」所以，這位顯赫男爵出現在「爸爸之夜」舞台的時候，身穿的是狗狗裝，而他唯一得做出的表演動作就是學小狗默默對消防栓尿尿。

女主人嚷嚷：「這個人真古怪！」她的陽光外表終於出現了破綻。她指向自己的兩個朋友，當初是她們牽線讓她認識了奇徹斯特，她繼續說道：「我早就告訴她們這傢伙是怪人，但她們卻回我：『才沒有！這個人很棒！』」她搖頭，「這兩個處女座哦……」她繼續說道，「就是這麼信

❻ 此段歌詞原出於《歡樂音樂妙無窮》。
❼ 演出順利之意。

任別人！愛每一個人！大家都很完美，從來沒有發生過任何壞事。在她們的眼中，世界就該是如此。我們從來沒有丟過原子彈，而且從來沒有發生過戰爭或災難。」

我望向那兩位慘遭攻擊的處女座，聽朋友一直在責罵，但她們依然保持微笑。女主人指向其中一名女子，我知道那是她最好的朋友之一。「某天早上，我打電話給她，我說：『昨晚有雷擊！』她回我：『哦，沒有，我們沒有啦。』我們老是在開玩笑，這裡是最信任他人的小鎮，你見過最天真無知的人都在這裡，難怪他可以逍遙法外。」

她開始解釋：「我來自舊金山，所以我一開始瞧不起聖馬利諾。我心想：『誰會想要住在這種平坦又煩人的地方？』」她伸手指向自家花園外的山丘，「你看，所以我選在我能找到的最高的山丘落腳，但是這裡的人真的超好，聖馬利諾充滿了魅力！這就是他——克里斯多福．奇徹斯特可以矇混過去的原因。如今這裡是否還是這種樣貌，我就不敢說了。」

現在聖馬利諾的同質性沒有那麼高，與一九八〇年代初期相比，稍微少了一點社區感。現在的人口約有一半是亞裔美國人，大部分是在八〇、九〇年代大批移入的有錢台灣人，他們被吸引而來的原因是首屈一指的公立學校體系——永遠在加州評比名列前茅——以及小鎮生活情調。

在座女士們都同意在過去這二十五年當中、聖馬利諾已經產生了巨大變化。那個充滿信任、開放，以及純真的年代已經結束了，而且原因並非只是人口結構的變化。就相當程度而言，它是在那個自稱是克里斯多福．奇徹斯特的年輕人神秘到來又神秘消失的時候畫下了句點。

喝完茶之後，我前往佩姬・艾布萊特的家，也就是那兩位超級信任人的處女座之一，漂亮的金髮女郎。我們進入她位於聖馬利諾平地區的舒適屋宅，她拿出了一疊泛黃剪報以及製作排程。

她拿了一篇文章給我看，《帕薩迪納星報》一九八四年一月十五日的報導，在社交版面提到由喬伊絲、霍華德・莫洛夫婦所舉辦的某場派對，他們是全國烤堅果連鎖店「莫洛堅果店」的老闆。他們捐了四萬美金、招待二十二名來自聖馬利諾國的奧運選手，這是位於義大利亞平寧山脈，人口僅有三萬人的迷你小國。雖然他們準備參加的是一九八四年的洛杉磯奧運，但是卻在加州聖馬利諾住戶的家中大吃大喝。

根據那篇社交版的專欄作家所述，這場由莫洛夫婦主辦的派對賓客有一百五十人，送上的飲食是「香檳與堅果，堅果，源源不斷的堅果」，而當晚的明星似乎讓主人成了配角：

另一位值得大書特書的客人是克里斯多福・奇徹斯特，原本是英國貴族成員，也是傳奇航海家法蘭西斯・奇徹斯特爵士的孫子，他現在是美國公民，而且住在聖馬利諾。

奇徹斯特表示：「當初是我促成霍華德・莫洛與聖馬利諾奧運隊募款團隊接上了線……」他的母親在另一個聖馬利諾擁有一間建設公司。

佩姬・艾布萊特拿出了更多的剪報內容，包括了某份報紙廣告，閃耀星星與弧形燈插圖的下方是文案：「大家在聊什麼？觀看《深入聖馬利諾》就知道答案。第六頻道晚上七點——遠景有線台，《深入聖馬利諾》是由『舞毒娥』製作。」舞毒娥是這間製作公司的名字，同時也是法蘭西斯．奇徹斯特環遊世界的那艘帆船船名。

當時是一九八四年，有線電視時代剛剛問世的時代。聖馬利諾市政府將第一個有線電視頻道經營權給了帕薩迪納的某間汽車經銷商，主要是當成自家產品的廣告工具，而當局對於剛成立的頻道的第一個要求就是要製作本地電視節目。克里斯多福．奇徹斯特活躍於教會社交圈、市政府會議，以及各式各樣的俱樂部之間，聽到了這個有線電視台的機會——立刻死抓不放。

某一天，佩姬．艾布萊特家裡的電話響了。

「嗨，佩姬，我是克里斯多福．奇徹斯特。」

她驚呼：「哦，嗨，克里斯！」

佩姬當然知道他是誰。現在，聖馬利諾的每一個人都認識克里斯多福．奇徹斯特，到處都看得到他的身影。他告訴她一個非常令人興奮的好消息：聖馬利諾馬上就看得到有線電視了！而且，他有幸能夠製作這座城市的第一個有線電視節目，他希望她可以擔任主持人。

「佩姬，妳天生就上鏡！」這句話的確八九不離十。佩姬個頭嬌小，衣裝完美，總是會拿到桃樂絲．黛的角色，大家都說，因為她長得像，而且行為舉止就跟桃樂絲．黛一樣：總是開開心心。奇徹斯特說佩姬會是他節目的完美門面，這是一個訪談性節目，他會取名為《深入聖馬利諾》。她將會成為芭芭拉．華特斯[8]，而他將是在幕後操控一切的製作人。

佩姬回道：「克里斯，這聽起來好有趣！我很樂意幫忙！」

佩姬．艾布萊特在我到訪的那一天、坐在她家客廳裡，哈哈大笑——而且笑聲不斷，那個謎樣的年輕人，完全沒有對她的陽光性格留下任何陰霾。「我們就是不敢置信有人會撒謊，」她說道，「在聖馬利諾？不可能。」

她加入節目製作團隊，成了《深入聖馬利諾》的門面。

雖然它基本上只是三人組的小資本製作——克里斯多福．奇徹斯特、佩姬．艾布萊特，以及一位高中生攝影師——而且觀看人數微乎其微，但奇徹斯特做節目的熱忱就如同他追求其他目標一樣：全力以赴。佩姬．艾布萊特拿給我看的那些迄今已經泛黃的報紙小廣告，寫有「《深入聖馬利諾》——晚上七點鐘，美國遠景有線台第六頻道」，這是克里斯多福在當地報紙投放的宣傳。他還以打字方式製作流程，在佩姬開車接他準備拍攝的時候、他會把它交給她，然後兩人再與攝影師接頭，趕去超級馬利諾菁英圈的辦公室與活動場所。

奇徹斯特敲定所有的約訪來賓，「美女，那我們就十點鐘在妳家見面，」可以想見他對市長夫人、圖書館總監，或是博物館館長講出這種話的情景，「只要平常打扮就可以了，千萬不要緊

[8] 美國著名主播。

張，妳天生就上鏡。」

這些來賓享受被關注的感覺，但大家幾乎都沒看過自己在節目上的模樣。在那個時候，沒有人看有線電視，而且，《深入聖馬利諾》的吸引力也沒有到那種讓大家會掏錢訂閱新興頻道的地步。不過，是克里斯！有誰能夠抗拒體貼又有教養的可愛克里斯？無論克里斯多福．奇徹斯特想要從事什麼活動，都有許多聖馬利諾的良善居民都想要幫助他。而且，他的確看起來像是娛樂產業的明日之星。遇到拍攝日，他會換上自己的訂製常春藤聯盟外套與領帶，混合「洛杉磯式」隨性風格穿著：白色牛仔褲、尖領毛衣、條紋馬球衫，而且一定是豎起領口，勾勒出脖子與飛行員太陽眼鏡。

「眾議員理查德．蒙喬伊將會是五月二十九日《深入聖馬利諾》節目的特別來賓……」這是某份報紙的宣傳內容，而且還有一張奇徹斯特交疊雙手、對著鏡頭微笑的照片，身旁是佩姬．艾布萊特。「……蒙喬伊與製作人克里斯多福．奇徹斯特共同討論節目編排。」

奇徹斯特力邀當地知名人士參加節目——市長、校長、超級馬利諾的各個活躍人士——不久之後，就被他全部用光了，奇徹斯特開始物色聖馬利諾以外的人選。在兩個月的時間當中，他的來賓已經擴及到洛杉磯的傑出人士，範圍已經大到奇徹斯特必須為節目改名，從《深入聖馬利諾》變成了只有《深入》。「歡迎收看《深入》，」這是某一集的開場，「我是佩姬．艾布萊特，今天我們到了達瑞爾．蓋茲先生的辦公室，也就是洛杉磯警局局長辦公室。」

奇徹斯特雖然在出鏡位置，但永遠在掌控全局，他會翻出提詞卡，還會大吼大叫下指令。他示意佩姬提問，「好，蓋茲警長，在你轄下得負責多少人的安危？」

等到拍完《深入》的段落之後，佩姬會護送她的製作人返家——至少，是她以為他住的地方，位於下馬利諾區域。我拜訪佩姬的那一天，她載我前往那間屋子，位於某個空曠的角落。她說道「這是『王山風格屋』……」，意指它的西班牙風格：陶土色、一堆拱道、蓊鬱花園，還有，她補充說道，對奇徹斯特來說，最幸運的就是窗戶的彩繪玻璃紋飾。

佩姬常常送他回那個大莊園，他說那是他父母的房子。「我老是跟他說：『我一直很喜歡那種房子，想要看看裡面的模樣。』」

「他們讓我入住，是因為要叫我維持良好屋況。」他丟下這句話之後，直接對佩姬道晚安。

佩姬說道：「哦，哪天我想進去參觀一下。」

「沒問題，」他總是滿口答應，「但今晚不行。爸媽叫我要打理房子，但我弄得不是很好，我不能讓妳進入亂七八糟的屋子裡面。等到我一切整理好之後，自然會請妳來喝茶。」

他從來沒有。

「我曾經想過，『也許他被逐出了家門！』」她的意思是指他是奇徹斯特家族的壞分子，被送到美國就學與獲取經驗，最重要的是，可以遠離顯赫家族的活躍成員。

她從來沒想到克里斯多福．奇徹斯特的性格完全是他瞎掰的結果。

在聖馬利諾，合適年輕單身漢屈指可數，尤其是儀態良好、又有貴族血統的更是鳳毛麟角，奇徹斯特找到了好幾個願意與他約會的對象。

他在某名聖馬利諾顯赫家庭的女兒面前如此宣稱：「我是《密諜》的製作人……」他們都是聖馬利諾圖書館的義工，因為某場活動而結識。在她父母的慫恿之下，她答應他的約會邀請。

「妳知道嗎，就是派翠克．麥克古漢的作品，」他說道，「在英國很轟動。」

她從來沒有聽過《密諜》，而且她也從來不曾確定克里斯多福．奇徹斯特是否為製作人。如果她真的有比對資料，那麼就會發現《密諜》——英國一九六〇年代的經典電視影集，講述名前探員拚命想要逃出某個宜人社區，而那裡其實是關押知道太多內情之人的監獄——上檔播映的時候，克里斯多福是七歲。

在聖馬利諾公眾圖書館書展的會場，某對夫妻把自己的女兒介紹給克里斯的時候，她以顫抖的興奮語氣說道：「我好愛音樂劇！」

「真巧！」克里斯多福回道，「我也是。」

他總是以那種姿態百般配合。他聊天的對象喜歡的事物，他也一定愛得不得了。

而且，他還能夠以知識證明自己的熱愛。就音樂劇那個例子來說，他會開始大讚像是《窈窕淑女》與《西城故事》的精采，還有它們之間的細微差異，讓聆聽他說話的那些人覺得，她們與這名年輕英國貴族有深層的相通之處。

他與那個在書展認識的女孩約會，帶她前往桃樂絲．錢德勒劇院欣賞洛杉磯愛樂表演。他帶她一直往上爬，一直到了最高層[9]。

「親愛的，妳一定會愛上《赫布里群島》序曲！」當他們坐入超便宜座位區之後，他提起孟德爾頌在一八三〇年寫出的這部作品，「它會改變你的世界。」

結果並非如此。但他不屈不撓，努力「教育」她更雅緻的生活品味。過了幾天之後，他們在帕薩迪納鄰近社區的湖道商店散步。

奇徹斯特詢問他的年輕女伴：「妳一定聽過哥蒂凡巧克力吧？」

她回道：「哦，沒有……」

「跟我來……」他抓住她的手臂，迅速把她拉入哥蒂凡專賣店，然後帶她到某個櫃檯前面，挑了這間公司正字標記的紅色大緞帶金盒。

「這是頂級巧克力，」他告訴她，「紳士們會把它送給女友，等到她們吃完巧克力之後，會將情書放在盒內。」

這位年輕女孩搬到舊金山之後，某天打開家門的時候，發現有聯邦快遞，是克里斯・奇徹斯特寄來的包裹，裡面放有哥蒂凡巧克力的金盒。

當奇徹斯特從聖馬利諾消失二十五年、登上各大新聞版面的時候，當初他約會過的那些年輕女孩都沒有人想要面對媒體，只有一個除外：卡蘿・康普爾。個性陽光、深色頭髮，三個小孩的

[9] 最便宜票價區。

媽媽，她邀請我到她聖馬利諾的漂亮豪宅作客，還帶我做了一趟城市巡禮。

不過，對卡蘿來說，她與克里斯多福．奇徹斯特的那段互動依然是令人心酸的傷口。她說，一開始的時候，是她父親在某間當地聯誼會認識了他——可能是扶輪社或是城市俱樂部——那裡的聖馬利諾男性講起了這名十三代男爵的故事。

卡蘿的父親迪克．康普爾決定要來作媒。住在德州的女兒卡蘿正好來訪，某天，她父親開口詢問奇徹斯特：「嗨，克里斯，要不要認識一下我女兒卡蘿？」

奇徹斯特回他：「當然好啊。」

接下來的那個星期天，他們在聖馬利諾長老教會認識了彼此。

奇徹斯特說道：「想必妳就是卡蘿了。」

「要是妳願意跟我出去，將會是我的一大榮幸，」他問道，「明天十一點三十分好嗎？」

卡蘿．康普爾覺得應該是一頓午餐約會，她就答應了。不過，奇徹斯特並不是一身盔甲騎著駿馬的騎士，而是開著他的爛車到她父母家接人，她還發現他的衣服有點破舊了。這不是什麼跟某個男人出去，進行一連串活動的傳統約會，他們在市區四處閒逛，先是去郵局拿他的信件，把他的衣服送去乾洗，最後終於把卡蘿送回家——沒有共進午餐，完全沒有任何解釋。不過，最讓卡蘿大感驚訝的是他的車子內部。看得見的表面全都貼滿了黃色便利貼，她事後回想，這一定是他提醒自己在聖馬利諾走動的時候、有關自身言行的各種事項。

她一到家就大喊：「媽，那男人好怪！」這是他們唯一一次的面會，不過，等到她回到德州之後，她收到奇徹斯特寫來的好幾封信，以整齊的印刷體手寫字表達他的愛慕之意。她說，這些信只是讓她搖頭。

差不多在這個時候，卡蘿在聖馬利諾某個擔任婚禮統籌的朋友，打電話給人在德州的她。

「妳不是跟克里斯多福．奇徹斯特約會過嗎？」

「嗯，可以這麼說吧。」

卡蘿的朋友告訴她，婚禮現場老是看到奇徹斯特不請自來，她說她太忙了，根本沒有時間攔阻他，而且這並非是聖馬利諾的行事之道。她說，但前一個週末，當她正要在典禮開始之前、關上教會大門的時候，他卻在這時候打算進去，一身打扮完美無瑕，但整個人就是鬼鬼祟祟。他一看到她就立刻轉身，走向自己的座車。

他在社區的位階節節攀高，開始動念要踏入當地政治，在聖馬利諾市議會取得一席位置。

「我目前住在朋友家，要是我開口詢問他們是否可以借用他們的住址，我覺得不太好意思，」他待在凱羅兒與喬伊．以利福的家中，他指的是投入選戰必須登記的文件。「要是我使用你們的地址，會不會太打擾了？」

使用他們的地址，也不算是太離譜，因為他已經常常造訪他們家，邀請喬伊一起吃午餐——而且從來沒有拿出現金付帳，因為貴族很少攜帶現金在身。他與喬伊．以利福會討論投資的事，奇徹斯特對於賺錢總是有一些新穎而且似乎相當聰明的點子，比方說，把奇徹斯特大教堂弄來聖馬利諾——他還是沒有放棄這個念頭——或者是其他所有的金融與投資計畫，但沒有任何一項付諸實現。

他也很有自信自己能夠在聖馬利諾引發改變，如果不是自己進入市議會，那麼就是當某名市議會成員的幕後操盤者。凱羅兒說道：「他覺得自己很有想法，要是推我或是推我先生出馬競選，那麼他就可以在背後下指導棋，告訴我們該說些什麼……」凱羅兒還提到奇徹斯特甚至提議要搬來和他們一起住。

「其實，接待我住宿的朋友已經有點不耐了，」某天，他對以利福夫婦說道，「可否讓我在重新安頓住處之前，先在你們這裡待一個月左右？」

喬伊大部分時間都在外奔波，他覺得這樣不太好。他們家只是兩臥的房子，對於他妻子與克里斯多福．奇徹斯特來說，實在稱不上寬敞。凱羅兒回憶過往，「我先生每隔一個禮拜就不在家，他不會讓男人與我同住在一起。」

奇徹斯特在這個區域待了一年之後，變得越來越有自信，態度也越來越誇張——不只是聖馬利諾而已，對他這種名號與尊貴出身的人來說，這種地方已經讓他覺得太稀鬆平常了。他社交生活與拍攝電視這麼忙碌，居然還有時間從事其他活動，真叫人覺得不可思議。但他真的還有另一個活躍的學生身分，他經常窩在快速道路十四公里之外的校園，南加大的電影學院，是裡面的知名人物。

「我因為維多莉亞阿姨的緣故，認識了克里斯……」達娜．法拉爾是深色頭髮，態度友善的女子，當時是陽光燦爛的南加州午後，我們坐在她家的後院平台，盯著那一疊自稱是克里斯多福．奇徹斯特男子的照片。她已經很久沒見到他了，但是這些照片卻讓他的往日榮光盡顯眼前。

第一張照片先看到的是達娜，然後是某位青春洋溢的美女，旁邊是奇徹斯特，超瘦的年輕人，身穿緊身牛仔褲與V領襯衫，露出賊笑，他戴著三頂派對圓錐帽，貼黏在頭頂與側邊，姿態張狂。第二張照片是他若有所思盯著某個紅酒杯，還翹出握杯的小指。而第三張照片裡的他在扮鬼臉，捻手指擺出威脅模樣——搔首弄姿，達娜．法拉爾說道，他永遠在搔首弄姿。

「維多莉亞阿姨住在聖馬利諾，」達娜繼續說道，「她九十二歲了。」

維多莉亞是真正的超級馬利諾區太太。在奇徹斯特到來沒多久之後，他在「圖書館之友」晚宴認識了她。

「她坐在某個鄰居的身邊，住在對面的某位老人家，而克里斯也不知道是靠什麼方法與她搭上話，」達娜繼續說道，「那時候他會到處塞名片，還說『我是克里斯多福．奇徹斯特，第十三代男爵』啊什麼的。」

「『圖書館之友』晚宴算是某種慈善活動，大部分的與會者都是退休人士、年長居民、慈善家，」達娜說道，「我不知道奇徹斯特是怎麼進去那裡，但她是在那裡認識了他。」

他深得她阿姨的歡心，也讓她深信他的確在製片圈工作，不然就是與南加大的電影圈有關係，指的就是那間享有盛名的電影學院。「我當時是南加大新聞系的學生，而我男友超想進電影系，維多莉亞阿姨覺得克里斯可以幫我男友遂願。」

「她帶我們與他一起共進早午餐，」達娜繼續說道，「哦，他非常迷人，很有趣，而且知道許多事。」不過，他很矯揉做作，腔調很誇張，一半是英國腔，另一半則聽不出來。她說道：「他會刻意拉長每一個字的母音。」

「達娜～」她模仿他叫她名字的那種語調，「我想他一定努力鑽研美國電影啊什麼的，我覺得太神奇了。我會說德文，我學了六年的德文，而我完全聽不出他有任何的德國腔。」

真的很難判斷他的腔調，正如同他在南加大的修課細節一樣。

「我只記得當我在餐廳與維多莉亞阿姨、克里斯在一起的時候，我一直想要對他追根究柢，頻頻詢問『你真正的工作是什麼？』他似乎就是在閃避一切。」

不過，他知識底子夠雄厚，可以維繫他朋友們的關注力。不久之後，他就丟出了亞瑟・奈特這號人物，當時在學校裡最讓人驚豔的老師，達娜與她眼睛越來越閃亮的男友認為他的意思是，我是亞瑟・奈特課堂的助教。亞瑟・奈特是著名的作者、影評人，也是老師，在他的著名電影簡介課程中培育出日後如喬治・魯卡斯之流的導演，而且他邀請的客座講者包括了奧森・威爾斯、法蘭克・卡普拉、克林・伊斯威特等人，還有奇徹斯特自己的最愛：希區考克。

他讓眾人覺得他會「找亞瑟談一談」，意思就是他會與亞瑟・奈特聊一聊，也許可以動用自己的影響力幫助達娜的男友進入電影學院。在那場奇徹斯特大吃大喝的早午餐結束之後，大家就此道別。雖然奇徹斯特從來沒有真的去周旋、將達娜男友介紹給亞瑟・奈特——或是助他一臂之力進入電影學院——但是那一場早午餐卻是達娜・法拉爾與這名年輕英國人友誼逐漸滋長的開端。

在南加大的時候，達娜開始到處都看得到他的蹤影——圖書館、電影放映會、忙著上課。他的腋下總是夾著電影劇本，堅持要拿到他的電影藝術碩士。

達娜與她的朋友們一直不好意思問他，要是他這麼有錢，為什麼開的是老舊的普利茅斯之箭？他們也沒有去質疑他的貴族私校風衣裝為什麼有時候少了乾洗的氣味——或者那就是祖產的霉味？——還有，為什麼會在用餐的時段，不請自來出現在達娜的公寓？「達娜～那聞起來好香啊！」最後她只好開門，更常發生的結局是她讓他免費吃一餐。他會狼吞虎嚥，彷彿一個禮拜都沒吃東西了。

達娜的想法就和大家一樣：有錢又古怪的貴族就是這種模樣。

教授們也認識他，其中一位是他的英語教授傑佛瑞・葛林，他以為對方已經註冊，因為也不知道是怎麼回事，此人居然出現在他的學生名冊之中。「我有註冊組的列印資料，他想要把自己弄進去，必須要對註冊組的某人發動甜言蜜語攻勢、才能讓他入班，」他回憶過往，「我沒有准他入班或是讓他旁聽，但他的名字卻在名冊裡面。」不過，南加大行政部門並沒有任何一個名叫克里斯多福・奇徹斯特或是克里斯提安・卡爾・葛海茲萊特的學生的註冊資料，也沒有繳交學費紀錄。

「他會引起我的注意，是因為他上了我在南加大英語系開的散文體小說課，」葛林繼續說道，「他是班上的活躍分子，而且會在輔導課時段來找我。他自稱是克里斯多福・奇徹斯特，當時還說自己是奇徹斯特伯爵的後裔，而且還給我看了某些家徽，他說自己與那位以帆船環遊世界的奇徹斯特有親戚關係。

「他告訴我，他住在某棟豪宅，警衛室裡有多餘的房間，可以當成客人留宿的地方，以及諸如此類的事。他還說自己想要拍電影，希望變成重要的作家、電影人，例如美學哲學家。他非常健談，絕不認輸。」

奇徹斯特經常邀請達娜參加電影放映會，其中還包括重複播放他最愛的兩部片子——《雙重賠償》以及《彗星美人》——那地點是他喜歡的藝術中心，比方說，比佛利山的「新比佛利電影院」，她經常和他一起過去。芭芭拉．史翠珊的電影《楊朵》在南加大舉行特映，他也想辦法為她朋友弄到了相當難取得的門票。不過，當他邀請達娜與她的朋友參加瑪西亞．盧卡斯後製大樓——也就是《星戰》導演喬治．魯卡斯以妻子為名的超先進多媒體設施——開幕活動的時候，她以為他一定是在開玩笑。但奇徹斯特堅稱絕對沒有，還繼續補充說道，喬治．魯卡斯、史蒂芬．史匹柏、導演羅伯特．辛密克斯，以及其他好萊塢明星也都會到場。

他這麼告訴達娜「我會帶妳進去！」當然，也不知道他是靠什麼旁門左道，還真的辦到了。

奇徹斯特進去之後，一舉一動宛若主人一樣，這個身穿尖領毛衣的瘦竹竿影癡年輕人四處走動，展現自介的精緻藝術，而且他高人一等的就是最高好萊塢藝術形式：靠唬爛建立人脈。

「他喜歡危險女子，」達娜想起了他們一起欣賞的電影，還有他們喝咖啡時的閒聊內容。他經常講述自己對於電影的癡迷，尤其是黑色電影，還有這種類型片的那些女王級演員，比方說芭芭拉．史坦威，她的演技讓他著迷不已。

總有一天，就在不久的將來，他會執導自己的黑色電影，與他的英雄們看齊；目前，他的生活似乎都在忙著觀看這些片子，而更令人膽顫心驚的是，這些影片似乎正逐漸內化滲入他的生活之中。

5

秘密任務

雖然聖馬利諾的所有人都喜歡克里斯多福・奇徹斯特——意指他離開之前的那段時間，但似乎沒有人知道他活躍於此的時候，到底住在什麼地方。大家知道他的最後一個住所是聖馬利諾洛蘭路一九二〇號，自此之後也成為這座城市最惡名昭彰的地址。

靠著救主堂教會兩位教友的推薦，也就是惠特摩爾姊妹，穆菲與塔夏，他得以在那裡落腳。他們是在某個查經班認識，馬上就覺得應該要好好照顧這位來自歐洲的年輕人。她們定期邀請他到家裡與她們以及她們的父母一起用餐，而且他總是大方搭營。他會開著他的爛車，身穿破爛花呢外套搭配西裝，載她們四處跑——這對姊妹覺得這是上流階層的標準行為，炫耀會被人看不起。

「我想要讓妳們看看我在格倫代爾山區的房子……」奇徹斯特會這麼告訴她們，他暗示的是南加州最富裕的區域之一。雖然她們懷疑他可能其實並沒有住在那裡，但是她們很有禮貌而沒有質疑他，也沒有開口要求入內參觀。

有一次，這對姊妹中的其中一人詢問奇徹斯特是否見過她們的祖母。「她為了要與我們方便往來，所以從百慕達搬來這裡，她住在洛蘭路的某間美麗客屋，有墊套的沙發，地板還鋪有波絲毯。」

奇徹斯特問道：「以前住在那裡嗎？」

「是啊，但已經搬走了，如今她住在聖公會的養老院。」

過沒多久之後，奇徹斯特前往洛蘭路一九二〇號，它正好座落於下聖馬利諾，與聖蓋博的交接地帶。他敲了敲這間西班牙風格雙臥豪宅的大門，不難想像這次的面會是什麼狀況，他會露出燦爛笑容，也許還掏出他的名片，而應門女子是露絲．「迪蒂」．索荷斯，應該穿的就是平常那間破爛家居服，很可能點燃了叼在嘴裡的那根菸，甚至還沒有到雞尾酒時間，手中已經拿著她挑選的酒品——伏特加酒搭配雪利酒。

「我是克里斯多福．蒙巴頓．奇徹斯特……」想必這位瀟灑年輕人說出這句話，同時伸手致意，「想必妳就是索荷斯太太了。」她就和之前的許多聖馬利諾太太們一樣，想必是臉紅，微笑，伸出自己的手，讓奇徹斯特以高貴姿態賜吻，接下來，開啟了一段不可思議至極的互動關係。

當克里斯多福．奇徹斯特到達洛蘭路一九二〇號的時候，這間房子與主人的風華年代都早已過去。迪蒂．索荷斯當初是在兩歲的時候與父母搬到這裡，而且她是接受典型的聖馬利諾教養長大成人。在某張鄰近聖蓋博貴族私校的一九三五年畢業照當中，個頭嬌小、一頭棕髮的迪蒂身穿白色長袍，面露燦爛微笑，手裡捧著一大束花。當她才十多歲的時候，她父母就送了一台敞篷車給她，接下來就是在南加州社交圈初露頭角，她畢業於南加大，在報社工作，而且還會開她的小型飛機——對她那個年代的女子來說，都是相當大膽的舉動。

男人，或者應該說對男人的品味，一直是迪蒂的致命傷。她的第一任丈夫名叫巴尼，不過，就連迪蒂最年長朋友們也想不起有關他的任何細節，就連他姓什麼也不知道。二號先生，哈利．席爾伍德，是駐守彭德爾頓營的海軍陸戰隊軍官，那裡位於聖馬利諾南方約一百一十三公里處。哈利有個兒子，也跟隨父親的腳步，加入海軍陸戰隊，後來成為美國海關與邊境保衛局的警探，英年早逝。迪蒂的第三任丈夫鮑伯．索荷斯是股票交易員，他們結婚的時候，她已經過了生育年齡，但她超渴望有小孩，所以兩人領養了被十多歲的小生母遺棄的六個月大的男嬰，約翰。

他們住在迪蒂的洛蘭路舊家，而迪蒂的媽媽，芙烈達．德翠克，大家都喊她「德媽」，住在那棟房子的客屋。那根本不是什麼豪奢住所，就只是一臥加上衛浴設備，要是索荷斯夫婦將這間「附帶居住單位」出租營利的話，就會違反聖馬利諾的嚴格法規。

一九六〇年的某一天，約翰還在蹣跚學步的時候，迪蒂與鮑伯發生嚴重爭執，根據鮑伯後來的說詞，迪蒂狠扁他，「打腫我的嘴唇」。自此之後，他搬出去，留下她一人撫養約翰，「德媽」會幫忙，不過，有一天早上，她並沒有現身與女兒外孫共進早餐，迪蒂告訴鄰居，「我好怕，不敢到後頭查看是怎麼一回事，是否出了意外……」那名鄰居前往客屋，發現「德媽」死了。之後就由迪蒂一個人撫養約翰，她在帕薩迪娜附近的某間汽車修理廠打工支付水電費，剩下的時間都拿來陪伴兒子。

約翰有點媽寶性格，聰明但害羞，因為潰瘍與糖尿病的關係，一直是孤孤單單。不在他身邊的父親記得這孩子非常信任人，而且容易被騙。約翰和聖馬利諾的大多數男孩不一樣，他對運動或汽車沒興趣，根本也不想拿駕照，寧可騎單車去學校。一直到十多歲的時候、有人向他介紹了電腦，才讓他發現了自己真正的熱情。他對於這些機器十分癡迷——雖然在那個時代都很原始——他還從學校偷了一台電腦，藏在自己的臥室裡，後來校方發現電腦失蹤，要求他歸還，他才把它乖乖交出來。

他下定決心，要把電腦當成一生的志業，傾盡全力研究。他沒有念大學反而與帕薩迪納的加州理工學院宅男混在一起。除了電腦之外，他還與這些新朋友找到了人生的第二個熱愛項目，《龍與地下城》角色扮演遊戲，約翰透過這個遊戲、認識了未來的老婆。

一頭紅髮、具有部分「黑腳」印地安人血統的琳達．梅菲爾德，身高超過一百八十公分，體重超過九十公斤，讓只有一百六十五公分的約翰．索荷斯顯得好嬌小。她就和他一樣社會適應不良，十年級的時候就輟學，開始當女服務生，摸索自我，最後投入科幻小說的世界。她是《星戰》與《龍與地下城》的超級粉絲，喜歡繪畫與素描。她畫了許多古怪的鴨子與小兔子，不過她的專長其實是馬匹——通常是有華麗裝飾的駿馬或獨角獸，在空中飛舞，後面散落了一簇簇的花朵。之前琳達常常騎馬，十六歲的時候，搬離自小居住的威尼斯海灘，到了洛杉磯郊區與外婆同住，而她的外婆為她買了一匹馬。

琳達輟學之後，泰半時間都待在科幻界的聖堂，洛杉磯科幻協會。她是在一九七六年七月成為會員，當時的她二十歲。洛杉磯科幻協會創設於一九三四年，是全世界歷史最悠久，依然持續運作的科幻社團，其成員包括了作家雷．布萊伯利、經典恐怖電影雜誌《影史知名惡魔》編輯佛里斯特．J．阿克曼。現在，這個社團位於博爾班克大道的某間搖搖欲墜的房子裡，成了作家與藝術家、宅男與怪人、星戰迷與懷疑理論者的聚會之地。《驚魂記》作者羅伯特．布洛克也是成員之一，他探討科幻對粉絲成癮吸引力的著作《粉絲圈的第八階段》，被認為是這個協會的聖經。布洛克描述粉絲團的演化過程，從「讀者興趣」的第一階段，一直到「顫顫巍巍走在深淵邊緣」的最後一個階段，被困在奇幻世界之中，「完全沒有辦法退回腳步，只能縱身一跳，越過斷崖之界。」

琳達．梅菲爾德也許並沒有在斷崖邊緣，但她絕對是熱情粉絲。她在洛杉磯一間名為「危險視界」的科幻書店當店員，被諸如《與人類怪物共處的困境》、《突變與天界生物》之類的書籍包圍，琳達覺得那裡就像自己的家一樣。

然而，只要她回到現實世界，她就會赫然發現自己依然走衰運，尤其是談戀愛的時候。她十八歲的時候曾經與人訂婚，但是新郎卻落跑了。八年後，她再次與人訂婚，對象是住在聖馬利諾的某個年輕人。他的工作是夜班警衛，當他不在家的時候，特別請約翰．索荷斯來家裡陪伴琳達。宛若友善小狗的男人，當警衛的人根本不放在眼裡。約翰身材矮胖，戴著厚重眼鏡，但他顯然是對琳達一見鍾情，兩人因為《龍與地下城》遊戲以及科幻粉絲的其他領域而結為好友。

一九八二年的聖誕節之前，琳達又再次被拋棄，約翰的好友突然甩了她，害她傷心欲絕，約翰立刻過去安慰她。兩人在一起是有某種詭異的天龍地虎感，但過沒多久之後，他們墜入愛河，搬到了約翰母親的家裡，當時克里斯多福．奇徹斯特已經窩在那間客屋裡。

從種種跡象看來，奇徹斯特住在那裡的時間點最早應該是一九八二年末期，最晚是一九八三年初期。「一九八三年七月四日的時候，我曾經到洛蘭路的那間房子參加烤肉會，琳達與約翰當時還住在那裡，」蘇．考夫曼回憶過往，「當時琳達有提到住在後面那棟客屋的『奇怪房客』。」

迪蒂．索荷斯覺得琳達．梅菲爾德配不上自己的兒子。當約翰與琳達相處的時間越來越長，迪蒂也越來越孤僻——早上、中午、晚間都穿著她的家居服，任由舊報紙與其他雜物堆疊到天花板那麼高。她的生活原本一直以約翰為中心，現在她卻慢慢失去了他。她連兒子的婚禮都沒有參加，他們舉辦的地點是在蘇．考夫曼家中的後院，時間是一九八三年的萬聖節半夜。多名賓客以《龍與地下城》角色以及各種怪物造型現身，但新郎與新娘以及新娘的家屬，卻是一身傳統打扮。

雖然迪蒂．索荷斯反對兒子與琳達在一起，但是他們還是與她繼續同住在洛蘭路。他們的職業是書店店員與低階電腦工程師，收入相當微薄，不過他們已經下定決心要找到自己的住所搬出去——與琳達的六隻愛貓在一起——而且越快越好。

對於這對年輕夫妻來說，與迪蒂同住一個屋簷下實在很難受。她總是在白天睡覺，晚上喝酒，一直大叫「強尼！」，而且她幾乎沒有給這對小夫妻任何隱私，她的失智症狀越來越嚴重，強尼與琳達會互問彼此，「天，她到底有完沒完啊？」她會猛敲他們的臥室房門，只是為了要引發他們的注意力，最後他們的解決之道是加一道掛鎖。他們迫不及待想要搬出迪蒂的屋子——而且他們的生活也要與迪蒂切得一乾二淨——但他們阮囊羞澀，而且工作也不穩定，兩人坐困愁城。

琳達工作的「危險視界」，是洛杉磯最大的科幻書店，位於山谷區——也就是洛杉磯盆地平坦區至城市西端的位置——凡杜拉大道與伍德曼街的交叉口。書店名稱出於作家哈蘭．艾里森一九六七年的經典奇幻作品，而這間書店是從一九八一年開始營業，老闆是奇幻作品暢銷作家亞瑟．拜倫．卡瓦爾還有他的妻子，莉蒂雅．瑪拉諾。一九八五年二月八日的早晨，瑪拉諾經過自家書店門口，發現一片漆黑，大門深鎖，原本應該要當班的店員琳達．索荷斯，顯然是沒有出現。瑪拉諾怒氣沖沖，自己開了店門，撥打琳達家中的電話。

顯然是醉醺醺的迪蒂．索荷斯接起電話，「他們去巴黎了……」

瑪拉諾問道：「是德州的巴黎？」

「親愛的，不是，是法國的巴黎。」迪蒂說完之後就掛了電話。

琳達告訴她的好友蘇．考夫曼的版本稍微有些不同，但一樣離奇：約翰拿到了一輩子的工作機會，紐約的「最高機密」公家機關職務，他們必須要拋下一切，立刻飛往東岸。

「顯然是與他的電腦系統分析師能力有關，」考夫曼後來說道，「琳達告訴我，她也被政府錄取，但她不知道他們希望她做什麼。她的猜測就是她的藝術能力也許對於設計或是電腦圖像用途有幫助吧。我覺得既然政府機關需要她先生，而她已經嫁給他了，那麼找他太太去上班也就省事多了。」

琳達告訴蘇珊，關於那份神秘工作就只能說這麼多，不過她對朋友信誓旦旦，她不會離開太久。她承諾一定會及時趕回來、參加兩人早已規劃好的鳳凰城之旅，她們要去參加某場科幻大會，準備要開的是琳達與約翰的全新貨卡。就在離開聖馬利諾之前，琳達把她的六隻貓咪放在當地的「貓咪旅館」，預付了兩個禮拜的飼料與住宿費。她向店員保證，為了她的寶貝寵物，她一定會在不久之後回來。

其實，琳達與約翰在他們預計前往紐約出發日的幾天之後、又回到了洛蘭路，但只是短暫停留收拾一些東西、相當興奮告知迪蒂他們準備要去巴黎！迪蒂嚇了一大跳，但還是祝他們一路順風，他們還拿了她的數張信用卡，準備在旅途中使用。

在接下來的那兩個月當中，「危險視界」的書店老闆們接到了兩通有關琳達的電話。第一通是羅賓森斯梅——洛杉磯地區的某間百貨商場——的某名職員來電，要核對琳達的資格，因為，來電者表示，她向百貨公司申請應徵工作。第二通電話是某間信用卡公司，琳達有可能申請了信用卡，給了雇主資料以供查詢。

不過，這對失蹤夫妻自己卻無消無息。琳達一直沒有到貓咪旅館把愛貓帶回去，但就在老闆準備要把牠們安樂死的時候，有一個自稱是琳達派來的匿名人士、把牠們全部領走。琳達同母異父的妹妹凱西越來越擔心，打電話給迪蒂。

根據後來的某篇報導，她曾詢問迪蒂：「琳達旅程結束了嗎？回來沒有？」

「我什麼都不能告訴妳！」迪蒂停頓了一會兒，又神秘兮兮加了一句：「他們在執行任務！」

「什麼任務？」凱西反問，「妳到底在說什麼？」

迪蒂回她：「好，我最多就只能說到這了……」凱西之後與她講電話，也問不出太多所以然，要看迪蒂的酒醉狀況而定，有時候內容根本完全不連貫。

蘇．考夫曼打電話給迪蒂的時候，也得到差不多的冷淡回應。「我也很希望我可以多講一點，但是他們不允許我多說……」迪蒂的意思是萬一洩露了任何線索，可能會「危及」他們的最高機密任務。「我只能說他們平安無事，我不知道他們什麼時候會回來。」

某位在「危險視界」書店認識琳達．索荷斯的朋友，將近一個月沒有聽到琳達的消息，也打電話給迪蒂。「我找尋那個區域，只有一個人的姓氏是索荷斯，原來是約翰的媽媽，」這位朋友在某個網站上所使用的名稱是「平地生活」，「我打電話過去，本來以為自己會因為太擔心而搞得場面尷尬。迪蒂，接起了電話，我對她表明身分，表明自己不知是否一切安好。她立刻崩潰大哭，還說不知道他人在哪裡或出了什麼事。然後她講話變得有點顛三倒四，又冒出了法國。我反問：『法國？我以為他們在紐約工作啊？』她就只是哭個不停。」

終於，在約翰與琳達失蹤了兩個多月之後，有人打電話報警。一九八五年四月八日晚上七點半，兩名警官到達了迪蒂的住所，他們敲門，迪蒂只開了一點門縫，警官表示有人報案，她的兒子與媳婦失蹤了，她知道他們去了哪裡嗎？

「他們沒有失蹤！」根據後來的引述，這是迪蒂當下的反應。「大家都在問我，我都說他們在執行某項秘密任務！」

這兩名警察互看一眼，其中一名問道：「可以告訴我們要怎麼與他們聯繫嗎？」

「我自有管道……」迪蒂還說只要有需要，此人可以隨時找到約翰與琳達，不過，要是有其他人想要聯絡這對夫妻，很可能會讓他們陷入危險，造成他們的政府最高機密任務失敗。

「這樣可以了嗎？」她丟下這句話之後就回到屋內。

然後，出現了三張明信片，每一張的寄出日期都一樣，而且正面都是艾菲爾鐵塔的照片，還有巴黎的郵戳。其中一張是寄給「危險視界」書店的老闆之一：「比不上紐約，但也還不賴。之後見嘍，琳達與約翰。」

另一張是寄給蘇．考夫曼，「紐約沒搞定——哦哦！但還是可以撐下去。愛妳，琳達與約翰。」

第三張明信片是寄給琳達的母親，這個舉動很奇怪，因為他們兩人已經疏遠了一陣子，上面寫的是：「在歐洲出了包……」

沒有人太注意這對失蹤夫妻，至少，不是當下發現有異狀，不過，幾乎是在十年過後，這對失蹤夫妻的案件上了頭版，聖馬利諾開始一片躁動，充滿了各種猜疑。約翰為什麼要比琳達提前一天從聖馬利諾前往紐約？彷彿是熟悉這個案子的某人有所堅持？約翰為什麼要向「雙圖像」，也就是他工作的電腦程式公司的老闆預支兩週的薪水？而且還答應會歸還，最後卻帶著現金潛逃，完全不像是誠實約翰．索荷斯的風格？這是否與他們的寄宿者克里斯多福．奇撤斯特有關？

在這對夫婦離開聖馬利諾的那一個月之後，他依然窩在洛蘭路一九二〇號的住所。在那個時候，他似乎已經完全控制了迪蒂．索荷斯的那間屋宅，甚至還邀人過去玩他最愛的桌遊遊戲，「猜謎大挑戰」。

在約翰與琳達失蹤之後，迪蒂讓奇徹斯特開他們的那一台貨卡。某一天，他開車前往洛瑪林達，也就是艾莫爾與珍．克林夫婦的住所，也就是他七年前在德國認識的那對夫婦。「我終於辦到了！」他告訴他們，「我已經成功打入電影圈！」

他說他現在不僅是電影製作人，而且還在聖馬利諾買了一間房子。他說主演當紅影集《朝代》的女演員琳達．伊文斯就住在他家隔壁，而且兩家距離如此貼近，他甚至可以透過她家籬笆看到裡面的情景。克林夫婦怎麼會知道琳達．伊文斯一直住在洛杉磯？從來沒有住過聖馬利諾？克里斯多福告訴他們的一切，他們都信了，甚至包括了他在某間製片廠郵件收發室打零工，剪下沒有蓋到郵戳的郵票、轉賣出去。

後來，他又出現在他們家，這一次他吹牛自誇的內容是自己剛賺了五千美元，靠的是販售從南加大弄來的零成本底片感光乳劑。為什麼一個正在崛起的製作人會做出那種事？他的解釋是自己要準備去參加坎城影展，需要一點享用香檳與魚子醬的零用錢。

某一天，克林夫婦的兒子威恩，正好在奇徹斯特到來後沒多久過來探望父母。看到陌生貨卡停在他爸媽家門口，威恩立刻下車查看那台車的內部狀況。駕駛座沒有人，不過，有一個大塊頭女子坐在副座。他後來回憶過往，真的很壯，紅金色的頭髮，滿臉通紅，看起來好像在哭。

威恩走到大門口的時候，奇徹斯特剛好出來，他手裡拿了一個盒子，是先前交給艾莫爾與珍保管的東西。

「嗨，威恩……」

「嗨……」威恩也向他打招呼，感覺不太對勁——倒不是因為克里斯出現在他父母家，他本來就經常來訪，而是因為他和某個女人在一起，威恩從來不曾看過他與哪個女人在一起。

一九八五年春季的某一天，奇撤斯特對來自瑞典的楊恩說道：「很遺憾，這是我最後一次請你剪頭髮了……」

那名瑞典裔牛仔問道：「真的嗎？」

「對，有個親人在倫敦過世，我必須立刻趕回去處理遺產。」他與楊恩握手道別，下了階梯，走向馬路，進入約翰．索荷斯的貨卡，開車走人。楊恩．艾德諾爾、艾莫爾與珍．克林夫婦、迪蒂．索荷斯，以及達娜．法拉爾——再也沒有見過克里斯多福．奇徹斯特。

在約翰與琳達離開了五個月之後，迪蒂．索荷斯崩潰，打電話向聖馬利諾警局報警。他們立刻派了兩名警員到他的家裡。迪蒂請他們進入屋內入座，她說她想要報案，家裡有人失蹤了。

她開口：「我本來以為我很清楚是怎麼一回事，但現在……」

警方問道：「約翰與琳達離開之後，妳有沒有與他們聯絡過？」

「哦，我有透過我的管道寄信給他們，」她說道，「一直與他們保持聯絡的那個男人，就是他告訴我最新狀況。」

他告訴她，約翰和琳達為達梭航太工作，這是法國航空業大公司，他的家族有部分股份，該公司在全球都有分公司。他還告訴她，必須要把琳達的高價馬鞍以及寄給這對夫婦的所有信件交給他，不久之後，就出現一堆來自銀行、信用卡公司，以及百貨公司的催繳函件。此外，她還說道，他把這一切都寄到了某個應該是聯絡這對夫妻的中繼站，位於北卡羅萊納州的艾爾代爾郡。為什麼會在那裡？他不知道，當然，那個人不是別人，正是克里斯多福．蒙巴頓．奇徹斯特。

其中一名警員開口：「我們必須要找這個人談一談。」

「你們沒辦法！」迪蒂說道，「你們知道我為什麼擔心了吧，他也不見了，就這麼人間蒸發。」

迪蒂．索荷斯報案之後，繼續悲傷消沉度日。被一場中風與堆積如山的醫療帳單搞得元氣大傷之後，最後她賣掉了房子，搬到拉蓬特的某個拖車園區，距離聖馬利諾有三十二公里之遠。「要是約翰回來看我，麻煩告訴他我搬到哪裡，因為他一定會來找你，」她告訴洛蘭路的某位鄰居，「他一定會想要知道為什麼我沒有在那裡。」

她一直沒有收到兒子與媳婦的隻字片語。一九八八年的秋天，她因為心臟病突發而過世。她要求火化、將骨灰撒在海面的遺願，是由她的指定受託人琳達與唐恩．威勒比予以執行，這對夫婦賣了一間他們自己附近的流動車屋給迪蒂，而在此之前，他們根本不認識。

雖然沒有多少人注意迪蒂過世的消息，但是她的遺囑卻引發了眾人的密切關心。加州記者法蘭克．吉拉爾多特與納森．麥克因泰爾後來寫出了報導，根據法院資料，她身後遺產估計約有十八萬美金。借給琳達與唐恩．威勒比的四萬美元債權，她予以豁免，她也把自己流動車屋的販售所得留給了他們，價格是三萬兩千美元。至於約翰．索荷斯，在迪蒂死前的那一年，她立下了新遺囑與遺言，取消了獨子的財產繼承權。當初迪蒂．索荷斯為什麼要搬入某間拖車屋？為什麼要在遺囑中拿走獨子的繼承權？為什麼要把所有財產留給琳達與唐恩．威勒比？而他們之間的關係只有賣流動車屋給迪蒂？在一九八〇年代中期——這些問題一直沒有獲得解答——甚至根本沒有人提問。

而在那個時候，自稱名叫克里斯多福．奇徹斯特的那名男子已經遠離聖馬利諾，而且再也不需要迪蒂．索荷斯或是她的庇護所。

一九九四年，也就是迪蒂死了六年之後，《聖蓋博山谷報》集團刊出了一篇報導，標題為「繽紛的各種角色：警探想要解開洛蘭路老屋謎團」。報導主題是迪蒂．索荷斯一生的不幸細節還有她那棟屋子的慘況。「對於年輕的梅蘭妮．懷特赫德來說，這些繽紛的各種角色具有無法抵擋的吸引力……」記者伯尼絲．平林寫下了這樣的字句，「一九六〇年代，她會踮起腳尖，只是想要透過後院籬笆看一下鄰居的狀況。『我當時還是個孩子，只記得從牆頭偷看他們，』她說道，『一切雜亂蔓生，我覺得他們根本沒有照顧院子。』」

這篇報導繼續描述了故事裡的各個角色，「主角是露絲．『迪蒂』．索荷斯，南加大畢業的名媛，有酗酒問題，會毆打她先生鮑伯．索荷斯，某次夫妻失和的時候，揍了她先生的臉。還有他們領養的兒子，約翰．索荷斯，以及他的妻子，兩人對於科幻都很癡迷……最後還有迪蒂的那些非法房客——租賃客屋，來來去去，完全違反了本市法規。」

對於想要隱藏自己住所細節的住客來說，這是完美情境。某位聖馬利諾的寡婦曾經這麼告訴我：「你必須要說，這傢伙很厲害。聖馬利諾有誰不知道迪蒂．索荷斯和那兩個人的狀況嗎？」她一臉不屑所指的「那兩個人」，就是約翰與琳達．索荷斯。

一如往常，在約翰．索荷斯小時候就開始為他剪頭髮的瑞典楊恩，具有更深入的觀察。「哦，我知道迪蒂，」他告訴我，「奇徹斯特住在她洛蘭路的屋宅，他本來的空間很寬敞。」他指的是奇徹斯特一開始與迪蒂同住，最早可能是一九八二年吧，當時約翰與琳達還沒有搬入洛蘭路。

楊恩盯著我，想知道我是否明瞭他的意思，我點點頭，他繼續說道：「好，所以他們搬進去了，發現這個住在後院的克里斯多福．奇徹斯特。」他對我露出心照不宣的微笑，「這兒子約翰開始探究奇徹斯特到底在幹什麼，他看到母親的狀況，開始心想：『也許這個奇徹斯特正在騙走我媽媽的錢。』」

楊恩似乎很篤定，滔滔不絕：「好，奇徹斯特當然注意的是所有的女性，無論年紀老小都一樣。所以搞不好他開始盯上約翰的太太琳達。因為他對待所有的女性都很殷勤，可能過沒多久之後，琳達也對這傢伙產生情愫。就在這時候，身為丈夫的約翰越來越惱怒，克里斯多福突然……」楊恩模仿奇徹斯特拿起巨物、準備狂揮的動作。

我打斷他，因為他沒有任何證據可以證明奇徹斯特突然做出什麼舉動。不過，那一晚我回到飯店房間的時候，我發現朝這個方向臆測的人並非只有楊恩而已。《帕薩迪納星報》曾經引述聖馬利諾前警長法蘭克・威爾斯的說詞：「根據威爾斯的說法，警方懷疑琳達・索荷斯與她先生一起失蹤之前，她曾經與奇徹斯特有曖昧情愫，威爾斯說道：『我們懷疑那人（奇徹斯特）與該名女性有染，』威爾斯說道，『他編出了情節非常複雜的故事，讓她以為他是特務。』威爾斯還提到警探們懷疑奇徹斯特對約翰・索荷斯吃醋，而那種妒意可能會引發殺機。」

我拿出當初在波士頓進行審案的時候、有人交給我的那一疊文件，發現了聖馬利諾警局的整齊打字筆錄，警方詢問迪蒂・索荷斯隔壁鄰居之後所準備的資料。

「索荷斯太太似乎喝酒喝得很兇，」那女子提到奇徹斯特的時候，指稱是在南加大的「電影學院教書」的那個人，她說這傢伙『古怪，行徑非常詭異……從來沒有提起家人的事，只說自己很有錢，在英國人脈通達』。她不記得看過他有任何朋友來訪……她覺得奇徹斯特有財務問題，她說曾經聽過郵差提到奇徹斯特收到了多少帳單，還有債主頻頻追討的情景。」

此外，還有另一篇筆錄，提到了迪蒂在警方面前講述兒子與兒媳的事。「她說這兩位似乎有嚴重財務問題，她一直收到銀行與企業詢問他們下落的電話與通知，比方說美國銀行、西爾斯百貨、百老匯商店，還有貓咪假期旅館。」

我放下文件，努力想要建構在一九八五年的時候、洛蘭路一九二〇號的畫面：一對夫妻、六隻貓，還有克里斯多福・奇徹斯特——全部都陷入金錢困境——還有一個瘋瘋癲癲的孤單房東，是相形之下的有錢人。這是任何一個真正的黑色電影學生夢寐以求的畫面，而精通此種類型電影的奇徹斯特，發現其實自己就生活在這樣的情境之中。

6

克里斯多福．克洛威
康乃狄克州格林威治

當某組清潔人員到達洛蘭路一九二〇號主宅後方的客屋，也就是克里斯多福．奇徹斯特先前住所的時候，他們看到的是一間綠色水泥地板的大型單人房，小小的浴室，還有靠牆放置的床鋪。那地方很殘破，到處都是垃圾，凌亂不堪，為數不多的家具表面一片狼藉。顯然最後一名住客是匆匆離開，拿走了一切對他來說應該是值錢的物品。

奇徹斯特失蹤，讓聖馬利諾產生了某種虛空感。這個能夠無所不談、知道「猜謎大挑戰」所有答案的年輕人，離開的時候，留下了好幾個更大的問號：他為什麼要離開？又去了哪裡？似乎沒有人看到他離去的身影。但不是至少應該向那些給予他友誼與信任的人好好道別嗎？至少應該把他在扶輪社與城市俱樂部的那一疊午餐帳單付清吧？

當他再次現身，也就是他消失的三個月之後，聖馬利諾完全沒有人知曉，一直要到多年之後才恍然大悟。他開著約翰與琳達的一九八五年日產貨卡，後面裝設了自製的露營車車體，橫跨整個美國，從西岸到了另一岸，在一九八五年六月，終於落腳在白人盎格魯－撒克遜新教徒的終極堡壘：康乃狄克州的格林威治。當初他在聖馬利諾把大家耍得團團轉的招數，他準備要在那裡重施故技。「謊言越離譜，大家越容易相信，」誠如同德國納粹宣傳部長約瑟夫・戈培爾的名言，「輕信謊言不分階級與血統。」這一次，他不在電話簿裡找新名字，反而把注意力轉向電影，尤其是與希區考克有關的那些人，這一次，他想出的名字是克里斯多福・克洛威。

當然，這名字聽起來很響亮，的確如此。真正的克里斯多福・克洛威是一名功成名就的作家、導演，以及製作人，而且剛被任命為某齣電視影集《希區考克劇場》的執行製作人，它的改編來源是一九五五年的初版同名影集，劇中希區考克會以他的招牌「晚安」作為每一場懸案的開場，搭配主題音樂〈木偶葬禮進行曲〉。

這齣影集初播日期在一九八五年的夏天，正好是克里斯多福・奇徹斯特離開聖馬利諾的時候。六月十二日，他在格林威治以里斯多福・C・克洛威之名租了個郵政信箱，而他給職員看的證件當中，顯示他的真名是C・蒙巴頓。

靠著在聖馬利諾的成功模式，他立刻讓自己成為當地教會的知名人物。這一次，他挑選的是有錢又出名的聖公會基督堂教友。由於基督堂的成立時間是十九世紀，所以成員包括了老布希總統的母親、好幾名洛克斐勒家族的成員，以及其他諸多顯赫人物。

牧師約翰・比夏普後來提到，某一天，克洛威就直接出現在教會門口，「他剛來這裡，想要結交朋友。」牧師說克洛威「成為教會的活躍人物，而且擔任引座員」。某名會眾補充：「當初克洛威來到這裡的時候，受到許多基督堂教友的襄助……某名教友在教會貼出有房間出租的消息……克洛威隨即提出申請，查核過克洛威的證明資料之後，他把房間租給了克洛威。」那個房間位於岩脊大道三十四號，屋主是約翰．卡拉漢．麥多克斯。

我開車進入格林威治的時候，忍不住讚嘆這個狡猾變色龍挑選下一個目的地的膽識。根據二〇〇八年《洛杉磯時報》某篇報導的內容：「這座位於紐約市北端的尊貴獨立之地，是許多對沖基金與投資銀行家的家鄉，與紐約郊區的其他高檔社區相比，顯得格外突出，甚至超越了斯卡斯戴爾與查巴克。比方說，格林威治是唯一在交通清冷主街，會看到戴著白手套的警察指揮交通的地方……與全美家戶收入中位數四萬九千三百一十四美元相比，格林威治去年的家戶收入中位數是十一萬五千六百四十四美元。」而那裡的屋宅中位數相當接近一百五十萬美元。

當我把車停在岩脊大道三十四號門口的時候，嚇了一大跳，這豪宅的位置，絕對是格林威治的最高檔路段之一。這是三層樓的美麗房宅，座落於四英畝的連綿土地，戶外車道停滿了豪華汽車。克里斯多福．洛克威來這裡承租的時候，當時的屋主是一對老夫婦，約翰．麥多克斯與妻子葛雷特琛。

在當初別人給我的那疊機密資料當中，我找到了後續的相關筆錄。「我們以電話聯絡約翰．C．麥多克斯先生，岩脊大道三十四號的屋主，他當時提到嫌犯克洛威大約是在兩年半至三年之前的時候，向他租房……克洛威開的是一台類似露營車的小型車輛，看起來是克洛威自行對那台車動手改裝。」

我一邊看資料，一邊心想，也許這正可以說明他離開聖馬利諾之後的那三、四個月，到底是睡在什麼地方。

筆錄裡還提到：「麥多克斯先生進一步提到……他發現克洛威是有強迫症的說謊者，因為過去曾經出現過多起事件，對於自身背景，克洛威曾對好幾個人說過謊。」

講出這些話，是麥多克斯接納克洛威當房客三年之後的事。不過，麥多克斯當初查核克洛威證明資料的時候，卻不疑有他，將這棟十臥豪宅的三樓、擁有獨立出入口的三房一衛公寓，租給了這位年輕人。

我到達格林威治的時候，麥多克斯已經過世許久，不過他的女兒幫助我填補了許多的空白。她說，她父親出身東岸菁英階層，退休的廣告公司主管，是好幾家私人俱樂部的成員，包括了著名的「大都會俱樂部」，這是由J．P．摩根、威廉．K．凡德比爾特，以及威廉．C．惠特尼在一八九一年所創設，地點是紐約市東六十街的某棟義大利風格豪宅。麥多克斯是發明家，經常在基督堂講述他熱愛的主題——量子力學。當克洛威一九八五年來到這裡，他七十四歲，子女都已經離家，所以約翰與葛雷特琛自己守著這棟空蕩蕩的豪宅。根據麥多克斯女兒的說法，為了要填補收入，這對夫婦開始「悄悄把房間租給單身客」，而這個剛來到這裡的詐騙犯看到了當地告示板貼出的消息，撥打上面的電話，過沒多久之後，就帶著他的少數家當到了那裡。

「我記得我母親提過他幾乎沒有任何家具，」他們的女兒說道，「但是他有一堆電子器材。而且，他似乎很喜歡幫助聖公會教會的成員、而且讓他們深信不疑——好，這是從我媽媽那裡聽來的說法——他可以為他們處理某些電腦工作，也許還可以幫他們把郵件名單電腦化。」

她發出了一聲長嘆。

「當然，他掌握了郵件名單。如果你明白我的意思，能夠蒐集到格林威治這些住戶的名字，絕對是珍品，這裡是康乃狄克州的格林威治！而且這是康乃狄克州格林威治的聖公會教堂，有錢人都在這裡！而且，他似乎找到登上當地報紙的方法，只要出現重要或具有政治勢力之類的人的照片，一定會有他，地方報老是看到他與名人的合照。」

的確，當我在翻閱我的資料檔案的時候，發現了這一筆有關這名年輕人在格林威治時期的資料：「在某場共和黨的集會當中，克洛威的確曾與共和黨政治人物拍照，其中還包括了普雷史考特．布希（老布希總統的哥哥）。」

我詢問麥多克斯的女兒，她父母怎麼看待克洛威這個人。

「他們被騙得團團轉！」她說道，「他人長得帥，充滿魅力，對他們來說算是有吸引力。他舉措合宜，而且打扮得體，這一點會讓我媽媽留下深刻印象。」

當然，對克里斯多福．克洛威來說，約翰．麥多克斯的等級就不只是留下深刻印象而已，因為他具有非富即貴的人脈，還有他晚年對於閃燈音樂盒的興趣。「他退休的時候，開始成了這類古怪東西的發明家，」他女兒說道，「他相當開心的作品就是把音樂放入某個視覺化物品，他弄出了他的第一批音樂盒或是音樂機器。」她解釋這些機器有一套燈光系統，會隨著音樂起舞。

「我不知道克里斯多福．克洛威是否看過我父親的那些錄影帶，」她說道，「不過，我爸爸要是知道有誰提到對這些主題有興趣，那麼一定會立刻邀請對方進入地下室。」

我不難想像克里斯提安．葛海茲萊特雙眼圓睜，盯著那些旋晃的燈光，聽到揚升的古典音樂而讓他陷入癡迷，一如往常，他相當幸運，能夠落腳在某個尊貴之家，取得了有利位置。

岩脊大道三十四號這個地址，讓這名年輕人更添光彩，每當他走過教堂公告欄、帶引基督教友們入座的時候，總是會聽到他們稱讚他選擇了幸福住所。

「他曾經參加過『棉花俱樂部』，也就是單身男女的團體……」在教會服務多年的和善秘書在牧師辦公室裡告訴我這段話，然後帶我去找公關總監，她向我保證，對方也認識克洛威。我在教會的禮品店找到了公關總監，她與她母親一起負責店面。當時是感恩節，她們送給我以冰棒棍做成的裝飾品火雞，當初某個年輕人初來乍到、想要認識朋友的時候，想必也收到了相同的慷慨熱情。

克里斯多福．克洛威立刻就成為這個社區廣受眾人接納的新成員，已故的比夏普牧師甚至還把他介紹給自己的兒子，可利斯。「克里斯多福．克洛威與牧師的兒子可利斯．比夏普很要好，他現在也是牧師，」其中一名女子說道，「你應該要去找他聊一聊！」

「我們教會有個與你年紀相仿的年輕人，他是電影製片，」某個晚上，比夏普牧師告訴自己的兒子，「看起來人很好，你應該要跟他認識一下。」可利斯．比夏普當時是紐約市哥倫比亞大學的學生，所以他很興奮，他告訴我：「我的反應是：『哇！好啊！認識電影製作人？沒問題！』

所以我們就見面了。我平常不會和那樣的人往來——非常古怪，就某種程度來說還有點宅，有貴族私校氣質。不過，他對於電影產業知之甚詳。」

過沒多久之後，克洛威就向他坦承自己其實是大家都在討論的新影集的製作人，《希區考克劇場》，然後，他開始細述自己的工作歷程。「他做足了功課，」可利斯．比夏普告訴我，「克里斯多福．克洛威製作過兩部低成本電視影集（《暗室》以及《勇敢男孩／神探南西懸疑系列》），然後，新《希區考克劇場》影集找他去當導演。」對於這位牧師之子來說，這個住在格林威治的克里斯多福．克洛威對希區考克的了解根本是如數家珍，他繼續說道：「他會告訴我他如何拍攝，他知道結局，也認識許多人，有一次還夾帶試播帶給我看，後來真的在電視播映——而他早就讓我先睹為快。」

除此之外，克洛威似乎迫不及待想要幫助比夏普找到他進入電影圈的方式。「我把我早期寫的幾個劇本給了他，」比夏普說道，「他的評論很有深度，也讓我很受用，顯然是一定念過電影系所。他有一部十六釐米的片子——無聲片，拍得很好。我在剪接自己的學生影片的時候，他把那部片子拿來我家，我有十六釐米放映機，然後他就把自己的作品放給我看。」

他稍作停頓，回想了一會兒之後才繼續說道：「他很會包裝自己，鬼扯功夫一流。他嘴裡吐出的每一句話都是謊言，但他真的很厲害。」

某天，克洛威邀請他的新朋友到紐約市的林肯中心，他準備要在那裡執導新影集的某一集，比夏普迫不及待就答應了，比夏普說道：「他身穿昂貴西裝四處走動——那種打扮讓他看起來容光煥發得不得了。」當然，當比夏普讓他下車的那一刻，到處都看得到身穿希區考克標誌外套的工作人員。克洛威抓起自己的公事包，謝過比夏普，立刻衝走，看起來像是要帶領這一大群團隊拍攝另一集作品。其實，他根本沒有製作任何戲劇，純粹就是一連串的精緻謊言罷了。

「他真的功力超強，百分百的心理變態，反社會騙子，」比夏普說道，「他給我的印象是他來自於洛杉磯的某個富豪家庭，而且他的確說過他有親戚住在巴伐利亞，但是他在美國出生。在諸多離奇事件當中，最古怪的是這一起：我們在格林威治，他說道：『可否載我去某個地方？』我說沒問題。然後，他說道：『我要請你載我去我母親的住處，她嫁給了一個超有錢富豪。』」

比夏普滔滔不絕，「我很會判斷人格，有人在胡說八道，我很容易就聽得出來。但是這傢伙把我騙慘了，我就跟別人一樣。所以我開車送他，把他載到了格林威治的郊外。」

天色昏暗，屋內似乎沒有人，而且那房子位置十分荒僻。

比夏普說道：「我想要見一下你的母親……」

「下次吧。」克洛威說完之後就蹦蹦跳跳消失在夜色之中。

我請比夏普繼續說下去。

「後來，我跟他之間的關係幾乎就是斷斷續續，」他說道，「我的意思是，跟這個人相處很開心，他超聰明，懂業內術語，也知道該怎麼處理劇本。」

然後，我詢問他，他覺得克洛威到底是怎麼營生？「他說他有在工作，」他回道，「不過，他到底從事什麼行業，我一直不清楚。他告訴過我，他打算離開電影圈，從事買賣債券，我的反應是：『哦，我想你一定辦得到！』因為他是電腦天才。」

比夏普說他是以電腦寫劇本，只要電腦出問題，他都會向克洛威求助。「然後，咻咻咻，他就搞定了，」他說道，「他動作很快，而且走在時代尖端。他有一台康柏電腦，什麼都一清二楚。那是克里斯多福・克洛威最重要的特點：他聰明絕頂。」

這個謎樣的年輕人準備要運用他的聰明才智，再加上他的電腦，準備要執行他目前最大膽的任務。他告訴比夏普，他即將要成為「債券交易員」。到底有多困難？當然，他需要獨特人脈，不過，對於這個會在基督堂後面、雙手抱滿禱文書的聰明傢伙來說，人脈到手輕而易舉。

不過，他想要成為債券交易員，對他來說似乎依然是空前的一大步，尤其根據路易斯・科勒格提供的證詞資料看來，更是如此，他是格林威治人，後來將他自己豪宅中的某個房間，租給這個越來越令人困惑的克里斯多福・克洛威。

「科勒格先生繼續說道克洛威先生在他面前提及自己從事電影製作，與過世導演希區考克有些關聯。」在我的那一疊資料當中，某份警方筆錄出現了這些內容。「科勒格先生還進一步提到克洛威在位於米爾班克大道的『垃圾農莊』工作，但準備要離職，前往紐約市世貿中心的某間日本企業工作。」

這一段話，害我讀了兩次：克里斯多福・克洛威是怎麼從「垃圾農莊」——聽起來像是二手衣店——躋身紐約市上流金融圈？

對於克洛威來說，通往華爾街的開敞大門，就在格林威治的印第安港遊艇俱樂部。在某個溫暖夏夜，我造訪了那間俱樂部，白色灰泥建築，以俱樂部旗幟作為花綵裝飾。俱樂部正在舉辦年度最大派對，但是大門口並沒有任何警衛，只有兩名身穿拉夫勞倫衣裝的泊車小弟大聲說出「晚安」，而且露出了微笑。

「想像一下，數百人來這裡參加帆船大賽，」我的當地導遊帶我進去的時候，她對我開口解釋，我就姑且稱她為莎曼珊吧。「你也知道，大家什麼都不清楚，每個人都可以從水岸冒出來，偷偷潛入這裡。」

克洛威當然可以不知道從哪裡鑽出來，開始滔滔不絕講述同一套話術與自己的貴族出身，大家除了道聲「歡迎！」之外，什麼都不會多說。

目前的活動是跳舞，穿白長褲與藍色外套的男士們，還有身著雪紡紗裙的女士們正隨著〈想必是妳〉之類的經典歌曲翩翩起舞，他們的周圍放滿了船隻的模型，還有當今與過往成員的肖像，最遠可溯及俱樂部創設的一八八九年。

外頭就是由長島峽灣挹注而生的印第安灣，會員的帆船密佈水岸。這是美麗如畫的完美場景，某一小撮菁英美國人的原鄉，克洛威是怎麼有膽挑上這個豪奢社群？

莎曼珊給了我部分解答。她是印第安灣遊艇俱樂部的成員，長期住在格林威治，而且也是資深銀行家與華爾街高手——這種種之一切，她居然還是成了這個移民越來越長的唬騙名單裡的一員，這一點不禁令人大感好奇。

我說道：「媒體還原當時狀況，克里斯多福走入印第安灣遊艇俱樂部的時候，宛若自己是這裡的主人一樣……」她回我，對，很可能就是如此。「我不太確定他是怎麼找上了格林威治，」當我們走入設備齊全的俱樂部的時候，她繼續說道：「不過，根據他自己提供的故事版本，他與父親住在洛杉磯，而他的母親與妹妹則住在巴黎。他雙親離異，也不知道是什麼原因，他前來東岸，這是有點心高氣傲。我要說的是，他給大家的印象是他出身超有錢。」

她繼續補充說道，他曾經拿出自稱是他洛杉磯住家的照片，不過，那些影像卻少了人味。「簡直像是他去過海德公園的范德比爾特莊園……」她暗指他從某個禮品店買了照片、宣稱是自己的家。「他相當自戀，而且，他看起來像是從雜誌裡走出來的人物。總是身穿博柏利冬裝外套、帶博柏利雨傘，直扣式高級純棉白襯衫，口袋繡有CCC花押字體，永遠乾淨無瑕，完美無缺。」

我打斷她，「什麼是CCC？」

「克里斯多福．奇徹斯特．克洛威名字的三個首字字母，」她說道，「永遠的正字標記。」

我在這間遊艇俱樂部裡四處張望，許多男人的穿著風格就與她描述的一模一樣。

不過，這名新成員之所以吸引眾人的目光，是因為他的行為舉止宛若自己比別人更加優秀。

「他跟你講話的方式，就像是他比你聰明，比你有錢，比你有人脈，一切都贏你——無論你是誰！」莎曼珊說道，「所以他進入了史坦佛特．紐頓．菲爾普斯公司，成為我們的工程師，他是科技高手。」

我就和金融圈大部分人士一樣，都知道這間公司的名號。莎曼珊出身賓州大學華頓商學院，在克洛威招搖撞騙進入這間著名企業的時候、她擔任史坦佛特．紐頓．菲爾普斯公司的副總裁。她指點我找出一九九〇年的《富比世》雜誌某篇有關創辦人史坦．菲爾普斯的文章，標題是「付錢……不然就等著好看」：

我們來認識一下史坦佛特．紐頓．菲爾普斯，總部低調座落在康乃狄克州格林威治的新興投資公司老闆，現年五十六歲。菲爾普斯樂於在垃圾債券亂局中打滾，就像是糞坑裡的豬一樣。他把債券勒索帶到了某種精緻藝術的層次。他直接跳入市場，選幾檔最糟糕的債券，然後告訴發行機構：清償，不然我就讓你破產然後你整間公司就沒了，這招通常都能夠奏效。掌控公司的那些人會給予菲爾普斯——有時候是所有的債券持有人——更好的機會。如若不然，菲爾普斯就會逼那家公司進入漫長又痛苦的破產程序。曾經因他的盛怒而遭殃的公司包括了：MGF油業公司、MCorp、SCI電視公司，以及AP實業……

史坦是債券勒索業的狠角色之一，史坦．菲爾普斯也是最難纏、最惡毒的其中一個。他慣用的伎倆就是尋求策略性控制債券……後來，菲爾普斯就會表示：改變條款，給我更好的債券條件，不然我就把你綁死在法院，永無寧日……

菲爾普斯屬於東區菁英階層。父親是著名會計師，母親娘家在紐約州的羅徹斯特擁有某間製鞋工廠。菲爾普斯念的是艾克瑟特預科學校、耶魯以及哈佛商學院，在一九六〇年拿到了企管碩士之後，前往華爾街，當時把持華爾街的都是他那種背景出身的男人。

這篇報導繼續詳述在過沒多久之後、被稱為德萊克賽爾·伯恩哈姆·蘭柏特的那間公司裡面，菲爾普斯建立債券部門的過程，該單位創造出一九八〇年代驚天動地的垃圾債券產業：

在一九七二年中的時候，菲爾普斯被炒魷魚了……史坦·菲爾普斯個性偏執，不只是想賺錢，而且也想要取回他先前在德萊克賽爾的合夥人位置。提到後者的時候，經常會講出讓文雅人士皺眉的話語。他的個人仇怨與這個世界沒什麼關係，不過，站在被惡意對待的垃圾債券持有人這一方、對抗高高在上的訂定遊戲規則者，出手幫忙補救平衡這一點看來，他也算是提供了某種公眾服務。

報導還提到菲爾普斯當初雇用了一個剛從華頓商學院畢業的聰明年輕人，麥克·米爾坎，結果最後卻被自己的年輕徒弟篡位。

我詢問莎曼珊，「所以這位聰明厲害又位高權重的史坦．菲爾普斯，怎麼會雇用這個超級菜鳥克里斯多福．克洛威？」她說她其實不是很清楚，不過，她很確定克洛威是怎麼找到方式接近菲爾普斯。不是透過過去的工作資歷或是常春藤聯盟的人脈關係，而是因為某一位在史坦．菲爾普斯底下工作的女子：凱瑟琳。

「凱瑟琳是在印第安港俱樂部認識了克里斯，」莎曼珊繼續說道，「我聽說是她認定他是電腦奇才，把他介紹給菲爾普斯公司。」

我問道：「就這樣？」完全沒有金融背景的人，居然能夠被某間東岸大券商雇用，而且還任其進入儲藏了大量機密資料的電腦系統？

她似乎詞窮了。

「對……不過……嗯……史坦這個人喜好無常，口味變化就和三一冰淇淋一樣。而且，老實說，是凱瑟琳說服史坦要雇用克里斯多福。要當高科技專家的人，可能只比阿米巴原蟲高一個位階而已。對於一個準備要處理資訊的人——有誰會在乎呢？」

不過，克里斯多福．克洛威並不是阿米巴原蟲。這個厲害騙子可以隨心所欲變形。他哄騙凱瑟琳，之後會加速對菲爾普斯公司裡的其他有錢男女下手，凱瑟琳只不過正好是第一個。

「他打算要娶住在格林威治的某個女孩，」可利斯．比夏普曾經告訴我，「某個華爾街女強人，我見過她好幾次。對，就是凱瑟琳。我記得有一次他炫耀這種鑽石——不是鑽戒，就只是個大鑽石。」

在印第安灣遊艇俱樂部的那一晚，我詢問莎曼珊菲爾普斯公司在哪裡。

「我可以帶你去看一下，」她說道，「就在這條街上。」

我們從泊車小弟那裡取回她的車，開了一點六公里，看到某間綠色的小型建築物。莎曼珊說道，不但外頭是綠色，就連裡面也是一片綠——牆壁、天花板，甚至辦公桌也是，一切都是錢的顏色。

克洛威不僅通過了狡猾的史坦．菲爾普斯的親自面試，而且還通過了困難的測試。每一個要在券商企業工作的人，都必須取得某種鑑定資格。「我們要遵守美國證券交易委員會與北美證券管理協會的規定，所以我當然有他的檔案，」莎曼珊說道，「你必須要填寫一個叫做U4的表格，裡面要填寫你的名字、地址以及社會安全號碼。然後，必須要交代過往：過去這十年在哪裡工作？待在那裡的日期與職稱？」

莎曼珊又補了一句：「通常，史坦也會叫員工接受人格測驗。」

我問道：「克洛威有做嗎？」

「我想是有。」

莎曼珊繼續說道：「工作經驗在第一頁。接下來的那一頁出現其他問題：有沒有被逮捕過？有沒有被定罪？滿滿一整頁的問題，最好你的答案全都勾選否，這是進入證券業的第一步，因為這必須要送交證券交易委員會。」

她向我保證，他有乖乖填完所有的表格，而且他的個人檔案也保存完整——不過，因為她已經離開了那間公司，自然也無法取得資料。不過，她說這些表格與考試相比只是小菜，她指的測驗是第七系列與第六十三系列考試，答題時間超過七個小時，應試者必須通過測驗才能夠進入證券業公司工作。

第七系列測驗，一共有兩百五十道選擇題，光是全部寫完就需要六個小時左右的時間。克洛威應該是在紐約市警局總部參加考試。「在那個時候，第七系列測驗是手寫作答，考試分為兩個階段，各三個小時，中間有一個小時的休息時間。有些人考了兩三次，因為第一次沒有通過。我有參加過這個測驗，不簡單。」

她記得克洛威的第七系列測驗表現如何嗎？

「他通過了，」她說道，「他可能很古怪，可能很傲慢，但是他不笨，他很聰明。」通過了直接艱難的考試之後，面對菲爾普斯公司的同事們似乎就很簡單了。

「這是一個很封閉的圈子，」莎曼珊說道，「每個人的朋友圈都互相交疊，有些人是小時候的玩伴，都是念『布魯恩斯威克』（格林威治的貴族男生預科學校，成立於一九〇二年）不然就是『鄉日』（創設於一九二六年的同等級格林威治貴族預科學校，位於威廉·A·洛克斐勒擁有的某間農莊）。他們會一起去滑雪，就像是社團一樣。」

「那克里斯多福·克洛威呢？」

「克里斯多福很奇怪，彷彿像是準備要變身為天鵝的醜小鴨，不過，在他自己的心中，他早就是天鵝了。」

他刻意讓莎曼珊與菲爾普斯公司的其他人都知道他除了是電腦專家之外，同時也是新版《希區考克劇場》電視影集的製作人。「如果你去看工作人員名單，還真的會看到克里斯多福·奇徹斯特，」莎曼珊說道，「我有一次問他：『克里斯多福，我覺得不合理啊，你是製作人，卻在垃圾債券公司當資訊人員領兩萬四千美金的年薪？』他回我：『我喜歡嘗試不一樣的事物。』」

他會講出自己擔任好萊塢製作人光輝歲月的各種小故事、讓她聽得津津有味，而且還會講出他最喜愛的《希區考克劇場》的秘辛。不過，莎曼珊覺得詭異的是他在電腦部門的行事態度，「我走進他的房間，他一定遮擋他的螢幕，每次都是如此。我心想：『他一定在搞與工作無關的事。』後來，警探過來問東問西的時候，我心裡的第一個念頭是，他一定是侵入別人的帳號、偷偷盜取一點小錢，他就是靠這一招補貼收入。因為他總是一身行頭，都是超貴的東西！這裡是博柏利，那裡又是布克兄弟，全都是高檔貨，而且還有這些離奇的故事。他告訴我他住在北街某間豪宅車庫上層的房間，所以我就很納悶，『怎麼可能？』」

我看過克洛威第一個住所，位於岩脊大道的宮殿式豪宅，所以我詢問莎曼珊他之後位於北街的住所又是什麼模樣？

她眼睛一亮，「哦，超美！北街有各式各樣的豪宅，與圓丘路不相上下。」圓丘路是格林威治最精華的地段，是電影明星與超級富豪的住所，列明在「國家史蹟名錄」之中。

在克洛威任職菲爾普斯公司這段不到一年、在一九八七年中畫下句點的期間，莎曼珊想起在一九八六年的聖誕節，他並沒有任何計畫。

她問他：「你要不要回去巴黎探望你媽媽與妹妹？」

「不要。」

「哦，那要不要來我家過平安夜？」

「好啊。」

「他走入我家，開口說道：『莎曼珊，妳知道嗎，妳家隔壁那棟屋子待售的時候，我媽媽、我姊姊和我本來想買下來，我們可能會是鄰居。』」

「我們隔壁那棟房子的市值是六百到八百萬美元，」當我們坐在那棟綠色公司外頭的時候，莎曼珊告訴我這段故事。「不過克里斯多福總是編得出故事，而且一定與炫富有關。他就是比大家厲害，比大家有錢，反正就是傲慢。雖然他比我矮，但他總是展現出他是在俯瞰我的姿態。我開始心想，真的是好後悔邀請他來我們家作客。」

過沒多久之後，對於他這種傲慢感到越來越無法忍受的情緒，從莎曼珊開始，擴及到他的其他同事，他們對於他的自大態度深覺厭煩，還有他總是嗤之以鼻的講話模式。「哎呀，莎曼珊，」接下來冒出油嘴滑舌或是取笑的話。公司裡與他年紀相當的其他交易員都是親密好友，克洛威絕對打不進他們的圈子。「倒不是說他們排擠他，但我認為他從來不覺得自己是其中的一員，」莎曼珊繼續說道，最後，他開始惹怒了大家都不敢冒犯的人。「史坦已經不喜歡他了。他很煩人，最後史坦氣到不希望看到他出現在附近。」

壓垮史坦・菲爾普斯的最後一根稻草，是因為克洛威基於某人的堅持、就是不肯告訴史坦要如何進入他的電腦，對於事必躬親、紀律嚴明的強勢老闆來說，這是褻瀆。克洛威是不是想要讓自己變得無比重要，無人能夠取而代之？會有人事後諸葛表示就是如此，但是史坦・菲爾普斯並沒有給他這個機會。

莎曼珊不記得是不是自己親手開除了克洛威，但她覺得應該是這樣沒錯。她還記得克里斯多福・克洛威離開公司之後的蕩漾餘波，其實比他還在公司的時候更加詭奇，不過，那也是兩三年後的事了。他離去的那一刻，只是收拾好自己的個人物品，將他的博柏利風衣披在肩頭，走了出去。

在他離開的兩年後，他求職資料的某個很有意思的項目曝了光。原來，在社會安全號碼那個欄位，克洛威寫下的是令人困惑的號碼。等到那組數字終於進入系統查核之後，大家才發現那號碼並非克里斯多福．奇徹斯特．克洛威所有，而是某個名叫大衛．柏考威茲的人，外號是「山姆之子」、震驚紐約市的連續殺人魔，他在一九七六年與一九七七年之間，至少殺害了六個人。

7

華爾街

在一九八七年的夏天，日興證券準備大張旗鼓。這間公司是日本的「四大」券商，準備要進入前景看俏的美國證券市場，並且將美國員工人數從兩百五十名擴增為五百名。因應這項擴張計畫，日興創設了債券部門，於一九八七年七月十三日的某場新聞記者會公布消息。新聞稿描述了這個新部門的特點之後，又繼續提到：「先前負責巴登伯格－克洛威－馮威廷家族基金會的克里斯多福·克洛威，將會以副總的身分全力以赴。」

這個以高調之姿坐上日興要位的克里斯多福·克洛威，表面上看起來是一九八〇年代熱鬧華爾街的完美人選。他貌似聰明，受過良好教育，人脈亨通，懂得長期債券與做空的各種術語。他的履歷裡曾有在東岸最著名證券公司之一的史坦佛特·紐頓·菲爾普斯公司的工作經驗，而且還以自己負責某個貴族名稱、狀似口袋很深的家族基金作為宣傳點。最重要的是，他衣裝完美無瑕，身穿J·Press與布克兄弟名牌西裝。在那個錢潮狂飆的時代，克里斯多福·克洛威就像是商業人士打扮、準備大賺特賺的那群人裡面的其中一員。

他拋下了自己在康乃狄克州史坦佛特·紐頓·菲爾普斯公司的失敗經驗，不僅僅是撐過來了，而且還進入更大、更有名的企業，坐擁的是更資深的職位。他要負責管理一整個部門，操作價值不菲的金融工具，某名證券公司營業員告訴我，「經手的銷售金額是百萬美元起跳。」根據克洛威前同事的說法，他的年薪應該是在十二萬五千美元之譜，還不含津貼與紅利。

他到底是怎麼爬升到這個位置？一如往常，他之所以能夠進場，都是透過對他印象大好的某名人士，這一次是名叫唐恩．席漢的男子，現在已經過世了。席漢在證券業工作多年而日興的日本高層非常信任他，紐約團隊幾乎都是由他打造而成。曾經是克洛威日興時代手下的理查德．巴奈特說道：「顯然克洛威是在某個雞尾酒派對的時候認識了席漢，在他面前胡亂吹噓。」

另外一位曾經與席漢、克洛威在日興工作的華爾街老將，告訴我有關席漢的故事。「他不是三歲小孩，不是菜鳥。唐恩本來是空軍飛行員，曾經在高盛工作——他不是笨蛋。」所以他怎麼會被某個騙子唬得一愣一愣？「克洛威這傢伙，真的超有天分，」這位華爾街老將說道，「他就像是電影《大騙子》裡的湯尼．寇提斯，裝成飛行員、醫生，以及其他一切角色都不成問題。我覺得唐恩之所以受騙，是因為超級有錢，或者是有某種家族背景的人似乎特別容易打動他。名字裡面有蒙巴頓的這種人，當然會立刻引發他的關注。」（雖然葛海茲萊特拋棄了自己在聖馬利諾的身分，但是他並沒有放棄自創的那個名字，因為，根據我的那一疊文件，它交給日興的出生證明姓名為克里斯多福．奇徹斯特．克洛威．蒙巴頓，出生地點是洛杉磯）。

「唐恩．席漢看到那些貌似出身尊貴的人，就會被唬住了，」鮑伯．布勒斯卡說道，他本來在紐約聯邦儲備銀行工作，後來在席漢任內擔任首席經濟學家。「他不是那種會一定核實推薦資料的人。可能有人告訴他克里斯多福這個人不錯，這句話對他來說就夠了。」

但我問道，對日興來說，席漢的直覺就夠了嗎？難道他的日本老闆對於他雇用這樣的菜鳥完全沒有任何微詞？「日本有一種名叫影子管理的東西，這間公司裡差不多每一個美國人坐的位置後面，都配有一個日本人在後面監管，」布勒斯卡說道，「唐恩・席漢在日本人的支配下、可以自由進行管理經營，也就是說，德富彰（日興的某位執行副總）只是席漢的影子，他對於雇用克里斯多福・克洛威的決定必須點頭答應。」

這起人事案，成了某本債券期刊《債券買家》裡面某篇文章的主題，標題是〈日興證券國際部門聚焦工業進入企業領域〉：

> 克里斯多福・克洛威，將要領導這間新的企業債券部門的副總，表示該部門目前正在分析聯合水業債券，已經在昨天上市的美國雪佛龍債券投入兩億五千萬美金，還有本來預定在昨晚預計定價的高露潔—棕欖公司債券投入一億五千萬美金。他表示，展望未來，希望可以帶引部門進入企業認購領域。
>
> 他指出該部門主力放在工業界長期債券，日後投資部位比例大致如下：百分之六十五是工業，百分之二十五是公用事業，剩下的部分則包含了銀行、金融以及交通運輸。「客戶們喜歡工業債券，」他還補充說道，「銀行與金融業債券已經讓他們覺得過於飽和。」
>
> 現在，此一部門員工只有五人，包括了先前經營巴登伯格—克洛威—馮威廷家族基金會的克

洛威本人……克洛威表示，到了今年底的時候，部門人數將會擴增至十五人。

克洛威還不到三十歲，沒什麼經驗與知識，卻負責要找齊日興新部門的團隊，他挖到了金融圈的專業老手。理查德．巴奈特，剛辭去著名股票公司E．F．赫頓的研究分析師工作，他是克洛威雇用的第一批員工之一。「美林證券研究部門主管給了我克里斯多福．克洛威這個名字，」巴奈特這麼告訴我，過沒多久之後，他就與這名衣著光鮮的年輕主管見面，根據他的描述，此人「博學多聞」，而且「散發貴族氣息」。「我們在東四十二街的凱悅中央飯店大廳見面，他告訴我：『日本人正在籌備企業債券部門，要求我盡快組織團隊。』面試過程二十分鐘，我當場就被錄取了。他說有機會可以賺大錢，還告訴我計畫如下：建構公司債券的健全買賣模式與研究，他還告訴我，我可以自己延攬幾名分析師。」

他們的工作地點是市區曼哈頓紐約貿易中心隔壁的世界金融中心，日興證券辦公室的某間交易室。這裡就跟史坦佛特．紐頓．菲爾普斯公司一樣，空間狹小，而且大家幾乎都知道彼此的一切——除了他們的老闆之外，他通常自己一個人坐在寬敞的辦公室裡面，經常處於放空狀態。

「我還記得有一次他來找我，開口問道：『你認識誰買了這種類型的國際債券嗎？』」鮑伯．布勒斯卡說道：「我只是盯著他，跟他說沒有。我覺得真的是太詭異了，這應該是他的工作！這就像是某個明明應該是牙醫的人跑來問你：『你知道什麼是二頭齒嗎？』」

不過，帶領這個部門的人卻是克洛威，至少有一陣子是如此。然而，狀況開始陷入停滯。

「一事無成——完全沒有交易啊什麼的，」巴奈特告訴我，「我們就是坐在那裡玩手指頭。他來找我只是為了一件事，想要在我面前唬爛，對於已經在業界待了十年或十五年的人來說，你不能這樣搞啊。」

不過，這些曾在日興為他做事的手下們都承認，在那個年代，對於證券業務來說，多少會吹一點牛皮是某種重要的資產，而克里斯多福．克洛威是箇中高手。他可以編出自己商場經驗與個人生活的超精采、幾乎已經到了不可思議程度的各種故事。「老實說，這是業務的優秀特質，」布勒斯卡說道，「他們會把事情講得天花亂墜，但就業務來說，這種招數很吃得開。」

並沒有人發現克洛威不對勁，至少一開始的時候沒有，因為他們可能認為他與他的故事都是真的，不然就是忙著操煩自己的未來，根據另一名克洛威的日興同事史登．佛爾克納表示：「我擔心我自己的事，其實不是很注意他，」他說道，「我以為他有掌握最新狀況，他扮演自己的角色多少還算是稱職。」

這個角色的關鍵就是要賺錢，克洛威一定發現自己要達成任務必須要有人幫忙，他覺得有望出手的救火隊是某名金融圈高手，我之後將稱其為金姆．李沃爾斯。

「金姆的確是個咖，」理查德．巴奈特說道，「某本財經雜誌還以他做了專題，他們稱他為『華爾街市長』。我們一起出去，有流浪漢向他要錢，而金姆招待他當晚住飯店。金姆認識曼哈頓的每一個酒保——不只是認識他們而已，還認識他們的小孩。他以前是海軍陸戰隊隊員，只要他一進入某間酒吧，現場就會立刻響起〈海軍陸戰隊讚歌〉。」

我打電話給金姆．李沃爾斯，想要知道，他請我到某間酒吧與他會面。我並沒有聽到〈海軍陸戰隊讚歌〉，只看到某個身材高大、親切和藹的人在喝酒，鬱鬱憶起那個其實根本沒有人知道底細的男子。

「一九八七年八月，我被找去負責那間企業的交易部門，他已經在那裡了，」李沃爾斯說的是克洛威，「他應該要負責帶三個業務，全部都很菜，不過他自己是最菜的那一個。」在那個時候，日興找來在紐約聯邦儲備銀行有二十七年資歷的瑪麗．克拉爾金，幫忙監控營運，而最後她的工作範圍還包括了監控業務經理克里斯多福．克洛威。

「他的對口上司是瑪麗，但他就坐在我對面，」李沃爾斯說道，「我老是開他玩笑，怎麼從來不脫外套，然後他會正色講自己衣服的事：『看看我的J．Press新西裝』之類的話——永遠是頂級品牌。」

李沃爾斯進入日興兩個月之後，發生全球股市大崩盤，也就是著名的黑色星期一，一九八七年十月十九日。創下股市有史以來單日最大跌幅，到了十月底的時候，香港的股市市值蒸發了百分之四十五點五，而美國則是百分之二十二點六八。

李沃爾斯表示，這起危機，讓日興東京總部高層「遇到這起危機的反應是完全嚇呆」。不過，對於克洛威而言，黑色星期一不過就是另一個尋常之日罷了。李沃爾斯回憶過往，「他平常就是這樣，坐在那裡一整天，打電話給誰，我不知道。還有另一半的時間，他都和別人在講德文。」

克洛威扮演事業發達的華爾街高層，同時還繼續模仿超有錢貴族，三不五時就提到他的親戚蒙巴頓閣下，還有巴登伯格家族，以及他號稱自己先前負責管理的巴登伯格－克洛威－馮威廷家族基金會，他還說那個基金會擁有許多昂貴汽車與歐洲古堡（其實，根本沒有這個基金會）。

李沃爾斯告訴我，某天晚上，他與老闆唐恩．席漢準備要前往東四十六街的「火花牛排館」面試可能會加入團隊的業務。「我們有一台豪華轎車在等我們，克洛威詢問他可不可以搭便車，我說沒問題。當時快要過感恩節了，唐恩與我在聊我們的節日計畫。我詢問克洛威：『你打算做什麼？』他回我：『我計畫在家裡閱讀公開說明書』——這是證券業的詳盡企業報告與分析。我說：『聽起來真是好棒的感恩節。難道你沒有別的地方可去嗎？』他說沒有，所以我就邀請他來我家，他像靈緹犬一樣，馬上逮住機會答應了，而且他說：『我會開我其中一台車子過去。』我就問了：『你有幾台車？』他說：『我收藏了一堆車子——法拉利、愛快羅密歐，還有藍寶堅尼。』我回他：『好，那就好好挑一台過來，我想見識一下。』」

李沃爾斯喝光了酒，哈哈大笑，「他現身的時候，開的是六五年份的雪佛蘭，冒的煙比聖海倫火山還誇張。車子烤漆剝落得好嚴重，甚至還可以看透車體內部。我問他：『你的藍寶堅尼或法拉利在哪裡？』他說他的車庫出現電力問題，打不開，所以只好向女傭借車。」

克洛威戴領巾領帶、出現在李沃爾斯家的感恩節晚餐場合——「你會以為他要參加肯塔基州的賽馬大會」——而且暢談他自己親戚的故事，讓李沃爾斯的家人聽得津津有味。「他不斷展現他的拿手好戲：『蒙巴頓閣下』是我的舅舅，我來自某個歷史悠久的皇室。」他帶了一疊照片，他說裡面都是他的房產，其中一些照片是康乃狄克州格林威治的某間豪宅。他說最近在重新整修，要安裝新的游泳池。」當然，克洛威也告訴李沃爾斯一家人，自己曾經是電影製作人，而且負責新版《希區考克劇場》電視影集。

李沃爾斯搖搖頭，「最後，他不只是吃了感恩節晚餐，而且還待了好幾天。他的一切都有CCC花押字，就連拖鞋、浴袍、睡衣也一樣。我兒子那時候十六歲，他詢問克洛伊：『你的內褲也有CCC花押字嗎？』克洛伊回他：『當然。』」

李沃爾斯某名擔任證券業業務的好友來訪日興辦公室的時候，克洛威顯露出他截然不同的面向。「我朋友大概是一百九十八公分，而克洛威是一百七十公分左右。辦公桌桌面有個克洛威的東西——紀念品啊什麼的。我朋友把它拿起來，克洛威動怒，對他大吼。我朋友說道：『抱歉，我不知道那是你的東西。』當我送他去搭電梯的時候，我朋友告訴我：『那傢伙腦袋有問題，你最好要多加小心。』我回去之後對他說道：『克里斯多福，我們絕對不會用那種語氣跟別人說話！』」

克洛威回嗆：「要是你再敢碰我辦公桌上的任何東西，我就會亮出我的魯格手槍！」李沃爾斯覺得那段話很詭異，因為就在兩個禮拜之前，辦公室同事們在聊槍的事，當時克洛威堅稱他對所有武器都一無所知。

「我問他：『你的魯格手槍口徑是多少？』他回我：『九毫米。』」

「『你明明很懂槍，卻裝作不知道……』」李沃爾斯當時這麼回他，而克洛威則對他投以不安微笑，「我就是從那時候開始對這個人有些提防……」

他過著華爾街高手的生活：美金六位數的薪水，在世界金融中心有辦公室，在格林威治有豪宅——或者，至少在格林威治某間豪宅後面有幾個房間。根據他的美國運通卡的某些消費紀錄（持卡人名稱是CCC蒙巴頓），在一九八七年到一九八八年之間，顯現出他越來越豪奢的生活方式。他在曼哈頓頂級餐廳用餐：「二十一」俱樂部、柏納丁法國料理餐廳、「拼布長頸鹿」、奇普里亞尼貝里尼義式餐廳等等。他也是百老匯音樂劇與歌劇常客，買過的門票包括了《歌劇魅影》以及《蝴蝶夫人》。還有諸多花費是衣裝：比方說博柏利、英國Church牌男鞋、J．Press，他似乎偏好常春藤風格的品牌——他的日興同事告訴我，他經常在辦公室接收自己的包裹。他幾乎每個禮拜都會買巧克力與鮮花——應該是為了要討人歡心的贈禮。

克洛威邀請過幾名同事去他家作客，他告訴大家，他暫時住在游泳池畔小屋，因為主屋正在進行整修。

史登．佛爾克納告訴我：「格林威治的那間房子根本就是圈套……」他與克洛威一樣，在日興的位置都是公司債券營運部副總。佛爾克納說他其實沒有去過克洛威的家，但我很快就拿到了那些人的名單——曾經坐在那間游泳池小屋、與克洛威一起觀看那些他宣稱由他寫劇本與執導的電影。我想找那些人聊一聊，但是卻得不到任何回應。其中一個理由顯然是尷尬，自己居然曾經相信那個騙子，畢竟，他們都為他工作，而且某些人甚至還是由他面試。雖然克洛威打電話講德文，而且還提到了魯格槍（德國軍方在世界大戰時選擇的手槍品牌），沒有人能夠猜到他其實是個沒沒無名的移民。

在格林威治公共圖書館工作已久的韋恩．坎貝爾說道：「他的英文腔調讓我覺得完美至極，已經完全聽不出口音。」他很熟克洛威這個人，因為克洛威經常到圖書館看老片——幾乎都是黑色電影。他通常是在星期六現身，紓解身在華爾街的壓力，而且，在坎貝爾為圖書館電影院舉辦的電影放映會當中、經常可以看到克洛威的身影。

我去拜訪坎貝爾，一頭白髮的圖書館資深員工，但散發出一種年輕氣息，由於某名格林威治長期居民捐助了兩千五百萬美元，今日的格林威治圖書館已經成了一棟佔地廣大的現代雄偉大廈。雖然現在影片館藏幾乎都是碟片形式，但當初克里斯多福．克洛威曾大量借閱的那兩櫃VHS錄影帶，依然保存至今。

坎貝爾帶我走向那兩座儲放錄影帶的大型櫃架，克里斯就是在這裡嚷嚷他是好萊塢電影導演，而且還是華爾街的重要人物，他經常在坎貝爾面前大談自己對於電影的熱愛。

「我知道電影產業的中心在好萊塢，所以他在格林威治做什麼？」坎貝爾問道，「不過，他似乎對電影瞭如指掌！導演啦，還有拍片技巧。我不知道他到底是哪裡學來的——只有一個可能，他是求知若渴型的讀者。」

他開始翻找老舊錄影帶，挑出他記得的克洛威愛片，「經典片，」他說道，「希區考克與奧森．威爾斯，得到廣大盛讚的好片。我們的借閱週期是三天，他會先借一部片子，然後歸還之後再借另一部，最後，我們這一萬五千部館藏，他看了好多片子。」

他對於電影的深入了解，就與大規模金融交易一樣。坎貝爾繼續說下去：「我會問他：『嗨，克里斯，最近怎麼樣？』他會回我：『哦，長期債券最近升到了年息百分之四或百分之五，還有殖利率啊什麼的。』我只是點點頭，等待他講完，這樣我們可以繼續聊電影。不過，他會滔滔不絕高談債券，滿口頭頭是道。」但是，坎貝爾提到了克洛威自述的某些細節並不合理。比方說，他自稱與母親住在格林威治，但將近三十歲、一帆風順的成功企業主管，為什麼會與母親住在一起？而且為什麼從來沒提過她的名字？

接下來是他對女人的興趣，「他對某個在電影部門工作的女孩非常有興趣，他整個人荷爾蒙大噴發，」坎貝爾回憶過往，「她非常活潑有朝氣，可愛又聰明。」

我在我的那一疊資料裡面，找到了關於她的某些資料。

她當初是在格林威治圖書館擔任放映師的時候認識了克里斯多福．克洛威，克洛威會參加約一個月舉辦一次的黑白老片放映會。

克洛威告訴她，他是新版《希區考克劇場》電視影集導演，還說母親是默片演員。如果這是真的，那麼想必克里斯多福出生的時候，她的年紀已經是五十出頭了。他還說他母親住在格林威治某個只有憑藉私人道路才能進去的區域。

她和克洛威一起出去喝過兩三次咖啡，她覺得很自在，因為克洛威知道她已經訂婚，絕對不可能想要追求她。

克洛威曾經要給她一份工作，應該就是他服務的那間日本金融公司，他說那公司需要新血。雖然薪水是年薪四萬美元，但她知道在曼哈頓生活成本有多麼昂貴，所以她拒絕了這份工作。

不難想像克里斯多福．克洛威置身在這些老舊錄影帶之間、努力追尋黑色電影佳作、宛若海綿吸收故事情節與角色的情景，就是為了扮演現在與未來的自己增添更多的血肉。這裡有《驚魂記》、《唐人街》，以及《恐怖角》，「都很合他的口味，」坎貝爾說道，「緊張刺激，技巧高超，而且讓人心懸不已。」

他甚至有殺人癖好？

韋恩．坎貝爾回我：「我覺得不至於吧……」

證券業其實是個小圈子，終於有人想起了克洛威在史坦佛特．紐頓．菲爾普斯公司任職時的可怕行徑——這個人不是別人，就是我眼前這位身材高大的男子。「史坦．菲爾普斯打電話給我，」金姆．李沃爾斯喝了好幾杯之後，告訴我這段過往。「他說道：『靠，你怎麼會雇用這個克洛威？』我說：『等等，史坦，我並沒有雇用他，而且我聽說你雇用了他，然後又炒他魷魚。』他回我：『對啊，我炒他魷魚，我們後來查出他的社會安全號碼居然是山姆之子。』我反問：『大衛．柏考威茲？』他回道：『是啊。』我說：『席漢知道這檔子事嗎？我想他並不知情。』」

李沃爾斯向唐恩．席漢上報，克洛威使用的社會安全號碼，其實是那個自稱受到他的狗兒下令殺人的瘋狂殺人魔的號碼。「唐恩回我：『我們會調查清楚。』他花了好長一段時間，因為克洛威被炒魷魚至少是過了六個月之後的事。」

其實，根據鮑伯．布勒斯卡的說法，菲爾普斯的警告與造假社會安全號碼並不是克洛威被日興踢走的真正原因。「基本上，克洛威並沒有任何表現，因為他根本沒有顧客，」布勒斯卡說道，「他就是這樣的孤狼。無論你是什麼背景，有什麼樣的貴族血統，到了一定時候，總是需要貢獻些什麼——必須要招攬一些生意，要有所作為。」

我所得知的狀況是大家對他耐心漸失，「我記得有好幾次他被罵得很慘，」史登．佛爾克納說道，「嗯，可能是前輩，或是交易員，全都是天生好戰型的人。」不過，開鍘的那一刻，日興的員工還是嚇了一大跳，因為日本人從來不會開除任何人。他們深信接下某個職位就是做一輩子，至少當時是如此，那時候的日本，還沒有被那一股將傳統價值洗刷殆盡的經濟狂潮搞得一蹶不振。

「就在他離開之後沒多久，我去了現代藝術博物館，我非常確定正好遇見了他，」鮑伯．布勒斯卡說道，「我跟他之間，大概只隔了一點五公尺吧，而他只是直接走開，彷彿從來沒看過我這個人似的。」

在那個時候，克里斯多福·克洛威已經準備要當另外一個人了。

8

失蹤人口

克里斯多福·克洛威進入金融圈之後，一直是越挫越勇。他在日興的表現本來應該是災難一場，但最後卻只是更驚人劇碼的序曲而已。

基德爾與皮博迪公司，信譽良好的全方位服務美國券商，它創立於一八六五年，最為人著稱的就是投資銀行部門（現在已不再是獨立單位，它於一九九四年被普惠公司收購，而該公司在二〇〇〇年也併入了瑞銀集團）。

在一九八八年的某個夏日，位於下曼哈頓金融區核心地帶的基德爾與皮博迪公司總部，克洛威現身了，以不請自來的方式走入勞夫·波因頓的辦公室，他當時剛離開高盛，負責的是基德爾與皮博迪的國際債券交易。

「那時候，大樓裡還沒有安檢，」波因頓回憶的是二〇〇一年九月十一日（也是在一九九三年世貿中心爆炸案）之前的過往，當時的辦公大樓還不算是恐怖分子可能的攻擊目標。「他敲我的辦公室房門，說是要找工作。我當時剛進基德爾，正想要在紐約弄個小團隊擴展業務或是銷售國際債券（由跨國企業發行、規範寬鬆的某種債券）。我沒有預算可以著手。基德爾不像高盛，這是一家對於權限有嚴格規範的公司。」

克洛威出現的時候，波因頓覺得他表現得體、謙遜、彬彬有禮——甚至有點太過拘謹，而且很想要進入基德爾工作。雖然他看起來是從路邊闖進來，但是波因頓卻對他留下不錯的印象，至少一開始是如此。「我記得他條件不錯——聰明有禮貌，很稱頭。販售國際債券也不是什麼難事，與某些業務相比，他看起來也不算太糟糕。」

所以，波因頓就像之前的許多人一樣，決定要給這傢伙一個機會：兩個禮拜的試用期。「我們沒有做背景調查，因為還沒有走到那個地步，」他說道，「我帶他前往紐約、與幾名購買國際債券的客戶開會。我打算要確定一下他的銷售技巧，看看他是否適合與這些人打交道。」

他們搭乘同一班機飛到了洛杉磯，克洛威的打扮一如往常，昂貴私校風的外套與領帶。

我詢問波因頓：「他表現如何？」

「很聰明，能言善道，很好相處，不是很合群，但也不是很傲慢。從人格觀點看來，他是個不錯的人。」

看來他又贏得了另一個可能是未來雇主的心，似乎馬上就要得到他在金融圈第三份的重要工作。然而，他的過往卻開始回頭對他夾擾不休。

警方的筆錄講述了整段過往，一開始的時候，是他在一九八八年七月被日興開除、又進入基德爾與皮博迪公司這段時間的信用卡活動紀錄，消費內容幾乎都很普通：加油站、熟食店（紐約市的著名「札巴爾」是他的最愛），還有諸如「火腿天堂」與「咖哩和窯爐」之類的庶民餐廳。九月十二日，他在基德爾與皮博迪公司工作的第一天，他在「烤鬆餅餐廳」用餐，這是位於上曼哈頓西區的著名早午餐地點，他們的招牌就是店名的那種宛若球根狀的蓬鬆糕點。

兩個月之後，在一九八八年的十一月三日，格林威治警局收到了聖馬利諾警局透過電傳打字機發送的訊息，因某起失蹤人口舊案尋求協助。聖馬利諾警方在尋找「可能知道這兩人下落相關線索的人士：約翰・羅伯特・索荷斯，白種男性——以下外表資料略——出生日期是一九五七年十二月二十日，還有他的妻子琳達・克里斯汀，白種女性——以下外表資料略——出生日期是一九五六年九月十七日。」還有另外列出這號人物，「克里斯・葛海茲萊特／又名奇徹斯特——以下外表資料略——白種男性，出生日期一九六一年二月二十一日，康乃狄克州電傳操作編號，〇二四一九二七八八，（他）曾經住在索荷斯家中，不過在他們失蹤一個月之後，他人也不見了。」

這封訊息還提到了索荷斯夫婦的一九八五年日產貨卡，還有它的車牌號碼。

接到這封電傳訊息的警探是丹尼爾・艾倫。當我在格林威治見到他的時候，他已經升到了警督。艾倫與我在警局碰頭，他帶我到格林威治大道，也就是這座富有小鎮的主街一起吃早餐。我覺得我彷彿回到了聖馬利諾，因為格林威治也是一個乾乾淨淨的富裕之地，聞得到乾淨清爽的空氣，還有插畫家諾曼・洛克威爾的價值觀。在我們享用培根與煎蛋的時候，住在格林威治一輩子的艾倫，向我娓娓道出他第一次聽到克里斯・葛海茲萊特這名字時的情景。

「那是例常工作，另一間警局尋求線索——典型的失蹤人口辦案需求，」艾倫還補充這只是他在下午四點到半夜十二點的執勤時段、收到的數十封電傳訊息裡的其中一份而已。「失蹤人口案件不是犯罪。等到你長大成人，決定要動身離開，而且不想要讓任何人知道——好，這並不是犯罪情事。」

當然，琳達與約翰・索荷斯的故事更為複雜，但艾倫當時也無法猜到是這種狀況。「人們失蹤有諸多理由，」他拚命向我強調，我眼中的這起特殊案件，其實一開始的時候實屬稀鬆平常。「這是一起三年前發生的加州失蹤人口舊案。聖馬利諾當局想要找尋線索，確定這對夫婦安然無恙。由於這對夫妻的貨卡出現在格林威治，所以他們覺得可能會有人知道他們的下落。」

艾倫本來覺得這任務很簡單，可以迅速完成：找電傳訊息裡所指稱的這個人問案——「克里斯・葛海茲萊特／又名奇徹斯特」——然後把結果呈報給加州。艾倫很快就發現此人在當時使用的名字是克里斯多福・克洛威，不過，當他蒐集了越來越多的資料之後，他的某種感覺，也就是我一直抱持的相同感受，也變得越來越強烈，他是這麼說的：「我真的不知道這傢伙到底是誰。」

用完早餐之後，艾倫開車載我前往他偵辦這起失蹤夫妻案的起點：基督堂，氣勢雄偉的石造建築，克里斯多福・克洛威在此找到了心靈歸屬，而就在我們到訪的前一天，這裡才剛舉行八十七歲的普雷史考特・布希（老布希總統的哥哥）逝世追悼會。

艾倫是在一九八八年的時候前來這裡問案，除了比夏普牧師之外，還有他的兒子，與克洛威是朋友的那名電影系學生。牧師去度假了，但是可利斯把那個少了行照的貨卡的事全告訴了警探。我曾經看過艾倫詢問可利斯的詳盡筆錄，「在今年七月的某個時候，他曾經找過嫌犯克洛威，因為他之後要拍攝某部電影，需要有一台貨卡，而克洛威告訴他，他的確有一台待售的貨卡，但是沒有行照。」

克洛威這麼告訴他的朋友，那台車行照的發照單位「來自加州」，所以如果可利斯・比夏普想要那台貨卡的話，他「得要想辦法」自己從加州監理處取得行照——克洛威沒有時間、不然就是懶得自己動手處理。

可利斯聯絡加州監理處，對方告訴他，必須寄送十元美金的支票支付清查行照的費用。當時十七歲的可利斯，還沒有自己的支票帳戶，所以必須請他的父母從他們的帳戶寄出支票，牧師與他太太幫了忙。過沒多久之後，可利斯接到銀行的電話，對方表示，克洛威宣稱那台貨卡車款已經完全付清，其實完全不是這麼回事，分期車款早就停付，所以這台車有一大筆欠款，必須要先繳清之後，監理處才能夠核發行照。

可利斯當面嗆克洛威，「你想要敲詐我！」而克洛威卻佯裝自己對於行照的問題完全不知情。

自此之後，狀況變得越來越詭異。艾倫又找了克洛威在格林威治的各個房東問案，其中一名提到「有次與克洛威聊天的時候，他發現克洛威有一台貨卡。他從來沒有看過那台車，因為克洛威把它停放在某個不明地點」。根據康乃狄克州的查核紀錄顯示，的確，是有個名叫克里斯多福・卡爾・葛海茲萊特的人，目前住在本州，或者是曾經住過，但他的駕照已經過期，而且沒有更新後續地址。某份警方筆錄有以下紀錄：「警探撥打克洛威的電話……但紐約電話公司表示，那支電話……已經遭到停話。」

警探艾倫找了那些認識與收留過克洛威的人，他不斷聽到大家都深信克洛威是新版《希區考克劇場》電視影集導演的離奇說詞，而且，他過沒多久之後就知道這根本兜不起來。而且，他還發現他與同事拚命在找尋的這個男人——有許多假名、可疑的職業，甚至還頻頻更換地址——完全沒有留下可供警方追查他下落的線索。

想必艾倫與其他警探把注意力轉移到他們手中的少數線索：以克里斯多福・奇徹斯特・克洛威・蒙巴頓為名申請的美國運通信用卡消費紀錄，由洛杉磯治安官辦公室負責整理，消費紀錄如下：

一九八八年九月二十八日，克洛威在紐約市的布魯明戴爾百貨公司購物。

一九八八年十月三日，克洛威觀賞了百老匯尤金・歐尼爾劇場的某齣表演。

十月四日，他搬離了位於格林威治的最後一個已知住所——洛克路七號——後續地址不明。

十月十四日，他向警方報案，自己的某台克萊斯勒旅行車在康乃狄克州的史坦姆福德被竊，他告訴警察，他把車停在那裡，然後搭車前往波士頓。六天之後，那台車在紐約市被尋獲，但克洛威過了將近一個月之後，才現身拖吊場，他支付了拖吊費用，但是卻拒絕領車（克洛伊說這是他律師提出的建議，他還補充自己律師的姓名是索羅門．羅森鮑姆，但是他卻拒絕透露此人的聯絡方式）。

一九八八年十月二十二日，他到了格林威治的郵局，這是他最後一次從自己租用的郵政信箱取出郵件。

過沒多久之後，態勢已經相當明朗，這個克里斯多福．克洛威不想與丹尼爾．艾倫碰面。這位警探試圖打電話找克洛威，對方卻總是沒有任何回應。每一次當他快要有眉目的時候，線索就斷了。克洛威提供的許多官方文件，原來幾乎都是虛構的資料。他給的最後一個格林威治的洛克路地址，根本不存在。艾倫在某份筆錄中寫道：「克洛威當初在洛克路七號申請裝設電話的時候，刻意假稱門牌號碼為八號。」當他們把克洛威在不同表格填寫的社會安全號碼輸入資料庫之後，發現所有人並不是克里斯多福．克洛威，而是一個名叫史蒂芬．J．比歐德洛斯基的人，他曾經是南加大的電影系學生，曾經在奇徹斯特在校園內的活躍時期見過他，比歐德洛斯基完全不知道克洛威／奇徹斯特盜用他的社會安全號碼。

警方聯絡克萊斯勒金融服務公司，當初克洛威就是把在此承租的車輛報警遭竊，他們這才知道：「克洛威在他的信用資料填寫父親姓名是H．克洛威，是康乃狄克州岩脊大道三十四號的屋主。在此必須註明岩脊大道三十四號的屋主其實是（約翰）．麥多克斯先生，在這份筆錄先前的部分已經確認無誤。」

克洛威編造的母親身分同樣模糊難辨。艾倫警探聯絡了在格林威治公共圖書館工作、認識他的那位女性之後，才發現狀況棘手。克洛威當初告訴她，他母親是演員，藝名為葛洛莉亞．金恩，還真的有位好萊塢演員與歌星名叫葛洛莉亞．金恩，從一九三九年到一九五九年之間，一共演了二十六部電影，其中還包括了《永遠不要給傻瓜同樣的機會》。不過，當艾倫聯絡「美國演員公會」、想要找尋她的資料的時候，「對方卻告知自一九五六年之後、葛洛莉亞．金恩就再也不是會員」，又一條線索斷了。

基督堂的那群好人有克洛威的工作地址，但想必是史坦佛特．紐頓．菲爾普斯公司，他早就離開了那個單位。聖馬利諾的警探們查出他當初待在那座城市時的某個早期地址——圓環大道的那座美麗豪宅——卻發現那個地址自一九七七年之後就沒有住人，也就是這個移民到達美國的前一年。警探們聯絡了某名女子，在此我先姑且稱她為蘿絲．米娜，據信克洛威待在紐約的時候，一直與她在一起——她在「穆迪投資者服務公司」工作——不過，她「宣稱自從她轉達要與警探聯絡的消息之後、就再也不曾見過他的人」。打電話聯絡位於哈特福的移民及歸化局，一樣沒有任何收穫。艾倫警探寫道：「該部門並沒有出生日期為一九六一年二月二十一日的葛海茲萊特、奇徹斯特、或是克洛威。」

「當我試圖聯絡克洛威，他卻一直沒有現身的時候，我讓加州當局知道他似乎是不會主動出來見我，」艾倫告訴我，「他們請我主動去找他，所以我去了基德爾與皮博迪公司，他的工作地點。」

我說據我了解，克洛威在基德爾僅是試用階段，艾倫搖頭，「我的印象是他就在那家公司上班，」艾倫對我說道，「他真正的工作地點就是在基德爾與皮博迪公司。我追到了紐約，那是一間大型投資公司。我在那裡等他上班，但是他卻打電話請病假。」

在我與艾倫警監會面的那個早晨，我開始略微施壓逼問他，我不知道他為什麼能夠態度如此平靜、以平鋪直敘的口吻描述這個讓我快發瘋的案件，我問道：「難道你沒有因為這案子而心煩意亂嗎？」

「沒有。」

「你會不會覺得自己在追魂？」我告訴他，當我在美國境內與國外四處追查、追蹤這個有多重身分男子幽魂，最後卻依然回到起點的時候，這就是我的感受。

「我講話要很小心，」艾倫字斟句酌，「隨著時間慢慢過去，我得到了其他線索，我開始更加懷疑他的真實身分。當我發現他的不同化名的時候，的確引發了一些不安。」

我反問：「一些不安？」艾倫解釋，說謊並不是犯罪，除非它引發了罪行，或者那是在犯罪之後的餘波，而且，不能在沒有犯罪實證的狀況下、因為某人躲避警方而將其逮捕。「我們沒有辦法發搜索票，不能拘留他，」艾倫說道，「加州的確是有一對夫妻失蹤了，但是在他們的偵辦過程之中，並沒有跡象顯示有任何的惡行或犯罪活動。就法律面而言，我們不能拘留他或是強逼他與警方配合。」

艾倫似乎不願意吐露更多細節。可能是因為他的記憶已經變得模糊，或者他覺得講出他辦案的糾結關鍵並不妥當。不過，我已經有了他的全部筆錄，而且一切內容都說得清清楚楚。當艾倫到達基德爾與皮博迪公司的時候，他見了克洛威的主管，勞夫．波因頓，他對這位警探說出的內容，與二十年後告訴我的完全一致。

在前往洛杉磯的途中，克洛威向波因頓提到了自己的家庭背景：「他說他父母在某個地下組織工作，還說他們是在四處躲藏的情報員，」波因頓繼續回憶，「他還告訴我他住在聖蓋博山脈附近，想要回去加州探望一下那個地方。我就讓他一直說下去，我的印象是他似乎有什麼無法說出口的背景，只是以間諜活動作為幌子，他很擔心自己的父母可能被某人逮捕。」

克洛威拒絕與波因頓一起搭機回到紐約，顯然是想要在加州多待一會兒。根據我檔案資料中的信用卡資料以及其他文件，他下榻的是洛杉磯的彼特摩爾飯店，然後在以前的家鄉聖馬利諾火速短暫停留了一會兒，在萬聖節的那一天——正好是約翰與琳達．索荷斯夫婦的結婚三週年紀念日，於救主堂參與了一場禱告會。他待的時間正好可以與大家火速吃一頓晚餐，根據某名教友的證詞，他告知大家「他在香港待在銀行界，準備要前往奧勒岡，途中在聖馬利諾待個一天」。

克洛威從聖地牙哥飛往舊金山，住在聖方濟飯店，在舊金山最高檔的餐廳之一「厄尼」用餐。波因頓回到紐約之後，回家補眠，就在這時候被一通電話吵醒，來電者是他的多年好友理查德・庫克，是史坦佛特・紐頓・菲爾普斯公司的某位副總。

他問道：「你認識克里斯多福・克洛威嗎？」

波因頓回道：「認識啊。」

「我聽到有人說了他一些壞話，」庫克說道，「我會對他敬而遠之。」

波因頓大驚：「天！真希望我在與他一起前往加州之前就知道這消息！」

顯然，那個時候克洛威已經回到了紐約。庫克後來告訴警方，他打電話到波因頓家中警告他要小心他旗下的那名無賴業務之前，曾經撥打過波因頓辦公室電話找人。

「庫克先生打電話到基德爾與皮博迪公司，想要聯絡波因頓先生，不過，接電話的人卻說波因頓先生不在紐約，要到星期五才回來，」警探艾倫在筆錄裡寫道，「庫克先生與對方繼續進行對話，後來才發現此人是克里斯・克洛威，也就是本案的嫌犯。」

波因頓繼續說下去：「幾個小時之後，我接到格林威治警局的電話。警探問我：『你和克里斯多福・克洛威去加州做什麼？』」

波因頓解釋，他與克洛威是為了基德爾與皮博迪公司進行業務拜訪。

「接下來他又問道：『貨卡在哪裡？』我說：『我完全不知道貨卡的事，我在赫茲租車。』」

然後，警探說道：「克洛威是某起加州失蹤人口案的嫌犯，可否讓我們進去辦公室問案？」

波因頓告訴艾倫，當然沒問題，他可以進基德爾與皮博迪公司的辦公室，找克洛威問案。波因頓說道：「連續三個早上六點鐘，當我進入我的華爾街辦公室的時候，格林威治警察與康乃狄克州的州警，就已經在那裡等待克里斯多福．克洛威。」

不過，克洛威一直沒有現身，他一定是聽到了警方查案的風聲，因為，自從艾倫警探首次進入基德爾與皮博迪公司、他打電話請病假之後，他又打了一通電話給波因頓。他說他得要立刻離開紐約，處理與父母有關的緊急狀況。根據波因頓的說法：「他大喊：『我爸媽被綁架了！』」

警方的筆錄有詳細說明：

波因頓先生聯絡警方，表示克里斯．克洛威向公司請長假，時間超過兩個月，讓他能夠追查在巴基斯坦或日本失蹤的父母下落。克洛威先生正在與巴基斯坦領事館與日本領事館安排相關事宜，為了進一步追查父母行蹤，即將離開美國，日期未定。

警方請波因頓盡量想辦法聯絡克洛威，這樣才能讓艾倫「詢問他有關索荷斯夫婦以及與他們失蹤案相關車輛的案情」。克洛伊告訴波因頓，他會回到辦公室與波因頓見面，將自己手邊的工作進行收尾，所以警探艾德又回去基德爾與皮博迪公司，希望可以在那裡堵到克洛威。不過，艾倫後來在自己的筆錄裡寫道：

「克洛威再次聯絡波因頓先生……他說，因為無法控制之狀況，他無法在那裡（基德爾與皮博迪公司）與波因頓先生見面，但要求波因頓與他在五十二街的某間餐廳碰頭。」

波因頓告訴我，他已經準備要與克洛威在那間餐廳會面。「但是警探卻說：『我們不能讓你在毫無防護的狀況下就這麼走進去，這傢伙可能很危險。』」

克洛威一直沒有出現在那間餐廳，不過，艾倫好不容易在一九八八年十一月十八日，以電話聯絡到克洛威，地點是在他的某個朋友家中。克洛威答應會在三天之後，也就是十一月二十一日的下午四點三十分到警局總部與他見面。不過，那一天到來的時候，克洛威卻打電話給艾倫要求延到兩天之後，也就是十一月二十三日。他並沒有現身，而警探再也沒有聽到他的消息。

「從找出他的下落、與他見面一談的這個角度看來，我已經全力以赴，」艾倫告訴我，「我通知加州當局，我力有未逮，我還有別的案子在身，然後就繼續辦案。」

克洛威在十一月二十一號之後的信用卡消費共有十一筆資料，全都是在紐約的商號：高檔書的雷卓利書店、日本紀伊國屋書店、淘兒音樂城、山姆・谷迪唱片行、拉烏餐廳、中央車站的牡蠣酒吧、萊恩蘭德餐廳、札巴爾熟食店、J・Press（兩次）、還有最後一筆——日期是一九八八年十二月六日——日本隼人餐廳。

和漚，這個美國運通卡上面的姓名為CCC・蒙巴頓的男子人間蒸發——就這麼憑空消失了——不只是在紐約與格林威治，似乎整個地表都再也看不到他的蹤影。

9

克拉克・洛克斐勒
紐約，紐約

從一九八八年十二月六號開始、一直到一九九二年的某段時間當中，克洛威先前生活圈的人都再也不曾見到他的蹤影，至少，並沒有看過他、而且願意站出來的人。有些人以為他悄悄溜到了東京或是德里，因為根據他的美國運通卡的消費明細，他購買了機票飛往那些亞洲首都。其實，根據探員的說法，他明明就躲藏在紐約市，與蘿絲・米娜同住一間公寓，她是沉靜、聰慧、受過良好教育的亞洲女子，當初是在為日興證券擔任翻譯的時候認識了他。他在她住處更衣間弄了電腦室，偶爾大膽出門遛他的狗。他平常都在看電影《星戰》與玩電腦，思忖自己的下一步，而蘿絲・米娜則去上班，在紐約市金融圈的位階不斷穩定爬升。大約交往了快要兩年的時候，米娜已經受夠了這個行徑詭異的男友，但發現要斷了這段關係並不容易，最後，她拋下他，把他留在那間公寓，自己搬到了新的住處。

之後，這名神秘男子堅稱，在這四年的空檔之中，某位名叫哈利・寇本蘭德的紳士成了他的人生導師，之後變成了他的教父。某些人後來推測，他所指的是以前長島貝爾蒙特賽馬場的那名常客，他的外號是「哈利馬」，因為他具有預測小馬的神準能力。不過，那位哈利．寇本蘭德在一九九〇年末期過世，而且，不論是從他女兒或任何我能找到的人，都無法查出他與克里斯提安．葛海茲萊特，或是克里斯多福．奇徹斯特，抑或是克里斯多福．克洛威有任何關聯。

有一點倒是讓大家都很認同：如果在初抵美國的頭十年，他過著宛若幽魂的生活；那麼在接下來的那十年，他已經成了真正的幽魂。

波士頓副警司湯瑪斯．李這麼說：「他就直接不見了……」這位資深警官對於這個移民高潮迭起一生的了解程度，近乎是百科全書，不過，一九八八到一九九二年這段期間除外。李說道：「在他失蹤的這幾年當中，我們沒有什麼足夠線索。」

我問道：「那你自己覺得呢？」

「還是一樣，他又在某個地方假扮別人，我不知道是誰。」

我問道：「足足有四年之久，完全沒有任何線索？」

「不是很確定，沒有吧，」他說道，「一九九二年應該是我們第一次發現他重現江湖的身影，住在紐約的某間公寓。」

他出現了，一如過往，地點還是在教會。

興建於一八二三年的聖多馬教會，是紐約市聖公會中心，座落於第五大道最耀眼的區域之一。教會的法式高聳哥德建築在一九一三年落成，根據聖多馬教會的旅客指南：「它具有大教堂的比例，還有高達近二十九公尺的中殿拱頂。」他到來這裡的那段期間，想必見到了紐約商界、政界、社交界的諸多各方領袖，其中包括了布魯克．亞斯特，她身邊經常有某位朋友相伴，前模特兒、後來嫁給導演奧圖．普雷明傑的赫普．普雷明傑，此外，還有鋼琴界的傳奇人物喬治．舍靈與他的妻子艾莉。

對於這位想必覺得執法部門對他無理煩擾、因而害他秘密潛伏了四年之久的時年三十歲外國人來說，這座教會宛若磁鐵一樣。它的螺塔想必成了這個移民的希望燈塔，讓紐約市的某人徹底煥然重生。其中一份小冊子問道：「如果你目前沒有歸屬的教會，或者你剛來紐約市，還沒有找到歸屬的教會，要不要加入我們的行列？」

接受召喚的那個人已經再也不是克里斯多福．克洛威。當他進入這座宏偉的哥德式教堂的時候，他已經有了同等大氣的姓氏，而且還有他精心研究之後、與之配襯的性格。他以完美演出的東岸貴族學校口音向教友們打招呼，他身穿藍色西裝外套、配的是私人俱樂部領結，通常下搭穿繡有小鴨子、獵犬，或是熊蜂圖案的卡其褲，永遠是斯佩里帆船鞋，不穿襪子。他的聲音就與他的服裝一樣特殊，來自喉嚨底部的某種深沉、具有催眠效果的旋律，對於他自己、還有在這種特定年代認識他的人來說，等於是良好出身、富豪、無懈可擊品味之大成。「克拉克，」他說道，「克拉克．洛克斐勒。」

他到底是從哪裡、在什麼時候，又是靠什麼方式想出了這個名字，恐怕永遠沒有人知道，不過，這名號立刻響遍每個角落，一開始是在聖多馬教會，然後是整座城市。之後，他又把自己的名字膨風為費德里・米爾斯・克拉克・洛克斐勒，不過，對於剛開始認識的那群人，他只是普普通通的克拉克・洛克斐勒，具有這個國家最有名姓氏的反骨後裔。

「在十九世紀末期，聖多馬是上流人士的教會，但幾乎都是紐約新貴──范德比爾特那一群，但不是那種老洋基紐約人，」說出這段話的是某位長期教友，我將其稱為約翰・威爾斯，在一九九二年年初的某一天，克拉克・洛克斐勒剛來到聖多瑪教堂的時候，他正好是第一批認識他的人之一，而且最後與他關係相當緊密。我們兩人坐在紐約的某座公園裡，威爾斯覺得在講述克拉克這個人之前，必須要鋪陳這個狡猾德國人初次展演他最厲害角色的華麗背景，這一點很重要。「這個教會的捐款是數億美金的規模，」威爾斯說道，「他們的音樂節目無人能出其右，他們的合唱團超棒。主要的策劃人以前負責的是倫敦聖彼得大教堂的音樂。我一開始去那裡做禮拜的時候，牧師是約翰・安德魯，他曾經是坎特伯里某位與伊莉莎白王后有關聯的大主教的助理牧師，就在這個時候，教會吸引了一大堆想要假扮紐約名流圈成員的人，會眾範圍有真正的紐約社交圈成員，也有徹頭徹尾的大騙子。」

我與威爾斯相約在某個週六見面，我告訴他，我想要明天一大早參加禮拜，這樣就可以體會克拉克・洛克斐勒當初挖到金礦的感覺。「明天你就可以見識到了，」他說道，「引座員每個星期天都會穿西裝──你知道，條紋長褲與灰色外套那種？至於重要場合的星期天，他們會穿長尾西裝，就像是晚禮服一樣。聖多馬教會是整個復活節遊行活動的起點，他們會扛著祭壇鮮花從聖多馬教會出發，最後抵達依然還是在第五大道的聖路加醫院，大家都會跑出來觀看。」威爾斯的口述歷史果然沒錯，這是一間充斥著有點矯揉做作——甚至是相當矯揉做作的會眾的教堂。「在我那個時候，會有自稱爵士、但根本不是那麼回事的人溜進來，還會一身獵裝搭配馬褲，這是一個大家都顯得有點可笑的地方，而克拉克．洛克斐勒的程度比大家嚴重。」

「那裡還是有很多善良得不得了的人，倒不是整個教會都忙著玩心理戰，」威爾斯繼續說道，「不過，的確有某部分的人想要實現自己的幻夢。」

這些應該都是新受洗的克拉克．洛克斐勒直覺認定會張開雙臂歡迎他的人，期盼能夠感染到君霸級洛克斐勒魔力，帶引他們揚升到更高的層次。約翰．威爾斯扮演了關鍵角色，將洛克斐勒介紹給某些年輕、容易受到影響的年輕會眾，而他們後來反而幫助他在社會名望之梯往上爬升。

「我還記得我與克拉克在某次喝咖啡休息時段見面的場景，」他繼續說道，「咖啡時間就是在週日禮拜結束之後的茶會。他們會擺出一張長桌，上面有銀色的大型咖啡壺，有兩名女教友會為大家倒咖啡啊什麼的，很好的表演場所。克拉克自我介紹，或者是我把他介紹給大家。我覺得我搞不好甚至問過他：『你是不是洛克斐勒家族的堂兄弟？』他的回答是：『不是，我是堂兄弟的堂兄弟。』」

威爾斯就把這種回應當成了某種幽微的表達方式，對，我是洛克斐勒家族的人，但是我並沒有把我的著名家族或是自我當成什麼了不起的事。

過沒多久之後，洛克斐勒就接收了威爾斯的那一群朋友，通常他們會在教會禮拜結束之後進行社交活動。與這一群聖多馬教會的年輕名人共進早午餐，這位新成員的故事精采萬分，如果是從一般人口中說出來，絕對是不會有任何人相信，但從某名洛克斐勒家族成員的口中說出來，聽起來不僅大膽瘋狂，而且也產生了不可思議的真實感。

「他暗示自己是出身裴西．洛克斐勒親族——不是超級有錢的約翰．D．洛克斐勒那一個族脈，但也相當有錢，」威爾斯繼續說道，「他甚至還有一幅油畫，他宣稱肖像主人翁就是裴西．洛克斐勒，而且還自稱從小在薩頓廣場街長大，」他所指的是東區的某個獨立之地，裡面有紐約市的某些超級豪宅與最顯赫人士。「他說他從自家後院圍籬往外張望，就可以看到皇后區的尖塔。他號稱自己十四歲的時候就進了耶魯不知道念什麼，他有耶魯大學的藍條紋圍巾。他還說自己有祖父輩留給他的J艇——嗯，就是一九二〇、三〇年代的經典遊艇。」

他所指的是在大蕭條時期建造、文生．亞斯特與寇尼留斯．范德比爾特之類人士所使用的豪華大遊艇。「真希望我可以模仿出他當時的語氣，」威爾斯的意思是那種腔調流露一股出身莊園領地的氣息。他告訴威爾斯，他的J艇名稱是真愛，而整個家族對於一九四〇年電影、由卡萊．葛倫以及凱瑟琳．赫本主演的《費城故事》的製作人心懷惱怒，因為對方偷竊了這個名字、成為電影中的遊艇名稱。

威爾斯繼續講下去，「他說，『整個家族都超生氣』。」不過，後來洛克斐勒又補了一段，他最近把「真愛」賣給了流行樂手瑪莉亞．凱莉以及她的先生，索尼音樂執行長湯米．摩托拉。「此人想要使用這名稱放在某艘豪華遊艇、待在那裡觀看煙火。」威爾斯還記得洛克斐勒提到那對暴發戶夫婦的時候，充滿了「無比厭惡感」。「對於他們想要把它當成遊艇名稱，他的反應是哈哈大笑，因為，他說了，『J艇是賽艇，不是什麼辦派對的合適地點。』」

一如往常，熊熊營火的起始，都是小小火花，對於這個生活精采的友善陌生人留有深刻印象的一兩個上流社會之人。就這次的全新人格之克拉克．洛克斐勒來說，其中一人，就是某個在富裕中城曼哈頓道格．哈瑪紹廣場遛狗的十四歲女孩。她當時就讀史彭斯，高檔女子私校，她父母工時非常長——母親是醫生，父親是律師——而且，他們一共換了十三名保姆，沒有一人能夠把她好好關在家裡，位於知名聯合國廣場的那棟公寓。

尋求有人相伴的時候，她會帶著自己的英國指示犬和家庭作業、逃入公園。一九九二年年初，她就是在這裡認識了這位充滿魅力的年長男子，當時的他三十一歲，戴著大眼鏡，遛的狗是黑棕色的戈登蹲獵犬，這是有四百年血統歷史、在大不列顛廣受歡迎的獵犬，擅長追捕野雞、松雞、鷓鴣以及山鶉，他為牠命名為耶茲，是為了追念鮮為人知的十九世紀英國小說家與戲劇作家艾德蒙德．霍奇森．耶茲。兩人聊了起來，這位女孩，我將其稱為愛麗絲．強森，立刻就被他深深吸引，他超級友善，超聰明，而且，最棒的是，他很關心她。他幾乎是立刻就幫她處理回家作業，兩人一起在公園遛狗。

在認識他的隔天，愛麗絲帶著處於好奇階段的堂妹去了公園，她就是得要看一下這名陌生人的皮夾。

「妳們不可以檢查我的皮夾！」這句話當然讓兩個女孩更想要一探究竟。

「你是不是黑道老大？」她們開始猜他到底是何方神聖，為什麼要這麼神秘兮兮。

「不是……」

「你是詹姆斯．龐德？中情局幹員？」

「不是，不是……」

曾經讀過歷史的愛麗絲問道：「難道你是『林白小鷹？』⑩」

他終於屈服，羞怯打開了自己的皮夾，讓他們看他的證件，上面的名字是克拉克．洛克斐勒。

「你是洛克斐勒家族的人！」兩個女孩發出尖叫，因為她們在史彭斯都讀過這個家族。身分披露之後，關於克拉克的背景資料也一股腦爆了出來，他說，他的身家正好就是四億五千萬美金。因為他的龐大財產與家族盛名，所以他必須格外注意安全，他老實招認：「當然，這對洛克斐勒家族的人來說，稀鬆平常。」不過，過著擔憂被綁架、得付出「千百萬美金」贖款的生活並不好玩。但他補充說道，其實也有好處，比方說，擁有洛克斐勒中心每一間門的鑰匙，也許哪天他可以帶愛麗絲搞一場惡作劇，「我們可以把奇異公司大樓的燈全部關掉！」他指的是洛克斐勒中心的主要藝術品，愛麗絲驚呼：「一定超酷！」或者，他們可以在全國廣播公司攝影棚大樓的《週六夜現場》佈景裡跑來跑去，這是克拉克最愛的活動之一，要等到他的「大衛伯伯」——意指慈善家大衛．洛克斐勒——出口阻止他的時候，他才會乖乖停下來。他正在寫書，書名是《美

⑩ 美國飛行家林白之子遭綁架撕票案的嬰兒。

國標準》，裡面的內容將能夠「教育中產階級如何打扮與舉措」，從克拉克．洛克斐勒的貴族學校風衣裝以及完美發音看來，顯然他絕對可以勝任。他總是穿卡其褲，血紅色的耶魯棒球帽，拉寇斯特馬球衫，而且一定會豎起衣領。愛麗絲日後表示：「他對那鱷魚堅信不渝……」

這男人的一切都好特別，好了不起，對於一個十四歲的女孩來說，好神奇。過沒多久之後，克拉克與愛麗絲會結伴在東河公園慢跑大道遛狗，一起扯開喉嚨大唱音樂劇歌曲——克拉克每一首都很清楚——從《安妮》到寇爾．波特的各個作品。過沒多久之後，他們就放棄了遛狗公園，投向整座城市。他們在以前的聖莫里茲飯店裡面的朗姆佩梅爾冰淇淋店大啖熱巧克力聖代、上西城H&H剛出爐的貝果。他帶她去大都會藝術博物館，他對於每一張畫都無所不知無所不曉，在裡面的麥可．克拉克．洛克斐勒的藏品區，一定會恭敬駐足進行「片刻默悼」，這是為了紀念他在一九六一年於幾內亞不幸失蹤的「堂哥」。每一次外出的時候，他都會對著某台無線電講話，因為，他是這麼解釋的，自己必須固定向他的維安辦公室回報行蹤。「看到了嗎？」他會指向街上的某台深色房車，對愛麗絲說明，他們永遠一直跟著他，是為了要確保他安全無虞。

當然，她得要把他介紹給她的父母認識，而這位母親對他的著迷程度就與女兒一樣。不久之後，他們就親密得宛若一家人。愛麗絲開始稱他為自己的舅舅或是表哥（有時候這種戲謔名號會混雜使用）——而克拉克則把她稱為自己的「外甥女」——至於她的母親，愛他至深，所以告訴每個人他是她摯愛的「外甥」。這對母女曾經前往他位於第三大道與四十二東街交口、位於道格．哈瑪紹廣場附近的公寓，雖然她們覺得那裡的家具——大部分都是戶外草坪家具——有一點反常，她們找了理由，這就是洛克斐勒式的怪癖吧。還有，當他邀請愛麗絲的外婆，上東區人脈廣闊的長輩一起吃午餐的時候，他總是在用餐結束時把帳單交給她，他說，他自小所受到的教育是「絕對不要攜帶現金在身」。她們的理由也依然一樣，洛克斐勒式的怪癖。

他說，每一個感恩節，他都必須參加洛克斐勒家族在「凱奇特」的傳統晚餐，這是位於紐約州、靠近柏油村的歷史性家族莊園，約翰．D．洛克斐勒在一九一三年興建完成，自此之後，那裡就成為洛克斐勒家族世世代代的故鄉。在他與愛麗絲為友的那段時間當中，他有時候會帶自己的戈登蹲獵犬與愛麗絲的狗兒一起去參加感恩節活動，回來的時候大讚能夠與「大衛伯伯、羅倫斯伯伯、傑伊伯伯」在一起是多麼美好，聽到他描述那座廣大豪宅、數不盡的傭人，還有家族歡宴的快樂氣氛，讓愛麗絲與她的母親聽得如癡如醉。

然而，雖然系出名門，擁有其所帶來的一切，克拉克卻有哀傷心事。他說自己在這世界上十分孤單——在他年紀輕輕的時候，父母就不幸過世——他解釋，是他們因為他是「天才」、在他十四歲的時候就逼他念耶魯之後所發生的意外。就連他的生日也令人心碎不已：一九六〇年二月二十九日，那是閏年，也就表示他每隔四年才能慶祝生日。「他說出這些故事的時候好激動，」愛麗絲回憶過往，他經常是邊說邊掉淚。他的工作很重要、複雜、高階，而且超級神秘——但有時候他的確會分享一些細節。他經常把這句話掛在嘴邊：「只有特別的人事物，才能讓我動情。」能夠成為他精采人生軌道的一部分，愛麗絲與她母親都覺得備感殊榮。

在愛麗絲母親的允許之下，久而久之，克拉克也成為了某種代行父職的角色。一九九四年紐約名媛初次亮相的熱季到來，愛麗絲將會與會，克拉克會全程帶引。他甚至還自己身穿半正式晚禮服與晚宴鞋，永遠不穿襪子，護送她去參加了一兩次舞會。「如果我必須回到過往，那麼我會再來一次，因為他對我很重要，我對他而言也很重要。」愛麗絲之後追憶過往，「當時的我需要他，他是我的教父，是我的舅舅，也是我的表哥，他是可以讓我安心求助的人。」

而她與她的母親，也提供了克拉克．洛克斐勒迫切需要的兩個重點：證實他這個難以令人置信的新角色確實為真，還有，同等重要的是，在紐約的上層階級之中——提供了某個支援體系——真正的家庭。

因此，克拉克．洛克斐勒的圈子馬上得以迅速壯大。

他早年待在紐約的時候，曾經以他慣常使用的人設手法之一、進入聖多馬教會：因義憤行事。約翰．威爾斯說道，克拉克離開原本「歸屬的教會」，位於第五大道的長老教會，在第五大道與西五十五街交叉口，莊嚴的祝禱會所，標榜「在喧囂曼哈頓中城裡、散發出一抹耶穌基督個人特質」。他之所以離開那間教會，是因為那裡的大老們居然膽敢拒絕為他當時稱之為外甥女的那個女孩受洗——也就是愛麗絲．強森。「克拉克告訴我們，他自己是在聖多馬教會受洗，他雖然不是成員，但他父母在六〇年代的時候讓他在那裡受洗，」威爾斯說道，「所以他號稱自己在那裡有悠久、算是某種古老的家族淵源。」

「他希望能夠讓愛麗絲受洗，而她母親是相當樂見其成。」愛麗絲．強森的父親是這麼詮釋妻子（現在是前妻），她本來就是容易受到打動的人——尤其是有炫目姓氏的人——過沒多久之後，她就拍胸脯保證她這位年輕朋友的確是洛克斐勒家族的人，她對此深信不疑。他證實洛克斐勒家族先前的確經常造訪第五大道的長老教會，還補充說道，克拉克喜歡強調「洛克斐勒家族在附近有房產，是尼爾森．洛克斐勒過世的地方。大家傳言他是因為馬上風過世，交歡對象是他的秘書，他是開心猝死」。克拉克．洛克斐勒知道洛克斐勒家族這種各式各樣的小故事。

約翰．威爾斯還說，此人非常聰明，把自己的人設定位為合情合理的古怪，他告訴威爾斯與十四歲愛麗絲．強森的說法完全一模一樣：他自己「對於安全有偏執狂」。「他會拿著無線電設備走來走去，宣稱自己在跟什麼維安辦公室聯絡……」威爾說道，「他會隨身攜帶，不時拿出來檢查——報告自己人在哪裡，與誰在一起，準備要前往哪一個方向。他宣稱這是某種超高等級的維安服務，他必須隨時要報告行蹤。」

展演這種對安全偏執的性格是聰明手法，這樣一來，關於他背景的任何提問，他都可以轉移方向。根據威爾斯的說法，「在克拉克的世界中，別人老是想探問他究竟多有錢，因為，只要他建立起自己超級注重隱私的形象，那麼他就有立場能夠拒絕回答任何侵犯他隱私的問題。」

與約翰．威爾斯見面之後的隔天早晨，我前往聖多馬教會。這一場禮拜果然令人大開眼界，有身穿半正式晚禮服的引座員，牧師們手執巨燭、展現宛若遊行之姿穿過座位間的走道，還有盛裝打扮的教友們。我就和洛克斐勒一樣，前去那裡的目的其實是為了禮拜結束之後、立刻舉行的茶會，會眾一解散就前往教堂地下室。誠如約翰．威爾斯所言，很好的表演場所。有女子為大家從銀色咖啡壺取用咖啡，男人們則從令人眼睛一亮的酒標瓶裡面倒出紅酒。這裡提供前菜，還有完全沒有任何束縛的各式話題——洋溢著溫暖、友善、禮貌以及信任的氣氛，這些人深信在上帝某個最美好的人間之屬地當中，不會有惡魔膽敢玷污。

「克拉克·洛克斐勒」的另一次早期現蹤，發生於一九九二年二月。

那個時候的他。顯然已經推論出各種證書等同於鑑賞家們的貓草。而證書之最：純種狗，而洛克斐勒的就是一隻名叫耶茲的戈登蹲獵犬，想要與陌生人聊天，沒有比遛狗更快速的方法了。所以過沒多久之後，洛克斐勒就認識了一些重量級人士，他堅持，其中還包括了亨利·季辛吉。

某天，他在紐約都鐸城遛耶茲，他認識了夏琳·史賓格勒，她在那一天居家空間大縮水，從一九〇五年的褐石寬敞豪宅變成了一臥公寓，因為她與自己的兄弟爭遺產輸了，失去了自己的家。夏琳帶的是她的黑色沙皮狗與紅白相間的英國蹲獵犬。突然之間，「某名身材短小的金髮年輕人，看起來是三十出頭的年紀」，表情充滿決心，從馬路另一頭走過來，站在他根本不認識的夏琳、還有那兩隻狗的面前，開口打招呼。

「我喜歡妳的狗！那隻英國蹲獵犬！」陌生人說道，「要我為妳做什麼都可以，拜託讓我遛妳的狗！」

「我覺得這種話有點放肆……」夏琳雖然這麼說，但同時也覺得很有魅力。

我們坐在紐約市中央車站的某間餐廳，夏琳是超級聰慧的金髮女郎，具有犀利智慧，她的家族是在一六四三年來到曼哈頓，「那是我住在那裡的第一天，」她指的是那間新公寓，「他只是正好看到我在街上遛狗而已，不過愛狗的人就是那樣，直接就可以打開話匣子。」

這一點，對於克拉克類似這種奮力求上位的人來說，當然是一大優點，過沒多久之後，靠著狗兒建立的互動關係，嗯，就算還稱不上是朋友，但也已經算是點頭之交了。然後，夏琳對我娓娓說出這名謎樣年輕人告訴她的數不盡的故事，她一件接著一件複述給我聽，如今回想都覺得不太可能，但卻似乎又有那種可能——對於洛克斐勒家族的成員而言——還有，在那個時候：他說他是亨利·季辛吉的朋友；還說他會帶他的狗搭乘里爾噴射機前往倫敦，他說「那裡的食物糟透了，我只能自帶玉米穀片」；他說他會固定邀請朋友帶著他們的狗兒，在位於柏油村附近的波坎蒂克山丘、佔地有三千四百英畝的著名洛克斐勒莊園；他說他的職業是「建議外國政府要印多少鈔票」。有一次，人脈亨通的夏琳介紹認識某些朋友，他們提到要是某間即將成立的衛星公司能夠邀請洛克斐勒家族的人加入董事會，將會是一大利基，他們詢問他想要什麼樣的回報。洛克斐勒立刻起身，對他們說道：「各位，你們不可能端出給我的條件，因為我不想要破壞我目前的稅務身分。我因為某項國會法案而享有免稅的權利，而且我正式居住地在德州。」（他也告訴夏琳他參加過的各次總統就職典禮）。要是那樣的履歷還不夠顯赫，那麼他的打扮也讓這樣的形象變得完整無缺。「他總是身穿淺綠色的燈芯絨長褲，上面有鴨子或是什麼會飛的東西，」史賓格勒說道，「粉紅色襯衫、藍色外套，加上綠色領帶，看起來就像是典型的耶魯人。」

過沒多久之後，他幫她做電腦組態設定——他是電腦奇才，這一點毋庸置疑——

葛海茲萊特進入大學宿舍的時候，帶了高爾夫球具，散發出一股貴族氣息。「他媽媽或爸爸好像是大使吧……」他的大學室友說道，「他說他來自波士頓。」另一名大學時代的朋友表示，他為了要強化自己的波士頓出身，天天都吃波士頓鮮奶油派。

「他告訴大家他來自英格蘭的某個皇室家族，自稱是克里斯多福・奇徹斯特。」來自瑞典的牛仔理髮師楊恩，在這張照片中展示他的牛仔行頭，「只要他剛認識哪位小姐，他都會先執起她們的手、親吻一下之後才自我介紹，這些女子認為奇徹斯特是天賜之禮啊什麼的。」

——他把那台電腦帶到了他自稱是工作室的地方，著名的都鐸城五號寓所。

如果他的確是真人海綿，吸收他遇到的各種人之思維、夢想、身分、人格，那麼洛克斐勒在夏琳・史賓格勒所收集的點點滴滴，對於他日後在紐約市的示人面貌，是至關重要的一部分。因為她的關係，他學到了要怎麼取得某些全球最尊貴私人俱樂部的入場券。

「他知道要怎麼操弄教會，所以顯然下一步就是要打入私人俱樂部，」夏琳說道，「當初在一九九三年的時候，可以靠八百五十美金到一千兩百美金的價碼，加入位於華爾街的男士私人俱樂部，『印度之家』，有了這個之後，就可以拿到其他互惠俱樂部的會員資格……」她列舉了紐約市內的某些一流的私人俱樂部，其中包括了美國某間歷史最悠久、而且也享有盛譽的文學俱樂部，「蓮花」，打從一八七〇年開始，就是范德比爾特、惠特尼、羅斯福，以及洛克斐勒家族成員的鍾愛之地，此外還有紐約市領袖級人物在一八九一年創辦的「大都會俱樂部」。

「印度之家」會員包含的互惠私人俱樂部寶藏，這還只是開端而已。夏琳耐心向我解釋，一如她當年面對克拉克的態度，「他鑽進了後門……」

所以，只需要以分期付款八百五十元到一千兩百美元的代價，洛克斐勒不僅能夠得到東岸最有錢有勢社交圈的私人俱樂部的入會資格，而且這也是他跨出的重要的第一步，讓他們的會員們誤以為他也是他們當中的一分子。

克拉克．洛克斐勒一九九二年重出江湖之後沒多久，搬到了位於東五十七街四百號的一臥公寓，戰前興建的裝飾藝術風格的漂亮白磚建築。在二〇〇八年的某一天，我搭乘電梯到達七樓，迎接我的是身材高挑、個性開朗的棕髮女子，名叫瑪莎．杭莉，經營瑪莎．杭莉精緻藝術公司。她住在七L號，與洛克斐勒是鄰居。她指了一下七M號那一戶的大門給我看，就在她家的斜對角。

「我家大門平常是大敞狀態，」她解釋自己抽菸抽得很兇，需要保持空氣交替通風。「他自我介紹，克拉克．洛克斐勒，從來沒有炫耀，也沒有多加解釋。」

就讓那句話懸晃在那樣的狀態，發揮催眠效果。「他告訴我，他的工作是解決第三世界債務問題，尤其是環太平洋小國。」

她哈哈大笑。她家大門敞開，她盯著他的公寓房門，彷彿依然可以看到他站在那裡，從頭到腳都是他的標準貴族學校風的白日休閒打扮，頭髮脫色處理，還有挑染的金色髮絲。「當我聽到第三世界的那一個部分，嗯，我覺得他一定是瘋了。那才不是真正的工作。但我後來心想，哦，他就是洛克斐勒家族的成員，個性古怪。

「他告訴我，他父母在他十六歲的時候死於車禍，然後他在劍橋與波士頓長大，念了哈佛。我就問他了：『要是你爸媽在你十六歲的時候過世，那是誰照顧你？』他回我：『我照顧我自己，住在聯排屋，自己上學，但我很早就畢業了。』然後我想，哦，他是數學天才，然候現在忙著解決第三世界債務問題。」

過沒多久之後他在家裡辦趴，邀請她去了幾次，男性賓客的穿著就與克拉克一樣，「馬德拉斯棉布襯衫加卡其褲，喝琴湯尼。」她遇過一次他的外甥女愛麗絲．強森，他介紹她的時候提到她剛進社交圈。隨著杭莉逐漸認識這個人，他的「怪癖、奇特，以及恐慌」也與日俱增。

「他有次告訴我，他從來不在餐廳吃東西，」她說道，「所以我說了，『克里斯，真荒謬！你為什麼不在餐廳用餐？』他說：『我因為沒有辦法信任廚房，我只在私人俱樂部用餐。』」

「他對於食物非常挑剔，」她滔滔不絕，「他只吃自己的小小三明治——哦，切邊白吐司上面加小黃光與西洋菜吧？他只吃培珀莉品牌的特定餅乾：南塔特，只喝伯爵茶。哦，他最喜歡的食物是什麼？我的天哪，他最愛的是哈吉斯。」

我問道，「哈吉斯？」

「那是蘇格蘭的菜餚名稱[11]，」她說道，「他最愛喝哈維斯布里斯托奶油雪利酒。」

對，她繼續補充，對她來說，這個集財富、品味、獨特性於一身的男人的瘋狂拼圖碎塊，就某種特殊角度看來，一切都很合理，那個知名姓氏讓一切漏洞都消失無蹤。她重複了一次，「你就只會這麼想：『哦，他是洛克斐勒家族的人，個性古怪！』」

某一天，克拉克打電話告訴她，他繼承了一些畫，想請她幫忙鑑定價值。

「哦，我拿到的作品的畫家包括了傑克森．布洛克、蒙德里安、名叫羅斯科的人，還有一個好像叫做湯伯利什麼的……」洛克斐勒唸錯了這些當代藝術大師的名字發音。「我真的嚇到摔地！」杭莉說道，「光是在那個時候，羅斯科的話就有八百萬美元的價值，現在的價格有三、四千萬美元。」

這位藝術經銷商打斷洛克斐勒，立刻從自己住處衝入他家，一路上「都在忙著計算數字」。當她進入七M號公寓的時候，她嚇到了，她算出有數百萬美元價值、無可取代的博物館等級藝術藏品，居然就這麼隨便掛在牆面或放在地上。她立刻脫口而出：「你必須要馬上買保險，而且應該要加裝保全系統！我們正處於藝術衰退期，不過，克拉克，這些都是很昂貴的畫作！」當時她問他，「你是怎麼弄到這些東西？」

「他是這麼說的，他從他的嬸婆布蘭契特（現代藝術博物館贊助人，約翰．D．洛克斐勒三

[11] 肉餡羊肚。

世的遺孀）那裡繼承了這些畫作，洛克斐勒還丟了一句：「當初是她在五十三街創設了那間古老的小博物館。」杭莉聽得瞠目結舌。

「他那時候告訴我，『我其實相當失望，因為我想要繼承的是比爾施塔特……』也就是說，他希望嬸婆留給他的是十九世紀於德國出生的西方風景畫畫家阿爾伯特・比爾施塔特的作品，而不是『這些現代風格的東西』。」

「一切合情合理，」杭莉說道，「我小小研究了一下，布蘭契特的確是在一九九二年過世，所以很可能處理了遺產。所以我心想：『他真的是洛克斐勒家族的人！不然還有其他可能嗎？』有誰可以跑到麥迪遜大道弄來這裡的任何一張畫作！不可能在一個下午的時間搞定一切！」這些藝術品讓她深信無疑。

後來，她生氣了，對象不是洛克斐勒，而是氣自己，居然錯失了她當時認定的大好良機。「我隔壁就住了一個大人物——就在我眼前！——身為洛克斐勒家族的一員，擁有買下重要藝術品的財力，我也不知道怎麼搞的居然沒注意，」她說道，「我是藝術經銷商，對此非常懊惱。」

她立刻從鄰居的角色回復為藝術經銷商，她必須要跟克拉克・洛克斐勒完成一筆生意，才能宣示自己對他的所有權。她邀請他前往她承租的某間畫廊舉辦的開幕會的時候，就立刻凸顯了這一點，因為這個著名姓氏開始傳開，其他的藝術經銷商圍在他身邊，宛若熊看到蜂蜜一樣。「他第二天打電話給我，『我被這些藝術經銷商不斷轟炸！』」瑪莎・杭莉回顧過往，「我說：『好，你不能進入某個藝展開幕會之後，告訴每個人你是克拉克・洛克斐勒！』」

畢竟，一開始是杭莉挖出了這個人，過沒多久之後，她該帶他去四處尋買重要藝術品的時候也到了。第一站：諾德勒公司，從南北戰爭時期就成立的著名上東城藝廊，約翰．D．洛克斐勒曾經是他們的客戶。杭莉在這裡向他展示阿道夫．戈特利布的某幅遺作，來自一九五〇年代、具有歷史重要性的某幅畫，他們已經商量好了價格，會落於三十萬到四十萬美金，要是他的藏品能夠添加這一幅畫作，是相當審慎之舉。

「對於克拉克這樣的人來說，這種畫作的等級很完美，」杭莉說道，「戈特利布家族願意釋出這幅作品，其實他們沒有必要把它賣給別人，但買家如果是洛克斐勒家族的人，他們願意。」

洛克斐勒頻頻回訪諾德勒公司，有時候是一個人，目的都是為了要檢視那幅戈特利布的畫。我訪問過當時經常帶他看畫的某名女子，她曾經是美國惠特尼藝術博物館的辦公室主任，該單位是位於紐約麥迪遜大道的著名當代美術館，所以她是當代藝術的專家，而過沒多久之後，她就發現洛克斐勒也是箇中高手。「他了解他的藏品歷史，」她回憶過往，「大談他收藏裡的其他藝術作品。」在他與這女子討論是否該買這幅戈特利布的畫的時候，他邀請在諾德勒公司上班的這位女子一覽他的其他收藏。看到這麼多美國當地藝術名家的指標性巨作，她的反應就和別人一樣，驚嘆不已。「老實說，我壓根沒想到那些畫有問題……」

不過，關於購買那幅戈特利布畫作一事，洛克斐勒卻猶豫不前。某天，當他與他的藝術經紀商瑪莎．杭莉在諾德勒公司端詳那幅畫作，這到底是第幾次已經數也數不清了，現在已經到了定奪時刻，終於，這位著名家族的後裔開口，「那幅畫有綠色，」他說道，「我不買有綠色的畫。」

杭莉問道：「你到底在說什麼？」

洛克斐勒傲慢回道：「好，蒙德里安只使用原色作畫，絕對不會讓他的帆布沾染任何一抹綠。」

「『好，克拉克，你必須要放下原色的執念，』杭莉告訴他，『我們早就不是五歲小童了。』不過，他就是不肯讓步，我們沒辦法完成那筆生意。」

值此同時，七M號一直有怪事發生。克拉克會為不熟的鄰居烘焙一整條新鮮吐司，杭莉覺得很詭異，因為大多數的紐約客連烤片麵包的時間都沒有了，遑論烘焙。但洛克斐勒似乎很閒，尤其是追求逸樂。「他顯然沒有在工作，但似乎也沒有破產，」杭莉偶爾會與他一起外出吃午餐，「他付的錢，」她說道，「現金付款。」

「有一天，他打電話問我是否認識什麼年輕人可以擔任護花使者、帶他的十多歲表妹參加社交名媛初亮相的舞會，」杭莉繼續說道，「他說：『這一家人會致富一切，因為她的男伴臨陣脫逃。』」杭莉小小捉弄了他一下，她的確認識某人，確實跟她說過自己很樂意擔任紐約社交名媛初亮相舞會的護花使者。其實，此人是她自己的男友，但是她一開始並沒有告訴他。

洛克斐勒問道：「他念哪一所學校？」

「聖保祿中學……」她指的是新罕布夏州的那間貴族預科學校。

「哦，太好了。」

杭莉告訴他：「哦，對了，他四十三歲……」洛克斐勒回她：「不好笑。」

在這段期間，他生活裡出現的另一個人名叫蘿絲．米娜，克拉克當初以克里斯多福．克洛威之名在日興工作時認識的投資界明星。我在洛克斐勒以先前假名申請的信用卡消費帳單中、發現了她的名字：「一九九八年十月十四日：為（蘿絲．米娜）購買的泛美世界航空機票，從紐約甘迺迪機場出發、前往倫敦然後至德里，購自湯瑪斯．庫克旅行社」。還有一張回程機票：「為（蘿絲．米娜）購買的聯合航空機票，從德里到東京成田機場，最後到紐約甘迺迪機場」。除此之外，他還以亨利．米娜之名買了一張同樣複雜的機票，從匹茲堡到德里，那張機票退款之後，又重新購入。

為什麼克洛威要以蘿絲與亨利之名飛往德里與東京？後來，媒體查出蘿絲．米娜是他的商業夥伴，也是他的資產管理人。不過雖然媒體頻頻追問——而且我也寄發了數十封電子郵件與手寫信給她——但蘿絲．米娜對於克拉克．洛克斐勒這號人物一直是三緘其口。

在他於紐約崛起的過程當中，顯然米娜扮演了其中一名要角。「我一直想要搞清楚是怎麼一回事，」瑪莎．杭莉在她的公寓裡告訴我，「因為有一段時間，就是當他住在這裡的時候，週間日的每一個晚上，嗯，差不多是深夜十一點半到凌晨一點之間，總是會有人過來。然後，差不多每天早上會在五點半到七點鐘離開。我都會聽到大門開關的聲響，要是我在熟睡中，一定會被吵醒，他們出入時間相當規律。」

我們起身，從大門窺視孔往外看，走廊動靜可以看得相當清楚。「我一度認真觀察到底是誰在進出，」她說道，「是一名亞洲女子。一身商務人士打扮——套裝加公事包。」

「我有一次對他說：『克拉克，你有女朋友！』他回我：『不，不，不是！她不是我女友，她負責處理我的錢。』」

杭莉心想：「原來他們是朋友，她借宿他家沙發，因為投資銀行家的工時真的很長。」不過，她還是會拿這女子的事取笑洛克斐勒，而他一直堅持她只是他的資產管理人，然後，怪事發生了，杭莉說道：「她再也沒有留在那裡過夜……」

過沒多久之後，克拉克．洛克斐勒自己也消失了。大約就是他搬進來與杭莉當鄰居的兩年之後，他在她面前提過他要找尋更大的住所，也許她可以幫個忙。她打電話給某個專門處理住屋不動產的朋友，對方建議的是興造於二十世紀之初、位於西五十八街的「阿爾文府」公寓，具有全紐約最繁複的赤陶立面。他回我：「哦，我絕對不會住在那裡，那棟建物好沉悶陰鬱，裡面的公寓都很陰暗」之類的話。而且，他還補了這麼一段話，他已經租下了克什曼與威克費爾德公司的某棟物件，「因為那些是家族的房子——洛克斐勒家族的房產——我能夠以很低的租金承租。」

他需要寬敞的地方，因為自己的藝術藏品、還有他的戈登蹲獵犬都需要足夠空間——哦對了，還有他的新娘——他告訴杭莉，他快要結婚了，這個幸運女孩的名字是珊卓拉·琳恩·博絲。

10

珊卓拉

看到她走入法庭的時候，我猜她步入自己人生各個階段時的姿態應該也是如此：自信、冷靜自若、似乎完全掌控一切。她高挑苗條、優雅迷人，身穿保守的海軍藍套裝。挑染的棕色頭髮，留的是下巴長度的鮑伯頭，而且無瑕的肌膚幾乎不太需要化妝。就連在法庭的幽閉空間之中，四十二歲的珊卓拉．琳恩．博絲依然是顆耀眼明星。

「我名叫珊卓拉．博絲，我的姓氏拼法是B—O—S—S。」她以充滿自信口吻對檢察官開口，每一個音節都清楚響亮。她現居倫敦，工作職稱是麥肯錫的總監或是資深合夥人，這是全球一流管理諮詢公司，業務內容是對公司組織與政府提出該如何增強營運效能的建議。

有關自身背景的問題，她的回答簡明扼要。出生地：「華盛頓西雅圖。」家人：「我父親名叫比爾，母親名叫薇拉，我還有個雙胞胎姊姊，名叫茱莉亞。」教育背景：「布蘭契特中學。」大學：「史丹佛。」主修：「美國研究，然後，我還副修經濟學。」

珊卓拉並沒有說出的是，其實她自己的人生就與她前夫一樣，也是一段重新扭轉的歷程。她是某位波音工程師之女，出身西雅圖的中上階層家庭，根據某個朋友的說法，她自小住在「漂亮的雙層鱒魚角建築風格、地下室精美裝修的樓房」。她小時候就培養出日後的明確性格特質，「她是我見過好勝心最強的人之一……」那位朋友告訴我這句話，還說她最堅持對抗的勁敵就是自己的親生雙胞胎姊姊，茱莉亞。在《西雅圖時報》一九八五年的某篇報導當中，出現以下這段文字：「茱莉亞與珊卓拉，布蘭契特中學的高三生，是這一區唯一拿到『優秀學生獎學金』的姊妹。兩人分開的時間從來不曾超過三天以上……不過，當茱莉亞宣布說『我想要念耶魯』的時候，珊卓拉回道：『好，那我想去史丹佛。』」

「茱莉亞與小珊從小時候就開始玩這種瘋狂遊戲，」某名認識她們兩人的朋友回憶過往，「她們會找到比賽的時間點，然後會討論到底是誰贏了那一個回合。」童年時期是比賽賣餅乾；中學與大學比賽的是獎學金；剛步入成人階段的時候，通常比較的是奢侈品。「要是她們其中一個買了愛馬仕的圍巾，另一個買了克里斯提．魯布托的高跟鞋，她們就會想要搞清楚哪一個比較好，因為她們花的錢差不多。」坐在證人席的珊卓拉只有這麼說：「雙胞胎彼此非常相像，我們經常互相比較，所以我們之間是一種我會稱之為正常的雙胞胎關係，我們深愛彼此，而且也會互相比較彼此的生活狀況。」

茱莉亞．博絲在英國牛津念了一年的碩士學位之後，在耶魯拿到歷史博士，在紐約市的阿爾岡昆出版社擔任編輯。在一九九四年的時候，她嫁給了同為耶魯校友的查爾斯．奈普，他也在出版業工作。

珊卓拉連續跳槽，都是很了不起的工作，大家發現她很聰明，卻很冷漠，野心勃勃，但是很維護自己的隱私。「我們這群人就像是大學生一樣，」某名博絲的同事說道，「大家無論進行什麼活動都鬼混在一起——每個人都是如此，只有小珊除外，小珊獨來獨往。」不過，這名同事繼續補充：「雖然珊卓拉害羞，但是卻一心盼求富貴，她一直想要成為圈內人，卻一直是局外人。」然後，她遇見了她未來的先生。

檢察官大衛．德金開場簡述之後，直接切入關鍵問題。他望向被告，對方面無表情坐在那裡，雙眼直視前方。德金詢問證人：「妳認識坐在律師席的那個人嗎？」

當博絲望向洛克斐勒的那一刻，她的表情變得嚴厲冷酷，就算有任何讓她臉龐為之綻亮的微笑，也是瞬間消失無蹤。

她渾身不自在，「對，我認識。」

「妳曾經嫁給那個人？」

「對，沒錯。」

「妳當初嫁給他的時候，妳所認識的他叫什麼名字？」

「克拉克．洛克斐勒。」

「妳第一次遇見被告是什麼時候的事？」

她挺直身軀，說出一個剛講沒多久、就讓整個法庭都為之驚怔的故事。

「一九九三年的春天，」博絲開口，「我當時在紐約，應徵某份暑期工讀。」二十六歲的她，即將在那一年的秋天取得她的哈佛商管碩士，「我和他講電話，」她說道，「他是我姊姊的朋友，在……聖多馬教會認識，第五大道的聖公會教會。我不知道她是不是正式成員，但是她每個禮拜都會過去。」

博絲自小就是西雅圖的聖公會教友，在大陪審團決定洛克斐勒遭控綁架成案的那一場聽證會當中，檢察官曾經請她以由低至高的量表、估量自己家庭對於教會的忠誠程度，給予一到十的評分。

「嗯，從我們每個禮拜都去教堂與查經班、還有我念的是教會學校看來，八分或九分吧。」

「對妳而言，與（妳嫁的」那個人或是妳相當有興趣的某人分享妳自己的宗教觀，究竟有多麼重要？」

「很重要，」她說道，「我不是狂熱分子，但我希望能夠與我擁有相同價值體系的人在一起。」

就某種程度而言，光是靠以教友身分、時常出現在聖多馬聖公會教會這一點，克拉克・洛克斐勒已經算是過關了。

至於他們的第一次的面對面，博絲在法庭裡的證詞如下：「他要辦派對，聽我姊姊說我正好在紐約，希望可以邀請我參加。」

「是什麼樣的派對？」

「是『妙探尋兇』派對，每個人都必須扮演『妙探尋兇』（這是桌遊遊戲，所有的玩家都是某間豪宅裡的賓客）裡的某個角色，必須要猜出裡面是哪一個人殺死了豪宅主人博蒂先生。」

洛克斐勒為他的八名客人分別指派角色，還指示他們必須要扮裝前來，遇到門房的時候，就說是要來找博蒂先生。洛克斐勒自己扮演的是梅教授，只要有人詢問他的過往就渾身不自在的哈佛的人類學家，還真是相當貼切。

「我應該要扮演的是『紅小姐』……」博絲指的是遊戲中的好萊塢大美女明星，事業岌岌可危，她拚命想要嫁給有錢人，因而吸引她進入博蒂的豪宅。

珊卓拉與姊姊一起到達派對現場，而扮演梅教授的主人身著紫色⓬寬鬆長褲、手值雪利酒歡迎她們。她對他一見鍾情，「他金髮藍眼，有出身名校風範，整潔體面，有良好體格。」這是博絲在大陪審團面前的證詞，

「他真的很殷勤，嗯，男人不一定會努力確保妳玩得開心，但他非常體貼。」

湯姆．里澤說道：「我非常確定我們當時玩的是『妙探尋兇』，」當時他扮演的是綠先生，這個角色在國防部任職，萬一部內知道他的性傾向，會害他丟官。

「顯然克拉克安排這場派對是為了要認識小珊，」里澤繼續說道，「他本來對珊卓拉的姊姊茱莉亞有興趣，但她已經有對象了。所以，當他一聽說她還有個妹妹……哦，我覺得他們兩人是一見鍾情，珊卓拉立刻就愛上了他，他是個很帥氣的男人。」

珊卓拉坐在證人席，她說在那場『妙探尋兇』派對當中、洛克斐勒幾乎都只是在與她閒聊，不過，當她才剛回到波士頓的時候，他就打電話找她，還說希望能夠再見到她。「我覺得應該會

很棒……」這是她的證詞。在她第二度前往紐約的時候，他們開始了被她稱為「輕約會」的關係，但她其實沒那麼想要投入新戀情，尤其是遠距離戀愛，她目前正在拚事業。

博絲說，她先前與人交往都沒有結果，部分原因是因為多數交往對象都被她的聰明才智嚇得退避三舍。洛克斐勒不一樣，他「（對此）歡欣鼓舞，而不是說『要是妳沒這麼聰明就好了』，嗯，這一點對我來說深具魅力」。她在法庭中承認，像克拉克．洛克斐勒這樣的人「急切想要了解我、對我產生情愫」，的確讓她有好感。

檢察官問道：「妳當時有什麼感覺？」

「開心，受寵若驚，我很喜歡他。」

博絲繼續在大陪審團面前說出證詞，「他說他父親是喬治．裴西．洛克斐勒，出身威廉（洛克斐勒）那一支親族，他母親是瑪麗．羅伯茲，來自維吉尼亞州。他父親是工程師，為海軍完成了某些設計。至於他母親，可以用這樣的形容詞吧，家庭主婦，但他說她的活動是從事慈善事業與購物。」

「他說他們家很有錢。還說他自小住在薩頓廣場街十九號，我們在紐約的時候，他還曾經指給我看，一棟豪華的聯排屋。」位於東河邊、僅有六個街區的老派富豪獨立之地，薩頓廣場街確是洛克斐勒家族可能選擇的住宅區。

⓬ 梅子為紫紅色。

「他說他在緬因州、賓州的新荷普、龐德里奇都有房產，還有一艘大遊艇之類的事。」

不過，雖然洛克斐勒擁有這等財富地位，但他強調自己只是個普通人，博絲說道：「他採取很有意思的策略，也就是以某種『我個性相當細膩』的方式吐露自己的一切。」

他告訴博絲，他的奢豪生活充滿了巨大苦痛。當他兩三歲的時候，他在薩頓廣場街自宅的樓梯摔下來，這場意外「對他的語言功能造成影響，他學習領悟力十分敏銳，但就是不說話……」她說他緘默不語造成他無法上學（只有去過『學院學校』一天，那是建立於一六二八年的上西城男校），必須要在家自學。

他被診斷為「失語症」，她繼續說道，這表示他語言能力受損，歷經了一場神奇事件之後出現翻轉：某一天，他的鄰居帶著狗進入洛克斐勒家——他想要請他們於他外出的時候幫忙照顧狗兒。「然後那隻狗就待在他們的聯排屋裡面，他看到狗兒，對牠說了一聲『汪汪』，自此之後他就開始講話了。」

博絲說出這整段話的時候，臉色全程一本正經。包括了打破沉默魔咒的「汪汪」，還有克拉克開始在學校的神奇表現，在十四歲的時候，他順利入選成為耶魯學生。

檢察官在法庭裡問道：「他有沒有解釋十四歲的小孩怎麼進耶魯？」

「他的說法是有少年入學計畫，他們偶爾會核可年輕學生入學……」這是博絲的回答，她說他喜歡暢談自己珍愛的耶魯時光——他結交的朋友、上過的課，以及他的主修表現有多麼優異。他甚至還向她敞開心房、吐露自己在大四那一年發生的悲劇。

她細數過往，「他告訴我，他的父母想要過去看他……」但克拉克那個週末想要留在校園，所以他說服他們開家中的某台跑車、而不是房車，這樣一來，車內空間不足，他就不需要開車載他們四處遊逛紐哈芬。他告訴博絲，在他們前來探望他的途中，他母親駕駛跑車失控，她與他父親兩人身亡，留下了他們的十八歲獨子。「他告訴我，他父親家族想要取得他的監護權，但是他很抗拒，因為他都十八歲了，所以他說他獨自住在薩頓廣場街的那棟聯排屋。」

檢察官問道：「妳……對於洛克斐勒的話，是否曾有任何的懷疑理由？」整個法庭的人幾乎都在屏息等待博絲的回應。

「沒有。」

檢察官繼續施壓，她真心覺得他的聰明才智如此秀異？能夠在十四歲的時候進入耶魯？

她回道：「對。」

「為什麼？」

「兩個原因：第一，他非常聰明——他是我見過最聰慧的人之一，我自己也有被選中提早進大學的經驗，雖然我自己沒有這麼做，但我知道對於聰明小孩來說、的確有機會可以提早念大學。」

博絲與洛克斐勒交往進展飛快，她告訴大陪審團：「他飽讀詩書，他看了許多經典文學作品，這也是我的嗜好。他對於教堂很有興趣，也積極投入教會活動。我們對於慈善價值與人生抱負有諸多相似之處，他非常體貼，有禮貌、仁善——很欣賞我。」

她說他似乎不是很在乎豪奢品，這讓她很欣賞——他自稱父親留給他的那一筆「財產」因為某起訴訟案而「不幸」卡關，他對此似乎是不以為意。洛克斐勒向她解釋，他父親為海軍工作的時候，被「誤會」貪污。她也喜歡聽他分享「許多類似改變世界的價值觀」，根據她的說法，他打算貢獻一生心力幫助他人。

「他告訴我，他的工作是幫小國家處理債務協商……」博絲在法庭裡解釋，他幫助發展中國家減債、與銀行重新協商債務。

一九九三年夏天，她搬去紐約，在美林證券的債券部門工作（根據她的證詞，處理「衍生品定價」），「我們當時的關係就是男女朋友。」暑期工讀結束，她回去麻州的哈佛商學院繼續學業，兩人也轉為遠距離戀愛。博絲開車去紐約接他，每個月至少有兩次——「他說他沒有駕照」是因為眼疾的因素。

雖然他們相識只有幾個月，不過，博絲說道：「嗯，已經是，相當浪漫的關係，所以這也是水到渠成……我們已經相當認真討論結婚的事。」

他是有他的怪癖，但聰明有錢又出身良好的人，哪一個沒有？「他真的很愛《星戰》，」她告訴大陪審團，「而且對於要在星期天晚上的特定時段或什麼時候觀看《星戰》，總是搞得煞有介事，他有點算是星戰迷吧。他對於自己的狗有些古怪堅持，似乎看起來頗可愛。嗯，他會特別為狗兒烹調食物，每天都會替狗兒梳毛。他會對於『要是我沒有辦法帶狗同行，那麼我就沒辦法參加那一場派對或是活動』這種事大做文章，看起來是很可愛，但也可以說是古怪。」

可愛還是壓過了古怪，珊卓拉・博絲愛上了克拉克・洛克斐勒。在一九九四年的春天，他帶她前往緬因州海岸的艾爾斯柏洛島，那是許多有錢人擁有夏日度假屋的隱蔽地點，他還準備了蒂芬妮的三顆普鑽的戒指，他知道那一定符合小珊的指圍尺寸，因為他早就先帶她的雙胞胎姊姊茱莉亞、前往第五大道的蒂芬妮旗艦店試戴，確定之後才買下來。他後來抱怨為了這枚訂婚戒，他「花光了所有的錢」。

克拉克求婚，珊卓拉答應了，過沒多久之後，這對愛侶飛到西雅圖，讓克拉克可以當面請求珊卓拉的父親在婚禮的時候執起女兒的手。威廉覺得這個舉動既老派又貼心，他當然一口允諾。至於珊卓拉與洛克斐勒家人會面的部分，其實幾乎不需要見任何人。他是唯一的小孩，雙親都已經身故。

是有一個他稱之為阿姨的人，還有她的女兒，愛麗絲・強森，他稱她為外甥女，當然，他帶珊卓拉前往他們位於聯合國廣場的那棟公寓，她們超愛克拉克，宛若是真正的一家人，而那時的愛麗絲與她母親真心覺得如此。「這是我表妹愛麗絲，這位是我阿姨。」愛麗絲與她媽媽一看到珊卓拉就喜歡上她了，一如她們深深喜愛克拉克一樣。「這就是我想要成為的女子：聰明美麗又獨立。」愛麗絲・強森後來回憶過往，她還補充提到，當珊卓拉的母親與父親見到她一家人的時候，果然也留下了這種印象，深深相信自己的女兒的確準備要嫁給某位洛克斐勒家族的成員。珊卓拉・博絲告訴大陪審團：「我們在一起的前兩三年當中，她們是我們生活之中的常客。」

這些都不曾讓博絲起任何疑心，但卻有一些警訊顯示洛克斐勒可能不是個好丈夫。「在我們成婚的前兩年，他幾乎就與我當初認識他的時候一樣，和善體貼又聰穎，」她繼續說道，「不過，有好幾次我看到他的暴怒模樣，讓我很緊張。有一次，我甚至說道：『我看到你發脾氣，我不確定是不是要結婚。』他回我：『好，妳已經答應了，而且我因此為妳付出了案子的和解金？』」他指的是美國海軍指控他已逝父親的那起據稱之「貪污案」，他告訴她，這次和解花了他五千萬美元，他的所有遺產。「對於這起訴訟案，他選擇和解……而不願意害我因此而陷入財務危機，」博絲說道，「他向我明確昭告，愛情遠比金錢重要多了，他一心只想要保護我。」

在進行法庭交叉詰問的時候，博絲被問到怎麼會輕信如此赤裸的謊言，她說：「智商與情商有所不同。我當時認為這是一種重大宣示，我覺得他不需要這麼做，我也這麼告訴他。」當檢察官提到她應該具有看透這種明顯詐術的「常識」，她的回答如下：「我不能說我挑對了老公。我的意思是顯然我有盲點，而且我想說的是，有人可能在某個生活範圍的表現精采令人驚嘆，但是在另一個領域卻相當愚蠢。」

博絲取得哈佛商管碩士學位之後，進入麥肯錫公司擔任專員，年薪約八萬美元。

「克拉克．洛克斐勒當時做什麼工作？」這是她在大陪審團作證時被問到的另一個問題。

「他告訴我，他辭去了債務協商的工作，但他開始擔任經濟困窘的第三世界國家的顧問，我當時嚇了一大跳。」

「在你們結婚之前，除了第三世界債務重整的協商工作之外，他可曾提過其他的收入來源？」

「沒有，其實，他強調他為了那起案子付出和解金，已經花光了他的資產，所以他說出『妳就是得接受我這個樣子』之類的話。」

她的確這麼做了。然而，他是誰，還有在他進入博絲不斷往上爬升、不斷變化的生活之前，究竟做了些什麼——對她而言依然是一個謎團。

珊卓拉的姊姊茱莉亞與查爾斯．奈普搶先一步，比克拉克與珊卓拉早六個月步入禮堂。他們在聖多馬教會舉行了一場煞費苦心安排的儀式，會後在大殿舉辦茶會。茱莉亞與查爾斯都是耶魯畢業生，一九九〇年入校的系級，而且查爾斯是「威恩普夫」的成員，這是著名的耶魯傳統，該團體成立於一九〇九年，由十四名獲選的耶魯大四學生，組成全球最古老、也是最知名的傳統無伴奏合唱團。所以，想也知道，查爾斯找來他那一年的「威恩普夫」同儕，在婚禮中表演歌曲。

珊卓拉與克拉克的訂婚派對選在珊卓拉姊姊的大喜之日，所以賓客們只需要從聖多馬教會直接移駕克拉克公寓即可。「充滿斯蒂爾頓起司與雪利酒的派對，」某名賓客回憶當時情景，「還有那隻狗，耶茲，一直在舔起司。他們一直在喝令狗兒，『耶茲！不准把臉靠向桌子！』」

在那個時候，大家都知道珊卓拉未婚夫的怪僻與異常行為。就連他的生日日期對他們來說也離奇罕見，相當特殊。「我與查爾斯．奈普是他三十二歲生日的主辦人，我們在紐約市『地標酒館』二樓的某個漂亮空間辦派對，」湯姆．里澤說道，「克拉克只能在閏年過生日，因為他出生於二月二十九日，至少他是這麼告訴大家的。」

其實，他出生於一九六一年二月二十一日。但話說回來，在他為自己營造傳說的過程之中，有誰在乎、或是膽敢質疑他？在那個時候，他已經成為了他講什麼都讓眾人深信不疑的大師，就連他打混的那個紐約小圈子，裡面那些聰明、受過一流教育、就讀洛克斐勒自稱念過的那些東岸預科貴族私校與大學的每一個人，都深信他一定是個人物。約翰．威爾斯說道：「我們一直覺得小珊知道（他真實身分）的來龍去脈，但只是不願意告訴我們。」另一位也熟知洛克斐勒的朋友也補充說道：「我們以為他是某人（意指洛克斐勒家族的某名成員）的庶子，母親收了封口費，然後死了，他利用不願認子的父親姓氏進行報復。這就像是我們之間的聚會遊戲，而小珊的姊姊茱莉亞絕對不會參與，她對於這種說法很生氣，就是不想要多談。」

我問得直接，「小珊真的相信克拉克告訴她的一切嗎？」

「我認為她是真心想相信，」這位朋友說道，「我有一次問過她，她非常火大。我當時喝醉了，口無遮攔，我問她：『妳怎麼知道他是真正的克拉克．洛克斐勒？不是什麼逃亡中的持斧殺人犯？』她回我：『我是他的未婚妻，馬上會成為他的妻子，我想他對我講出的過往、一定超過了他告訴你的內容！』」

不過，他的朋友們告訴我，雖然他們對於克拉克的生活多所懷疑，但真相卻遠遠超出了他們的想像。

博絲與洛克斐勒的婚禮在一九九五年十月十四日舉行，地點是麻州南塔克特島的貴格會教會，那裡是許多美國頂級有錢人的夏日度假勝地。只有七名賓客——「我姊姊、她丈夫、我父母，還有三名與南塔克特（貴格會）教會有關的人。」這是珊卓拉的證詞——加上一隻狗，克拉克的戈登蹲獵犬。

不過，珊卓拉與克拉克都是虔誠的聖公會教徒，他們為什麼會在貴格會教會成婚？他的義憤之舉早已迅速走紅，現在故技重施，而且這又與他的「外甥女」愛麗絲．強森有關。

「他去找了聖多馬教會的牧師，想知道她（愛麗絲）是否可以在不需要參加堅振聖事課程的狀況下、直接領受堅振，成為教會一員，」洛克斐勒的朋友湯姆．里澤回憶過往，「畢竟，她是沃克斐勒家族的一員，這是克拉克的堅持——她完全不需要走那種流程。他們拒絕他的要求，他揚言他再也不會進聖多馬教堂，因為他們拒絕了他，所以他就成了貴格會教友。」

他告訴珊卓拉的卻是完全不同的版本。「他說他對於聖多馬教會越來越不滿，因為那裡的人對他施壓樂捐，這的確是有可能的事，」她告訴大陪審團，「那是一間有錢的教會，而且的確會要求大家捐款。公誼會⓭的簡單純淨讓他覺得很開心，非常民主，而且，似乎讓人產生只有個人性靈才是唯一重點的感受，」

這間位於南塔克特島、歷史久遠的貴格會教會沒有辦法提供洛克斐勒什麼社交人脈，但是他早就已經在聖多馬教會完成目標。而貴格會可以提供給他的是，渴望姓名與個人資料不要暴露於

⓭即為貴格會。

公眾檔案的人士心目中的理想婚禮。

約翰．威爾斯說道：「如果你不想要一場得處理法律事務的婚禮，那麼就該去貴格會……」在舉行婚禮之前，珊卓拉說自己「簽署了所有必須交給鎮書記官的法律表格」，全權交由先生郵寄歸檔，「這樣我們就可以取得結婚證書，他向我拍胸脯保證一切都大功告成。」

他從來沒有把那些表格寄給鎮書記官。所以他們結婚沒有證書，而且這場婚禮說是詭異，都還算是客氣之詞了。一開始的時候，是洛克斐勒家族的問題。他父母都過世，其他的洛克斐勒家族成員應該要參加婚禮才是。克拉克說，但最後一分鐘出了事，他取消了所有的邀請。別擔心，他向珊卓拉保證，將來一定會見到他們。在他們的婚禮現場，男方的唯一賓客，耶茲，功能是「狗儐相」。

然後，是婚禮本身，舉行地點在素樸荒涼的貴格會教會，它興建於一八三八年，當時會眾本來都在貴格會早期教友瑪麗．科芬．史塔巴克的家中聚會，之後才將這裡作為集聚地。耶茲在走道裡四處閒晃，口水不斷從嘴中滴落，七名賓客坐在硬邦邦的木椅上面，洛克斐勒與博絲則是安靜對望彼此。「在貴格會的婚禮中，大家都坐著不動，除非有哪個人開口講話，」其中一名婚禮賓客對我解釋，然後提到了新郎與新娘有朗聲唸出自己的誓詞。珊卓拉．博絲在面對大陪審團的時候，說出了這段話：「貴格會的特點就是沒有司儀。參加貴格會禮拜的時候，大家講話的語氣似乎都頗是感動。」我訪問的那名賓客並不記得洛克斐勒與博絲互相說了什麼，只告訴我「一切很快就結束了，我們去了南塔克特的某間餐廳吃晚餐」。

然後，這對新婚夫婦回到他們租下的某間雅緻小屋，共享成為夫妻的第一個夜晚。他們在南塔克特度了一個禮拜的蜜月，之後回到紐約展開兩人生活。

第二部

11

「聖馬利諾之骨」

大約在克拉克．洛克斐勒以珊卓拉．博絲丈夫之姿、於紐約市展開新生的時候，失蹤許久的約翰與琳達．索荷斯夫婦的線索又復活了。在此之前，約翰與琳達幾乎都已經被眾人所遺忘，他們的失蹤疑團未解，這個世界幾乎也不曾多加注意。兩個微不足道的人，過沒多久之後，認識他們、以及與他們一起共事的那些人的記憶就已經沒有他們的存在。

只有一個人不肯忘記他們，琳達最要好的朋友，蘇．考夫曼。從約翰與琳達失蹤的那一刻起——加上要去執行最高機密政府間諜計畫的荒謬故事，以及之後琳達從巴黎寄來的那些詭異明信片——考夫曼心中很清楚，一定是出事了。只要遇到任何願意有心聆聽的人，她會說這是「我人生中的一個大洞，腦海裡的巨大問號」。有時候，為了要拚命找出這些漫漫無盡問題的解答、兜攏好友失蹤的拼圖碎塊，她覺得自己快瘋了。

「我有夢想……」當我們坐在她位於加州橘郡、距離迪士尼並不遠的家中客廳的時候，她說出了這句話。她身材纖瘦、個性熱情，結了婚有兩個小孩，但還是覺得自己負有重任，得要找到她最要好的朋友，她還列印出在電腦裡自己記錄的這起疑案編年大事記，給我看她花了將近三十年的時間、努力破解的失蹤案照片與所有事物。

蘇・考夫曼說道，琳達・索荷斯一直是她夢境中的主角，我腦中開始浮現這位體型巨大的紅髮藝術家與科幻小說迷在她朋友夢中飛翔而過的模樣，宛若她筆下的華麗駿馬。「琳達會出現在我夢中，對我說道：『妳在擔心什麼？我就在這裡啊。』」

考夫曼問她朋友：「怎麼不打電話給我？」

琳達的答覆千篇一律：「哦，我很忙。」

考夫曼覺得自己的夢是不祥預兆，指引她要逼警方查出琳達到底出了什麼事。「我在做夢的時候激動不安，因為我覺得自己並不是在做夢，彷彿就身歷其中。」

對於她的不斷電詢，警方回應了兩三次，他們已經重啟當時還是列為失蹤的這起案件，但一直沒有新的線索。她把某名警探在初期所說的話唸給我聽，「他說：『她二十九歲了，想要離開，不論去哪裡都不成問題，完全不需要調查。』他還說：『別擔心，不要再追查他們的下落了。』」

「根據他的調查，琳達與約翰住在法國，不想再與以往的生活有任何瓜葛……」她講完之後，又加追了一句：「我會信嗎？當然不會。」

就連約翰與琳達的貨卡在格林威治被發現、差點被某名當地牧師之子從神秘的克里斯多福・克洛威手中買走——當局已經知道他其實是克里斯多福・奇徹斯特，更早之前是克里斯提安・卡爾・葛海茲萊特——卻也沒有給予警方足夠的座標點進行連結。但是，考夫曼不可能會放棄追尋答案。

「親愛的凱西……」在一九九〇年三月十五日，也就是琳達與約翰失蹤五年之後，她寫信給琳達同母異父的妹妹。

希望妳還記得我——我是琳達許久之前的老朋友，記得嗎？最近如何？是否有聽到任何有關琳達失蹤的新消息？……雖然事發至今已經五年了（不敢相信吧？）我還是沒有辦法接受她失蹤的事。有時候，好幾個禮拜過去了，我完全沒有想起她的事，但是突然之間，我又做夢夢到她，或是想起以前我們會一起從事的活動，然後我會很氣自己，怎麼沒有多加把勁去尋找她的下落。

我上次找妳的時候是因為這案子出現了新的辦案方向，他們的貨卡在東岸某處被找回來了，還註冊了新的車主。我真的很期盼能夠得到一些答案。不過三個月過去了，完全沒有接到警方來電。我有主動撥電話給他們，大約是去年三月的事，我發現與我關係友好的那位警探，現在已經不在那個部門了。

考夫曼會不斷陷入這樣的難題之中。警探們換到新轄區，拋下了懸案，親戚們則終於下定決心要開始重新展開自己的生活，比方說，琳達同母異父的妹妹就是如此。「凱西——我去年寄了這封信給妳，一直沒有得到回應……」蘇·考夫曼寄出第一封信給琳達同母異父的妹妹之後，幾乎每隔半年就會寫信給她。「如果妳對於追案再也沒有任何興趣（我發現已經將近七年了——我猜琳達要不就是已經接受了證人重新安置計畫或是已經死了），我也可以理解。但可否讓我知道妳是否收到了信？這樣的話，我就不會再煩妳了，我依然很掛心。」

她打死不退。看過「親愛的艾比」專欄提到了「救世軍可以協尋失蹤親屬」之後，她寫信索取那一大疊表格，對方告知只有血親才能夠填寫。最後，她使出絕望的最後一搏，寫信給自己看過的某個電視節目：《未解謎團》，主持人是羅伯特．史塔克，內容是以真實畫面配合演員模擬情境、探討哪些常常被人遺忘的懸案。她完全不認識這個節目的工作人員，只是自行投稿到位於加州柏本克的製作公司地址。

「琳達．克里斯汀．霍普．黑腳．梅菲爾德．索荷斯怎麼了？」一九九三年九月二十三日寄出的這封信，她以這段話作為開場。在長達三頁的不斷行的打字信裡面，她詳述了琳達的生活與失蹤事件。「我沒有錢或是其他資源雇用私家偵探，而警方似乎認定她既然已經成年，自然擁有失蹤的權利（事發已經七年多，他們說已經結案，她『死了』），不過，在這整起事件當中，有太多的離奇之處，以下是與她失蹤相關的事件清單，字字屬實。」

她逐一詳列各個項目：鬼祟的政府間諜工作、琳達拋棄的六隻貓、他們留在洛蘭路的那台貨卡，銀行一直找不到車進行扣押，最後那台車卻出現在康乃狄克州的格林威治。考夫曼甚至坦承她覺得警方搞不好知道什麼內情，她告訴《未解謎團》：「也許只是巧合，但是在過去這些年當中，每次我聯絡警局詢問這起失蹤案的時候，被指派辦案的警探都不一樣。每當他們似乎快要找出答案的時候，那名警探就被隨便轉調其他單位。」

她請求他們考慮能將這故事「或可製播個一小段」，她還解釋自己的人生「出現了一個大洞，因為我就是不知道她在哪裡……要是她還活著，我好想要再次見她一面。要是她死了，那麼我就會闔上我生命的那一章，繼續走下去。是因為未知狀態把我逼瘋了，我就是無法把它拋諸腦後……我們曾經這麼要好」。

在信尾，她直接對著自己的朋友呼喊：「琳達，我有好多事要告訴妳！」

《未解謎團》寄給她一封制式的謝函，但表達的意思顯然是沒有興趣。不過，在考夫曼寫信給《未解謎團》的八個月之後，就某種程度而言，琳達．索荷斯，算是以一種典型的超現實手法、自行解答了這個問題。

「我靠！」某名鄰居還記得在一九九四年五月五日中午過後沒多久，聽到有人放聲大叫。那是「加州游泳池」工作小組的鏟裝機作業員荷賽．裴瑞茲挖出某個特別物件沒多久之後所發生的事。當時裴瑞茲在聖馬利諾洛蘭路一九二〇號住宅後面、開挖十一公尺長的游泳池。這本來是迪蒂．索荷斯的住所，現在住在這裡的是鮑伯與瑪莎．帕拉達夫婦與他們的三歲兒子。他們在一九八六年向迪蒂買下這間房子，而迪蒂在兒子約翰、媳婦琳達，以及她的房客克里斯多福．奇徹斯特神秘失蹤之後，自己搬到了某個拖車園區。

新屋主把破爛舊屋拆毀，改建為全新的兩層樓磚屋。屋子後方客屋區本來是維持原狀，但他們決定要改為游泳池。在一九九四年五月的那個早晨，裴瑞茲坐在某台鏟裝機裡面進行挖掘，當他的鏟斗在一點二公尺深處撞到硬物的時候，他原本以為是垃圾，因為散發著臭氣，這不算異常事件，裴瑞茲告訴《帕薩迪納星報》，「我挖過六千個游泳池，見過車骸、馬屍，以及狗屍。」

當他從鏟裝機跳下來、準備要移開那坨垃圾的時候，同樣身為挖地工作小組一員的父親，老荷賽．裴瑞茲也走過去，想要知道是什麼狀況停工。原來，鏟裝機的鏟斗把某個纖維玻璃盒子壓爛了，工作成員記得看到盒內有塑膠袋。老荷賽．裴瑞茲拿了根鐵管，開始戳弄塑膠袋裡的那些東西。

荷賽立刻大叫，根據洛蘭路相隔了好幾戶的鄰居比爾．伍茲的說法，他就是在此時聽到了尖吼。其中一個袋子裡裝的是人類頭骨，裴瑞茲告訴當地報紙，「還有一些毛髮」。根據警方針對這起事件的筆錄，「他立刻丟下鐵管，看到了類似牙齒與下巴的東西。」報紙還補充了一段：「裴瑞茲說自己看到了其他的骨片，包括了前臂與一部分的脊椎骨，就在袋子附近。」

該報導繼續指出：「當警探努力追查到底是誰埋下這些屍骸的時候，帕拉達一家人依然努力保持鎮定。」

泳池工作小組攔下了某台巡邏警車，翠西亞．葛芙是率先趕赴現場的警員之一。十四年之後我與葛芙相約在某間星巴克見面，她身材高挑，棕髮，身穿長袖黑色T恤，上面有車隊徽章。她現在已經不再辦案，改行當老師，不過，就像在當日發現自己意外與這段事件有關的大多數人一樣，她對於當天的一切記憶猶新。

「他們已經挖到了游泳池的緣框，然後，差不多是在過框的地方，殘骸就在那裡，」她說道，「裝在塑膠袋裡面，去商店裡會拿到的那一種——就像是雜貨購物袋。屍體全部都裹在這樣的袋中，衣裝完整，有牛仔褲，要是我沒記錯——還有格紋襯衫、襪子。當我們把它交到驗屍官辦公室之後，他們解剖化驗，襪子裡有腳趾骨，那是一具被塑膠袋完全包裹的屍身。」

是約翰．索荷斯嗎？瘦小的骸骨，加上牛仔褲與法蘭絨襯衫，明明就是索荷斯的日常打扮。不過，就確切證據這一點來說，卻是毫無所獲：DNA檢驗已經不可能，因為約翰當初是被領養，也無法找出他的生父母是誰。要是能夠有牙醫紀錄就可以解決問題，但是葛芙說約翰的牙醫舊檔案已經全部遺失。

警方隨後將注意力轉至克里斯多福．奇徹斯特，葛芙說他是聖馬利諾許多人鍾愛的對象，「大家都希望與他沾上邊，」她說道，「不過，從種種描述看來，他明明就是騙子，想要裝有錢的冒牌貨，這些人卻完全看不出來。他自稱出身有錢實業家庭，好，如果你真的那麼有錢，怎麼會住在某間房舍後的破爛客屋，雜草叢生，而且處處都需要整修？」

她說，奇徹斯特是騙子的真相曝光之後，突然之間，大家的反應似乎是早從一開始就知道了。「尤其是那些可愛的女士們……」葛芙指的是那些聖馬利諾的寡婦們，接納了這名年輕人，還接送他來往教會，對他說的話是照單全收。

「顯然他在阿罕布拉混了一陣子，」葛芙說的是在聖馬利諾邊界的某座城鎮。她後來查出奇徹斯特會與約翰與琳達．索荷斯前往阿罕布拉，他們有朋友在那裡。「他喜歡閱讀，因為這一點，他與琳達．索荷斯有了共通點，」她補充說道，「他是那種會講好聽話一心迎合對方的人。比方說：『你喜歡看書？哦，我也是！』其實你這一輩子也不需要看任何一本書，讓對方一直講話就夠了。這就像是變色龍，被精靈掉包後留在人間的嬰孩，他遇到必須融入的環境，就會配合變身。」

我問她：「妳覺得是誰殺了約翰．索荷斯？」

「我覺得奇徹斯特有重嫌，我依然這麼覺得，」她說道，「我唯一不是很篤定的是妻子琳達。我的直覺是她可能多少也牽涉其中，我不覺得她死了，很可能現在不知道躲到什麼地方。」

與她的六隻貓躲藏在某地——對葛芙來說，這就是馬腳。大家都說琳達的貓就是她的小孩，所以葛芙認為是琳達派某人接走了那些貓咪、以免牠們被撲殺，在約翰．索荷斯死後知道琳達下落的人，很可能是認識克里斯多福．奇徹斯特的人。她說道：「我不相信有這麼剛好的事……」

一九九五年一月，也就是克拉克．洛克斐勒與珊卓拉．博絲成婚的十個月前，約翰與琳達．索荷斯突然成了全國新聞，《未解謎團》節目製播了名為《聖馬利諾之骨》的段落，透過全美電視播映，多歸蘇．考夫曼鍥而不捨施壓，以及據信是約翰．索荷斯的骸骨在母親家中後院被挖出之後、眾人對這起案件重燃關注。

這一段的開場是《未解謎團》的旋轉節目標誌，「一九九四年，加州的聖馬利諾，位置就在洛杉磯北方，」吟誦者是有演員身分的主持人羅伯特．史塔克，「挖掘後院游泳池工程突告中斷，工人們發現恐怖畫面：三個塑膠袋與一個纖維玻璃盒，裡面是人屍殘骨。」

畫面是兩名泳池挖掘工人拆開腐爛頭蓋骨塑膠袋的特寫，同時出現某個警探的畫外音：「我們不知道這個人是誰，後來，聖馬利諾的制服員警才告訴我們，在一九八五年的時候，那裡的住戶報過警，有兩人失蹤。」

然後，畫面切到了約翰與琳達大喜之日的照片，這名身材短小的電腦宅男身穿灰色西裝、戴飛行員眼鏡，身旁是他的新娘，某個戴了蓬鬆白色頭紗的高壯女孩，她眼神渙散，遙望遠方。「這兩名失蹤人口是約翰．索荷斯與他的妻子琳達，兩人都將近三十歲，」羅伯特．史塔克說道，「兩人突然失蹤，讓認識他們的每一個人都大感不解。恐怖的新物證，成了這起近十年懸案之中的可怕轉折點。突然之間，約翰或琳達．索荷斯似乎可能成了謀殺案的受害者。」

史塔克在某間放滿書籍的辦公室裡、走向了攝影機，「探究這起失蹤案的警探，遇到了可能是懸疑小說家夢寐以求的各種角色。雖然約翰與琳達結婚兩年，但依然住在約翰母親迪蒂．索荷斯的家中，根據大家的說詞，她是個酒鬼。不過，最令人好奇的角色原來是假稱自己是克里斯多夫．奇徹斯特的謎樣年輕人。」

整個螢幕畫面是這位備受尊敬的可疑之人的照片，他身穿西裝，搭配領帶，嘴巴張得大大的，似乎是他平常的上流階級臉部肌肉緊繃表情。

這段節目以模擬演出的方式重現了這對失蹤夫婦的一生，還有他們在迪蒂．索荷斯屋簷之下的幽閉恐懼生活，導致他們接受了「期盼已久的重大突破」——某項重要的政府最高機密任務——然後，就人間蒸發了。節目戲劇效果最強烈的部分是重新呈現迪蒂與這對夫婦親友、以及最後是警方的那些對話過程，某些角色還是由真正承辦此案的警官所飾演。

「嗨……」扮演迪蒂的女演員醉醺醺接起電話後開口，她身穿破爛的粉紅色家居外套，滿布皺紋的手拿著下午兩三點開喝的雞尾酒。

「琳達旅程結束了嗎？回來沒有？」開口的是扮演琳達同母異父的妹妹。

「我什麼都不能告訴妳！」迪蒂態度頑強，停頓了一會兒，又加了一句：「他們在執行任務！」

琳達同母異父的妹妹問道：「任務？什麼任務？妳在說什麼啊？」

約翰與琳達對於自己遠走他方接受的政府任務，其實幾乎沒有對迪蒂透露太多細節，她突然不肯繼續講電話，直接丟下一句：「好，我最多就只能說到這了……」然後繼續喝她的酒。

「迪蒂不肯透露她稱之為中間聯絡管道的那個人是誰。」羅伯特·史塔克說道，「沒有任何犯案證據，警方也無能為力，無法繼續調查下去。」

這一段的《未解謎團》繼續細述迪蒂搬離聖馬利諾與過世的過程。「九個月之後，這個案子出乎意料之外又動了起來……」史塔克說話的時候，鏡頭從迪蒂的憔悴臉龐切到了約翰與琳達的白色貨卡，一路開到了顯然是教會的地方，停在它的旁邊。外型類似克里斯多福·奇徹斯特的演員下車，走向手執掃帚清掃教會階梯的年輕人——他是牧師的兒子。

這一段重現演出，可以看到已經成為克里斯多福·克洛威的奇徹斯特正得意洋洋向牧師之子炫耀那台貨卡，他解釋自己沒有行照，買家必須自己想辦法從加州監理處取得。牧師之子送出補發行照需求——結果卻接到通知，這台車因為沒有繳納銀行貸款，必須支付未償抵押金額——他決定不買了。不過，這次清查行照的舉動，卻引發了聖馬利諾警方的注意，那對失蹤夫婦的貨卡居然在格林威治，終於讓格林威治的警探丹尼爾．艾倫發現「奇徹斯特先生與克洛威先生其實是同一人」。

整個螢幕再次出現克洛威／奇徹斯特穿西裝打領帶的搔首弄姿照片。

「這項發現令人大吃一驚，」史塔克說道，「克洛威、奇徹斯特——無論是哪一個名字，這個神秘前房客似乎可以為索荷斯夫婦失蹤案帶來一絲曙光。但克里斯多福．克洛威，假名為克里斯多福．奇徹斯特的這個人，又再次消失了……接下來，調查再度陷入膠著，直到一九九四年五月出現殘骨才出現新進展。」

法醫人類學家指出這些是某名瘦小年輕人的屍骸，當然與約翰．索荷斯的身體特徵相符，但是卻沒有牙醫紀錄可以證明這就是他的屍身。更讓警探困惑的是屍體的狀態——沒有彈孔或是其他的明顯證據可以證明這是慘遭謀殺之後的屍骸。不過，那些分裝在三個塑膠袋裡的骸骨、再加上裝在第四個塑膠袋裡的頭骨，讓警探懷疑這是一起謀殺案。

然後，重現演出又披露了另一項驚人發現，畫面出現警探進入迪蒂住家後面客屋的場景。他們朝水泥地板噴一種名為魯米諾的化學製品，史塔克開始解釋：「當它碰觸到血跡的時候，會發出某種特殊的光，即便是多年前被拭淨的血跡也一樣會現形。」

我在關於此案的文件資料中，還看到了有關魯米諾測試的另一段內容：在克里斯多福．奇徹斯特之前的索荷斯客屋住戶是某位老太太，她曾經以鉤針織了一塊裝飾長毯——置於沙發的底部。當奇徹斯特離開那間客屋的時候，他帶走了那條長毯，不過，報告中還指出：「它的尺寸只能剛好配合那一張沙發」，而且還有兩小塊地毯片也不見了。

當警探於一九九四年到達那間客屋的時候，因為那條鉤針毯不見了，所以他們覺得可能是因為它「有犯罪證據」，這就是他們打算要以魯米諾測試地板的原因。報告中說明了魯米諾測試日期——在一九九四年的六月二十一日——當天是夏至，一年中白日最長的一日。魯米諾需要全黑環境，才能夠讓血液殘跡發光，警探們等到了凌晨兩點，月光終於消失無蹤。「前屋主為索荷斯的那棟住宅的客屋水泥地板，已經噴上了魯米諾，」史塔克說道，「只要等一下，就可以看出這裡是否有殺人證據。」

戴著防毒面具的警探們，關掉了所有的燈，以誇張的姿態望向地板，有一大塊發光的污漬——「地板上有某種大量物質，就我們看來是血跡……」聖馬利諾的警探在節目中做出了這樣的解釋。

「明證之光錯不了，」史塔克說道，「不過，是誰的血？約翰．索荷斯是在這間客屋遇害，然後被埋入後院？如果是這樣的話，琳達怎麼了？就官方的說詞，約翰與琳達．索荷斯依然是失蹤人口，也許此刻正在歐洲四處逍遙。」

這個段落的收尾是羅伯特．史塔克的畫外音搭配克里斯多福．奇徹斯特．克洛威的某張照片。「警方想要找這個名叫克里斯多福．克洛威的年輕人好好談一談。現在他們知道他的真名是克里斯提安．葛海茲萊特，德國人。他會說一口流利英語，而且使用的名字是克里斯多福．克洛威以及克里斯多福・蒙巴頓。

葛海茲萊特出生於一九六一年，身高是一百七十三公分，體重六十八公斤，非常細軟的深金色頭髮。他不是嫌犯，但警方希望他可以為約翰與琳達・索荷斯的失蹤案帶來一線曙光，如果各位知道關於此案的任何線索，請與洛杉磯治安官辦公室兇案組聯絡，或是致電您當地的執法單位。」

警方現在幾乎知道了一切——他們的警探已經確定了這名騙子的真名、出生日期、國籍，以及外貌，甚至也掌握了他在康乃狄克州格林威治的最後已知下落與假名。

然而，他們其實是一無所知，因為他已經全然拋下警方以及美國電視觀眾——這都要感謝《未解疑團》節目——追查對象的所有跡痕。他在過往或是公眾檔案資料所使用的姓名，都已經成了過去式，現在的他是克拉克・洛克斐勒，而當《未解疑團》播出的時候，他住在紐約市上東城，過著奢豪生活，與他相伴的是哈佛商學院畢業的未婚妻，聰明美麗、而且個性顯然是疏忽大意的珊卓拉・博絲。

12

迪蒂·索荷斯的遺囑

為了想要挖出在聖馬利諾到底是出了什麼事，我找了主導琳達與約翰·索荷斯案件的警探，洛杉磯郡治安官辦公室警佐提摩西·米利。米利與我在某間飯店酒吧會面，他偵辦過數百件殺人案，他告訴我，這也許是他從警以來最棘手、最令人氣餒的案子。

「這就像是千片拼圖，」他說道，「還缺了很多碎塊，但我想還是可以看出梗概。」然後，他講出了一個似乎是從黑色電影之中——這個年輕移民無論在他身分的哪一個階段、都一直讓他沉醉不已的電影類型——所摘錄的故事。米利一開始的時候先解釋克里斯多福·奇徹斯特如何在聖馬利諾過日子，「他到處向那一群可憐的老太太們討錢，那裡發生了許多的小型詐騙案件，他想要欺瞞她們的先生在這裡投資一萬美元，那裡再來個一萬五千美元。」雖然沒有人真的承認給了奇徹斯特錢，但米利覺得他們當中某些人的確掏過錢。「他生活過得豐裕，但一直不曾工作。」

米利繼續說道：「我不覺得他厲害，他純粹就是在操弄人心。他找到容易操弄的對象，然後就開始下手。」米利暗指的是奇徹斯特在他的酗酒失智症女房東身上、看到了大賺一筆的契機。

迪蒂・索荷斯有一棟昂貴的房子，再加上她母親留給她的古董，以及數額驚人的股票與證券，他可能想辦法對她設局，讓她把遺產留給他。

奇徹斯特的主要障礙將會是迪蒂的唯一子嗣，約翰・索荷斯。她必須要取消愛子的繼承權，才能讓別人成為她遺囑的受益人。而當約翰出走執行他的「秘密任務」之後，迪蒂立刻做出了這個舉動。在約翰與琳達失蹤之後，迪蒂改變了她的遺囑內容：「在這份遺囑之中……我經過深思熟慮，也已經完全了解可能會造成的任何後果，特此取消約翰・羅伯特・索荷斯的繼承權，與他相關的所有條款一律排除適用。」就米利看來，「為了要讓她更動遺囑，他必須要讓她誤以為約翰與琳達已經拋棄了她，再也不管她的死活。」

這位警探也闡述自己對於約翰與琳達事件的假設。首先，奇徹斯特讓這對夫婦相信他已經為他們找到了紐約的公職，他們要分別飛往東岸，約翰先動身，然後是琳達。不過，在琳達準備要出發的那一天，卻被人發現她在自己的貨卡裡面哭泣，地點是加州的洛瑪林達，車子停放在艾莫爾與珍・克林的大門前面，他們是奇徹斯特（當初是葛海茲萊特）當年在德國搭便車時認識的那對夫婦，奇徹斯特跑到克林家中取回某些箱子。約翰・索荷斯在那個時候應該是已經死了，根據驗屍犯罪學家的說法，他是因為「鈍傷，扁平硬物重擊整個後腦」身亡。米利說，但琳達應該是猜不到有這件事，她哭泣的可能原因應該是奇徹斯特一直更動她的計畫。她應該要飛去紐約才是，但卻依然被困在加州。她困惑又恐懼，搞不好開始懷疑奇徹斯特從頭到尾都在欺騙她與約翰。

我詢問米利，琳達與奇徹斯特是否有感情瓜葛？抑或是有合夥關係？

「我不這麼認為，」他說道，「但其他人都是這麼想。」

我問道：「所以琳達出了什麼事？」

「我覺得她死了，葬身在沙漠的某個地方，」米利說道，「我不覺得她住在法國，還會寄明信片回來。」為了要證明琳達親友收到的明信片是騙局，他提出了進一步佐證，他強調：「她從來沒有申請過護照，也沒有進入或離開法國。她沒有那個財力……而且她也沒有那種要去弄假護照或是假證件的細膩心思。」

在約翰與琳達人間蒸發之後，奇徹斯特在洛蘭路又繼續待了四個月左右，米利說是「為了要繼續操弄迪蒂」。在這對年輕夫婦離開之後，奇徹斯特成了那裡的老大，「他對於那間房子有絕對掌控權，所以應該可以說他在那階段控制了迪蒂。」

對於約翰與琳達離家之後、奇徹斯特與迪蒂獨處的那段時間，我倒是略知一二，而這兩個線索都是來自於我在波士頓聽審時取得的文件資料、以及我與那些鄰居的訪談內容。其中一位居民回憶當時奇徹斯特跑去找他借電鋸，這位鄰居覺得奇怪，因為奇徹斯特好瘦小，似乎根本沒有辦法從事什麼笨重勞力工作，鄰居後來告訴警方：「他說他要修剪灌木叢……」某名聖馬利諾警員筆錄引述另一名鄰居的說詞，大約在差不多那個時段，奇徹斯特曾經在洛蘭路一九二〇號的壁爐不知在燒什麼東西。該名女子說道，那股味道「奇臭無比，我從來沒有聞過那種惡氣」。

在一九八五年五月，奇徹斯特邀請他的南加大學生朋友達娜．法拉爾，一起來玩「猜謎大挑戰」。當她與另一名朋友抵達的時候，他們發現奇徹斯特已經不住在主宅後面的客屋，而且完全看不到迪蒂．索荷斯的蹤影。他們坐在露台區，奇徹斯特已經在那裡擺好了遊戲。他好幾次進入主屋拿冰淇淋與其他的茶點，彷彿自己就是主人一樣。當法拉爾詢問他的房東與兒子媳婦去哪裡的時候，他是這麼回覆的：「他們不在家，不會介意的……」

在玩遊戲的時候，達娜一度抬頭，發現有異狀，後院被挖過了，顯然是最近的事，看起來是有人挖了一個大洞，然後又填了新土進去。

她問道：「克里斯，花園裡是怎麼一回事？」

「哦，其實沒什麼，」他回道，「只是水管出問題而已。」

提姆．米利也提到了唐恩與凌黛．威勒比夫婦的事，我在研究迪蒂．索荷斯醫生的時候，正好也看到了他們的資料。他們住在距離聖馬利諾二十分鐘的地方，拉蓬特的某個拖車園區，兩人在那裡開了一間店，專門販賣拖車，名叫「凌黛流動車屋」。

雖然他們距離聖馬利諾的美好封閉世界十分遙遠，不過在迪蒂．索荷斯的最後歲月之中，卻成了她最親近的朋友，在她兒子「拋棄」她之後，開始照料她。據稱迪蒂病重、變得孤苦無依之後，他們經手賣掉了迪蒂的洛蘭路房宅，然後把他們自己位於拉蓬特拖車住家的隔壁那間流動車屋賣給了她，最後成了她的唯一照顧者。他們也成了她的遺囑執行人與受益人。唐恩．威勒比死於二〇〇一年，而凌黛也在七年後走了，不過，提姆．米利在凌黛離世前沒多久追蹤到她的下落。她又老又病，住在某間養老院，但是神智相當清楚。而且她侃侃而談，這位郡治安官警探稱之為「自白之基礎」。

「她聲音很小，相當微弱……」米利說她對於「重要問題」都給了答案。

「你們是怎麼認識迪蒂的？」

她回道：「透過住在客屋的那個人。」

「他把威勒比夫婦介紹給迪蒂之後，他們就宰制了她的生活，」米利告訴我，「賣了房子之後，威勒比夫婦向迪蒂借了四萬美元。遺囑裡有提到這筆債務，而且在執行遺囑的時候是豁免還款。」

米利詢問凌黛．威勒比：「那筆四萬美金最後怎麼了？」

「我們把它交給了他（奇徹斯特）……」她還說這是當初與他訂定的協議的一部分——他引介他們認識迪蒂的費用。在迪蒂死後，奇徹斯特本來應該會拿到另一筆款項，應該有十萬美金之譜，他與威勒比夫婦估算她遺產的一半金額——處分她的屋宅、流動車屋、投資，以及個人物品之後的所得。

奇徹斯特有沒有把迪蒂．索荷斯，以及她失蹤兒子與媳婦的真正情節告訴威勒比夫婦？為了想要挖掘出更多秘辛，我聯絡了威勒比夫婦的兩名子女，他們對這個主題不想多談。迪蒂．索荷斯還在世的唯一親人不想談那起謀殺案，但表示自己的確曾經在一九八六年探望過迪蒂，她病重，幾乎都聽不到了，而且相當孤單。他說：「她希望我搬過去和她一起住……」（他拒絕了）。

至於克里斯多福・奇徹斯特，以克拉克・洛克斐勒名號委託的那群律師，非常堅持他與約翰及琳達・索荷斯的失蹤案毫無任何關聯。

迪蒂有唐恩與凌黛・威勒比夫婦的監視，於是奇徹斯特開著約翰與琳達・索荷斯的貨卡、在一九八五年中期驅車離開了聖馬利諾，很可能還帶著迪蒂的四萬美金——在那個時候是一大筆數目——準備以克里斯多福・克洛威之名、在東岸展開新生。「那是他下場一賭的賭金，這樣一來他就可以扮演另一個角色，」米利說道，「等到奇徹斯特把威勒比夫婦安插到迪蒂的生活之後，他就消失了，因為他得要這麼做，這是既定計畫。然後他們全面接管，她煩惱不已，因為她的顧問——也就是他（奇徹斯特）——人間蒸發，所以她只能全然信任威勒比夫婦。」

一直到一九八八年十一月，他才回到聖馬利諾。那時候的他已經成了克里斯多福・克洛威，他當時是基德爾與皮博迪的試用期債券業務銷售人員，以克里斯多福・克洛威之名，與勞夫・波因頓一起到加州出差，然後前往舊家。他回歸克里斯多福・奇徹斯特的這個角色，在聖馬利諾短待一日，因為迪蒂・索荷斯的遺產剛剛完成處分，他要過去拿自己的那一份。不過，他一直沒有收到那筆錢，根據米利的說法，因為威勒比夫婦對他「黑吃黑」。「他們執行遺囑之後，他在一九八八年冒了出來，他們告訴他去吃屎啦，他們早就把錢花光了。」

凌黛・威勒比是這麼告訴米利的：「我們告訴他，沒錢，我們沒辦法再給他任何一毛錢，我們投資不利全花光了……」她還補充說道，她與她丈夫都覺得處分迪蒂資產的金錢，他們全拿當之無愧——這是花時間陪伴她死前時日的合理補償。「我照顧她的餘生，」凌黛說道，「我們不是只有拿錢而已。我們開車送她去看門診，而且在她生命的最後那兩年當中，我們一直在陪伴她。」

就在這個時候，有名護士進入凌黛的房間，堅持米利必須要暫停問案，擇日再來。「我第二次去找她的時候，她已經過世了。」

這起該死的案件就是如此，他發出哀嘆：證人陸續凋零；檢察官偵辦出現進展的時候卻離開了原本的職位；警探面對這起如迷宮的案子心生挫敗，只能繼續擇地再戰，不僅任由「嫌犯」逍遙法外，而且還披上洛克斐勒的外衣、在社會階梯不斷上攀。

克拉克與珊卓拉於一九九五年十月在貴格會成婚之後，事態變得詭異。新郎要求每一個人都要離開南塔克特島——包括珊卓拉的父母、姊姊，以及他的連襟——這樣一來，他就可以跟妻子獨處。他們乖乖順從，搭乘渡輪回到本島。那時候大家都已經明瞭，在這場婚姻之中，主宰者是洛克斐勒。

珊卓拉在波士頓法庭證人席的時候，被問到了這個問題：「在妳剛結婚的時候，或者是婚後的那幾個禮拜或幾個月當中，妳是否察覺你們的關係出現了任何的變化？」

「好，我會說這名被告，也就是我彼時的丈夫，變得越來越易怒，」她回道，「我以前也有過好幾次發現他臭著臉，而他之後總是充滿歉意。他開始常常顯露怒氣。而第二個重大改變，則是他對於我的一舉一動更愛發號施令。」

根據她的證詞，他堅持要每天陪妻子走路上下班，而且對於她的私人活動「支持度不如過往」，包括了想要控制她與朋友在一起的時間。他的批評越來越尖銳，她說，他還曾經對她講過這種話：「妳也知道，這個人真是愚蠢啊俗不可耐什麼的。還有，妳真的不應該跟他們攪和在一起。」

他們搬到了紐約五十五街與第六大道交叉口的某間公寓。洛克斐勒應該要負責營運「星號」有限公司，根據他告訴珊卓拉與其他人的說詞，這是一間根據第三世界國家的金融狀況，向他們提出建議的機構。珊卓拉解釋：「這樣一來，他們就可以針對設定利率與開支水位做出妥適決策。」他的這份工作完全沒有賺錢，因為那些把他視為財政救星的國家都極度貧困，而且他覺得向他們收取顧問費是「違背良心」之舉。

這聽起來都很合理。然而現在回顧過往，可以明顯看出她先生的工作根本是一場騙局，珊卓拉自己在麥肯錫有真正的工作，她在法庭時說道：「我們為大型組織服務，與他們共同確認他們的問題是什麼，然後我們幫忙建構解決問題的工作計畫，這就是我的工作。」

雖然她先生展現出越來越強烈的控制欲，她在麥肯錫集團卻平步青雲——最後帶領公司為紐約州參議員查克．舒默以及紐約市市長麥可．彭博提供服務——洛克斐勒後來表示這部分歸功於他姓氏所暗示的影響力。「只要對她有利，她絕對不放棄大好機會，」他後來在某次訪談中是這麼說的，「她通常會以非常低調的方式從事這種舉動，靠著超級安靜的方式、引起大家的特殊關注。有點像是那樣的意思：噓，她嫁給了洛克斐勒家族的人哦！」珊卓拉的某位朋友也補充，

「大家都知道她嫁給了某名洛克斐勒家族成員，她大可以保持低調，宛若不在乎，但她明明就是很在乎。」

她先生利用自己強大姓氏的方式也可說是不遑多讓：他說得越少，姿態就越高調。而且無人具有懷疑這個姓氏真實性的判斷力，就像是無人具有懷疑這對新婚夫婦牆上畫作真實性的判斷力一樣，那些藝術品讓這個姓氏更添信度，反之亦然。

所以，他何不乾脆賣一張畫呢——絕對可以售出數百萬美元的價格——為這段婚姻提供經濟資助？珊卓拉回道，他對她的說詞是這些畫掌握在某個家族信託基金手中。「他說：『那是一筆可觀的遺產，賣出有限制，我們可以十年後賣出。』」

在此之前，是他們的專屬品賞期。「在某個濕冷的紐約午後，我們慶祝自己第一次買下藝術品，羅斯科的某幅大型畫作……」《藝術消息》雜誌有篇名為〈霏霏印象〉的文章，作者是珊卓拉．博絲，但執筆人應該是她的先生，文中寫道：「我們的經銷商與某名羅斯科的專家進入我們公寓的時候，我們那隻將近四十公斤的戈登蹲獵犬、剛剛散步回來的耶茲，立刻撲向牠平常窩在沙發上的那個位置，頻頻搖頭，嘴裡冒出了十公分寬度的口水。」那坨口水落在羅斯科的畫作上面，洛克斐勒滿不在乎，直接拿紙巾擦乾淨，珊卓拉寫出這一段內容，證明了她先生對於精緻藝術與純種狗可以和諧相處的堅持，儘管兩者「有些許齟齬」。

洛克斐勒夫婦的個性都很特殊，但還是能夠包容相處，至少一開始是如此。「兩人個性都相當拘謹，一板一眼，就某些方面看來，她也相當疏離，也同樣古怪……」某位曾經與他們在幾次場合共進晚餐的朋友是這麼說的，一開始的時候，是在洛克斐勒的那些俱樂部喝雞尾酒，通常是在「蓮花」，某間范德比爾特豪宅裡的時髦俱樂部，那裡的工作人員總是齊聲向克拉克打招呼，「晚安，洛克斐勒先生。」

有一次，他們待在某間可以看到美麗天際線的俱樂部。這位朋友望向窗外，回憶過往，「我說：『克拉克！你看！這裡可以看到洛克斐勒中心！』然後，他把手伸入口袋，拿出一把鑰匙，他說道：『對，我有那裡的鑰匙！』那是我第一次聞到了唬爛的氣味，我只是覺得，『媽的哪有什麼洛克斐勒中心鑰匙這種東西。』而珊卓拉怎麼說？應該是不發一語。我只記得她呼喚他名字的時候——中間的母音絕對是拆成了兩個音節：『哦，克拉～啊克！』而他也會這麼叫她，『珊～恩卓拉』。」

這位朋友的先生是某位名號響亮的教授，他大感驚豔，但是她自己卻不以為然。

「老是講自己認識誰誰誰，豪奢財力，卡其褲與馬球衫——我對這一切都很反感。而且，他們並不是你真正想要打交道的那種人，他們並不溫暖。我發現我就是盯著時鐘在心裡碎碎唸：『天，拜託趕快讓這場晚餐結束吧。』我倒是認為其他人發現身邊出現洛克斐勒家族的成員很是興奮，跟他相處的時候有多麼彆扭也不重要了。很值得，因為他們是洛克斐勒家族的人。」

華麗的工作經歷、真絲領巾領帶，還有博物館等級（從來沒有人質疑過真實性）的藝術藏品，都增加了這個騙子的可信度。

珊卓拉在麥肯錫步步高升，與老公的距離也越來越遠，讓他有充分的時間可以在中央公園遛他的狗兒耶茲，他老是喜歡嚷嚷自己在那裡的故事：「我的狗超愛亨利．季辛吉的狗兒艾蜜莉亞。」百老匯製作人傑佛瑞．理查德斯某天遛狗穿越公園的時候，正好與洛克斐勒相遇。兩人閒聊，理查德斯告訴洛克斐勒，他正在製作《就在那個時候的那個時候》作者大衛．艾伍士的某齣新作，洛克斐勒驚呼：「那齣劇我看了六次！」然後，他暗示他很樂意成為艾伍士下一齣劇作的贊助者。理查德斯當時心想，要是能夠有洛克斐勒家族的成員列入履歷，一定很稱頭，他打算要把這位剛認識的可能金主介紹給艾伍士。洛克斐勒一口允諾，還說在他搭乘私人噴射客機前往南法的時候、要帶這位劇作家同行，他的飛機停放在專門停放私人專機的紐澤西州泰特伯勒機場。不過，無論是噴射客機之行或是投資都只是空話一場。

克拉克在家的時候，對於珊卓拉與她的工作越來越緊迫盯人。「尤其是在早年的時候，他對於我賺來的有限薪水很不滿意，對我施加很大壓力，」她在作證時表示，「我說他可以去找一份有償工作，貢獻家計，他說他在這種非營利顧問領域的重要工作就是如此，之後就會有重大事件。」

什麼是重大事件？珊卓拉回道：「他說是他的工作成績可能可以讓他得到某種官職。」

在交叉詰問的時候，被告律師傑佛瑞．迪納提到了洛克斐勒居然自稱會得到高階官職——遑論宣稱付了五千萬美金、就是為了過世父親的貪污案要與美國海軍達成和解——正常人都很難相信這種話了。

律師問道：「好，妳明明是聰明的經濟學家與商業顧問，不是嗎？」

她回答：「那時候我二十六歲，我對於這種事一無所知……」

珊卓拉在麥肯錫的繁忙行程，讓自己無事可忙的克拉克得以擁有更多時間從事他的專注事業：遛狗，收集新朋友。其中一位是名叫威廉．奎格利的藝術家，收藏他畫作的買家包括了政治人物、藝人，以及商界領袖。

有一天，某個朋友通知他，她在中央公園遛狗的時候，意外認識一個帶著戈登蹲獵犬，身材矮小的男子。

「她說：『小威，這傢伙把我帶到他家，他的藝術藏品讓人瞠目結舌！』」這是奎格利告訴我的話。我們坐在他位於下曼哈頓蘇活區的畫室裡，周邊散落著他明亮的大型油畫。他身材算是壯碩，一頭長髮，態度和藹可親。他立刻準備大談洛克斐勒，取出他與這位據稱是鑑賞家的人長時間共處那段時間的一疊信件與紀念物。他說他朋友是加拿大人，從來沒有聽說過洛克斐勒家族，但是那些藝術品卻讓她眼睛一亮。「你一定要親自過來看看！」她一直慫恿當時住在洛杉磯的奎格利。為了要增加誘因，她告訴奎格利，她已經讓這名藏家看過他作品的幻燈片，對方印象很好。她大叫：「他想要見你！」

「然後我就問了一句：『好，他是誰？』」

這位藝術家對我扮鬼臉微笑，「她說：『我不知道。他有個很厲害的姓氏，來自某個美國大家庭，但我就是忘了。』」

「然後我好像是這麼說的吧，『妳居然不知道？是不是范德比爾特？還是梅隆？』」

那朋友說道：「不是，音節更多一點……。」

兩人一直繞著這話題打轉，但是她就是想不起來，第二天，她打電話給奎格利，脫口而出：「他名叫克拉克，是洛克斐勒家族的人！」

奎格利的電話差點摔地。

他的朋友跟著洛克斐勒家族的成員一起遛狗？這位藝術家激動不已——當他朋友說出接下來的那段話之後，更讓他興奮難平。「對，而且他這個人真的，真的超好，你一定要認識他。」

奎格利飛到紐約，他朋友安排兩人會面。奎格利進入這位藏家公寓門廳，看到了一個瘦小男子，那身打扮應該就是他的日常穿著：棒球帽、馬球衫、藍色外套、搭配卡其褲——昂貴私立預科學校風格。這男子透露出家有祖產、出身良好、而且品味無懈可擊的氣質，奎格利立刻就認出了克拉克．洛克斐勒。

「哦，想必你就是奎格利了……」洛克斐勒語氣冰冷，他一開始就是直呼這位藝術家的姓氏，自此之後始終如一。

他們上樓，到了洛克斐勒所居住的那間公寓，這位重要人士為藝術家送上了雪利酒，但是並沒有讓他看藏品，還沒有。在那個時候，他已經知悉壓抑所產生的力道，不要一次亮出所有的牌，更能增添他的神秘性。他詢問奎格利，會在紐約待幾天？

奎格利回道：「三天……」

他們閒聊了一會兒之後，這位藝術家離開了。兩天過去，都沒有洛克斐勒的來電。然後，就在奎格利準備離開的前一晚，他電話響了。洛克斐勒說道：「奎格利，希望你可以過來我家一趟，我想要讓你看我的藏品。」他請對方晚上十點到達，那是他的晚間遛狗時段。

他們在公園遛狗遛了很久。終於，洛克斐勒說他準備回家了，要讓他的新朋友見識他的藏品。「我們進入公寓，」奎格利回憶過往，「那時候應該是十點三十分，我進入他的收藏世界。那時候我正在看李．賽爾德斯所寫的《馬克．羅斯科傳奇》，那是我看過最偉大的著作之一。」突然之間，他看到了羅斯科離世之前的代表作之一《灰面之黑》，二〇〇七年的佳士得拍賣價格是一千萬美元。

「對我來說，那幅畫就證明了一切，」奎格利說道，「我的反應是，真的假的啊？」

「到了走廊的盡頭，我看到另一幅羅斯科的畫，」奎格利繼續說下去，「然後，我進入客廳，空間不大，也沒有什麼精美家具。兩張黑色沙發，上面沾了一大堆狗毛，還有一張小咖啡桌，有點磨損的淺色硬木地板，完全沒有任何亮點。」

不過，牆上掛的另外一幅油畫，對於一般住家空間來說，簡直是難以想像。「某幅三公尺高度的巴尼特．紐曼，」他指的是那位在一九七〇年過世的抽象表現主義先驅，他補充說道：「左下角有一塊棕色的刷痕，他說是他狗兒的神來之筆。牠某天沾滿泥巴回來，畫作下方因而沾到了一塊污褐色，但克拉克就也沒管它了。」

奎格利當時心想，真是貴族的典型作風。不過，還不僅止於此。「兩幅克萊福特．斯蒂爾的作品——他是我最愛的畫家之一，」他說道，「都是號數很大的作品。然後，他家的壁爐上方放的是羅伯特·馬瑟威爾的畫作，我記得還有兩或三幅羅斯科的作品。」

這些作品的價值難以估算，不過，對這位藝術家來說，那並不是關鍵。重點是它們就在某人的家中，不是在某間博物館裡面，這一點讓他大感震顫。「我真的、真的是十分興奮，好驚豔。不是『哇我認識了洛克斐勒家族成員』的那一種驚豔，當然，那也是成因的一部分，不過……」他似乎詞窮了。

「我的確很吃驚，」他說道，「我的意思是……蒙德里安啊，而且我是近距離觀看。我一直沒有懷疑過它們的真確性，從來沒想到它們會是複製品什麼的。我貼近細看，心想：『哇，這些都是傑作。』我覺得我彷彿與這些藝術家產生了一點連結，我很熟悉他們的作品。我曾經在曼尼·席爾曼的藝廊展出，而曼尼是美國專攻那種藏品的一流藝術經銷商，應該可以這麼說吧。這些人是我的英雄，所以我覺得這是克拉克與我在一開始就這麼投緣的原因，因為我其實很懂抽象表現藝術史，那是我的強項。」

奎格利與克拉克聊了約四十五分鐘，「我記得我們根本沒有坐下來，那些畫讓我目眩神迷。然後，我又拍了狗兒好幾下，他開口說道：『好，我的就寢時間差不多快到了，而且現在時間已晚，所以我們保持聯絡就是了，我會主動找你。』」

奎格利飛回洛杉磯，與洛克斐勒繼續保持聯絡，克拉克甚至還幫他架設了個人網站，因為他已經幫助多名朋友處理過這種事。「克拉克和我靠著電郵與電話開始建立了友誼。」

但過沒多久之後，奎格利搬到紐約，他與這位重要收藏家的關係越來越緊密。後來，當洛克斐勒登上頭條的時候，奎格利被媒體重重包圍，他對於自己與這位據稱是著名家族後裔的交情、發表了一份聲明：

> 他似乎認識藝壇裡的每一個人，但他痛恨把藝術當成投資標的。他是品味無懈可擊的純粹主義者，而且光是憑這一點，我們就談得非常開心。只要克拉克打一通電話，藝術經紀商要在某個藝廊展出某位藝術家的全部作品，我一定都會過去。
>
> 克拉克對於藝術史與藝術美學的知識，超過了我所認識的多數藝術家。他相當精熟藝術史，而且對於某些畫家與藝術家的觀點鏗鏘有力。能夠獲得洛克斐勒家族的某位成員的青睞，建立起這種富有浪漫情懷與歷史性的連結，我個人感到很榮幸，也很激動。顯然，這個家族擁有某些二十世紀最偉大藝術家的作品。看過了那些收藏之後，我從來不曾懷疑他的身分，他帶我進入過豪奢的俱樂部，裡面的每個人都稱他為洛克斐勒先生。
>
> 雖然我一路走來十分幸運，遇到了許多願意贊助我作品的貴人，但是這種特殊關係的動能為我注入了額外的信心與信念，我在自身畫作中所追求的一切可能具有某種歷史價值。

在奎格利的心底，本來暗暗期盼他的這位新朋友可能有興趣購買他的畫。但是過沒多久之後，商業關係卻醞釀為一段友誼。奎格利開始與這位偉大人物的生活水乳交融，培養出某種固定模式，下午三點整，相約在洛克斐勒的其中一個私人俱樂部見面，通常是蓮花俱樂部，「我們會坐在小圖書館裡面，討論這個禮拜的活動。」

他是蓮花俱樂部裡無人不知無人不曉的人物。在俱樂部入口的某個櫥窗甚至還貼有一份成員名單，奎格利看到了L．洛克斐勒，當然正是那位受人敬重的自然主義者與慈善家，勞倫斯．洛克斐勒，而在那名字的附近就是：C．洛克斐勒。

克拉克說道：「奎格利，要是我讓你成為這裡的會員——也許可以幫你爭取年費的折扣——我們可以在名單中把Q[14]放在R的上面，奎格利，然後下面接的是C．洛克斐勒。」對於幫助朋友進入他的某間俱樂部的這個念頭，他似乎是樂在其中。

珊卓拉偶爾會參加他們的聚會，但她多半在忙著工作。值此同時，她正忙著處理麥肯錫位於多倫多的某項重大專案，需要一直出差，所以也讓這兩個男人在紐約市四處閒晃。有時候，洛克斐勒會邀請某位知名客人加入他們的行列，比方說，他在大都會俱樂部就玩過一次。「他是哈佛的某位教授，」奎格利說道，「學識非常淵博。他們一直在聊量子物理以及文學，但重點放在《星戰》以及量子物理。我坐在他們兩個人中間，感覺好像在看乒乓球比賽，我完全不知道他們

[14] 奎格利姓氏的第一個英文字母。

在講什麼。」

在蓮花俱樂部的圖書室中，洛克斐勒可能會在下午三點享用一杯曼哈頓雞尾酒。有一次，在喝雞尾酒的時候，奎格利發現他朋友一直盯著他們周邊的書櫃，但似乎其中有一本讓他特別感到惴惴不安，終於，洛克斐勒起身，從書架上抽出那本書，把它倒轉放回去，這樣一來就看不到書脊上的書名。

克拉克說道：「我就是沒有辦法繼續盯著它……」

奎格利起身查看書名，《泰坦：約翰．D．洛克斐勒傳記》，作者是龍恩．切爾諾。

他們離開圖書室之後，會進入俱樂部的用餐區，克拉克通常都點一樣的食物，奎格利覺得就是他從小以來的用餐標準，當服務生慢慢走過來，會員目光朝他投射而來的時候，他會大呼：「哦，讓我們來品嚐洛克斐勒牡蠣！」

過沒多久之後，這就成了某項慣例：洛克斐勒生蠔與某名洛克斐勒家族的成員。

有一次，等到焗烤菠菜生蠔上菜之後，克拉克開口問他：「奎格利，知道他們為什麼把它們稱之為洛克斐勒牡蠣？」克拉克講出了答案，「因為它們是綠色。⑮」

克拉克也很享受在「第七軍團食堂」用餐，位於公園大道軍械庫的餐廳，對於俱樂部的高級會員來說，這個地方別具意義，「我們是那裡的多年會員，」當他們待在充滿歷史感的那個空間的時候，他這樣告訴奎格利，這是「大衛伯伯」——約翰．D．洛克斐勒唯一還活在人世間的孫子——經常用餐的地點。「克拉克經常說『了不起』，」奎格利回憶過往，「我們所吃的一切，或是我們所談論的一切，他老是喜歡說：『哦，很精采吧！』我很喜歡這個用詞，我真心覺得那是克拉克的個人特色。」

他們多次享用完「第七軍團食堂」牛肋與玉米配利馬豆燉菜特餐之後，洛克斐勒會摺好自己的餐巾，讚嘆：「很精采吧！」奎格利回憶，如果遇到了超級精采的夜晚，「洛克斐勒會說道：『這是蜜桃梅爾巴之夜！』然後，他會點兩份蜜桃梅爾巴，兩個大男人，就坐在那裡吃冰淇淋甜點。」

至於購買新朋友畫作的這檔子事，結局就沒有那麼精采了。洛克斐勒雖然承諾要買奎格利的畫，但卻遲遲未下手。奎格利一張畫作的價格——當時大約是一萬美金。不過，他希望透過代理這名藝術家的藝術經紀商賴瑞・戈葛西恩幫忙，確保可以買下其他畫作。洛克斐勒告訴奎格利：「許多人找這傢伙，他從來不回電。但是遇到我，他倒是打電話打得太過殷勤了。」

他打電話給戈葛西恩藝廊，說他想要買一幅奎格利的畫。戈葛西恩的某名助理立刻聯絡這位藝術家，然後，他們要求奎格利寄送他作品的幻燈片。「明天，小珊和我要去紐約的戈葛西恩藝廊，欣賞一下你的作品集，」這是洛克斐勒在一九九八年十月十一日寫電郵給奎格利的內容，「我們會帶一位惠特尼博物館的重要人士過去，然後我們會訂十二幅作品……這樣的操作一定會

⓯ 綠色是俚語的錢。

讓戈葛西恩大感驚豔。」

洛克斐勒不斷向奎格利保證，購買藝術品的時候，價格不是目的。在某封為這名藝術家所撰寫的推薦函當中，也表達了相同觀點：

敬啟者您好：

奎格利先生請我推薦他的藝術天賦、作品之金錢價值，以及身為藝術家的增值潛力。我真心認為會提出這種要求的收藏家不適合擁有任何藝術品。簡而言之，我認為奎格利先生是當代最偉大的天才之一，我也深信歷史會給予他這樣的評價。我是現代藝術的最主要收藏家之一，我深信奎格利先生的作品將會與我藏品中的諸多最偉大藝術家作品並駕齊驅。我並不知道奎格利先生的價格或是其作品所代表的金錢價值。就我擁有的每一個畫作來說，我都是以空白支票支付，並且請我的銀行專員絕對不需要告知我價格。我認為這種習慣是建立在世藝術家與真正藏家之間信任感的唯一方式。關於詢問我奎格利先生作品是否符合所謂值得之投資品的這個問題，我只能這麼回答，購買藝術品的動機僅出於利潤與貪婪的人，我只有憎惡而已。我真心希望所謂的藝術投資者會在購買的當下與之後就血本無歸。可惜的是，這句話並不適用於奎格利。

他在信末署名只有簽下自己的姓氏，充滿了顯眼的花漩與拉尾長痕。洛克斐勒後來宣稱他買了奎格利的小號數作品，他說，這也讓奎格利成了他諸多收藏品的藝術家之中、唯一還在世的一位。

奎格利，說來你一定不信，我剛剛買下了你的某幅畫作。我走在第八大道，想要找尋封箱膠帶的時候，盯著有時會出現藝術品的某間二手店櫥窗。我有個朋友找到了牟利羅（巴托洛梅．艾斯特班．牟利羅，西巴牙巴洛克時期畫家，生於一六一七年，卒於一六八二年）的真跡，幾年前，作品價格超過了百萬美元。這間店的老闆是古董經銷商，擅長的是早期美國家具，他會收購所有遺物，通常只是為了要便宜取得古董家具。他們對於自己的品項一無所知，常常在不知挖到寶的狀況下將其售出。他們櫥窗邊角的某幅抽象作品吸引了我的目光，當我看到畫作右下角作者署名為一九九一年W．Q的時候，你一定無法想像我的驚訝之情。背後是典型的奎格利風格，寫有「W．Q，一九九一年，畫名：抽象突破」……我買了……我喜歡它的小巧號數十二英寸乘以十六英寸。你有絕佳天賦。你有沒有收到戈葛西恩的訊息？讓我知道你的想法，我下禮拜會與他見面，好好催促他一下。

不過，無論是洛克斐勒或惠特尼博物館，都不曾透過戈葛西恩、或是直接聯絡本人買畫。

---

⑯ 威廉．奎格利的姓名首字母。

在克拉克．洛克斐勒的陽光假面之下，並非一切順風順水，尤其是在家裡的時候。

在朋友面前，他會講出這樣的說詞：「小珊這禮拜會回來過週末，一定可以享受兩人美好時光。我們可能會去南塔克特，也可能北上前往葡萄園島。」

其實，珊卓拉的工時超長，而且與丈夫的距離越來越遙遠。他經常顯現出不理性的態度，尤其是提到前往康乃狄克州的時候。雖然他會開心告訴朋友自己待在南塔克特與瑪莎葡萄園島的情景，但是一提到康乃狄克州，他就是抵死不從，他之前曾在那裡以克里斯多福．C．克洛威的假名過日子，而當州警想要找他詢問有關約翰與琳達．索荷斯失蹤案一事的時候，他卻溜了。「他不肯去康乃狄克州，」他朋友約翰．威爾斯說道，「他宣稱是因為他父母在那裡出意外身亡。我們在那裡有一間公寓，有充裕的儲藏空間。珊卓拉有一次必須自己開車過去，因為克拉克有一堆《紐約客》雜誌想要存放，那堆東西裡面還混雜了某些洛克斐勒中心的出版品。」

另一位朋友也加碼，「他有康乃狄克州精神官能症……」他態度非常強硬，甚至還有一次因為發現自己所坐的車即將要跨越州界而「大發雷霆」。那位朋友說道：「在我們進入康乃狄克州的邊界之前，克拉克叫大家停車，上洗手間，因為自此之後，他就不准大家停下來……」那朋友繼續說道，當他們一進入康乃狄克州的範圍，洛克斐勒就豎起衣領，戴上帽子，然後在自己的座位裡採低蹲姿勢。「他的狗兒在車內蹦蹦跳跳，對每一個人狂吠。而克拉克——嗯，真的就像是個萬萬不想被別人看見的人，真的是離譜極了。」

一九九九年的年尾，珊卓拉準備要成為麥肯錫的合夥人，她將是這間公司成立以來最年輕的合夥人之一。現在，她的豐厚薪水，依然被她先生所控制，他存入她的支票、付帳單、填寫她的稅務資料。而他掌控的不只是金錢而已，「他還斷絕我跟我朋友往來，」珊卓拉告訴大陪審團，「阻止我與家人聯絡，不肯讓我打長途電話，還會對我朋友咆哮……我所認識的他，做得出令人恐懼至極，充滿威脅性的舉動。」

檢察官還沒有請她進一步詳述，她已經繼續說下去。

「他會對我不斷大吼大叫，直到我再也無法忍受為止，」她繼續說道，「他並沒有打我的臉，因為他知道在我從小到大的成長環境中——我所學到的是除非被甩巴掌、或是對方出軌，不然就應該要守住婚姻……而且應該要好好經營婚姻，因為那是自己曾經做出的許諾。所以他沒有碰我的臉，而我後來才知道他有婚外情。」

檢察官問道：「容我問一下：他是否有打妳的其他部位？」

「在那個時候，他運用了其他技巧，」她說包括了睡眠剝奪以及性脅迫，「基本上，就是某種要證明『我是主宰』的態度。」

「妳為什麼還要跟他在一起？」

「首先，我嚇得半死，」珊卓拉說道，「我看得出來，他不會放我走。我也不知道為什麼自己一直被找麻煩，但我明白他非常強悍，我不知道該怎麼脫逃。好，還有另外一點，我所接受的教養是非常重視責任與榮譽，應該要努力維持婚姻。我父母感情不睦，但是在一起三十五年之久。我所學到的是生活艱難——要吞下去。」

從一九九四年秋天到一九九八年末，她與丈夫都住在紐約。然後，她作證陳述：「突然之間，克拉克變得非常不高興，但除此之外還算是正常，有時候會突然嚇得半死。我不知道該怎麼解釋才好，但他說自己精神崩潰，變得越來越易怒，越來越容易恐懼。」

某起事件，也不知是不是巧合，似乎是觸發精神崩潰的起點。他與「中央公園裡隨機遇到的路人」吵架，珊卓拉說，應該是在他遛狗的時候，兩人吵得很大聲，還有人打電話報警。「警員坐在車內跟著他。我看到他朝我們的公寓走來，然後某台巡邏警車立刻靠邊停下來，他與警員交談了一會兒。」

他衝入公寓，告訴珊卓拉，他已經受夠紐約了，他告訴她，這座城市害他「崩潰」。「他工作壓力很大，亞洲金融風暴差不多是在那時候發生（一九九七年七月起始於泰國，泰銖狂貶，然後風暴席捲全亞洲，引發全球經濟崩潰的恐懼），他說他有不少客戶陷入嚴重困境之中。」

他說，客戶們居然有那個臉抱怨這場危機，彷彿他是可以想辦法讓他們遠離這場金融風暴一樣。

雖然珊卓拉從來沒有見過他的「任何一位同事、長官，以及下屬」或是他自稱的高階財金顧問領域的同儕，她還是相信了他的說詞。她對他深信不疑，甚至答應他從紐約搬到南塔克特的要求，即便她知道自己必須通勤前往紐約辦公室，週間日必須住在飯店也沒關係。她說：「這樣似乎可以讓他滿意，那就夠了……」

在一九九八年的年末，洛克斐勒對他越來越壯大的社交圈廣發了某封電郵，寄件者的電郵地址來自於他所宣稱的「星號」有限公司辦公室。

首先，我必須要告訴各位為什麼沒有聽聞我的消息。勞動節之前的那個禮拜五，我在聯合國參加會議，我盯著某名代表交給我的文件……然後，我什麼都不記得了，五個小時之後，我在紐約的某間醫院醒來。醫生告訴我這是急性疲勞，不久之後就讓我出院了。簡言之，就是「倦怠」。原因很明顯：太多次的每日十九小時工作。在六月、七月、八月這段時間當中，我產出了一千零八十五小時的工時，比起相等工作狀況的人來說，大約超過了四百小時以上。我去年夏天還遇到了其他充滿壓力的狀況，包括了我位於緬因州的夥伴無預警退休，因為他差點因為某場客機相撞事件而喪命；平心而論，我必須把雪兒比（他的另一隻戈登蹲獵犬）也加入我的壓力清單。

我很愛這隻小獵犬，但是她卻大大增加了我的生活負擔，而且她的早起習慣也無助我極需要的補眠。在我的醫生建議之下，我決定要改變我的生活方式。我的計畫：我決定要修一段長假，住在我表哥位於法國費拉角的別墅，那是尼斯與摩納哥之間的某個小半島村莊。雪兒比與耶茲會與我同行，至於要待多久，要看我喜愛的程度而定。我會在六個月之後回來，或是待得更久一點。要是我的休假持續到九九年的夏季，那麼我可能會待在某位朋友位於布列塔尼／諾曼第區域的夏屋，或者甚至去造訪雪兒比之前的故鄉，蒙大拿州。

小珊也懂得我的心情。她現在都待在多倫多，再也不需要只是為了回來看我而在週末通勤來回。小珊會利用感恩節與新年之間的那段時間休假，我們會回到義大利多洛米提山區的柯爾迪納丹佩佐。我們去年在那裡，待了整整一個月，什麼事也不做，我們很喜歡，耶茲在那裡也過得開心。

我也應該要告訴各位，我的公司要在三月結束紐約的辦公室。越來越高的租金、再加上不肯更新我們帶狗入內特權的新房東，逼使我們要提前執行原有的「全面虛擬」計畫。我們的主要辦公室將不會再以實體方式續存，而是要以電子方式處理業務。我們決定要投資五百萬美元，在我們華盛頓特區的辦公室建立私人網路。

他並沒有前往費拉角或是柯爾迪納丹佩佐，而是待在南塔克特，通常是一個人，而妻子則至少一個禮拜至少有四天在遠地工作。當旅遊熱季到來，因為觀光客之故房租跳漲四倍的時候，這對夫妻搬到了佛蒙特州的伍德史托克，羅倫斯．洛克斐勒的夏屋所在地。值此同時，珊卓拉在麥肯錫的位置越爬越高，她的無所事事的先生堅持自己的事業也很成功，但就帶錢回家的這一點而言，珊卓拉完全看不出來他是哪裡成功，他只會對她施壓要賺更多的錢。

在這個時候，洛克斐勒一直向她催眠，他應該會得到任命，在聯準會理事會取得一席之位，也就是制定與管理美國貨幣政策的七人委員會。

在進行交叉詰問的時候，克拉克的辯護律師詢問她為什麼沒有看穿這種彌天大謊？「被告騙我。」她開始解釋，在職場生活中的她聰明又有判斷力，而私底下的她卻依然年輕無知。雖然辯護律師的方向一開始並不是很明確，但他卻一直針對克拉克對珊卓拉所說的謊言窮追猛打。難道她不該在那個時候恍然大悟嗎？嫁給了一個自己編造一切的大騙子，而他與真實世界的薄弱連結就是現在坐在證人席，作證指控他的女子？

辯護律師稱她為「博絲小姐」，而且提到了她在紐約市的第一份工作，「妳剛在美林證券的債券部門找到了一份工作，而這個追求妳的男子也在債券界工作，妳認為是巧合嗎？」

「不，債券是一種相當廣大的概念，而我負責的衍生品定價與他幫助第三世界國家努力進行債務協商，兩者完全沒有任何相近之處。」

「我們現在來談一下信用卡。妳可曾看過他使用信用卡？」

「有的……當我認識他的時候，他有信用卡，是自己的姓名。」

「妳知道他有銀行帳戶？」

「我不知道。」

「妳有沒有看過他使用支票簿？」

「他用我的。」

這個答覆引起法庭旁聽者的哄堂大笑。

「我相信這是實情，」被告律師說道，「除了妳的支票簿之外，妳可曾看過他使用自己的支票簿？」

「沒有，只有信用卡。」

其實他從來沒有看過他簽寫自己帳號的支票，雖然她沒有證據他的確有支票帳戶或是儲蓄帳戶，她以為他一定有，因為大多數的人都有，她覺得這是一個根本不需要問的問題。

被告律師似乎決意要逼珊卓拉崩潰，或者流露出某些情緒，但顯然就是打不倒她。「妳嫁給這男人超過了十二年之久，而且你們在一起的時間長達十五年，」辯護律師繼續追問，「妳是經濟學家，是全世界一流顧問公司的重要顧問，妳居然不確定他是否有銀行帳號？」

「我覺得你一直想要把商場智慧與個人智慧連結在一起。我的意思是說，我出身於一個大家根本不會闖紅燈的地方——非常誠實清白。我這一輩子從來沒想到自己會跟對這種基本的事撒謊的人同住一個屋簷下。」

對方的手提鑽持續猛轟。她有沒有看過他的行照？她的答覆是：「有，他持有多張行照。」（這一點很奇怪，因為她先生不開車。）是登記他的名字嗎？「不是，全部都登記在持有這些車輛的信託公司名下。」那麼這間信託公司的資金來源是？珊卓拉回道，是她出的錢。在他們在一起的十五年當中，她是否曾經看過以她先生為名的任何投資或是股票帳號？「沒有，我可以篤定告訴你，無論你問我各式各樣有關載註他姓名的法律文件的問題，答案永遠是沒有。」

提問不斷，她以冷靜理智的態度逐一回答。她沒有見過他嬰兒時期的照片，但他曾經把自己的年少照片拿給她看。她看過他宣稱是他父母的那些照片，在他十八歲時因車禍身亡的父母。她說，不過她從來沒有參加過任何一場洛克斐勒家族的聚會，她先生告訴她，其實他們都有發請帖給她，她被問到是否曾經看過任何一張請帖？「沒有……」她與這個共處了十五年之久，其中有十二年是做夫妻的男人，生活緊密交織如此深切，害她無法看清他到底是什麼樣的人。

辯護律師已經問完了所有問題，他說道：「庭上，沒有其他問題了……」過沒多久之後，進入休庭。

13

鄉間士紳

對於克拉克．洛克斐勒的朋友與交際圈來說，這個人就是王子。非常友善體貼，急欲討好每一個人。他關心大家，似乎對每一個人都是真心關注。他是那種其他人渴望認識、結為朋友的人，大家渴望的晚餐貴客，妙語如珠、會講出一般俗語的貴族——「確是如此」、「哎呀」、「我的天哪」是他最愛的口頭禪——而且，經常以不怎麼隱晦的方式提到自己的著名家族。

不過，對於他的妻子來說，他卻是截然不同的人——陰沉、佔有欲強烈、易怒，還有，在中央公園那一次引來警察逮人的爭吵之後，變得更加偏執。那個會向珊卓拉頻頻獻殷勤送禮物的英俊年輕人，已經消失無蹤。

從紐約搬到了南塔克特，然後又移居佛蒙特州的伍德史托克，還是無法讓克拉克擺脫自稱精神崩潰所造成的抑鬱。到了一九九九年末，他想要搬到更遙遠的地方，他告訴珊卓拉，他們一定要遷往新罕布夏州的寇尼世。

根據二〇一〇年二月《紐約時報》的報導，寇尼世是「位於康乃狄克河水岸，人口約一千七百人的小鎮，（有）兩家雜貨店、一間教會，連綿不斷的松樹、橡樹、農場，以及山丘」。它之所以出名，都是拜偉大的十九世紀晚期偉大雕塑家奧古斯都・聖高登所賜，他出手幫忙轉型，將它轉化為藝術家的夏日聚落，駐村畫家包括了馬克思菲爾德・派黎胥以及約翰・懷特・亞歷山大。伍德羅・威爾遜總統甚至還在那裡度過了好幾個夏天，將溫斯頓・邱吉爾（與那位英國首相毫無關係）的屋宅作為自己的夏季「白宮」。

在一次世界大戰之後，寇尼世的藝術聚落逐漸蕭條，在二〇〇〇年初的時候，克拉克・洛克斐勒拿了妻子的七十五萬美元、買下了著名法官勒恩德・漢德的宅邸「多維里奇」。寇尼世這裡有一位不得不提及的住民：超級隱世的小說家J・D・沙林傑。許多人都說，將青少年焦慮與疏離描繪得淋漓盡致的一九五一年巨作《麥田捕手》，正是吸引洛克斐勒來到寇尼世的原因。

關於洛克斐勒來到此地之過往，最佳的敘事角度非彼得・伯爾林莫屬，他之前是州參議員，而且也多年擔任新罕布夏州的眾議員，他自小在寇尼世地區長大，在哈佛念大學，拿到了法律學位。我們在與寇尼世相隔數公里之遠的餐館見面，我詢問伯爾林，就他個人觀點看來，洛克斐勒為什麼會選擇這裡落腳？

「我想是與藝術家聚落歷史有關，」他說道，「這裡寧靜、偏僻，很小的地方，如果你是大騙子，寇尼世是施展身手的好地方。」

「我還沒見過這個人，就已經聽到了他的故事，」伯爾林滔滔不絕，「我聽說有個名叫克拉克・洛克斐勒的傢伙買下這裡的房產。大家在某場社區聚會時正式認識了克拉克這個人。聚會主人是金姆與茱蒂・布朗夫婦。他是辯護律師，而她是東北大學的憲法教授。他們判斷性格非常非常之敏銳——是我的好友，兩人都很聰穎。」

我問道：「他們為什麼要幫克拉克．洛克斐勒辦派對？」

伯爾林盯著我，那眼神彷彿像是我問了一個根本不需提問的問題。「新鄰居啊，」他開始解釋，「我們都會這麼做。他是這座市鎮的新成員，金姆與茱蒂想要把他介紹給大家。」

我詢問伯爾林，與對方見面之前是否有任何期待。

「我沒有任何期待。伍德史托克住有洛克斐勒家族的人，而且我與某名洛克斐勒家族的人是米爾頓的同學⋯⋯」他指的是米爾頓學院，波士頓地區的貴族預科學校，著名校友包括了艾略特、羅伯特．甘迺迪以及泰德．甘迺迪。

不過，在布朗夫婦特地為這位新成員所舉辦、與會人數約三十人的歡迎派對當中，伯爾林與克拉克．洛克斐勒一開始就不對盤。他走到伯爾林妻子珍的面前，她的工作是高院法官。他開口問道：「妳知道抽象表現主義是什麼嗎？」

這位參議員搖搖頭，「她當然知道，」他說道，「但重點是對方詢問的語氣極端粗魯又盛氣凌人，就是要強調他覺得她是愚蠢鄉巴佬——做這種事真的不妥。她因此想到這傢伙就是要攻擊你，貶低別人，顯得自己就是比所有人高出一截。

「我記得她是這麼說的：『我給他的就是我的慣常二十秒。』她已經在法官席坐了二十八年之久，早就培養出知道對方是否在鬼扯的直覺能力。就是從那一刻起，她不再與那個人有任何瓜葛。」

伯爾林啜飲了一小口咖啡，「只要有新成員進入任何一個類似寇尼世這樣的小型社群，他們就會成為大家接下來二、三十天的聊天主題。我對他嗤之以鼻，我說他是假貨，我開始告訴大家：『他才不是出身洛克斐勒家族。』他們會問我：『你怎麼知道？』我說：『就我認識的那些洛克斐勒家族成員來說，而且伍德史托克就住了一堆——他們全都是在美國出生。這傢伙不是美國人，聽他講的形容詞與副詞就知道是來自別的地方。』有人跟我說：『那是貴族預科學校腔調！』我回道：『我就是在新堡與羅德島長大，那不是貴族預科學校腔調。』」

伯爾林不相信也不喜歡這位洛克斐勒，所以這位新成員接近他最珍惜的某位朋友：唐恩·麥克雷，讓他覺得很不安，就伯爾林的觀點看來，這傢伙根本是在利用對方。伯爾林曾經在某篇報紙文章中這麼描述過唐恩·麥克雷，「開著拖拉機的米開朗基羅」。我告訴伯爾林，等一下我要去找麥克雷，我說道：「他要帶我去『多維里奇』。」

他對我說道：「靠近那間屋宅的時候，拜託千萬小心……」——很不尋常的警告，但過沒多久之後我就恍然大悟了。

我走向唐恩·麥克雷的住屋，位於新罕布夏州的普蘭費爾德，緊鄰寇尼世，我發現他的貨卡貼了一張招牌：

唐恩·麥克雷

挖土機工程，掘土，鋪面，清理廢土，
修剪灌木，填平整地，普蘭費爾德——（地址略）
如果不是鄉村音樂，就不算音樂

他身材枯瘦，看起來將近八十歲了，長年辛勤工作，加上惡劣的新英格蘭寒冬，讓他看起來飽經風霜。他示意請我入內，這是他親手打造的房子。他坐在椅內，細長雙腿交疊，開始向我娓娓道來。

當初有人向他介紹洛克斐勒的時候，他正坐在拖拉機裡面，對他來說，幹活遠比認識陌生人來得重要，所以他告訴那名擔任中間人的鄰居：「讓我先完成這裡的工作，我等一下就過去找你們。」

「我記名字不是很在行，」麥克雷繼續說道，「我下了拖拉機，對他說道：『哦，你是克里斯．洛克斐勒啊。』然後他有點嚇一跳，不是很高興，因為我叫錯了名字。」

麥克雷開著他的貨卡，帶我前往多維里奇。他告訴我：「我不知道他為什麼要選這地方，可能是想要遠離塵囂吧，他說他在找一個可以讓他大玩特玩修繕的地方。」

他把車停在主要道路旁的某塊草地，然後帶我走向那一塊佔地二十五英畝的庭院豪宅。「好，就是這了……」我們走到了戶外車道那裡，入口掛有巨大鐵鍊，周邊還掛有「切勿靠近」、「注意」、「注意內有惡犬」等警示牌。

我倒抽一口氣。這地方根本就是垃圾堆。地面雜草叢生，而且還有千斤頂托高房屋基座，顯然是沒辦法住人。

麥克雷告訴我，那些警示不是要嚇阻小偷，而是因為這棟房子的某些部分已經腐爛到只剩下骨架，真的可能會坍塌。在我訪視的那段期間，根本沒有人想要出價購屋。

像珊卓拉．博絲這樣的成功女性會住在那種地方，真叫我不敢置信，顯然她自己也是。買下多維里奇之後，她出差了好幾個月之久（雖然洛克斐勒安排一切，但是契約都是博絲的名字）。

洛克斐勒希望麥克雷負責他屋宅所有需要補強之處，不過，麥克雷直接對他講實話：「我的工作是挖土，我不是包商。」當麥克雷詢問他買下佔地這麼大的地產要做什麼的時候，洛克斐勒回道：「要賣蜂蜜與蘋果酒。」麥克雷說此人對於那個產業的了解、其實也沒比屋宅修繕好到哪裡去，因為他訂購了蘋果研磨機，但冬日來臨之前都還沒有到貨，所以他同時訂購的一大堆蘋果過沒多久之後就結凍了。

當我們鑽過鐵鍊、在宅邸周邊四處走動的時候，麥克雷對我細數過往，洛克斐勒的習慣是以飛快的速度請人與開除人。「都是建築工人，」他說道，「他一共找了十四個不同的泥水匠，一吵架就開除，然後再找別人。」

他建議我們要遠離那棟老屋，盡快回到主要道路，以免什麼東西掉落下來，或者我們不慎滑倒跌入壕溝。我問他，房子底下的那個大洞是怎麼一回事？

麥克雷嘆氣，「當初有人用千斤頂把房屋托高，就是為了要讓克拉克可以在底下放置地基，」

他補充說道，光是為了水泥，洛克斐勒就花了兩萬五千美金，「他想要為他的車子弄個地下室空間，他算是古董車迷吧。」

的確，他沒有駕照，但他在寇尼世買下的卻不僅僅是一台車，而是一堆車，幾乎都是古董車。麥克雷說道，其中有一台是訂製型房車，座位可以旋轉為乘客面對面的方向，這樣一來，乘車的時候就可以談公事了，他堅持那台車本來的主人是住在伍德史托克的洛克斐勒家族成員。

麥克雷問過洛克斐勒：「你買那種車子要做什麼？」

「哦，我們的信託設定是我們要買什麼都不成問題，但不能夠隨便出售，除非買家是家族成員。」洛克斐勒還說他是用非常便宜的價格買下來，不然它就會被送進垃圾堆了。

麥克雷心想：「我覺得，『有錢人怪怪的……』」

過沒多久之後，洛克斐勒收藏的汽車數量到了二十三——各式各樣的古董車樣式，某些實在太老舊，沒辦法上路或是幹什麼正經事，只能拿來炫耀而已。他隨便停放在屋子周邊，因為這棟房子底下的車庫空間一直沒有挖滿，遑論完工了。

某天，洛克斐勒對他當時的挖土工兼好友唐恩．麥克雷說道：「我想要加個游泳池。」

「天，你應該先處理其他的部分吧？」

游泳池得花五萬美元。這就與他的其他計畫一樣，唯一完成的部分就只有挖洞，克拉克與泳池公司處得並不好。洛克斐勒似乎迫不及待想要融入寇尼世——然而卻又目空一切想要引人側目。無論如何，都是相當詭異的行徑。在紐約那樣的繁華城市之中、欺瞞那些勤勤懇懇的人是一回事，大可以不斷轉換地方躲人，背後也不會留下任何八卦或是不利的蛛絲馬跡。不過，在一個類似寇尼世、明明大家都認識彼此的孤絕小鎮？也許他真的如他所宣稱的一樣精神崩潰，或者，寇尼世只是他的另一場遊戲，想要知道在真面目被人揭穿之前能夠玩到什麼程度？

「我不知道，」麥克雷看到洛克斐勒在多維里奇的各種未竟工程，不禁瞠目結舌。「我覺得他想要嘗試的是花她錢的速度可以有多快……」他指的是博絲。寇尼世的居民很少看到她，但是卻經常聊起她。不過，萬萬沒有人會猜到，能夠讓洛克斐勒在寇尼世（之前是在南塔克特與伍德史托克）盡其炫耀知識的金主其實是她——或者，也沒有人猜到他恐怕已經快要失去她了。

珊卓拉在她位於寇尼世「驚奇小溪」的破爛屋宅以及紐約麥肯錫的高位之間來回通勤。有時候她會從新罕布夏州飛去上班，有時候她得要開車，但不管是哪一種方式都很痛苦，她大部分的時間都住在紐約的飯店，不然就是在路上奔波。

「在二〇〇〇年夏天的時候，」她告訴大陪審團，「我脫離（克拉克）的時間已經相當久了，折磨與痛苦之種種在我日常生活中的佔比也不若以往，而且我變得堅強多了。我決定要離開他。我在紐約找了間小公寓，我只是說：『我需要好好想清楚。』」

過了一會兒之後，她繼續講出證詞：「我終於做出決定，我必須要改變我的婚姻狀態。我說我想要多花一點時間待在紐約度週末，好好釐清思緒，在那個時候，我的婚姻生活並不快樂，嗯，我已經提到了分手的可能性。」

洛克斐勒聽到那句話，立刻飛奔回紐約。過沒多久之後，那個陰鬱、心情不定又孤僻的暴躁鬼不見了，他又變回了珊卓拉當初傾心的那個男人，他再次帶著禮物鮮花以及珠寶出現在她家門口，而且對她充滿讚美，處處體貼。

「以前的克拉克回來了，」博絲告訴大陪審團，「對我的關注無微不至，再次變得浪漫。比方說向（洛克斐勒）家族借昂貴珠寶、讓我穿戴出席派對。後來我才知道，或者說是我猜出來的，那其實是向某個朋友商借而來，但他卻宣稱那是家族的珠寶。他還介紹我認識了一個新朋友，自小就認識他，此人也再次向我背書他的身分，類似這樣的事所在多有。」

她承認這樣的關心讓她很陶醉，「我坦然接受，我很喜歡，但我沒有因此改變決定，我還是決定要進行我的分居計畫。」

不過，就在博絲稱之為「重拾浪漫」的這段時間的某一個夜晚，她的丈夫，憑藉著溫文儒雅的態度、優雅以及魅力，把珊卓拉弄上了床。「我們以保險套方式避孕，也就是說，他可以搞花樣，我覺得他就是做了這種事。」她告訴大陪審團，「狀況讓我越來越無法招架，我沒想到我先生——我的意思是，怎麼會想到有人會在那種情境下、企圖害妳懷孕。」

她被問道：「妳是什麼時候懷孕的？」

「二〇〇〇年九月初。」

講出這句話之後，她冒出一連串的絕望話語：

「他營造出一種有關親友狀況的極焦慮氛圍，想把我逼得緊張萬分，我只能依靠他而已。」

「我父母就在那時候準備離婚。」

「我覺得自己太軟弱，想不出辦法要怎麼在那時候離開他。」

「一家人應該要在一起、小孩應該要有爸爸之類的觀念，也影響了我。」她在進行審案的時候，一直重複相同話語。「自小生長的環境讓我深信應該要為婚姻努力，一開始的時候離開就很難，懷了孕離開感覺像是自己不盡責……我就是覺得離開婚姻的負擔好重，只是為了自己的幸福而告別某段婚姻，讓我很難釋懷，一想到還牽涉到另外一個人——」意思是她未出生的小孩，「——非常困難，我就是覺得自己不夠堅強，我做不到。」

律師問道：「當時妳的決定是？」

「我決定留下……我當時告訴我先生，嗯，我覺得我們該好好努力。」

在這場由她先生主導的控制遊戲之中，他的反應似乎很詭異，但事後回想，其實相當狡猾。「有好一陣子他並不是那麼篤定，」博絲作證時表示，「他說：『好，讓我想一想，妳暫時先不要回家。』所以是有一陣子的猶豫期。」

珊卓拉在二〇〇〇年聖誕節回寇尼世過聖誕節。對於這對夫妻來說，前景可期。不只是因為他們和好之路多了個寶寶，而且，克拉克告訴珊卓拉，他目前正積極參與一家名叫「噴射推進物理」的新創公司計畫。他在噴射推進領域以非常低廉、其實是免費的價格拿下了某項專利，現在正與他的學術圈同儕研發這項專利作為商業用途。雖然她從來沒有看過這專利的任何證據，但她沒有理由不相信他的話。畢竟，他曾經告訴過他相等或甚至更偉大的成就：幫助朋友在德州經營油井產業；他與英國副相麥可．夏舜霆很熟；他是「三極委員會」的成員，這是大衛．洛克斐勒在一九七三年所創辦的組織，是世界領導人的私結盟團體，目標是為了要強化美國、歐洲以及日本之間的關係。他會以隨性口吻稱其為「那個團體」，要是被問到是否能夠帶錢回家的時候，他會表示身為洛克斐勒家族的一員，要求薪水是降格之舉。這一切都不能被質疑，遑論受人挑戰。

顯然，克拉克．洛克費勒再次取得了優勢。

14

司努克絲

二〇〇一年五月二十四日，蕾恩．史多洛．米爾斯．洛克斐勒，克拉克．洛克斐勒與珊卓拉．博絲的女兒，在新罕布夏州黎巴嫩的達茲茅斯希區考克醫學中心出生。這小孩的名字是洛克斐勒取的，靈感來源是寇尼世鎮書記官蕾恩．海倫．史威澤，純粹是因為某天他站在市政廳這名書記官的櫥窗前面，聽到了這名字覺得順耳。

不過，當蕾恩出生的時候，洛克斐勒卻不知去向。他不在醫院，連他老婆也不知道他的下落。小孩出生十八小時之後，洛克斐勒才終於前來探視妻子與新生兒。在這種關鍵時刻，他跑去哪裡了？一如往常，他忙著與寇尼世當地人士打交道，而且在女兒剛出生的那三個月當中，依然不改其行。

他的確有空閒可以這麼做，因為珊卓拉向麥肯錫請了三個月的產假，一開始的時候由她一人專門照顧寶寶。她後來在作證時表示：「我們母女一直黏在一起，」然後又繼續補充說道：「我覺得他就跟許多爸爸一樣，覺得女兒可愛，但在那段期間不太陪她。」

順著多維里奇的那條路開下去，可以看到寇尼世的某棟豪宅，裡面住的是懷特家族，寇尼世社區的長期中堅分子，他們邀請我過去談論克拉克的事。蘿拉．懷特是他剛到寇尼世前五年之中最要好的朋友，活潑的金髮女郎，擔任空服員的單親媽媽。由於她經常要當空中飛人執勤，所以她住在娘家，除了爸媽之外，還有她的小兒子查理。

蘿拉在克拉克的女兒出生之後，載他前往醫院，「就是在大半夜。」她開的是他的車，陣容日益龐大的收藏品當中的某一台。為了因應這個大吉大利的場合，他挑選的是「路霸」，別克在一九三〇年代引入的高速公路大型房車，並沒有挑選他的防彈凱迪拉克房車。

他告訴蘿拉．懷特，他需要請她載他去醫院，因為他平常的司機，住在鄰近社區克拉爾蒙特的那位消防隊員沒空。看過妻子與小孩的狀況之後，他叫蘿拉載他回家，因為，他是這麼說的：「我對醫院有恐懼症。」

我們坐在蘿拉家的平台區，眺望夏日的盈綠美景，我發覺，少了那一個以誇張古怪姿態讓小鎮生氣勃勃的知名男子，如畫的景致也變得有些無趣。蘿拉說道：「當他坐在自己的某台車裡面，經過那座有蓋橋梁的時候，大家會驚呼：『哇！』」她所說的是橫跨康乃狄克河，連結新罕布夏州寇尼士與佛蒙特州溫莎的那座國家歷史地標橋梁。

她望向她的小兒子查理，他剛剛進入平台區，加入我們的行列，她問兒子，關於他與他的朋友總是稱之為克拉克的那個人，是否有什麼想要告訴我們的事。

查理說道：「我們都叫他『紫褲』。」

蘿拉解釋：「因為他總是穿紫色的褲子。」

他幾乎天天都來拜訪蘿拉與她的家人，尤其是用餐時間，從來就懶得舉手敲門，都是直接走進去。他們就是這麼親近，當這一家人有私人派對的時候——像是生日之類的場合——克拉克通常也會在列。

「他討厭入鏡拍照，」蘿拉回憶過往，拿出了一大疊洛克斐勒與懷特家族的合照。最明顯的就是他在每一張照片中都為了要掩蓋自己而擺出怪姿勢。其中一張是某場生日派對，他刻意閉上雙眼；另一張是刻意擠眉弄眼偽裝加吐舌；還有另一張乾脆直接以雙手遮臉。我提到他住在寇尼世的這段時間，似乎刻意不想留下任何清晰的影像紀錄，而蘿拉只給我這段話：「我後來就放棄拍他的照片了，因為他老是破壞氣氛。」

她拿出了洛克斐勒住在寇尼世的那段期間所寫的日誌。「我寫下海爾穆．寇爾，」她指的是德國前總理，「因為她告訴我海爾穆．寇爾曾經來寇尼世探望她。這裡是我跟媽媽在一起，」她指的是有關她母親的某條日誌：「克拉克．洛克斐勒出動他的凱迪拉克加司機，載我們去波士頓。」

這本日誌喚起了更多回憶，「哦天哪！他告訴我們他去加拿大玩直升機滑雪！還有去義大利滑雪。此外，他在巴黎有間公寓，一直想要賣掉。他從哈佛畢業之後，環遊了世界好幾年之久，而且還有個堂哥住在費拉角。」

她停頓了一會兒，「哦！他還對我講過一件事，這個很精采。他說：『妳知道小甜甜布蘭妮是物理學家嗎？』我說：『不是，克拉克，她不是物理學家。』然後他告訴我：『我已經派我的部屬打電話給她的手下，她這個週末就會過來這裡！』週末到了，我問他：『克拉克，小甜甜布蘭妮來了嗎？』」

她又講了另一段荒唐故事，「他說他跟（電台主持人）葛里森．克勒很要好。他說：『我的部屬找了葛里森．克勒，等到我的房子完工之後，他會來我家表演。』」葛里森．克勒從來沒來過多維里奇，而且多維里奇也一直沒有完工。不過，克拉克．洛克斐勒還是在寇尼世頗得人心。雖然他似乎很古怪，而且「離譜」的程度不是只有一點而已，也不知道為什麼，大家還是會接納他。他可能營造出他有史以來最誇張、最無禮、最喧鬧，經常暴跳如雷的角色，住在古蹟豪宅裡面、似乎口袋深不見底的鄉間士紳。

在這個溫暖社區能夠找到容納這種古怪至極之人的空間，自然不難想像，當然，大家都知道新英格蘭人就是性格反常。畢竟，它是一座這樣的迷你小鎮，著名加蓋古橋依然保有昔時的「牽馬行走」標誌，下面還提到了騎馬小跑的罰金：兩美元。

誠如蘿拉的母親所言，「在這裡住了這麼久，最有趣的景象就是這個人了。」

許多當地居民都記得他站在賽格威悠遊在多維里奇前面的普拉特路的畫面，那是一種陀輪儀的兩輪平衡式「個人運具」，使用者要直挺挺站在手把的後面。

賽格威的發明人也是新英格蘭人，迪恩．卡曼，住在新罕布夏州曼徹斯特郊外自行設計的六角屋裡面。雖然是某名新英格蘭人發明了賽格威，但是寇尼世似乎沒有人接受這種新玩意兒，除了洛克斐勒之外。「寇尼世的正常人不會騎著那種東西前往穀倉，」參議員彼得．伯爾林回憶過往，「不過，有一次，正當我在穀倉空地洗馬的時候，普拉特路出現了克拉克，戴著他的耶魯棒球帽，站在賽格威上面。」

伯爾林回憶過往，「我想我一定當場驚呼：『哦天哪，看看這什麼啊！』這麼說是標準的事後諸葛，但光看就知道整個不對勁，虛假愚蠢至極。」不過，參議員補充，在那個時候，騎乘賽格威的那個男人是寇尼世的大新聞，每個人都很歡迎他。

他經常出現在寇尼世的市政廳辦公室，某棟位於寇尼世中心的紅磚建築。掛在外頭的招牌寫道，「每一個禮拜二舉辦賓果大賽」。坐鎮辦公室的是擔任寇尼世自治委員會主席、真正負責管理這座小鎮的梅莉琳．波爾恩。這位工作忙碌又嚴肅，講話帶有新英格蘭口音的金髮女子，是克拉克．洛克斐勒待在寇尼世時期、批判他最為嚴厲的著名人士。當我一提到他的名字，她立刻講出了一連串的怒言。

「他所做的一切，都是為了要吹捧自己的地位，」她開口說道，「就是為了要看起來比別人偉大，比別人厲害。你要是仔細端詳他，就會發現他身材並不高大。所以他的一舉一動都是要抬高自身身價，就像是公雞走路一樣。在隆冬的時候穿他的帆船鞋不穿襪、遊艇休閒褲、藍色外套、白襯衫；還有他請司機開車！他沒有駕照，偶爾他會自己開車，我會提醒他：『克拉克，你沒有駕照。』」

他對於當地法律十分不屑，當梅莉琳因為他無照駕駛而大吼大叫的時候，他的反應就只是「嗤之以鼻」。她經常質疑他的身分，她告訴他，她有朋友認識住在佛蒙特州伍德史托克的真正洛克斐勒家族成員，但這些朋友告訴她，這些貨真價實的洛克斐勒家族成員沒有人聽過這傢伙。

她會追問：「克拉克，為什麼會這樣？」

「因為我不想使用我真正的名字……」這是他的回答，而且他還說自己為了要「隱姓埋名」還更換了姓名，這一點當然讓梅莉琳覺得很奇怪，因為如果真的不想要引人注意，應該要更換姓氏才對。疑心沒那麼重的人，可能就會接受這樣的解釋，但是梅莉琳並不買單。

「很多人真的信了，當他們問我：『我不明白，妳為什麼一直懷疑他？』我的回答是：『我才不懂你們為什麼會相信他嘴巴裡講出來的隻字片語。』難道你們看到騙子的時候認不出來嗎？這就像是《國王的新衣》裡的那個國王：難道你們沒有看到他全身赤裸站在你們的面前嗎？然後，他們會回我：『妳不懂啦。』我回道：『好，我並沒有飛到外太空看到地球是圓的，但這一點我很確定，還有，對，我不能採他的DNA做研究，但是我知道他絕對不是自己所號稱的那個人。那不是貴族私校口音，那不是上等波士頓腔，而是東歐腔——我願意打賭，要是當初可以下賭注就好了。』」

他告訴珊卓拉．博絲那個新創計畫，也對梅莉琳．波爾恩說出了一樣的內容，「噴射推進實驗室」。不過，當她詢問他公司官網的時候，他給她的那個網址卻什麼也沒有，只有一個「噴射推進實驗室」字樣，還有一個必須要輸入密碼的使用者小框，但洛克斐勒從來沒有洩露密碼是什麼。

梅莉琳的辦公室除了有洛克斐勒經常造訪之外，還有他交好的寇尼世地區官員會來找她，他總是誇口說要提供大手筆贊助，她講述了位高權重人士被這個自稱為慈善家的克拉克．洛克斐勒唬得一愣一愣的好幾起事件。

某一天，郡治公路處代表跑來，大聲驚呼：「克拉克要為高速公路處買一台反鏟式挖土機！」他的意思是洛克斐勒打算捐一台小鎮一直負擔不起的公路設備。

「不要再講克拉克了！」梅莉琳．波爾恩的反應是譴責對方，「你只會給自己找麻煩而已，不論誰跟他打交道都不會有好下場。他從來沒有給過我們任何東西，因為他從來沒有給過任何人任何東西。」

過了一個禮拜之後，洛克斐勒一臉惱怒出現在她的辦公室，「『我從公路處代表那裡聽說了，妳不願收受我的捐贈，我真的不明白為什麼。』」

「『好，克拉克，我猜要是鎮公所接受了你的餽贈，那麼不久之後你就會要求我們給你某些回報，而且是無償付出，對吧？』」

「『嗯，對啊，這是當然的。』」

「我說：『好，那就不算是餽贈了，不是嗎？』」

他對於警長也同樣慷慨，他告訴對方：「我很樂意捐贈這個或那個供你們的警車使用……」之後警長也會出現在梅莉琳的辦公室，開口說道：「妳知道嗎，我最近和克拉克在談……」

然後梅莉琳．波爾恩瞬間爆氣，「每次只要有人過來告訴我，他們和克拉克見過面，只會讓我火冒三丈而已。為什麼要提到這個男人？他是騙子，完全不能相信他所說的話。不要再講他了！」

警長說道：「是這樣的，他想要為警車捐贈某項配備……」

「答案就是不可以，」梅莉琳回他，「我們絕對不會採納。」

「所以，因為我們不予採納，他就把錢給了普蘭費爾德，」她繼續解釋，「然後，他以匿名方式寫信給《山谷報》的編輯，隨便編了一個署名，信中提到：『天，寇尼世這麼落後，不願意接受克拉克．洛克斐勒這類人士的慷慨善舉，真是糟糕。』我心想：『真希望他們知道真相就好了。』」

「『我搞不懂你們這些人……』」梅莉琳記得洛克斐勒曾經這麼嗆過她，「他就是用那種張頭眼鏡蛇的目光盯著妳，露出冷笑之後說道：『我還有要事得處理。』」

我詢問她，為什麼在寇尼世這種見過世面的地方，他卻可以成功矇騙大多數的人？「兩個重點：寇尼世，藝術家的聚落，有一點歷史，派頭與教養，」她回我，「有品味。而（克拉克）心想：『這裡有一堆可憐的鄉下土包子，我可以讓他們好好大開眼界。』他絕對就是想要做這種事。」寇尼世有誰會在三月的時候、穿著不搭襪的斯佩里帆船鞋來鎮公所開會？他老是把毛衣披在肩上，然後在脖子附近打結，那是老舊《預科貴族私校手冊》風格。我在新堡以及羅德島長大，我待在那裡，做過那種事，也見識過。我有一個朋友，依然還是保持把毛衣披在肩上的習慣，我老是跟他這麼說：『你知道嗎，你看起來就像是個六十二歲的人，難道你不覺得早就應該拋棄這種毛衣穿搭風格嗎？』」

「好，沒錯，我覺得他欺瞞了這座小鎮，的確很遺憾，」她滔滔不絕，「這裡的居民當初要是能夠敏銳一點就好了，不是每個人都可以看透克拉克這種人。你也聽到珊卓拉在證人席的說詞：『有人可能在某個生活範圍的表現精采令人驚嘆，但是在另一個領域卻相當愚蠢。』我覺得，克拉克這種人，找尋的就是類似珊卓拉這樣的目標，碰觸到私人關係層次的時候、自尊程度很低，我覺得這就是他可以佔盡她便宜的原因。她其實是個非常沉靜自持又保守的女性。她也許是在高階金融圈工作，但她擔任的是顧問，不是掌管公司的營運長。而克拉克這種人能夠注意到那一群人當中的某個弱者，然後，他心想：『這就是我要全力鎖定的目標——建立她的自信、讓我在她面前顯得很重要。』他窩在家裡一整天扮演預科學校貴族，而她則忙著上班。」

珊卓拉休了三個月的產假之後，必須要回紐約上班，寶寶得交給保姆照顧。珊卓拉會在週三或週四回來、與女兒共處一直待到週末結束。不過，過沒多久之後，第一個保姆辭職，然後又找了另一個，接下來就不找保姆了，而是臨時保姆，工時越來越短，後來，克拉克堅信自己是照顧蕾恩的最佳人選。

「他不想要再請保姆了，」珊卓拉在作證時表示，「他說自己會比較稱職。」克拉克與蕾恩因為書本而形影不離。她才剛過兩歲就會唸書，不斷唸書——克拉克．洛克斐勒當初探索美國的途徑——讓他與女兒在一開始建立了連結。珊卓拉．博絲說道：「他喜歡與她一同從事智性活動。」

在接下來的那幾年當中，都是由克拉克照顧蕾恩。珊卓拉大部分的時間都在出差，女兒就交由丈夫全權負責，他們的家、以及她的支票簿也一樣。她認為寇尼世的生活已經害她再也無法繼續忍受下去，但是克拉克不肯讓步。

她作證時表示：「被告想要住在鄉下，完全不願考慮討論搬遷的事……」她還說，洛克斐勒甚至希望她在週間日不要回家，他似乎想要繼續留在寇尼世——加上他的女兒——過兩人生活。

「蕾恩非常聰明，」珊卓拉告訴大陪審團，「很小就學會了字母，而且很快就學會了閱讀。當她開始對智性活動有興趣之後，他的重點成了全面掌控她——他會使用『指導』她這樣的字詞。他告訴我，他已經片面做出決定要成為蕾恩的主要照護者。因為我在工作，他覺得自己的貢獻度不足，他說他想要照顧她，我不認同他的意見，而他說他對於我的意見反正也不是很在乎。」

她說，她的丈夫與他們的女兒在一起的時候「充滿了支配欲」。而隨著小孩慢慢長大，他「沒有能力」掌握她的情感需求。「所以他相當注重她的智力發展，逼她要馬上學會。對於她要吃什麼，穿什麼衣服，訂下了許多規矩……我以前沒提過，其實他老是告訴我要怎麼打扮，他會堅持我應該要穿戴哪些衣物，他也開始對她做那種事。」

梅莉琳．波爾恩對此印象也很深刻。「他打扮她的方式，完全是依照自己的穿衣風。她穿同樣的迷你版伊索德或有鱷魚的拉寇斯特牌襯衫，同樣的卡其褲，同樣的里昂比恩牌龍蝦皮帶，還有同樣的帆船鞋，不穿襪子。長度及肩的瀏海鮑伯頭。我說：『她就像是他的自我延伸版，那是自戀，不是為人父母之愛。』他逼她要引誦詩文與聖典，然後得意洋洋推她出來表演。」

後來檢察官大衛．德金提到洛克斐勒對女兒之偏執的時候，是這麼說的：「她將會成為他聰明才智的終極實證……」他過沒多久之後開始叫女兒司努克絲，應該是源自於康乃狄克州柏林的賽維爾那一家人的小女兒，他剛到美國的時候、曾經在他們家短待過一陣子。「我認為顯然他發現蕾恩具有實現某種真實面的能力，她將會讓他得到正當性。他要給她當初自己欠缺的機會，她將會成為人中龍鳳。把她一路拉拔長大，最後將會出現諾貝爾物理學獎得主蕾恩．洛克斐勒，或是普立茲小說獎得主蕾恩．洛克斐勒，不然就是史丹佛大學校長蕾恩．洛克斐勒，他將會因為蕾恩．洛克斐勒之父的角色而出名，這是他心目中真正的成就。」

這孩子會對克拉克．洛克斐勒造成深遠影響。因為她年歲漸長，越來越聰慧，他也開始深愛女兒，為她做出百分百的奉獻。因為那樣的愛以及奉獻，某個能夠如此順遂逃離所有過往餘痕的男人，終於得到了定錨，他沒有辦法欺瞞哄騙或是逃避的人。「他生命中唯一真切存在的是他的女兒，還有他對女兒的愛，」波士頓副警司湯瑪斯．李說道，「其他的一切都是假的。」

15 戰神

沿著多維里奇的那條路繼續前進，就是聖高登國家歷史地標，這個佔地三百六十五英畝的地方，本來是奧古斯都．聖高登之前的住家，他在一八八五年來到這個地區，為了他的作品——也就是後來迅速走紅的美國總統與其他英雄人物的雕像——找尋「類似林肯的男人」作為他的模特兒。一九○五年，為了要慶祝奧古斯都．聖高登到來二十週年，寇尼世藝術聚落的成員們——當時還包括了跟隨這位藝術家到達這個鄉間小村的有錢紐約客——演出了一齣根據經典戲劇改變的假面劇。

到了二○○五年的時候，這處歷史古蹟的工作人員決定要重新演出那齣名稱為《諸神與金碗》的假面劇，為那一場意義深遠的寇尼世活動留下百年紀念。克拉克．洛克斐勒重施他二十年前在聖馬利諾的手段，又擠入了卡司名單。

聖高登歷史地標的遊客服務中心主任葛雷哥里．史瓦茲說道：「我記得他扮演戰神，而他的女兒飾演某位仙女……」某張照片可以看出洛克斐勒身穿黃金盔甲，佩戴同色的黃金頭飾，他緊繃下巴，單手持矛。戰神這個角色對他來說很貼切，因為那時候的洛克斐勒與許多當地居民開戰。

齟齬的起點是二〇〇一年的夏天，有兩名寇尼世的女子，南西．納許．康敏斯以及希薇．魯多夫醫生決定要去游泳。州參議員彼得．博爾林提到她們的時候，是這麼說的：「南西是一位教養良好，個性相當和善的女子，如果說她飽覽群書、充滿智識，是藝術社群裡的重要一員，根本是小看她了。而希薇．魯多夫是一位深受大家敬重與喜愛的急診室醫師，她也接受過律師的培訓教育。」

伯爾林建議我打電話給納許．康敏斯，聽她說出真相，所以我就聯絡她了。當我向她問好的時候，她大喊一聲「我很好！」，然後就把自己與克拉克．洛克斐勒交手的故事全說了出來。

「那一次的衝突真的是非常不愉快，」她說道，「我的朋友希薇．魯多夫與我走了一大段路，然後，有一座與克拉克的家比鄰而居的宅邸，我們就待在那裡游泳吃午餐。有一個巨大幫浦在『驚奇小溪』裡面汲水，非常吵，而且我們覺得他們沒有權利汲水。所以我們走入克拉克的土地，關掉了幫浦。才不過幾秒鐘的時間，一名工友就過來問我們做了什麼，我們說只是關掉幫浦，吵鬧嘈雜，而且我們懷疑克拉克沒有權利汲水。當天下午，克拉克想辦法找出我們到底是誰，然後，他寄送的第一張傳真就揚言提告！」

嚴格而論，她們應該是私闖民宅沒錯。不過，寇尼世的地界線一向是模糊地帶，而且這兩名女子覺得可以用友善對話的方式予以解釋和解決，當然，在某個小小的封閉村落，這樣的處事方式稀鬆平常。南西把那張傳真拿給我看，洛克斐勒當初是發給一名中間人，名叫麥克斯．布魯穆伯格的當地居民，請他告知這兩名女子有關這起特殊事件的要點：

親愛的麥克斯：

她們居然做出那種事！

對我而言，想要阻止梅麗莎（洛克斐勒的律師）對她們起訴，我需要的是

書面道歉信，原因為

- 非法入侵
- 破壞我的幫浦

還要承諾

永遠再也不能接近游泳池洞的附近。

必須要在明天早上十點之前收到書面道歉信與承諾，那兩人都必須簽名與註明日期，放入我的藍色「聯合領導人」（某一地方報）信箱。

要是沒有在明天早上十點收到的話，內容副本已寄送梅麗莎·馬丁，地址是新罕布夏州郵遞區號〇三七六六，黎巴嫩，（地址保留），郵戳日期為八月二日。

梅麗莎將會
向寇尼世警局投訴
而且我們將會提告
原因為
非法入侵之刑事罪
破壞我的幫浦設備

萬一她們不知這代表了什麼意涵：

- 她們必須前往寇尼世警局
- 她們必須接受刑事法庭傳訊
- 她們得要聘請一位或多位律師
- 她們的名字必須公布在報紙的警方日誌與公共法院檔案
- 定罪之後，我會提告民事訴訟，屆時會讓她們付出更多的費用一切端賴她們的抉擇，結果如何要讓我知道。你應該也會想要讓她們知道，我絕對不是虛張聲勢的人。

「好，一開始的時候，我呸了好幾下，我說：『他聽起來就像個神經病，我才不理他……』」納許．康敏斯娓娓道來，「我先生氣得半死，因為他說是我擅闖又破壞。然後，我們找了某位律師，對方說我們應該要寫道歉信，因為他真的可把我們逼入法院，到時候得花一大筆錢啊什麼的。我花了好幾個小時的時間琢磨這份可憐兮兮的道歉信，第二天及時送出，我們覺得：『好，就這麼結束了吧。』然後，一個月之後，他送了我們一些蜂蜜道歉——他說他並不知道我們是這社區的傑出女性啊之類的鬼話。」

她把那封信的影本寄給我，全篇以信紙打字，信頭還有「多里維奇」字樣。洛克斐勒寫道，他之所以會動怒，是因為有其他罪犯破壞他的幫浦：拆開他的水管接口、在油箱裡加糖，甚至直接竊取。「我們沒有選擇向寇尼世警局報案處理，是因為我們不希望在沒有鎖定特定嫌犯的狀況下驚動他們，」他寫道，「我們現在裝設了無線動作感應式夜視攝影機，由『塔斯可保全』負責監控，地點就在幫浦附近的某棵樹，希望它可以幫助我們抓到惡人。」

他在信尾寫了一段示好的話語：「拜託收下這些蜂蜜罐，都是我們的自製品——今年的第一批。我們忘了幾個禮拜前的那一場不和吧，且讓我們期盼可以早日抓到那個罪魁禍首。」他的簽名很簡單，只有他的姓氏，「洛克斐勒」。

這起事件展現了洛克斐勒在寇尼世的典型面目。他對於安全的偏執已經到了瘋狂邊緣。在他家的入口處，他停放了一台老舊的警車，那是他買下的拍賣品，車子側邊印有「多維里奇保全」字樣。他沒有使用自己的賽格威的時候——只要一出馬就會引發轟動——他總是坐在自己那台防彈凱迪拉克裡面，由司機開車。

這位戰神，在自己的堡壘裡安全無虞，他準備要在寇尼世打仗了。

他早期的敵人之一是艾瑪・姬爾伯特・史密絲，寇尼世藝術聚落博物館的創辦人，這是在小鎮文化全盛時期、曾在此駐村的藝術家之聖殿。藝術家們都早已過世多時，但是他們的作品卻永存不朽——其中大部分都放在姬爾伯特・史密絲的家中，這裡之前是馬克思菲爾德・派黎胥的住所，他的畫作色彩繽紛，充滿浪漫情懷，有時怪誕，讓他成為在他所處的那個時代最常被仿製的畫家。

這棟被稱為「橡樹林」、佔地五十英畝的貴氣宅邸，曾經是派黎胥完成諸多傑作的地點。「當初派黎胥是因為這樣的丘陵弧線、打造了這棟房子，」姬爾伯特・史密絲是深色頭髮、個頭嬌小的女子，講話帶有她在墨西哥城市與南德州居住多年而留下的輕微西班牙口音。「你有沒有聞到紫丁香與蘋果花的氣味？」

後院有一座小池，可以俯瞰位於佛蒙特州康乃狄克河對側的阿斯卡特尼山脈絕美景致。姬爾伯特・史密絲說道：「派黎胥與其他寇尼世藝術聚落的藝術家們挖了這座池子，他們稱之為月池，可以映照月光……」

她伸手指向相鄰的某棟屋宅，「那是派黎胥的工作室，裡面有十五個房間，還有這個，」她指向一片粉紅花海，「那是莉蒂亞．派黎胥當初種植的牡丹（經常出現在她丈夫的畫中）。」這位女主人的屋宅裡還有其他寇尼世藝術聚落時代的作品，包括了丹尼爾．切斯特．弗倫奇的《康克特起義第一批義勇兵》；聖高登的大型鍍金雕塑《塔頂之黛安娜》（聖高登國家歷史地標那裡也有一尊同樣的銅製黛安娜，我打趣說道：「你們有銅製品，我也有同樣的黃金藏品。」）；還有她最驕傲的藝術品，派黎胥的《北牆》，這是他最大幅的壁畫，足足有一點五公尺高與五點五公尺寬，繽紛又明亮的大氣之作。

我們繼續參觀她的宅邸，就在這時候，姬爾伯特．史密絲跟我講了一個故事：「一九七九年二月二十四日，這裡發生火災，」她說道，「新英格蘭地區最慘重的火災之一，發生在夜晚，我們沒有水，只能拚命把白雪丟進去。」

我們待在她後院的花園，她指向某扇非常高的二樓窗戶，「我先生當時真的抱著派黎胥的某幅巨大畫作跳下來。他是惠特尼（家族）的人，他們擁有豐富財力，可以在這些寇尼世藝術聚落的藝術家們依然在世的時候，收集他們的作品。」她還補充說道，她先生是領導「『義勇兵』的巴瑞特上校」以及「奪下查爾斯．康沃利斯侯爵投降之劍」的班傑明．林肯將軍的後裔。

此種暗示很明顯：這是真正美國貴族的原鄉，他們為了要保護寇尼世聚落藝術家的遺產，願意付出一切代價，就算冒著喪命與斷手斷腳的風險也在所不惜。

當我們回到屋內用茶的時候，姬爾伯特・史密絲告訴我：「派黎胥經常在這裡招待貴客。伍德羅・威爾遜總統夫婦、老羅斯福總統、法蘭西斯・史考特與塞爾妲・費茲傑羅夫婦，還有（作家）溫斯頓・邱吉爾都來造訪過，盛讚這座宅邸與藝術家花園的美麗。還有，伊莎朵拉・鄧肯還曾在音樂間表演。」

終於，我們進入了我的來訪主題：克拉克・洛克斐勒，她稱其為「被告」，因為他這時候正在波士頓受審。

她說道：「這名被告非常瞧不起寇尼世藝術聚落……」我看得出來，他的藝術傲慢態度在她身上所留下的創傷，依然相當鮮明。「暴露出他是哪一種等級的藝術史學家。他曾經對我這麼說道：『有誰會在乎這些沒沒無名的十九世紀藝術家？』」

「哦，抱歉，」一想起某個外行人以這麼隨便的態度貶低她幾乎奉獻一生的藝術家，她立刻火冒三丈。「他們是美國黃金年代的核心人物：奧古斯都・聖高登、湯瑪斯與瑪莉亞・杜恩夫婦、佛雷德里克・杜麥克蒙尼斯、佛雷德里克・雷明頓。現在，這些遭被告稱之為沒沒無名的十九世紀藝術家的作品——依然是真正的洛克斐勒家族成員購買的藏品，諸如惠特尼家族、范德比爾特家族，以及亞斯特家族亦然。」

她還補充說道，近年來也有兩位著名知識分子稱寇尼世為家鄉——J・D・沙林傑以及飽受爭議的印度與英國籍小說家薩爾曼・魯西迪——他們也都很喜愛寇尼世藝術聚落藝術家的作品。

「沙林傑與魯西迪都要求我在沒有人到訪博物館的時候一定要開門，」她說道，「這樣一來，他們就可以避開人群。而我也的確會開門，讓他們可以暢覽博物館。」

我問道：「洛克斐勒造訪過博物館嗎？」

「沒有，從來沒有。」

說到這個，也讓我們順勢進入到她與他的那一場令人遺憾的衝突。「讓我去拿那本書……」她離開房間，回來的時候多了一本《美好之地：寇尼世藝術聚落的藝術家與花園》，作者是艾瑪．M．姬爾伯特以及拉德克利夫學院的教師茱蒂絲．B．唐克阿爾德。她開始解釋：「茱蒂絲是花園的優秀權威，而我應該算是馬克思菲爾德．派黎胥領域的優秀權威……」那本書的焦點是寇尼世藝術聚落過往全盛時期與現代的藝術家與花園。艾瑪．姬爾伯特．史密絲娓娓道來：「瑪莉亞．杜恩曾經擁有寇尼世最美的花園之一……」我知道湯瑪斯與瑪莉亞．杜恩夫婦——他們的畫作《玫瑰》最近的賣出價是「數百萬美元」。姬爾伯特．史密絲告訴我，曾經有一段很長的時間，他們是多維里奇的主人。

克拉克．洛克斐勒買下了多維里奇之後，「完全摧毀」了原本的花園，姬爾伯特．史密絲說道：「我想要在書中使用瑪莉亞．杜恩的花園照片，因為非常有名。最早的時候，我詢問多維里奇之前的屋主，是否願意讓我拍攝一些照片，她說：『好啊，當然沒有問題。』然後，她把房子賣給了珊卓拉．博絲。我發現那裡出現了新屋主，所以我主動聯絡他們。」

「我知道您最近剛買下了多維里奇宅邸，歡迎來到這裡……」她還記得與洛克斐勒打交道的開場白。她非常篤定，得到他的許可使用多維里奇的花園照片絕對不會有任何的問題，無論是歷史照或是現代照片都一樣。「我認識住在伍德史托克的洛克斐勒家族成員，我知道他們非常大方，而且是深具藝術涵養的人。」

她打第一通電話的時候，開心解釋自己正在寫書，主題是有關寇尼世藝術聚落時期的藝術家們所居住宅邸，當然，她已經得到了前屋主的同意，可以拍攝瑪莉亞·杜恩美麗花園的任何遺痕。一聽到這句話，想必這位寇尼世藝術史學家臉色一沉，她壓低聲音，模仿當天從電話筒另一頭傳來的不可思議的答覆。

「他說：『好，妳得不到我的允許。』我回他：『不會吧，先生，我就是為了得到你允許才打這通電話。』他回我：『哦，不可以，我是很有名的人。』當我一聽到這句話，我立刻回他：『抱歉，這裡有一堆名人。』他嗆我：『我不希望任何人知道我住在哪裡。』我說：『我想大家都知道你住在這裡。我的意思是，我看到了報紙，有位洛克斐勒家族成員搬到這裡來。』他回我：『對，但是大家不知道確切地點。我不會讓別人知道我住在哪裡，而且我禁止妳拍攝任何照片。』」

我感覺得出來，她的心中逐漸冒出怒火。「我說：『這是非常重要的花園之一，要是你不希望我拍照，我就不拍，我會使用這座豪宅的歷史老照片。』他嗆我：『不可以，我不准妳那麼做。』我回他：『你別無選擇。本來就有老照片，你無權阻止我在書中使用。』他更嗆：『抱歉，我不但可以阻止妳在妳的書中使用那些照片，我還有辦法阻止那些書出版，我可以對妳的那本小書聲請禁制令！』」

她講出「小書」那個字詞的時候，還讓它在空中迴盪了一會兒，然後才繼續說下去。「你知道嗎，我已經在處理那本『小書』。」她繼續告訴我，她當時已經寫了十四本書，露出了挑釁淺笑。「所以我就說了：『嗯，這本書已經快要完成了。』他說道：『不可以，我會聲請禁制令，我是非常有名的人，我不希望有任何人知道我住在這裡。』」

就是在這個時候，姬爾伯特．史密絲對他發動了猛攻。「我說：『好，洛克斐勒先生，如果你不希望任何人知道你住在這裡，那麼你覺得多久之後媒體會披露這件事（某名洛克斐勒家族成員為了阻止某本優質精裝畫冊出版而興訟）？』我繼續說道：『我是媒體寵兒，我可以把事情鬧得很大。』然後，我又提到『我的出版商在加州……』他問道：『妳剛剛說什麼？』我回他：『我的出版商在加州，「十倍速出版社」，要是你想要對我們的書聲請禁制令，他們應該會非常生氣，很可能會自行聯絡一下媒體。他回我：『我會考慮一下，找我的律師談一談。』」

姬爾伯特．史密絲對我說道：「你看吧？」我當然知道她是什麼意思。她當時並不知道它的重要意義，不過，事後回想起來，她才發覺「加州」這個字眼一定對洛克斐勒造成陰影，因為他是「約翰與琳達．索荷斯失蹤案」的嫌犯。她很快就收到了洛克斐勒律師的訊息，他的當事人不允許任何人在多維里奇拍攝新的照片，但是他不會針對她的新書聲請禁制令。她說道：「所以，你在這本書裡看到的唯一彩色圖像，就是湯瑪斯與瑪莉亞．杜恩夫婦的（花園）繪圖。」

洛克斐勒與艾瑪．姬爾伯特．史密絲的辛辣對抗，再加上他不分青紅皂白槓上關閉他在「驚奇小溪」汲水幫浦的那兩名女子，其實都只是他最大戰役的序曲而已：接下來是三一教會爭奪戰。

他的主要對手是彼得．伯爾林，他們因為教會而開戰之前、已經發生過好幾次的爭執。伯爾林在我們吃早餐的時候告訴我：「我覺得講出這件事很難堪，不過，在某個時間點，克拉克決定要偷偷模仿我的某些特質。」這位參議員曾經擁有一台在一九七〇年代中期，以兩百美元購得的一九三七年吉姆西牌消防車，

萬一遇到火災，可以保護他的馬兒。他早在許久之前就沒理會它了，不過，洛克斐勒卻想辦法把它弄到手，成了散落在多維里奇周邊、陣容越來越強大的汽車藏品之一。

寇尼世當地居民問他：「克拉克，你買消防車要幹什麼？」

他的回答是：「我要在遊行的時候出動消防車載小孩。」

之後，洛克斐勒與伯爾林又因為蘿西．雷克萊兒的小屋而發生不快。她是伯爾林祖父很疼愛的看護，而他祖父與那位著名法官兼多維里奇主人勒恩德．漢德曾經是相當好的朋友（伯爾林說道：「我最珍愛的祖父文件之一就是他寫給漢德法官的字條，『與你一起在寇尼世的樹林中漫遊，是我的人生最大樂事之一』」）。當雷克萊兒過世之後，伯爾林成了她的遺囑執行人。她的唯一重要資產就是她的房子，伯爾林決定要想辦法以最佳價格售出，將這筆錢交給她的子嗣。

洛克斐勒進來攪局，出了一個觸怒人的低價，「一開始的時候，我懷疑克拉克是為了要澆熄大家對這棟房子的興趣，讓別人知道不可能有機會得手，因為克拉克．洛克斐勒勢在必得，其他

人根本就不必費事了。所以我決定也出價，我不會讓他成為唯一的出價者。這是為了蘿西！她一定會希望我要好好捍護她的利益。」

伯爾林怒氣外露，「我接到克拉克打來的電話，『你在強迫我要多付錢！你又不想要這間房子！我一定會得手！那是我的房子。』」

他搖搖頭，「拜託，媽的簡直是瘋了——抱歉我飆髒話，但真的就是那樣。我站在那裡，聽他大吼大叫，我說：『克拉克，我們就確保這房子要賣到合理價格吧。』於是我又出了一次價，他大怒，又抬高它的價格。當然，那時候誰知道他花的是珊卓拉的錢？我猜他就是在那時候真的把我當成了仇敵。不過，顯然就某種程度來說，他的自負，就是需要對我下戰書，他把我當成了必須要制伏在地或是取而代之的領導人。」

就伯爾林聽到的消息，洛克斐勒在這座小鎮裡到處講他的壞話。「偶爾，我是克拉克口中不得不提的卑劣之人。」

洛克斐勒在寇尼世使出老招，會關注某間教會——而在這裡顯然就是三一教會，建於一八〇八年的木造建築，是沃克．埃文斯曾經拍攝過的主題，而且國家歷史地標申報處已經將它列為重要程度值得保存的等級。「這是非常漂亮的木造建築，是全美歷史第二悠久的聖公會教會，」伯爾林說道，「我在一九八四年買下它，承諾會把它送還給這座城鎮。」

自治委員會主席梅莉琳．波爾恩向我提到這位參議員對它的全心奉獻，使用的是這樣的措辭：「這教會就像是他的小孩，他的寶貝……」他花了二十年的時間細心呵護修復。到了二〇〇四年的時候，已經恢復得完美無瑕，伯爾林覺得這也是實現自己承諾的好時機，應該會是他光耀的一刻。

伯爾林說道：「不過，克拉克卻有其他方案，他相當焦急跑來，強烈反對鎮公所接受這樣的捐贈。」

洛克斐勒到底能夠講出什麼理由反對寇尼世接受這麼慷慨的贈禮？

「這教會破爛不堪，」伯爾林引述洛克斐勒的說法，他只要遇到哪個願意聆聽的人、就會搬出這套說詞。「整修得不怎麼樣，鎮公所不應該收下。」

「天知道他還對別人說了什麼，顯然他就是有把事情講得天花亂墜的能力，就算他說八月落雪，幾乎每個人也都會深信不疑。」

因此，就出現了那一場被稱之為「二〇〇四年三月的著名鎮公所會議」的角力舞台。伯爾林是會議主席，第一項討論要務就是寇尼世是否應該要募款十一萬美金，在消防局隔壁興建一座全新的附屬警局。「我根據議程，開放討論，然後我馬上就看到坐在前排的克拉克舉手示意，我說：『好，克拉克，請你發言。』」

伯爾林開始細述之後的過程，宛若拳擊手在回憶某場讓他傷口淋漓的賽事。「他把手伸入口袋，掏出了貌似是支票的東西。他說道：『我可以開一張十一萬美元的支票，只要鎮公所願意接受伯爾林捐贈教會、然後以一元美金賣給我，那麼我就會捐出這筆錢興建派出所。』」

他發出長嘆，「的確是令人倒抽一口氣的表言。新英格蘭社區的住民很難看到會有人那樣公開炫富，你可以聽到牙齒掉落撞地的聲響，四百一十人全都瞠目結舌。我猛力吞嚥口水，他現在讓我不知該如何是好。其中一名自治委員會成員是這麼說的，他看到我的臉色，心中浮現的第一個念頭是：『這個王八蛋害伯爾林陷入窘境。』」

洛克斐勒的狡猾開局果然奏效。他動用珊卓拉．博絲的錢，拿出十一萬美元、交給了寇尼世當局興建新的派出所，然後，鎮公所再以一元美金的價格把教會賣給他。他可以宣稱自己與伯爾林相比，他對於寇尼世更大方、而且付出更多的關心，除此之外，他還可以在教會裡填滿他挑選的會眾——關於這一點，伯爾林提出解釋，這樣一來，將有助於洛克斐勒發動對抗基恩．羅賓遜的戰爭，羅賓遜最近剛被任命為新罕布夏州教區的主教，伯爾林稱他為「自己有史以來遇過最棒的人之一」，他是第一個公開承認性傾向、而且具有已婚身分的聖公會主教，許多保守的教會成員都很反對他。

就連在鎮公所會議結束之後，伯爾林還是不太能接受挫敗。「我必須承認，我在那時候的態度不是很好，」他說道，「最後的協商結果是，我把教會交給公所，從來沒有提到裡面的那些物品。」

我詢問伯爾林，教會裡到底有什麼他珍藏保存的物品，到了最後卻必須拱手送給當時已經成了他仇敵的男人？「某個大理石的洗手台，還有一些我為教會後區訂製的家具，菲蘭德·蔡斯的某幅繪像——他是寇尼世最重要的聖公會成員之一，後來成為俄亥俄州的第一位主教，以及某些讚美詩歌譜。除此之外，還有從一八七〇年年代中期就存在的漂亮管風琴啊什麼的。」

他繼續說道：「所以我打電話給克拉克，對他說道：『克拉克，很高興你拿到了教會，我會把裡面的一切捐給歷史協會。你可以向他們買下這些東西，或者是捐款。』他突然勃然大怒，對我爆粗口：『你這個下流禽獸！有膽你試試看！這筆交易明明包括了裡面的東西！』我告訴他：『克拉克，你買下教會，並沒有包括裡面的財產。』」

對於自己的短暫勝利，這位參議員顯然是很開心。「所以我就把那些東西捐給歷史協會，很遺憾，我後來才發現自己根本不該這麼做。克拉克直接把槍口對向他們，揚言威脅，」伯爾林告訴我，「他告訴他們：『這是我的財產，要是你們敢拿走的話，我的律師一定會找上你們。』那場表演很嚇人，寇尼世歷史協會的那些人都是誠實善良之人，他們全都崩潰了。他是真的欺負歷史協會，逼他們把東西交給他，大家都怕得要死，宛若風中飄葉。他們不知道自己交手的是什麼人。在那個時候，我們沒有人知道自己交手的到底是什麼人。」

我問道：「在那個時候，你覺得克拉克·洛克斐勒到底是誰？」

「我不知道。我不覺得他是洛克斐勒家族的人，但我真的不知道他是誰。」

與三一教會的這場戰役引發《山谷報》的關注，這是一家報導新罕布夏州與佛蒙特州地區大小事的日報。在二〇〇四年七月三日，記者約翰．葛雷格寫出有關克拉克．洛克斐勒對於這座教會的計畫，還提到他「不斷拒絕」說出自己是否與約翰．D．洛克斐勒家族有親戚關係。「我也許是，也許不是，」洛克斐勒告訴那家報社，「我不會予以證實或否認。」

洛克斐勒在家中也展現了好戰性格。在多維里奇的時候，他把自己的畫作放在畫筒裡面予以保護，以免受到漫漫無盡修繕工程的荼害。洛克斐勒竭盡所能全權掌控他的小孩、他的妻子以及她的財務。「被告控制所有的錢，」這是珊卓拉．博絲的證詞，「被告花光了所有的錢，完全沒有任何存款。管帳的不是我，從頭到尾都是由他負責處理銀行帳戶。我根本不知道線上密碼，如果我不開口，想要取錢是非常困難的事。」

大約在蕾恩三、四歲的時候，大部分的小孩都享有註冊幼稚園的入學權，而洛克斐勒卻做出了決定，博絲說道：「他不肯讓她去念幼稚園……」就連與其他小孩互動，他也甚少放行，遑論白天在學校裡與孩童們共處幾個小時。博絲說道：「我希望她可以從事一些正式活動，這樣她可以有多一點的社交。」

她被問到這個問題，「為什麼沒有實現？」

「被告不喜歡可供選擇的各種方案，他認為自己可以做得更好。」

洛克斐勒掌控多維里奇屋宅的暖氣與食物，害珊卓拉待在自己的家中挨餓受凍——而她當時的年收入是兩百萬美元。「當我住在新罕布夏州的時候，被告不肯給我足夠的食物，」她作證說道，「幾乎每個晚上都會餓醒。」

她繼續被追問：「家裡有沒有暖氣？」

「老實說，幾乎沒有，」她回道，「主屋幾乎不夠暖，只有他睡覺的地方除外。」這也表明了當時兩人是分房睡。她說自己不知所措，而且很害怕。在法庭的時候，她被問到是否有堅持自己的權利。「有的，（但是）那種破口大罵很可怕，」她說道，「他的回應非常暴怒，大吼大叫。」

她想要離開他，逃離已經成為恐怖片場景的多維里奇，但是她想不出可以在這個過程中順利保住女兒的方法。然而，為洛克斐勒辯護的律師繼續逼問她，當她無法看到「某個有真實生活、確實真確身分的人的一般徵象」的時候，難道腦中沒有浮現警鐘嗎？

「我關注的焦點是要有足夠的食物、有充裕的時間與女兒相處，」她說道，「不是有太多氣力去面對這種問題」，意指她先生的謎奇身分，在那個時候，她還沒有仔細質疑過這件事。

辯護律師問道：「所以妳又冷又餓醒來，他對妳極盡暴虐之事……妳是要告訴我們，雖然妳是每個禮拜賺四萬美元的人，但是妳卻沒有改變狀況？」

她一度說道：「我很害怕……」

「妳擔心去找律師之後會失去小孩的監護權？」

「有一次，我向被告提及我認真要考慮離婚，而他在蕾恩面前對我大叫，揚言要是我們真的這麼做（離婚），他會想盡一切辦法取得她的完整監護權。」

珊卓拉在寇尼世孤立無援，讓她更加錯判自我情勢。「我需要證人，」她說道，「這個人算是在外面建立了可信聲譽，我要逃脫出去會變得相當困難。」

辯護律師詢問她，洛克斐勒是在誰面前建立了可信聲譽？

「就我所知，他與許多鄰居關係不錯，他們覺得這個人很善良。」

終於，她堅持必須改變，至少要更換住所。「我開始威脅他，要是狀況沒有明顯改變，我會離開他。由於這種狀況令我難以接受，我開始對他施壓，必須要搬到波士頓。」

當時她已經在麥肯錫的波士頓分部工作。「我需要找個近一點的住所，這樣才能有更多時間陪伴蕾恩。我說：『我們必須搬到波士頓，必須要讓她上學。』洛克斐勒讓步，決定試試看。『蕾恩與被告開始在波士頓待的時間變得比較久，參加各種活動，還有就是在城市裡到處蹓躂。』」

珊卓拉說道，好不容易，她的丈夫終於「默許」，會從寇尼世搬到波士頓。當然，他需要合適住所，他與珊卓拉找到了燈塔山——波士頓最悠久最昂貴的某個住宅區——住在某間有五層樓、牆面佈滿常春藤的聯排屋，地址是平克尼街六十八號，房價為兩百七十萬美元。

克拉克．洛克斐勒與妻子、五歲的女兒在二〇〇六年九月搬到了波士頓，拋下了他在寇尼世沒有修繕完成的宅邸、歷史教會，以及許多未解的謎團。

16

波士頓婆羅門

在洛克斐勒受審近一個月的那段時間當中，我一直住在波士頓的「皇冠波士頓」，正好位於洛克斐勒與珊卓拉．博絲、司努克絲同住的燈塔山社區外圍、有悠久歷史的飯店。我剛到達這座城市沒多久，立刻步行至燈塔山，當我一站在那裡，立刻就明瞭克拉克．洛克斐勒為什麼在二〇〇六年的時候默許同意從寇尼世搬到波士頓。

根據燈塔山的網路資料，「燈塔山市成立於十九世紀的波士頓住宅區，位置正好座落於波士頓公園（這座城市的寬廣綠地）以及波士頓公共花園（興建於一八三七年全美第一座植物園）的正北方。大部分的人都以為城市生活缺乏特色，人際關係淡薄，不過，這座獨立之地，人口將近一萬人，比較像是一個小村莊，而不是什麼毫無特色的城市，它有豐富的社區生活，鄰居們彼此相識，大家都會在燈塔山的商業街區聚會，從事各式各樣的活動。」網站還提到約翰．漢考克[17]曾經住在燈塔山的某間「鄉宅」，當時這區域還是一片牧地，在十九世紀的時候，這裡是波士頓

[17] 美國開國政治家。

最富有家族的根據地，也就是著名的波士頓婆羅門，這個名稱來自於印度種姓制度的最高階層。

我走向查爾斯街，這個社區的主要幹道，然後右轉切入平克尼街，繼續走到了六十八號，珊卓拉、克拉克、以及蕾恩以前的住所。那是一棟優雅迷人、外牆佈滿常春藤的豪宅，立面有燃燒的瓦斯氣燈，我知道參議員約翰．凱瑞在這附近就有一棟房子。這個德國移民，終於得償所願，取得了一直夢寐以求的富豪住所地址。

這是寧靜的早晨，街道空無一人。有名男子朝他走來，他正在遛狗。我攔下他，然後自我介紹，當我一提到克拉克．洛克斐勒的時候，他露出微笑，還說他就住在他隔壁。他把他家電話號碼給了我，然後對我說道：「打電話給我太太，她會把你需要知道的一切全部告訴你。」

幾個小時之後，我坐在某間散發古風、優雅，以及品味的豪宅客廳裡，聆聽某位友善博學的女子暢談這名陌生人來到她的社區之後所引發的炫風。「整個燈塔山都因為洛克斐勒而癡狂不已……」她為我送上咖啡之後，開始說道，「我們知道他是個很棒的爸爸，我們給他取了個外號，『馬麻先生』。他們住在那裡一年半還是兩年吧，我們只見過他太太一次。真的，她應該是在週末會陪伴小女兒，但是我們從來沒有見過她。」她想起自己當初在街上遇到克拉克的情景，「他說：『我是克拉克．洛克斐勒，這是司努克絲。』我們一直不知道她其實是蕾恩，他總是叫她司努克絲。」

她口中的他具有某種「新罕布夏州不修邊幅的外貌——嗯，愛穿勃肯休閒鞋的那種人。」她繼續說道，他總是穿伊索德牌休閒襯衫，藍色或是紅色，一定豎領，貴族預科學校風格，搭配紅色褲子或卡其褲，而且絕對是斯佩里帆船鞋，不穿襪。「到了冬天的時候，我知道他一定得要添加衣物才是，但他的打扮幾乎都一樣。」

至於工作，這女子說他似乎是沒有，她猜他不需要工作，顯然是有可觀的信託基金。他的生活主要角色是照顧女兒，而鄰居們對司努克絲很有印象。「我們站在自家台階——大家都很熟，然後，還有狗兒們會出來……」她努力想要幫助我了解燈塔山的情境，「有一個人，菲爾．蕭茲，整個燈塔山都看得到他的身影，他的長相就像是芭蕾舞星亞歷山大．戈多納夫。某一天，我們一起坐在那裡……」她指的是蕭茲家的門口，「然後克拉克與司諾克絲過來了，司諾克絲坐在菲爾的大腿上，開始亂摸他的頭髮。我們說道，『菲爾，你有新朋友了！』」

「她老是對我說：『我想去妳家，看妳的房子！』當她對住在五十八號的那位女士說出這句話的時候，對方告訴她：「好，司努克絲，現在不方便，不過，也許妳可以等到哪天小朋友聚會的時候過來。司努克絲回她：『哦，不，我不參加小朋友聚會，那是給小孩子的活動，我不是小孩了。』她那個時候五、六歲吧。這女兒讓他深以為傲，而且她真的超聰明。」

我打斷她，詢問她是否去過洛克斐勒的家裡。她說有，在他們認識之後沒多久，他曾經邀請她去過他家。「他真的一直沒有安頓好，」她繼續說道，洛克斐勒都搬來一年左右了，屋內還是四處擺放了箱子，大家的猜測是，可能是因為他忙於照顧司努克絲。「他會一大早出來帶她上學，然後他又會跑回屋內，因為她忘記襪子啊什麼的。帶她去搭乘校車——去所有地方的人，永遠是他。」

她停頓了一會兒，「看得出來他花了許多時間陪伴她，因為她真的非常聰明。她第一次遇到了我們的某個鄰居，她問道：『你叫什麼名字？』他回答：『哦，我是艾伍德．赫德利。』司努克絲立刻回答：『嗯，我想想，E－L－W－O－O－D－H－E－A－D－L－E－Y吧。』她拼出了對方的名字！那時候才五歲！！《燈塔山時報》頭版還出現過她的照片。」

她指的那張照片是司努克絲站在她拿了粉筆、在人行道手繪的某張圖表旁邊：查爾街與燈塔街交叉口那裡出現了完整的元素週期表。「我詢問克拉克：『她明白那是什麼意思嗎？』他回我：『哦，她知道啊。』我念高中的時候，一直沒有學會週期表，而她那時才五、六歲。」

克拉克似乎拋下了他在寇尼世所展現的攻擊性與討人厭的性格，陪伴在司努克絲的模樣，很快就成了燈塔山的日常景象，父女兩人會一起玩耍用餐。兩人常常窩在波士頓雅典娜圖書館，全美最古老最獨特的圖書館之一。「波士頓雅典娜圖書館成立於一八〇七年，比全美所有公共圖書館的歷史都來得悠久。它由一群期盼為自己準備閱讀室、圖書館、博物館，還有實驗室的紳士們所創辦……」這是遊客小冊子上面的文字，「圖書館的過往成員包括了前總統約翰．昆西．亞當斯、拉爾夫．沃爾多．愛默生、艾咪．洛威爾、亨利．華茲華斯．朗費羅、丹尼爾．韋柏斯特，以及莉迪雅．瑪利亞．柴爾德。」

每逢週日早晨，克拉克會在雅典娜圖書館的兒童圖書室裡面、為一群小孩唸書。「他是一位很優秀的朗讀者，能夠操持多種口音……」某位曾經親眼看過他朗讀的人是這麼說的，「我聽到他在朗誦勞勃．伯恩斯的作品——靠著記誦唸出的長篇——無懈可擊的蘇格蘭口音。」洛克斐勒後來說道，當他們剛到達波士頓的時候，司努克絲已經是優秀的朗讀者，三歲的時候就可以大聲唸出科學期刊《自然》的內容。他還說，他曾經在某個晚上唸了二十五次的丁尼生詩作〈雛菊〉。

她不只懂那首詩，而且也很喜愛。這個狀似無憂無慮，有一頭淡黃色髮絲的小女孩，最愛的書本與電影是《小王子》，她個性超可愛，似乎每走個五步就會蹦蹦跳跳，疼愛女兒的爸爸總是跟在她身邊，司努克絲經常對他說：「把拔，我好愛你……」

「他對那小女孩真的是全心奉獻……」約翰・溫瑟若普・西爾斯給出了這樣的註腳。他是哈佛法學院的畢業生，之前擔任過蘇佛克郡治安官，住在橡實街的某間古蹟馬廄別墅，距離洛克斐勒家並不遠。西爾斯幫忙克拉克取得波士頓圖書館的會員證。我走到某條美麗圓石鋪面街道的盡頭，拜訪西爾斯。他是白髮蒼蒼的七十八歲紳士，身高有一百九十三公分，帶我進入到處都堆滿書的客廳裡。

除了整齊排列在牆面的那些書之外，地上也到處都是，此外，還有一大疊雜誌與報紙——包括收集了四十年的《紐約時報》——每一個房間都有這種貼牆而立的高柱。

他說道：「你很欣賞我的垃圾堆……」這些書本堆積出他在這間馬廄別墅生活了三十五年之久的點點滴滴。他告訴我：「這裡有些是全新的《經濟學人》，你現在坐的那一疊就是了，不過，大多數都是當地政治活躍生活的古老紀錄，我想要看的資料，你旁邊那一大疊是我父親的歷史，」西爾斯說道，「我是家族史學家。我的失誤就是沒有好好研讀洛克斐勒家族史，後來才顯然發現不對勁。」

他把記載了自己精采人生的兩頁履歷表交給了我。他是「羅德獎學金」得主，好幾間著名華爾街大企業的資深員工，多間私人俱樂部的會員，參與多項慈善活動的慈善家，也是相當著名的政治人物。不過，他老實承認，當初這位帶著可愛小女兒到達這裡的迷人新成員，的確把他迷得團團轉。

「我接到某位朋友的電話，他可算是德高望重的人物，」西爾斯開始調製我們兩人的雞尾酒。這位朋友是洛杉磯地區的醫生，「他說道：『你馬上會有一位新鄰居，我是在加州西區認識他，好好接待他吧。』他還描述自己與克拉克的一些對話，提到他的好奇心以及對科學的愛好。」西爾斯喝了一小口可樂萊姆，「我經常遇到這種事，」他說道，「所以我聯絡鄰居克拉克也不是什麼困難之舉，他帶著那個小女孩進入我家應該有五、六次吧。」

由於西爾斯一直住在波士頓，他對於當地口音自然是十分熟悉，所以我請他描述洛克斐勒的腔調。「他的口音絕對是出身美國東岸的年輕貴族，」他說道，「克拉克演得很逼真。他的口音就與我在新英格蘭貴族預科學校、或是我得以進入的當地高檔俱樂部裡面所聽到的完全一樣，克拉克與這個社區是完全無縫接合。」他提到了參議員約翰．凱瑞，還說住在燈塔山的知名人物不是只有他而已。「還有老布希總統的妹妹南西．埃里斯、小說家羅賓．科克。要是連參議員與總統的妹妹都讓你覺得沒什麼了不起的話，我們還能怎麼說？」

洛克斐勒與他的妻子珊卓拉初抵波士頓沒多久，就邀請西爾斯參加麥肯錫公司的某項活動。「我與他們坐在一起，後來才發現是主桌，因為麥肯錫的主席也跟我們坐在一起……」當然，珊卓拉是波士頓辦公室的合夥人，自然是與她先生坐在這間全球重要顧問企業大老闆的身邊。「小珊與克拉克當時還是夫妻，看起來相當正常，與一般家庭無異。」

他記得克拉克與珊卓拉是在二〇〇六年十一月三十日的時候、在波士頓社交圈第一次亮相，當時他們參加一場為了「山峰」宅邸而舉辦的半正式義賣活動，這座佔地五十英畝、位於麻州雷諾克斯、充滿故事的豪宅，本來是寫出《純真年代》等古典作品、在一九二一年成為普立茲獎第一位女性的已故小說家伊迪絲·華頓的居所，後來轉為博物館。她的苦難婚姻，以及與出身貴族但卻良心喪盡的惡男泰迪·華頓最後以離婚收場，很類似珊卓拉和克拉克之間的關係。「這兩個男人都花了很多妻子的錢，」熟知這兩名女性故事的某人說道，「而且他們都是假面人。」這項義賣活動的地點是波士頓某位慈善家位於後灣的豪宅，目標是為「山峰」募款，以免讓這棟負債累累的宅邸淪為法拍屋。身為麥肯錫年輕亮眼合夥人的珊卓拉，接受董事會邀請，以受託管理人的角色發揮她的商業才智拯救「山峰」宅邸。根據《波士頓》雜誌的內容，她與先生進入這間擠滿了與會富人的豪宅的那一刻——身穿晚宴服的她年輕、苗條、美麗，而穿著晚宴西裝的克拉克也一派瀟灑——波士頓上流社會攝影師比爾·布雷特瞬時舉起了相機，正當他剛好拍完其他與會的耀眼夫妻的時候，根據《波士頓》雜誌的說詞，洛克斐勒嗆記者：「不准你拍我的照片……」他怒氣沖沖帶著妻子迅速離開。

拿他與其他住在波士頓、而且以自己的善行、樂善好施之舉改善波士頓的洛克斐勒家族成員相比，根本是雲泥之別。最重要的一點，克拉克·洛克斐勒根本不認識任何人，靠著約翰·西爾斯的襄助，狀況很快就發生了改變。

「由於克拉克剛來波士頓……」西爾斯的說法是自己努力對他「稍微提點方向」，包括了申請加入雅典娜圖書館。「對，我是主要推手，為他們打開了那裡的大門，我也為他們付了閱覽證的錢。我還記得自己幫忙某名洛克斐勒家族成員的時候、初次湧現的那股興奮感。然後，要是他們以合理負責的態度使用雅典娜圖書館，那麼館方將會邀請他們成為免付費會員。」

西爾斯堅持，雅典娜圖書館那些充滿知識涵養的工作人員一定會這麼做，無論對方的姓氏是不是洛克斐勒都一樣。「這並不是某個洛克斐勒家族成員到來就會引發旋風的那種地方，眾人都已經很習慣看到大人物。」他又提到了自己認識的幾名住在波士頓、後來成為朋友的洛克斐勒家族成員，「一九六七年的時候，我正在角逐波士頓市長，尼爾森．洛克斐勒幫了我大忙。現在沒有什麼新鮮事，我們的生活中也沒有出現什麼驚奇，不過跟克拉克在一起的時候，算是還滿開心的。」

我們繼續暢聊，我看得出來那個洛克斐勒已經在社會階梯又更上一層樓，他踏入的那個世界當中，包括了這位波士頓長期商界領袖與政治家（而且還擔任過治安官！）、他那些受過高等教育的燈塔山鄰居們，還有在全美最負盛名圖書館之一的聰穎工作人員。西爾斯回憶過往，當這位體面的波士頓人在路上巧遇克拉克與司努克絲，之後邀請他們進入他堆滿書的家中，繼之而來的就是長達兩年的友誼。

西爾斯露出詭秘微笑，「他送給我一本洛克斐勒家族的書。」

「我想要看一下。」

「你的確該好好看一看。」

他起身去拿那本書，《大衛・洛克斐勒：回憶錄》，封面是這位著名家族後裔的黑白檔案照，看起來真的還有那麼一點像克拉克。我閱讀前面書封內頁的文案：「身為約翰・D・洛克斐勒的最年輕幼子，全美最有錢的男人之一，推動艾比・阿爾達里奇・洛克斐勒現代藝術美術館的重要金主。他在經濟大蕭條最嚴重的時期畢業於哈佛大學、倫敦政經學院與芝加哥大學，他在那裡拿到了博士學位。」

約翰・西爾斯請我翻到標題頁，上面有克拉克・洛克斐勒的誇張手寫字體，對於那時候的我來說已經相當熟悉，簽名日期是二〇〇六年十二月二十六日：

雖然我自從八〇年代末期或九〇年代初期就再也沒有見過大衛・洛克斐勒，但他還是送了兩本他的回憶錄給我（可能是搞錯了），還有他的親筆簽名。其中一本現在應該要送交你的手中，盼望你喜歡。今年能夠遇見你，是我莫大的榮幸——感謝你的仁慈善舉。你的鄰居，克拉克・洛克斐勒

這本書也有大衛・洛克斐勒的簽名。我詢問西爾斯，是否覺得這是真正的作者簽名？抑或是出於克拉克的偽造？「我不知道，」他是這麼回我的，「我認識尼爾森・洛克斐勒，但我從來不

認識大衛。」

西爾斯說他曾經去過洛克斐勒的家，就在附近，而且去了兩三次。「有幅蒙德里安的畫就直接擱在地上，」西爾斯說道，「他還告訴我他付了多少錢，至少一百萬美金。」

我們帶著酒，登上細長階梯，到達了他的馬廄別墅的頂樓，我從那裡可以看到波士頓的尖塔。西爾斯指給我看，下方還有另一個比較新的地標，就在燈塔街與布里姆爾街的交會口，有一間名叫「乾杯」的酒吧，是八〇年代熱門影集《歡樂酒店》的靈感來源。

西爾斯開口：「司努克絲念的是紹斯菲爾德……」他指的是紹斯菲爾德女校，與西爾斯的母校德克斯特爾共享操場，前總統約翰・F・甘迺迪也是校友。「那是一間非常特別的學校，他們在我十一歲的時候教導我拉丁文。每天會有不同的老師駕駛校車。我覺得那間辦學良好的學校也跟我們大家一樣，被騙得很慘。不過，話說回來，我覺得對他們來說，那小女孩的父親是洛克斐勒並不重要。」

每天早上，克拉克會帶司努克絲到位於燈塔街與布里姆爾街交會口的校車站牌，而每天下午，他會待在那裡接她。「德克斯特爾或是紹斯菲爾德的所有父母都認識克拉克與司努克絲，」西爾斯說道，「他也認識住在這個社區的所有年輕父母。」

西爾斯建議我，如果我想要多了解一點克拉克在燈塔山的日子，那麼我應該要在隔天早上七點半左右，去一趟那個公車站。

住在這裡的父母們忙著進行一大早的例行公事，把小孩送進學校，男生們戴著德克斯特爾的棒球帽，女生們身穿乾淨的紹斯菲爾德校服，放眼四周，全都是保時捷與後背包。到了七點半的時候，一大群嘰嘰喳喳的人聚集在「乾杯酒吧」門口，等待巴士到來。一等到小朋友們安全上車，開始大喊「把拔掰掰！媽咪掰掰！」這些父母就站在那裡猛揮手，一直等到完全看不到校車之後才離開。

當我一說出克拉克．洛克斐勒這個名字的時候，他們朝我投來的目光宛若利劍，大家迅速退散。大多數的人都不想開口，不過，還是有一兩個人終於默許。有人純粹想要大談害這個社區聲名大噪的男人；還有的人覺得必須要這麼做，這樣一來，才能夠披露克拉克．洛克斐勒的真正面貌。

「他告訴我，他最近把自己的噴射推進器賣給了波音，價格是十億美元，這是他最後一次的工作經歷……」開口的是某位紹斯菲爾德女學童的爸爸，過沒多久之後，我們就聊開了。洛克斐勒帶他去過波士頓的哈佛俱樂部，應該是為他們的女兒討論小朋友聚會的事。「他告訴其他人，他工作的對象是五角大廈、或是中情局還是國防部。然後，司努克絲出生，他就把公司賣給了波音，獲利了結。」

這父親完全被洛克斐勒玩弄於股掌之間，至少，一開始是如此。「後來，我聽說付帳單的都是他太太珊蒂，但是他卻把我導引到完全相反的方向，他說：『她每年只賺三十到四十萬美金。』而從他們擁有的一切看來……」洛克斐勒向他展示了自己的抽象表現主義藝術藏品，還有某些洛克斐勒家族的紀念物——「我覺得他很有錢。我的意思是，他還大談要捐天文館給我們女兒的學校。」

不過，在捐錢給紹斯菲爾德之前，他似乎對於在這間學校的科學與科技教育中心擔任義工感到心滿意足，根據這位爸爸的說法，這間學校的高級天文台「比哈佛的那一間還要好」。

「我是投資組合經理人，我問他：『你是怎麼做資產配置？』」

「只投資公債……」這是洛克斐勒的回答，而他這位新朋友也沒有理由懷疑他，因為許多紹斯菲爾德的家長們也是做相同配置。

這位父親邀請我前往他位於波士頓郊區的家，與他的家人見面。我依約前往，映入眼簾的是一棟美如畫作的豪宅、聰明美麗的年輕妻子，還有一個與司努克絲念同一所學校的小女孩——這一家人興致勃勃，大談那位寵溺女兒的爸爸，以及在二〇〇六年的那一個學期、進入紹斯菲爾德就讀的獨特小女孩。

某天，這棟豪宅裡的電話響了。電話另一頭是紹斯菲爾德的某位家長，自稱是克拉克·洛克斐勒，他說既然他們的女兒是同樣年紀，「要不要安排一場小朋友聚會？」

在通話的時候，他詢問這位母親，她女兒喜歡從事什麼樣的活動。「我說：『就是小孩子愛玩的那些活動啊……』」這位媽媽回憶過往，「她喜歡玩家家酒、扮演老師、扮演媽媽餵寶寶。」而克拉克卻來自截然不同的世界，他的反應是『她喜歡去波士頓精緻藝術博物館嗎？』我說：『她其實不太會閱讀。沒有，她從來沒去過波士頓精緻藝術博物館。』

「然後我們就一起去了波士頓精緻藝術博物館，」這位媽媽繼續說道，「司努克絲認識每一張畫、每一位畫家，以及年代。她還知道很多冷知識，好比說我們在波士頓到處散步的時候，克拉克會問她：『司努克絲，這個標誌代表什麼？』就是波士頓到處可見的縮寫，她知道是波士頓公共水務局。她知道大家都不知道的那些事，對一個小女孩來說實在很特別。」

我詢問身穿一身白色網球裝的女兒，她曾是司努克絲的朋友，對於她有什麼感覺？「她和大家都不一樣，」她說道，「全班唯一能夠唸出所有字詞的人就只有她，每次我們遇到生字，都會去找她。比方說，我們不知道『決定』是什麼，跑去問她，她就會告訴我們，她是最聰明的人。」

這個小女孩與司努克絲的爸爸同樣親近，她稱他為「克拉克叔叔」。「他人很好，教我閱讀啊什麼的，克拉克叔叔教了我好多事。」

不過，雖然司努克絲的智力表現優異，但是紹斯菲爾德校方卻讓她留級待在學前班，而不是在她這個年紀應該就讀的真正幼稚園班級，原因是她出現了這種問題：多年來與其他小孩完全隔絕，造成這小女孩有嚴重社交障礙，我拜訪的這一家人曾經親眼目睹。「我們去參加某場生日派對，她不肯與其他小孩一起玩，」那位母親說道，「她不會加入任何小團體，要是有人想要拍團體照，她也敬謝不敏。每個人都會去排隊拿披薩與蛋糕，但她不會。她總是獨自玩耍。她會自言自語，永遠在問一些類似這樣的問題：『非洲人吃什麼食物？』她生活在另外一個世界裡。」

他們還記得與司努克絲和她爸爸一起外出滑冰的場景。那位母親問道：「記得他們必須把她扛出滑冰場嗎？」

那父親接口：「她就是開始亂講話……」

「尖叫，大吼大叫，」那母親說道，「亂發脾氣。」

「她一直說：『蕾恩好棒，蕾恩好棒……』」那女兒說道，「我們坐在那裡，她講個不停，『蕾恩好棒，蕾恩好棒，蕾恩好棒！』」

儘管如此，洛克斐勒還是堅持她女兒下一年應該要就讀正常班，而不是學前班，他深信小班才是適合女兒的位置。他為了實現目標而開始展開行動，向學校承諾他會提供大筆捐款。

「克拉克曾經告訴我們，他打算捐一座天文館，我覺得他是以不同說詞要脅校方，」這位父親表示，「在我們聊天的時候，他讓我覺得他不斷運用捐贈天文館的念頭，而且很可能示意的方式更像是威脅，向校方表達他們應該要更關注他的小孩，態度要更寬容。他們必須忍受一大堆屁話，他們居然聽得下去，還真是令人驚訝。反正他就是不肯接受女兒留級，對於女兒被降等，他非常憤怒，我覺得我自己也是為人父母，自然能夠體會那種心情。」

所以他在暗示要拿天文館與校方交換女兒不再念學前班、可以進入符合她年紀的班級？

那母親說道：「就是這樣……」

克拉克．洛克斐勒不只是拿出家族的知名姓氏哄騙學校與承諾慷慨捐款，他還欺騙了這個客廳裡的父母，他們兩人都承認，對此人十分信任，甚至好幾次把女兒留給他照顧也很放心。那位母親說道：「他總是仔細照顧這些小女生。」

女兒問道：「克拉克叔叔是不是天才？」

「也許吧，」這位爸爸說道，「我不知道，但我可以這麼說，他是個很聰明的人。他知道要怎麼激怒別人，也就是說，博取他人的關注。約翰・D・洛克斐勒的第一間公司是『克拉克與洛克斐勒』，他的農產品經銷商合夥人姓氏是克拉克。我的意思是說，的確很容易混淆，而克拉克剛好就是知道這一點。」

雖然校方並不鼓勵家長們在課堂時間探訪校區，但遇到特殊場合的時候就會邀請他們，比方說像是家長會之夜或是聖誕歷史劇演出。當然，洛克斐勒會出席這些場合，身邊都沒有妻子相伴，就算有，次數也不多。而他的打扮，還是一如往常。遇到這種場合，他是出身著名家族，打算要捐天文館給校方的慷慨慈善家。這位母親說道：「領結、海軍藍外套、卡其褲，有時候穿樂福鞋，有時候是斯佩里帆船鞋。」

「有件事我忘了講，」那女兒補充說道，「我記得克拉克叔叔從來不穿襪子。」

在二〇〇六年秋天的時候，珊卓拉・博絲又與克拉克提到錢的事。她在法庭回憶過往，她先生告訴她，他沒有辦法賣自己的藝術藏品，全被扣在某個家族基金，必須要保留十年之久。不過，當初珊卓拉在一九九六年剛認識他的時候，他就說過這段話，所以她覺得十年限制應該差不多快到了，當然，他終於可以賣一幅作品，為兩人婚姻提供一點金錢挹注。

那些藝術館藏，是他真的為洛克斐勒家族之人的唯一確鑿證據。珊卓拉是這麼解釋的：「很美麗的作品，而且，他擁有這些偉大的當代藝術作品，應該算是他與家族有某些關聯的某一可信方式……」她繼續說道，如果要判斷真偽，藝術專家們的學識遠比她更加豐富淵博。當我聽到她的這一段證詞之後，我打電話給曾經在紐約擔任藝術經銷商的薛爾頓．費雪，他移居秘魯之前曾經多次看過洛克斐勒的藝術藏品，「我必須這麼說，那些藏品的品質相當好，」費雪說道，「可信度超高！我甚至曾在一九九九年向他開價八十萬美元，想購買他的羅斯科作品，但是被他拒絕，他說道：『現在價格早就往上飆了。』」費雪還說，要是洛克斐勒的收藏畫作是假的，那麼一定是出於高手。「居然能夠以如此精準的方式複製不同風格！對於現代畫作的新仿圖，有一種方法可以探知真相，就是檢查顏料的乾化程度，油畫顏料要完全『乾涸』需要至少二十年的時間。」費雪並沒有對洛克斐勒的藏品進行指尖測試——要是你把指甲碰觸乾化的顏料，根本無法戳進去——他解釋，因為他很確定這些畫都是真品。「我看過他拆封他自稱在日本買的某件蒙德里安的作品，他說他每年會花一千萬美金買藝術品。」

「許多博物館人士來家裡看過這些畫，他們都覺得很棒，所以我想是真跡，」珊卓拉．博絲繼續說道，「二〇〇六年十月或十一月的某一天，他說：『哇，我一直在盯著價格，我想現在的價值應該超過了十億美元。』」

她被問到是否曾經直接問過丈夫「考慮賣張畫」，也許「換個幾百萬回來」。當然，她早就多次提出這個要求，她回道：「看到他如此揮霍，完全不肯存錢，然後，他突然告訴我：『不行，我們絕對不會賣任何一張畫。』這讓我相當震驚。」

不過，她還是繼續跟他在一起，堅定努力守護她的家庭，到了二〇〇六年，她越來越疲乏的那幾個月，才終於有所改觀。她逼他搬到波士頓，司努克絲開心入學——由於她父親發揮影響力，再也不需要待在學前班，而是就讀小班。「他說，他不會繼續對小孩進行微觀管理，我們會共同照顧她，基本上，他必須要放手讓她結交朋友，他的行為舉止必須像個正常人，」珊卓拉說道，「但狀況並非如此。」

17

蜜桃梅爾巴之夜

等到司努克絲安全上了學校巴士之後，洛克斐勒就會在燈塔街一路東行，前往附近的星巴克，過沒多久之後，他就自己與一群由律師、研究員、商界人士、某位當地建築師等成員組成的小團體搭上線。他們還給自己取了一個名稱：咖啡社。某天早上，我去了那家星巴克，很容易就可以辨識出那些人——某群歡樂的男男女女佔據店中央。當我自我介紹的時候，他們似乎已經準備好要談論那個早已成為燈塔山固定風景的男人，他融入的方式就像是他取得某個新的電郵地址（Clark@Beacon-Hill.net）一樣輕鬆簡單。

他們回憶過往，某天早上，這位身穿伊索德牌休閒服的貴氣人士來到這裡的時候，氣喘吁吁，他剛剛送司努克絲上校車之後，又回到他位於平克尼街的住家。

根據律師鮑伯．史科魯帕的說法，「他說：『我累壞了，剛剛把某個衣櫃一路推到我家五樓。』這就是他融入群體的方式，你馬上就知道他住的是有五層樓的豪宅。」

他們說，克拉克讓女兒坐在他雙肩上的模樣，很快就成為這個社區的熟悉景象，帶她回家或是去教會，不然就是去上空手道課程，或是在阿爾岡昆俱樂部吃午餐。要是服務生給司努克絲兒童菜單，這小女孩幾乎可說是在她父親顯露同意之色的狀況下，開口嗆聲：「我們是大人，我們要大人的菜單。」

這個星巴克小組慢慢認識了他，也開始喜歡這個人而且接受了他的怪癖個性，因為，畢竟他是洛克斐勒家族的成員。他告訴這群咖啡同好會的成員，電視影集《歡樂一家親》裡聰明瘦弱的尼爾斯．克雷恩醫生的那個角色，就是以他為本而得到的靈感。當其他星巴克成員匆匆趕去上班的時候，克拉克會繼續待在那裡，因為他真的沒有其他地方可去。

擁有耶魯建築系學位的派翠克．西寇克斯，著名作品是東岸海濱的豪宅與建築，他一頭長髮造型，身穿粗直紋外套，講話聽得出洋基口音，關於他的朋友，他是這麼說的：「他說他自己非常擅長思考流程與問題，還自稱與軍方有淵源，其實就是包商的意思，那兩場伊拉克戰爭讓他受益匪淺。我從來沒有深入探問，但有幾次我們聊過他正在處理的專案，克拉克不是那種會誇耀自身功績的人。」

律師鮑伯．史科魯帕補充說道：「有一天，他說在新墨西哥州外面的某個軍事基地，發射了火箭滑橇還是火箭什麼的，結果突然爆炸，有一人死亡。他說：『那是我設計的。』我一直沒有看到相關報導，後來我回頭尋找，果然在谷歌尋找多頁之後，發現某起火箭意外的報導，有人死了，所以是真有其事。」

深色頭髮的約翰．葛林恩，講話直來直往的商界人士，繼續接話下去，、

「有一次，他前往紐約，宣稱他可以搭中情局或海軍的運輸機。」葛林恩微笑，「他有這樣

的人脈，很酷啊。」

他是阿爾岡昆俱樂部俱樂部的成員，這是他們對他深信不疑的原因之一，早從一八八六年開始，矗立在聯邦大道兩百一十七號的這棟雄偉建物，就一直是上流社會的安棲之地，距離這間星巴克只要走一小段路就到了。而洛克斐勒也不知是怎麼講出他不只是會員，而且還是俱樂部的董事。他好幾次邀請他剛認識的朋友一起過去那裡，「那裡真的很棒，」西寇克斯說道，「就我看來，那裡的人都非常喜歡他。他是有點古怪，但個性相當謙遜。克拉克對那些員工很友好，也展現風趣，他在那裡顯然是很討人喜歡。」

我詢問他，是否記得洛克斐勒與俱樂部其他會員互動的特殊例子？「我記得他曾經介紹過德國總理領事……為他做演講開場……全程使用德語，」西寇克斯說道，「克拉克個性活潑，非常能言善道。」

他們都同意，阿爾岡昆俱樂部的那些菁英，有不少人都與真正的洛克斐勒有關係，卻從來沒有懷疑過他的身分。「他邀請鮑伯與我去阿爾岡昆俱樂部，」葛林恩說道，「牆上就有他的名字——身分是幹事。我們本來以為他會支付早餐錢，因為非會員不能付錢。不過，第二天，他請我們要交出早餐錢。」

「洋基風格吝嗇——這對洛克斐勒家族成員來說，稀鬆平常。」西寇克斯解釋，「約翰·大衛·洛克斐勒是出了名的小氣，而克拉克非常、非常不願去外頭的昂貴餐廳。」而當他們外出喝酒的時候，西寇克斯說道：「克拉克通常就點個蘇打水，帳單上很可能根本不會索費的品項，花錢就是讓他渾身不自在。」

「當你進入這間超級華麗俱樂部的時候，可以看到門廳貼有董事會與俱樂部幹事名單，而他的名字就赫然列名其中。我還在那裡看到了約翰．希爾博……」葛林恩指的是著名作家、哲學家，也是知識分子約翰．希爾博，擔任波士頓大學校長達二十五年之久。「我很景仰他，克拉克說道：『我可以來引介一下。』他拍了拍某名重要人士的肩頭，俱樂部的某位幹事，對方就直接帶我去認識約翰．希爾博！他進入那裡之後開始扎根，在那種俱樂部，大家一聽到洛克斐勒的名號就勃起了。」

克拉克邀請星巴克小組成員參與阿爾岡昆俱樂部的二〇〇六年元旦派對，交際舞大廳、成套盛餐、香檳、《友誼萬歲》的午夜表演一應俱全。洛克斐勒的那一桌在前方中央區，坐滿了他的星巴克朋友，還有阿爾岡昆的其他會員——這是君王以及越來越龐大的廷臣陣容。

我詢問波士頓警司湯瑪斯．李，洛克斐勒在阿爾岡昆俱樂部的名聲如何。他說他找了許多會員問案，而他很確定他們都被騙了。

「他在那裡很受歡迎，」李回道，「當然，到了現在，那裡的人會講：『對，我們早就知道他不是這樣那樣。』但相信我，大家都被他騙了。」

我問道：「他是怎麼辦到的？」

「騙子之所以能夠成功，就是因為他希望你相信他所說的一切，這就是騙術成功的關鍵。大家早就有先入為主的偏見，而他只是配合演出大家的思維而已。」

我和大家越聊越多，就更覺得我得要親自見識一下阿爾岡昆俱樂部。不過，我在波士頓認識的那些社交圈人士，明明一點都不寒酸，而每當我請他們牽線或引介的時候，我得到的反應都是搖頭。最後，我決定要以洛克斐勒施展的相同手法得到入場資格：透過另一間私人俱樂部取得互惠會員資格。而我擁有的唯一俱樂部會員是位於科羅拉多州、名叫「亞斯本俱樂部與水療」的某間水療中心，當然不會與什麼私人俱樂部有互惠關係。我請我的飯店櫃檯人員致電阿爾岡昆俱樂部，幫我在當晚預訂一人桌位。

「麻煩告訴他們，我是來自『亞斯本俱樂部』、有互惠資格的會員……」我就可以沒講出水療那個字詞了。飯店櫃檯人員立刻打電話給阿爾岡昆俱樂部，然後，對方以手蓋住話筒下半部，開口問我：「他們說很樂意接待，不過你必須以信用卡支付晚餐與飲品。」我點頭表示同意，飯店櫃檯人員轉述給電話另一頭的人，「好，那麼就晚上八點，一位。」

那是一棟巨大的灰色多層樓建築，有泊車小弟，立面有燃燒的瓦斯氣燈，彷彿已經發出光熱有一百多年之久。我走入小小的門廳，有一位女子坐在辦公桌後面，有一張巨大告示板列出了所有董事的姓名，我發現克拉克．洛克斐勒的名字已經遭到移除。

接待人員開口：「晚安！席爾先生！『亞斯本俱樂部』那裡如何？」

「很好，」我回道，「可否帶我去酒吧？」

當我從門廳走向酒吧的時候，我迅速鑽入用餐室看了一下──「卡爾文．柯立芝之房」、

「丹尼爾．韋伯斯特之房」，到處都掛有遊艇主題的油畫，還有那些房間名稱人物肖像。過沒多久之後，我就發現阿爾岡昆所有人都盯著我看，但似乎完全沒有人質疑我的資格，我一開始的時候待在「馬波洛」休息廳，裡面有一對年長夫婦正在享用雞尾酒，侍者為我送酒來，我開始小口啃食銀盤上的起司，進行了一小時的雞尾酒閒聊套話。當我詢問他們大家是否都認定他是真正的洛克斐勒家族成員，「會員酒吧」的某名服務生回我：「他是會員，所以沒有人多問。」

我上樓前往用餐室，空間很寬敞，有面板飾牆、油畫、白鑞枝狀吊燈、四個壁爐，還有大面觀景窗。身穿半正式晚禮服的侍者朝我這一桌走來，我詢問克拉克．洛克斐勒平常都點些什麼。

「煙燻鮭魚開胃小點，有時候是比目魚。」

「就給我來一點吧。」

當這些充滿效率的侍者與清潔服務生忙進忙出的時候，我探問他們有關洛克斐勒的事。他們說，雖然他曾經是董事會的董事，但是他最後卻失去了會員資格。其中一人說道：「他當初是因為互惠條件而進來，就和你一樣……」至於他究竟是怎麼拿到了會員資格，沒有人知道。「……可能是贊助者，不然就是進來填寫表格，我們知道他是某個顯赫家族的成員。」對方繼續說道，「大家似乎都很喜歡他，從來沒有任何人提出過任何質疑。」

後來，我又挑了一個晚上回去阿爾岡昆俱樂部。那一晚有比較年輕的族群現身，男生一派貴族預科學校風格，帶著妻子或女友坐在用餐區。有幾名商務人士在「會員酒吧」玩撞球。眾人狂歡閒聊，知道自己身處於同一族類的環境之中，他們十分安心。

深陷於洛克斐勒在波士頓日漸壯大的影響力與遊樂範圍之內的人，不只是男人而已，女性也迅速加入了狂歡之列。早晨星巴克小組的另一名成員，艾蜜．帕特，在面對大陪審團作證時提到了洛克斐勒無法擋的吸引力。有一天早上，她在紹斯菲爾德的校車車站，一邊推著嬰兒車，同時把女兒送上校車，就在這個時候，有名衣冠楚楚的陌生人從公園另一頭的街道朝她走來，他驚呼：「妳今天看起來超美！」然後，他自我介紹，他是克拉克．洛克斐勒。

因為女兒的關係，克拉克與艾蜜一天會在巴士站相見兩次，他們成了朋友，開始在送女兒上車之後去星巴克喝咖啡，也出現在這座城市的其他地點，包括了阿爾岡昆俱樂部。根據《波士頓》雜誌的報導，他們決定要「融合」各自的創作天分，寫出以那個星巴克咖啡俱樂部成員為本，馬上就要開拍的十八集情境喜劇劇本，洛克斐勒將劇名定為《沒那麼正派》。當然，他打算自己要擔綱演出，為了要準備在電視圈初次亮相，他開始在當地的某間喜劇中心上課。

當這對雙人組在撰寫情境喜劇劇本的時候，顯然洛克斐勒希望他們的情誼可以有更深入的進展。「他會說出這樣的蠢話，『哦，艾蜜，艾蜜，艾蜜，我們應該要一起生小孩啊。』」她回憶過往，「妳這麼聰明，我們的小孩一定是聰明絕頂！」

至於他對於自己的妻子，似乎永遠忙著工作的珊卓拉．博絲，總是只有壞話。所以艾蜜以為他的婚姻已經走到了盡頭，而想要脫身的人是他。當然，他也在她面前亮出了他的標準紐約市／耶魯貴族自傳史，只不過多加了一點特別為她量身打造的花俏細節。「他說他與寫出情境喜劇佛雷澤角色的編劇們是同學……」艾蜜指的是吹毛求疵的佛雷澤．克雷恩醫生，由凱西．葛雷默所飾演。「而且還說他與武器研發、彈道啊什麼的產業關係。」

她找不出懷疑他的理由。雖然兩人的關係僅止於友誼，但她很期待兩人共處的時光。「他真的是活力十足，喜歡打情罵俏，跟他在一起應該算是滿好玩的吧。」

聽到了更多洛克斐勒勾搭年輕女子的故事之後，我打電話給那位建築師派翠克．西寇克斯。某一晚，他開著自己的敞篷寶馬，到我下榻的飯店接我，前往「B&G牡蠣餐廳」吃晚餐，他向我解釋，他與克拉克經常在那裡一起用餐。

「克拉克對於美女充滿了強烈熱情，」在前往餐廳的途中，建築師對我說道，「而且他會使出高超技巧與魅力大力追求。」

就是因為這個原因，這兩個男人才會相識。「那是一場盛大的正式晚會」。西寇克斯與他的妻子，還有「他的某位非常漂亮的員工，想必克拉克一定是在相當遠的距離注意到她」一起結伴參加。身穿光潔無瑕的J．Press半正式晚禮服的洛克斐勒趨前自我介紹，原本的三人組立刻成為四人行。晚宴結束之後，他們到波士頓的麗思飯店續攤——現在是皇冠波士頓飯店——洛克斐勒講出了無數軼事，逗得大家都好開心。他們一直玩到凌晨五點才結束。

「然後，我們散步前往克拉克位於燈塔山的豪宅——我的員工依然跟了過去。裡面幾乎空蕩蕩——幾乎沒有任何家具——但是卻有一大堆名畫，大部分都沒有掛出來，而是放在巨筒裡面。」

我問道：「你相信那些畫是真的嗎？」

西寇克斯回我：「我想不出造假的理由。他們都是重要人物——羅斯科，還有，我記得有馬瑟威爾，相當精采的收藏。」

後來，某位好友也發表了類似看法，「有一次，某些人在質疑他的身分，而且把話講得很難聽。我說：『克拉克，我完全不會放在心上。你就是你的最後偉大傳奇，你的最新犀利分析與令人低迴不已的妙語，你就是這樣的人。』」

等到我們進入「B&G牡蠣餐廳」入座之後，我們點了酒，西寇克斯開始細數洛克斐勒的優點：在社區擔任義工、幫助別人與非營利組織架設電腦與提供服務。

西寇克斯說道，洛克斐勒的電腦技術超強，簡直像是與它們有「心電感應」一樣。他從來不使用信用卡，一律付現。這位建築師說，他把這種行為解釋為「意識形態的問題」，這位出身著名世家的男人所受到的教育，就是不要信任信用卡制度。畢竟，他似乎對於股市瞭若指掌，他甚至在二〇〇八年春季，也就是美國經濟在當年秋天潰敗之前，發了電郵給西寇克斯，「市場會出現可怕風險，趕快撤離股市，轉入大宗商品市場，買黃金。」

西寇克斯點了兩份的六顆綜合牡蠣盤，我詢問洛克斐勒在星巴克小組的適應情況。「哦，他很有趣，個性挑釁，」他說道，「我們偶爾會以相當嚴肅的態度談論有關商業、發明、科技之類的議題。不過，這基本上就是消遣活動，好玩而已。我們會聊車，各式各樣的車。克拉克熱愛音樂，從情歌歌手到著名歌劇，還有喜歌劇——十九世紀的法國輕歌劇。我們成立了某個兩人小組，會以口哨吹出非常複雜的曲調。我們把自己的這個團體取名為『威叟普夫』[18]，靈感來自於耶魯的『威恩普夫』。我還把整個二十世紀的『威恩普夫』唱片借給他，然後他把它們轉為數位形式、最後給了我CD。」

他喝了一小口夏布利，繼續說道：「克拉克超愛柯爾．波特的作品。」

我問道：「像是哪些歌？」

「好，我可以告訴你，他最愛的某一首歌就是〈從此刻開始〉，那是一首非常優美的作品，真正體現了柯爾．波特的精華：某句歌詞、某個短語、某一小段話，就可以藉此營造一個小宇宙。克拉克喜歡措詞，還有語言。」

我們繼續啜飲，哼唱了柯爾．波特的經典旋律，關於因為某名美女出現而徹底反轉世界的段落。「某個晚上，克拉克過來找我，他有這首歌的九種版本，」西寇克斯說道，「我們全都聽完了，而且他會考我們歌者是誰，難度很高的考驗。」

洛克斐勒的興趣不只是美國音樂，他涉獵得相當廣泛，已經到了令人匪夷所思的地步。「他是我認識的人當中，唯一會吹奏迪吉里杜的人，那是一種相當獨特的原住民吹奏樂器，很長很長的號角。某個晚上——天知道為什麼——我問他會不會吹奏這樂器，他起身，跑回家，過沒幾分鐘之後回來了，拿了一根將近兩公尺半長的號角，然後，他發揮強大的共鳴技巧與肺活量開始吹

[18] Whistlepoofs之Whistle為口哨之意。

奏。」

西寇克斯的話興才剛開始起頭而已，「每逢星期六的早上，就算是我們前一天玩到很晚，他也一定會依循慣例去雅典娜圖書館為小朋友讀書，他是真正的生活鑑賞家。」

我接口：「也是個真正的騙子……」

「其實我不喜歡『騙子』這種用詞，」西寇克斯說道，「我的意思是，你有權利可以使用那種字詞，但是我不會這麼說。此人隨著時間的積累而呈現出各式各樣的人格，這一點毋庸置疑，不過，我從來不覺得他有什麼多重人格之類的問題。」

牡蠣送上來了，裝在冰塊襯底的錫盤上頭。「我想，有人會認為此人並不真懇，」西寇克斯說道，「不過，這個人充滿愛與關懷，這一點毫無疑問。而且，我相信一定也有其他人提到他對小女兒的關愛，不是偏執的那一種。我很相信他是一個慈愛的爸爸，那種父愛令人感動。我想，他對於女兒的愛是他生活中最重要的真實面向。」

我回道：「也許是唯一的真實面向。」

「我不會這麼說，因為，我覺得克拉克有許許多多的面相都很真懇。然後，要說出這一點，我是有些遲疑，不過，可能就某種程度來說，對克拉克而言，幻想的事物可能非常非常真實。這就是騙子的敘述內容可能會相當天馬行空的原因，他是一個可能會以智慧改變世界的人。」

我挑眉，一臉懷疑，但他還是繼續說下去。「我是建築師，你知道我要怎麼為生嗎？我靠幻想。我幻想事物，然後讓它們成真，我有辦公室，我靠這工作賺錢。不過，我們大家可能都在做一樣的事，只是程度不一，因為，如若不然，我們將會陷在某種既存的現實狀態中，完全動彈不得。」

他盯著我，進一步闡釋他的觀點，「你正在進行一場發現之旅，」他指的是我要以理論解開克拉克．洛克斐勒謎團的這場任務。「你不知道終點在哪裡。就某種程度而言，你也是在自己與你面訪的各式各樣的人面前裝腔作勢，討論可能為真的內容，然後你進行分析，久而久之，某種幻象逐漸清晰，所以，某些充滿幻想與虛構的事物，變得越來越具體。」

他的意思是，所有的真實之所以存在，是因為所有的想法與遠景都來自於我們的想像。我心想，要是以那種角度看待一切的話，我們大家都是騙子。不過，顯然洛克斐勒把他建構虛假誇張之現實的專長發揮到極致。西寇克斯將他朋友的美國奧德賽之旅比擬為小說《湯姆．瓊斯》或是喬瑟夫．康拉德的某部作品。

「作家楚門．柯波帝講過這樣的詞語：『真正的騙子』，」他繼續說道，「並非指那個人是徹頭徹尾的騙子，恰恰相反。那可能是一個很真懇的人，但是卻根植於某種虛構的骨架。我想，所有的美國人都是我們自己的創生品，那正是這個國家的魅力之一。從許多方面看來，我們必須把克拉克當成某種建構出全新生活與全新人格的原型移民，掙脫了他拋棄之母國的所有束縛。」

我問道：「你覺得他是靠什麼方法建構出這樣的全新人格？」

西寇克斯回我：「大量的閱讀。」

我說道：「而克拉克・洛克斐勒是他最厲害的創生品。」

在這個時候，西寇克斯的注意力轉向了牡蠣，「好，雖然這麼說會有冒犯之虞，但我要向你展示一下我如何享用牡蠣。」

他告訴我，這就是他在克拉克面前所做的事，拿起了牡蠣。

「我把克拉克帶來這裡，開始描述牡蠣的各種面向，而克拉克面向他剛剛在聊天那個人，以他相當蠻橫又高傲的語氣開口說道：『好，我說真的，牡蠣就只是牡蠣而已……』我說，『等一下。』然後，我仔細點餐，我們準備吃牡蠣——我們點了兩份綜合盤，就像我們今晚一樣——然後，我開始逐一描述。」

他再次娓娓道來，解釋威爾富利特、馬爾貝客，以及沛馬吉德各大產區的差異，然後教我將蠔殼送到嘴邊，將整顆牡蠣吞飲入口。在我享用的時刻，他開始描繪各式各樣的味道，他稱之為小浪、中浪，以及海洋。「牡蠣與酒非常相似，決定因素在於它們的『風土』」——意指它們的產區。洛克斐勒立刻掌握了這種複雜度，鹽性與植被特性的對決。在西寇克斯的口中，「某些具有海風味，而有些則具有某種相當類似海藻的土味。才不過幾分鐘的時間，克拉克也開始以那樣的字句開始思索，那就是克拉克面對藝術、文學、對話，以及智慧的態度。」

他提到了馬丁尼。「他不是很愛喝酒，但要是我請他喝上好的酒，他願意來一杯。」西寇克斯指著冰桶裡的那瓶酒，「他非常喜歡這一款夏布利。」而當西寇克斯為他調製伏特加馬丁尼的時候，「冰透到連裡面的紊流都可以看得一清二楚」，另一個全新世界於焉開展，「他說那是他喝過最棒的馬丁尼。」

我說道：「他是海綿……」

「好，如果海綿也具有分析能力的話，那麼他的確是海綿，他學習速度非常之快，完全不會墨守成規。」

晚餐過後，西寇克斯帶我到餐廳對街的夜店「蜂巢」。「讓你看一下這個地方，應該會有幫助，」他說道，「這地方很喧鬧，充滿活力，而且到處都是美麗的年輕女子。」

「克拉克很有女人緣，」他繼續說道，「克拉克很像是會叼老鼠回來、丟在你鞋子裡的貓咪，他會把女人帶過來，然後說道：『這位是派翠克．西寇克斯，他不僅僅是建築界最偉大的建築師之一，在任何領域都是如此。』然後，馬上會有一群興致勃勃的女人圍在我身邊，希望聆聽我對於藝術、建築，以及文明之未來的洞察。」

他說他與克拉克「跑遍了各式各樣聲色場所，在波士頓夜生活的下流女人堆打滾」。他說克拉克吸引女人是靠「主動出擊搭訕的反招。只需要幾秒鐘的時間，他就會讓她們專注聆聽他的每一個字句，乖乖聽從，然後，他就把她們搞得像是著魔了一樣」。

我說：「他是不是會說：『我是克拉克．洛克斐勒？』那會是最好的春藥。」

西寇克斯點頭同意，「有一天，他提到了自己喜歡某名女子，因為她不喜歡跳舞，他說他痛恨跳舞，」他繼續說道，「幾個禮拜之後，我說道：『克拉克，我遇到你的跳舞老師……她說你表現非常優秀。』」

這位建築師抓到他朋友撒了小謊，不過他並沒有放在心上。他寧可回憶他們兩人也經常造訪的「自由飯店」酒吧，那裡本來是查爾斯街監獄，後來改建成為時髦旅宿。比方說，主要酒吧的名稱就是「牢房」。「對，那絕對是我們鍾愛的地點，」西寇克斯說道，「有其他幾個地方深得我心，但是卻會被他打槍，他說它們暮氣太沉重。」

「暮氣太沉重？」

他回道：「以非常粗暴的方式講出那裡的人不夠年輕。」

牡蠣、馬丁尼、年輕女子、跳舞老師。在這些深夜狂歡的時候，珊卓拉．博絲在哪裡？我詢問這位建築師：「他可曾提到當初是如何與妻子墜入情網？」

「從來沒有。」

雖然克拉克．洛克斐勒在波士頓的某個角落過著高檔生活，但是在另一個角落卻吃癟了，在波士頓後灣水域曝光的某起事件可算是最佳寫照。某一天，他在波士頓海航中心認識了同為紹斯菲爾德學童家長的某對夫婦，他搬出自己平常吹噓的那一套，說他父親把公司賣給了美國海軍發大財，而他自己為國防部工作。不過，他雖然平常的行程忙碌到不行，但一定抽得出時間浸淫在自己對帆船的熱愛之中。他剛剛結束旅居法國的行程，準備要參加美洲盃帆船賽。所以他邀請這對夫婦與他一起乘坐他的「遊艇」航行，當然他們是興奮莫名。這對夫婦到達波士頓海航中心、準備要進行航海一日遊，洛克斐勒與他的女兒司努克絲已經在那裡等待他們了。不過，他開始解釋，他的遊艇還在店內，所以他們必須要登上海航中心的超級小船，那位丈夫憶及過往時提到：「沒有辦法登上洛克斐勒的遊艇，我們有點失望。」

當他們登上那條借來的小船出海的時候，他更加失望了，這位美洲盃帆船賽選手似乎不知道自己在做什麼，其他的船隻都迅速超越他們，而這艘帆船似乎在強風中不斷掙扎，不斷在水中搖晃，根本是斜側狀態，而洛克斐勒完全沒有辦法控制。狀況相當危急，洛克斐勒甚至還把船交給女兒航行，讓這對夫婦更是緊張。終於，當他們孤零零在海灣中間漂晃，完全沒有移動的時候，有艘獨木舟經過，那對夫婦大聲呼救。

「可不可以把我們拖回去？」然後，他們拋出了繩索，讓那名舟手把他們四人拖回去。誤上帆船的那名男人大喊：「這就是美洲盃帆船賽選手！」克拉克·洛克斐勒顯然是不知所措。

18

「找出他到底是誰」

二〇〇六年十二月，也就是洛克斐勒家族搬到波士頓的四個月之後，珊卓拉．博絲決定要離開老公。她告訴大陪審團，最後一根稻草，是關乎到他們女兒的某起事件。

「學校打電話找我跟克拉克要參加某場家長會，我記得是二〇〇六年十二月二號。他們說一直努力聯絡我，但是卻沒有辦法找到人。原來，克拉克填給學校的我的手機號碼是假的，不想讓我與校方見面。」她補充說道，「他一直告訴我，他們不辦家長會。」

蕾恩的老師們終於在同一個地方見到了她的父母，他們講出了某種嚴重的不安。

博絲回憶過往：「他們說，雖然她的智力表現令人印象深刻，但是真的每天都會鬧脾氣，她的社交能力的確有問題，那時候的她五歲，她會跑去找老師，然後說道：『請告訴我要玩什麼。』由於他那時候對她控制過當，所以她真的受到了傷害。發生那起事件的第二天，我找克拉克深談，『我們真的要聽從老師的指示，幫助蕾恩解決行為問題，而且，這就是我們必須要改變照顧她方式的明證。』他對我大吼大叫，還對我撂話，叫我絕對不能再與校方聯絡。」

「我只是想要確定一下，」檢察官問道，「為蕾恩找治療師或輔導人員、解決她在學校發生的問題，他的立場如何？」

「表明拒絕，無論如何都不可以。」

不過，離開克拉克．洛克斐勒絕非易事。如果她想帶女兒脫離這段婚姻，那就需要縝密計畫，而她已經下定決心，萬萬不能讓小孩監護權落入丈夫手中。她花了一整個禮拜的時間，尋找合適的法律代表。

「我擬定了許多策略才想出要如何脫身，」博絲說道，「我非常擔心我的安危，老實說，在我離開之前，他會在晚上跟蹤我，還做出許多瘋狂舉動。真的非常、非常危險。我律師找來的某位心理治療師提出建議，我不能立刻帶走（蕾恩）——這樣將會害我們都陷入可怕危境之中。」

沒有人請她仔細解釋她先生的「瘋狂舉動」究竟為何，她也沒有多說。她講述的反而是出手奪回女兒控制權與自己人生的計畫要點。他照顧他們的女兒的時間有三分之二之多，而珊卓拉立刻提出她要一週兩天。「然後，我們開始進行讓她脫身的步驟。我唯一專注的就是好好照顧蕾恩，我擔憂的就是她的安全，我馬上說出我很怕他會綁架她。」

二〇〇七年一月十七日，也就是她下定決心離開克拉克近兩個月之後，她的律師提交了離婚申請書。雙方律師立刻提出小孩監護權的要求（克拉克的律師費都是由珊卓拉支付），自此之後，就成了長達一年的爭論協商。珊卓拉搬入了現在是皇冠波士頓飯店對面的某間公寓。「在那個時候，我每個禮拜可以有兩天跟蕾恩在一起，而被告則是每個禮拜五天。」

洛克斐勒宛若受傷的獅子。沒有照顧女兒的時候，他對妻子大吼大叫，數落她冒犯他的各種過失。他搬到了可以俯瞰燈塔山校車站牌的某間小公寓（平克尼街的那棟聯排屋準備要出售），進入了財務吃緊的單親爸爸階段。他的某個朋友說道：「當時的他相當暴怒！」某位紹斯菲爾德的家長回憶當時，「當他們準備要離婚的時候，我詢問他：『你們要怎麼分割財產？』」他回我：『必須要賣光一切。真不敢相信會出這種事，她會這樣真叫我不敢置信。』現在回顧過往，他所有的偽裝馬上就要穿幫。珊卓拉是他可以買下古董車、藝術品、俱樂部會員資格的財源，他心煩意亂到不行。」

洛克斐勒誓言要找遍波士頓的每一名離婚律師，這樣一來，因為利益衝突限制之故，珊卓拉就沒有辦法雇用任何一人。不過，她早就找到了律師，而且是相當優秀的一位。現在的他口袋空空，開始找人買回當初賣給他的古董車、或是購入他與珊卓拉分居後拿到的家具。唐恩・麥克雷，那位居住在寇尼世的年長挖土工，也曾經接到他的這種要求。「我曾經賣給他一台九一年的別克轎車，他打電話給我，他說小珊要離婚。他這麼跟我說：『天，唐恩，我要你過來把那台別克帶回去，把錢還給我。』那台車是四千五百美元，我心想：『明明一直是揮霍無度的人，現在居然為了四千五百美元在傷神？』不過，那時候我妻子病重，我說：『克拉克，我自己也有麻煩。』兩三天之後，他打電話給我，『你到底要不要過來取車？』我說不要，我不會過去，『我自己也有麻煩！』」

洛克斐勒怒道：「好，我跟你絕交！」

洛克斐勒在離婚之後，也找了另一位朋友，藝術經紀商薛爾頓・費雪。「他告訴我：『小珊只想要我的錢，她之所以要嫁給我，只是因為我是洛克斐勒家族的人……』」費雪回憶過往，「他說：『她利用我的姓氏，現在什麼都想要，也許我應該要拿那些畫換取蕾恩的監護權。』」他打了那通電話之後沒多久，又再次致電費雪，當時的他住在秘魯。「洛克斐勒說：『為了蕾恩的監護權，我必須把所有的畫都給小珊。我什麼都沒有，只剩下最後的兩百萬美元，現在這筆錢根本派不上用場，我狀況淒慘。』我說：『來秘魯吧，這裡的兩百萬美元比那裡的兩百萬美元有價值多了。』他一直在變造故事情節，吐出一堆話，又亂編出各種版本。」

他的寫作搭檔艾蜜．帕特，也注意到洛克斐勒在進行離婚時所出現的改變。首先，他說他在找工作，而且範圍不限於軍武或是彈道領域。她在大陪審團面前提到：「他提到德克斯特爾和紹斯菲爾德校方正在與他談，可能要雇用他擔任校方公關……」他因為離婚與可能失去女兒而煩惱不已，根本無法繼續專心寫情境喜劇的劇本。最後，他們決定放棄這項計畫，之後洛克斐勒向艾蜜吐露，要是珊卓拉真的把司努克絲帶到倫敦的話、他自己接下來會有什麼計畫，他說，要接受海外企業的面試。其實，中國政府最近已經與他進行接觸，邀他為他們的飛彈部門工作。

「艾蜜，這就是我的打算……」他暗示自己在彈道的背景，還說中國政府要給他一年一百萬美元，為期三年的合約。他還在她面前信誓旦旦，要是離婚搞得太難堪，他在中國政府的有力人士朋友一定會介入，「而且幫助我處理狀況。」

當她問到他所謂的「狀況」是什麼的時候，他只肯點到為止，「就是與他女兒有關的事，有點像是『把我女兒討回來』。」

後來，他請艾蜜在他女兒的訴訟監護人面前撒謊，這是在父母進行離婚訴訟的時候，保護與監控探視權的法庭指定專員。「他叫我假裝是他女友，」艾蜜解釋，「他覺得這樣一來就可以顯示他狀況良好，有穩定的感情關係。」艾蜜拒絕了。

就連建築師派翠克．西寇克斯，我所見過的人當中最熱情捍護洛克斐勒的人，也發現他被珊卓拉甩了之後，令人不安的變化。西寇克斯告訴我，他們兩個有次去造訪洛克斐勒位於寇尼世的家，約莫在他離婚那時的事。「我們開著我的小跑車過去，」西寇克斯說道，「他安排我睡在這樣的客屋……」這位溫文儒雅的建築師一進入自己下榻處的時候，整張臉瞬間煞白。屋內空蕩蕩，床墊直接放在臥室的地板上。「他從塑膠袋裡面直接取出從來沒有使用過的寢具。我開車送他上山，把他送到他家門口。等到我下山的時候，時間剛過半夜十二點，我繞行屋子周邊，逐一檢查所有的門窗，然後把一切都鎖好，我還在自己的枕頭下方藏了一把刀。」

「刀子？」我問道，「你為什麼會覺得需要做出那種舉動？」

「我也說不上來。我只是覺得，『我並不是很認識這個人。』」

回到波士頓，洛克斐勒曾經向某位燈塔山的鄰居抱怨，他就連修剪平克尼街自宅常春藤的兩百美金都沒有，因為當時房子在待售中，花錢必須經過他的妻子與她律師的核可。只要願意聽他說話的人，他都會告訴對方，珊卓拉「榨乾」了他的財富。他小心翼翼培養的有錢有勢有特權的貴族假面，開始慢慢崩塌。他必須辭去阿爾岡昆俱樂部的董事職位，被降級為只能以互惠會員身分進入他最愛的這間俱樂部，成了他最後的屈辱。

「在一開始的那六、七個月的時候，他一直大談（有關）家庭主夫的位置，還堅持他必須拿一輩子的贍養費、讓他好好照顧蕾恩，」珊卓拉．博絲作證時表示，「我當然知道這對她來說很危險。」

離婚訴訟過程陷入停滯，耽擱了好幾個月，雙方不斷發出動議彼此交火。洛克斐勒威脅妻子，因為他們的波士頓與寇尼世的鄰居親眼見證天天都看到他，而且幾乎都是他在細心照顧司努克絲。

然後，突然之間，珊卓拉接到了來自西雅圖的突破性消息。她的父親，退休的波音工程師威廉，根據她的說法是，他「正好發現了相當有用的資訊」。洛克斐勒一開始告訴他的妻子，他母親已經過世，名叫瑪麗．羅伯茲，來自維吉尼亞州南方，而到了最近，他的故事版本又變了。博絲說道，就在他們分居的兩年前，他提到「他母親曾經是童星，安．卡特。」

她繼續說道：「有意思了，因為當他說她曾經當過童星的時候，我覺得很荒謬，我從來沒聽過這檔子事。」當她因此而質疑他的時候，他說：「反正我只是從來沒講過而已。」

「我說：『但你以前提到你母親的時候並不是這個名字。』他說：『別鬧了。』他就是不斷辱罵我，說是我搞錯了，他還說他所以只提過她名字一次，是因為她已經死了。他就是一直數落我笨。所以他的意思是他曾經告訴過我們大家有關他媽媽安．卡特的事，還說她長得跟蕾恩超像啊什麼的。」

威廉顯然對於女婿害女兒過了十二年的地獄婚姻生活很惱怒，為了要把她拖出這場離婚苦海，他開始在網路拚命挖資料。他輸入安．卡特這名字之後，維基百科就跳出來了，安．卡特不僅還在人世，而且還曾經參與了「美國電視頻道」的某部紀錄片。

威廉打電話給女兒，告訴她這個消息。「他說：『奇蹟啊，克拉克的母親並沒有死，一定是哪裡有問題。』」結果，安．卡特不僅沒有名叫克拉克．洛克斐勒的兒子，而且她從來沒見過這個男人。

幾個月之前，還發生了另外一起事件，引發珊卓拉質疑她丈夫的真正身分，當時是二〇〇七年年初，這對夫妻必須要準備報稅。

「他還是假裝對我很好，想要讓我回到他身邊，」博絲解釋，「那時候，我說道，我要打電話給菲爾（與他們長期配合的會計師）處理報稅。他開始拚命抨擊菲爾能力不足，不適合，我們不該用這個人。」

洛克斐勒問道：「何不讓我找別人？」

在那個時候，博絲對於馬上要成為前夫的這個人的提議沒有興趣。她告訴他：「反正我會打電話給菲爾。」

「我打了，而且他和我互通了好幾封電郵。我說：『對了，我要確定我的稅務沒有問題，因為一直都是克拉克與你聯絡，有件事我很擔心，我不確定你是否知道我有個六歲的女兒蕾恩。』」

「他回我：『哦，是啊，我知道，妳哥哥有告訴我。』」

「我發現克拉克一直對會計師說他是我哥哥，所以不管他要在報稅表格搞什麼花樣，會計師都會默許。」

博絲被問道：「也就是說，他把稅務檔案搞成個人申報，而不是夫妻申報？」

她回道：「沒錯。」

最後，歷經了十多年不斷出現的明顯警告訊號之後，博絲終於開始懷疑自己的老公是騙子。「我請了私家偵探，把克拉克告訴我有關他自己的一切細節講出來……然後，我吩咐對方：『找出他到底是誰。』」

博絲請她的律師幫她找一名優秀的私家偵探，他們建議的人選是法蘭克・魯迪維茲，曾經擔任過警探，有超過二十年的辦案經驗。

他願意與我在波士頓共進晚餐，而當我在等候他到來的時候，我忙著閱讀他在克拉克・洛克斐勒案件中的證詞文字，他是這麼描述自家企業：「我們是有執照的私家偵探公司。所以（我們）的業務範圍包括全美的監視到公司內部調查、電腦鑑識，以及訴訟支援。」他的網路基本資料也註明他是「公認反洗錢專家」，而且具有「調查詐欺、工作場所事件、雇員不當行為」的廣泛經驗。

我本來以為會看到影集《神探可倫坡》與《萬能神探》裡面的那種冷硬派主角類型，沒想到卻遇見一位體型高大、態度友善、外表體面的西裝男。他非常樂意重述他漫長生涯之中遇到的最詭奇案件，他說，詭奇程度甚至超過了曾經在電視影集《法醫檔案》的某集名案——魯迪維茲揭發了某名使用諸多假名與虛假身分的男子、利用謊稱自己在墨西哥死亡而詐領六百萬美金的事件（這名警探讓保險公司免付詐領金，而且騙徒也被抓到而繩之以法）。

「我接到代表珊卓拉．博絲的某位律師的來電，」魯迪維茲說道，「我不知道他們的當事人是誰。那名律師告訴我：『我們需要你進行資產調查。』」

這起案件除了牽涉到洛克斐勒之外，其實相當稀鬆平常。在離婚案件中，要是遇到某方（或是雙方懷疑）對方有私房錢，往往就會發動資產調查。包括了完整搜尋公眾檔案、追蹤銀行帳戶、交叉比對資料庫，希望可以追出通往所有隱藏資產的金錢流向。「由於進行了許多修繕工程，她懷疑他可能與包商有私下協議，他收受回扣。」魯迪維茲想像他的追蹤目標盯著自己寇尼世物產的漫無止境修繕工程，開口說道：「好，這是四十萬美金的專案，你給我十萬，你自己留三十萬，我們皆大歡喜。」

洛克斐勒在寇尼世的多維里奇宅邸挖了許多很深的坑洞——他稱其為安全掩體，他的妻子懷疑他可能把錢藏在他們的後院。這位偵探追查的不只是現金，還包括了遊艇、車輛、任何可能隱匿的資產。魯迪維茲說道，珊卓拉深信他一定是藏了什麼，因為她支票帳戶流失了許多錢——而且，老實說，她工作太忙，根本沒有辦法追查都跑到哪裡去了。現在，過了這麼久之後，她終於想要知道答案。「她是這麼說的：『在我給這個人錢之前——而且我知道我一定得給他錢才能搞定離婚——我想要知道他是否偷走了我的錢，我想知道他是否藏有什麼私房錢，如果我知道他早就藏了有五十萬美金，那麼萬一我得給他一百萬美金，也可以讓我少付一點。』」

根據魯迪維茲與博絲的有限互動，他發現她「非常條理分明、個性積極，就我看來，應該是開口要求與決定自己想要什麼、得要什麼的人。然而在這樣的情境中，卻完全不是如此」。換言之，個性非常強硬，但就像她在證人席所坦承的一樣，遇到她先生就破功了。不過，在一開始的時候，她比較關注的是她先生到底有沒有私藏她的錢，並非他到底是誰。她告訴魯迪維茲，她辛苦賺來的千百萬美金都飛到了克拉克．洛克斐勒的手中，這名私家偵探開始上工。

魯迪維茲說道：「我們一開始的時候從他的姓名、出生日期（珊卓拉提供的是閏年一九六〇年二月二十九日）、以及住址開始下手……」把這種資料輸入某些資料庫之後，通常可以產生列舉先前住址、可能的親戚、鄰居，有時候還會出現工作地點的清單。

搜查結果顯示他的地址包括了他與珊卓拉在紐約、寇尼世、波士頓的住處，但是在一九九四年之前，也就是還沒有認識珊卓拉的時候，完全付之闕如。「這一點很奇怪，」魯迪維茲說道，「這又不是剛剛展開人生的十七歲小孩，這是一個有高調姓氏的成年男子，從他自己的說法判斷，他在認識珊卓拉．博絲之前過著相當充實的生活。」

魯迪維茲並沒有挖出任何的隱藏資產；他根本沒有在克拉克．洛克斐勒這個名字底下找到任何的資產。博絲與她的律師告訴這位私家偵探的一切，都沒有辦法獲得證實：要是他真的出生在紐約市的某間醫院，他的出生證明一定很容易找到，但就是找不出他的出生地與出生日期；也找不出他父母是誰以及是怎麼死的；找不出他父親與美國海軍的法律訴訟五千萬美金和解金紀錄；

沒有耶魯入學紀錄，無論是十四歲還是幾歲都一樣；沒有他（或是任何洛克斐勒家族成員）曾住在薩頓廣場街十九號的資料；沒有他與他的「教父」，已經過世的哈利．寇本蘭德的關聯證明，但洛克斐勒曾經在宣誓書中表示，他是透過此人而知悉過世多年父母的多數資料（魯迪維茲追查到了應該是寇本蘭德遺孀的下落，當時她九十多歲了，住在維吉尼亞州的某間療養院，但是他一直沒有去探訪她）。

洛克斐勒沒有就業紀錄、沒有親戚、沒有地址、沒有護照，也沒有珊卓拉．博絲名下以外的信用卡，甚至連克拉克．洛克斐勒與珊卓拉．博絲的結婚證書也沒有。一句話，在珊卓拉之前的生活，完全沒有留下任何痕跡。

不過，他的絕大多數謊言，其實都包含了某些真實元素。

「克拉克．洛克斐勒的厲害之處——如果我們可以這麼說的話——就是他告訴大家的一切都有與事實的相似之處——不是百分百真確，而是部分屬實，」魯迪維茲繼續說道，「有安．卡特嗎？有的。是不是有哪個洛克斐勒家族成員在一九六〇年二月二十九日出生？有的。有一個史考特．洛克斐勒，住在長島，出生於紐約。所以，我的想法是：『他做了研究，然後在相同家族姓氏的那些人當中挑選了那個出生日期，這樣一來，要是有人追查就會卡關，可以為他爭取一點時間』。」

魯迪維茲從他的公事包裡拿出了一張紙、交給了我。那是一九七八年耶魯紀念冊的某名學生條目資料的複本，該生是詹姆斯．佛雷德里克．克拉克，與洛克斐勒家有遠親關係，而且該家族正好有三個成員名字與其雷同，此外，還有該生的某些榮譽與隸屬社團——耶魯院長助理、軍樂隊、戲劇社——洛克斐勒很可能翻遍了整本紀念冊，找出了他喜愛的某人，乾脆就以對方為本，成為自己編造之人格的血肉。

魯迪維茲也查過了洛克斐勒的手機帳單紀錄。沒有可疑資料，但也沒有辦法給他任何的具體線索。他們想要查看他的電腦，想必他一定把秘密藏在裡面，但是洛克斐勒一直隨身攜帶。珊卓拉是這麼告訴這位偵探的：「他從來不肯讓我靠近他的電腦……」他搜尋了部落格、社群網路，任何可能顯現他到底在哪裡活動——或是與誰聯絡的蛛絲馬跡。還是一樣，除了科技宅人網站的活動紀錄與他在亞馬遜留下的某篇書評之外，什麼都沒有。

在調查的第二天，魯迪維茲就察覺不對勁，「我告訴珊卓拉．博絲的律師，『完全沒有這傢伙的資料，根本沒有地址。』要把這種消息與當事人進行溝通，我們必須要小心翼翼，這人畢竟是她的丈夫，我們不能直接講出這種話，『妳嫁給了這個冷血大騙子。』」

我問道：「所以你是怎麼跟她說的？」

「我說：『好，我們不知道他是誰，我們只知道他不是克拉克．洛克斐勒，但我們真的不知道他是誰。』」

雖然有越來越多的證據顯示他不是洛克斐勒，但是克拉克卻依然緊抓這個姓氏不放，魯迪維茲在作證時進行詳盡解釋：「我們查訪的線索不斷失敗，四處詢問更多資訊，而洛克斐勒當時已經知道有私家偵探公司在進行調查。我們詢問出生證明，被告知的結果是紐約市（發證），出生地是某間紐約醫院，但是他不記得是哪一間。重要檔案必須要有申請書與宣誓書，我們拿到了有洛克斐勒先生簽名的法律文件資料。

魯迪維茲被要求拿出宣誓書的附錄，然後，他朗聲唸出內容：

J．克拉克．洛克斐勒宣誓聲明，珊卓拉．L．博絲（珊卓拉）與我在一九九三年二月五日認識，自此之後，她認識的我自始至終就只有唯一的名字，詹姆斯．佛雷德里克．米爾斯．克拉克．洛克斐勒。要是我有別的名字，實難想像在這將近十五年的時間之中不曾曝光，尤其珊卓拉在我們共同生活的這段時日之中，結識了許多知道我這個名字的人，而且他們認識我的時間比她認識我更為長久。

在大陪審團的面前，這位偵探被問到了這個問題：「魯迪維茲先生，在你的整個生涯之中，這種背景深入調查，你做過多少次了？」

他回道：「這是我們業務的主要部分，一定有數千次之多。」

「在這數千起案件之中，像是這種完全找不到某人資料的狀況，你遇到的頻率有多高？」

「從來沒有遇過。」

珊卓拉．博絲在面對大陪審團的作證過程中、將魯迪維茲的調查結果做出總結：

「這位私家偵探證明了（第一）克拉克的一切言詞都沒有可信度；（第二）他沒有辦法查出此人的身分。」

「妳還記得妳告訴這位私家偵探之後、他卻轉告妳並非真相的那些具體細節嗎？」

「當然……」珊卓拉開始細數丈夫說過的某些謊言。

「他並沒有住過薩頓廣場街十九號，其實那裡早就改建為某棟集合式建築。」

「他沒有念過耶魯。」

「他自己宣稱念過的其他學校，其實也都沒有念過。」

「他沒有在波士頓第一銀行工作過。」

「他並沒有一九六〇年出生於紐約市的證明。」

總之，博絲說道：「他說過的字字句句全都是假話。」

身為哈佛商學院的畢業生，又是麥肯錫的年輕合夥人，居然成了這種天大騙局的受害者，不知道她是否有丟臉的感覺，就算有，在法庭裡也並沒有顯露出來。而且，當她知道消息的時候，也並沒有受辱的表現，反而在最後拿到了控制權，在耀武揚威先生底下的怯懦妻子的時日，已經結束了。

博絲與律師諮商的過程當中，她擬定了計畫。她知道克拉克痛恨法庭，她說道：「我注意到當我們因為小事而站在法官面前，他就會變得相當緊張……」所以她決定要製造一場被她稱為「大戲」的計畫。她的律師們「將遭到惡意對待的一切事項」以及神秘的無盡謊言，全部寫入了某份宣誓書，然後提交給處理博絲與洛克斐勒離婚案的遺囑認證法院。然後，他們等著看洛克斐勒會做出何種反應。

博絲說道，她的老公「嚇得要死」。兩天後，他的律師打電話給博絲，根據她的說法，對方是這麼說的：「克拉克有和解意願。妳可以留下蕾恩，帶她去倫敦，他只要一百萬美金。」

她的工作正好給了她一個出路。之前，她曾經被問到是否想接倫敦辦公室的某個職位，現在，她告訴上司：「要是那個位置還在，我想要接。」她說道，「因為我覺得這個完全沒有身分的人太可怕了，我必須要把女兒帶離美國，不能給他綁架的機會。」

從波士頓的辦公室搬到倫敦，表示她少掉的薪水超過了一百萬美金。不過，對於珊卓拉來說，只要能夠在自己與即將成為前夫的那個人之間、有一座海洋的距離予以相隔，非常值得。她告訴洛克斐勒的律師：「能夠擁有完整監護權，我很滿意，那我們就來討論數字吧。」

她把他的一百萬美元砍為七十五萬美元，他的回價是八十萬美元。珊卓拉說道：「我們最後談定的數字是八十萬美元，他還要兩台車、一件禮服，還有我的訂婚戒……」至於是哪一套禮服——又為什麼要留下來——在審判的時候並沒有予以討論。不過，從先前的角度看來，不願意或是拿不出證明自己身分文件的洛克斐勒，絕對沒有任何的勝算。博絲拿到了一切：寇尼世的歷史豪宅與教會、燈塔山的聯排屋，還有，最重要的是，蕾恩的監護權。

法官同意了她把小孩帶到倫敦的要求，這對母女將會搬入位於高檔倫敦騎士橋住宅區的某間美麗屋宅，這名溺愛女兒的父親一年可以在法院監控的狀況下，探視女兒三次。

博絲被問到這個問題，「妳為什麼想要法院監控的探視？」

「因為我覺得他會綁架她。我知道他很護衛自己的隱私，我知道他拿不出自己宣稱身分的證明文件，我深信他一定有另一個令人恐懼的身分。」

洛克斐勒別無選擇，只能接受她的條件，她在大陪審團面前逐一細述：

「我（將會）擁有蕾恩的完整監護權。他會拿到八十萬美元，分三次支付。有一點很特殊，我們兩人都不能出書。他一年有三次監控人員陪同的探視權，地點是波士頓抑或是他可以證明是自己居住地的城市。」

探視的架構非常嚴謹，「不能過夜，在第一年的三次法院監控探視的時候，他每天可以與女兒相處八小時，連續三天。在探視之前與之後，他必須要與自己的心理治療師見面，而所有的探視條件都必須事先協商取得共識。」

珊卓拉．博絲帶著女兒，於二〇〇七年十二月二十三日搬到了倫敦。

「就在聖誕節的前四天，她把女兒從我身邊帶走，實在歹毒，」洛克斐勒後來說道，「我只是想要和她在一起，我想要早上叫她起床，送她去上學，陪她走路去搭巴士，等她放學。在晚上的時候弄東西給她吃，哄她上床睡覺，日復一日都是如此。」

克拉克的星巴克小組朋友鮑伯．史科魯帕回憶過往：「在（離婚協議）聽證的那一天，他傳了簡訊給我：『我剛剛簽下了凡爾賽條約……』」他指的是終結第一次世界大戰的條約，德國雖然抗議但最後只能簽署。星巴克小組的另一位成員約翰．葛林恩也補充說道：「他放棄了自己對女兒的所有權利，換來的是八十萬美金，還有，再也不需要接受盡職調查——也就是說，不會有人追究他的真實身分。我們還是會待在這裡的星巴克，而他的小孩卻離開了，以合法方式被帶到倫敦。我想他拿了她的錢之後就後悔了。我猜，當他收下錢的那一刻就已經開始計畫要如何把女兒奪回來。」

19

奇普·史密斯
馬里蘭州的巴爾的摩

在二〇〇七年的佳節期間，貌似破產的克拉克·洛克斐勒走在燈塔山街頭。他現居那間位於燈塔街七十三號的三樓單身公寓，紙箱一直沒有打開，也沒有好好擺放家具，珊卓拉會支付那裡的六個月租金。不過，雖然他有暫時棲身之所，但他還是宣稱自己成了無根飄蕩之人，因為他沒了女兒，沒了平克尼街的聯排屋，拜妻子似乎深不見底的銀行帳戶與她的信用卡之賜，長期享受的影響力也沒了。

親眼見到克拉克逐漸頹敗的某個朋友說道：「他告訴我，他花了八十萬美金打監護權之戰，而且還得支付珊卓拉的律師費一百二十萬美元，他完全破產，得要開始找工作，我覺得這說法很好笑，因為他以前從來沒提過自己有工作。」

在二〇〇七年的聖誕節，洛克斐勒與藝術家威廉·奎格利與他的家人一起共度，地點是奎格利妹妹位於波士頓的住所。有小朋友出席慶祝活動，似乎更加深了洛克斐勒的愁緒。「看到這些小孩跑來跑去，只是讓我覺得好悲傷，」他告訴奎格利，「我好想念司努克絲。」當天晚上，有人詢問他那些現代藝術藏品在他離婚後的現況如何？「我得要把我所有的藏品交付家族信託公司，所以我現在一幅都沒有了……」他補充說道，要是這樣壓力還不夠沉重，還有更慘的事，他的前妻現在要求他支付更多的錢，每個月高達一萬五千美金。這位藝術家的妹夫詢問洛克斐勒，為什麼不直接搬到倫敦？這樣一來就可以在女兒身邊。「你是洛克斐勒家族的成員啊！」他提醒對方，「你要做什麼都不成問題。」洛克斐勒哀傷回道：「一切都沒了。」奎格利回憶過往，「他老是說：『我真的很想她！』他完全崩潰，柔腸寸斷。」

不過，他似乎從贏取女子芳心這一點找到了慰藉。「他身邊老是有美女相伴，」他的藝術經紀商朋友薛爾頓．費雪說道，「他還曾經把『迪克西女子合唱團』的某位成員介紹給我。」另一名朋友補充說道：「他喜歡金髮妹。」自從他在曼哈頓某間藝廊派對巧遇我的朋友羅克珊．威斯特之後，他就使出死纏爛打的功力、全力進攻這位出身西德州油業家族的年輕女子。共進了一次午餐之後，他開始發動他自稱的「簡訊調情」，他一直提議要見面，但是卻擔心無法從波士頓前往紐約，因為該地的私人俱樂部住所都已經客滿，而他身為洛克斐勒家族的一分子，不能住在一般的商業飯店。有一次，他發出這樣的簡訊：「祝妳母親節愉快……」而在六月一日的時候，他傳訊文字如下：「拜託，拜託，拜託千萬不要以為我對妳置之不理，這禮拜超忙，才剛剛告一段落。超想見妳，我今晚會打電話。我剛從百慕達回來，在那裡租了一間夏日度假屋，現在是絕佳時節。」

他開始努力演出某場煞費苦心安排的猜謎遊戲。有一次，當他與羅克珊通話的時候，他甚至還假裝在與女兒對話，當然，她那時候早就已經住在倫敦。當羅克珊最後一次收到他傳來的簡訊的時候，她早就確定這傢伙是個大騙子，將成為她的拒絕往來戶。她說道：「我就是覺得一切都是鬼扯，他才不是自己宣稱的那個人。」

他在波士頓社交場合出現的最後身影之一，是保羅與海倫．威斯林夫婦在位於聯邦大道的自宅辦晚宴。當洛克斐勒受審的時候，當晚的某名賓客，資深投資經理人納森．培爾茲上了證人席。「我們正在喝雞尾酒，有人告訴我，有另外一名客人過來了。」培爾茲講述證詞，而這位客人就是「被告」。當被問到洛克斐勒是否有講出自己職業的時候，培爾茲答覆，他記得是與投資業有關。「我一直記不太清楚那間公司的名稱。我猜可能是私募基金，我們的主人也是在同一領域。我已經很習慣聽到別人告訴我，『我為某某某公司工作。』」

培爾茲也作證提到：「他說他住在燈塔山，最近剛失去了小孩監護權。他本來有個小女兒，他說叫司努克絲，或是司努克姆絲吧？他說那是在英格蘭的非婚生子女，而小孩的生母有點算是打算要切斷關係，而他一直是以單親爸爸之姿撫養小孩。他說，那母親決定要把小孩帶回去，還說因為麻州某位法官的庭諭，他的孩子真的被帶回了英格蘭……他從來不曾提過有老婆的事。顯然他是心情紛亂，而且認為法院做出了不公判決，居然核准了那位母親的監護權。」

雞尾酒時段結束之後就進入晚宴，洛克斐勒在席間依然無法放下司努克絲的事。「他失去了她的監護權，他一直講個不停，」培爾茲在法庭中說道，「他對此非常憤怒。我問他為什麼不直接回到法庭找法官好好談一談？他暗示要是法庭沒辦法解決這個問題，那麼他很可能就要前往英格蘭，把小孩帶回來。我認為，他這番話的意思就等於是綁架。」

克拉克．洛克斐勒雖然是他小心翼翼養出的人設，但卻開始逐漸凋零，另一個身分開始誕生。這段重新創造過程的起點是二〇〇七年十一月，這甚至是早在他失去司努克絲監護權之前的事，他發了一通電郵給巴爾的摩的黑曜石房地產仲介公司。這間公司的老闆之一茱莉．葛契兒，收到了這封郵件，後來在克拉克．洛克斐勒受審的時候也坐上了證人席。

這位年輕金髮女子，身穿白色棉質洋裝，在洛克斐勒受審的那段期間，至少懷有六個月的身孕。她先講了一些自己公司的狀況，她與兩位合夥人開了這間公司，旗下有二十七名簽約的獨立仲介，負責大巴爾的摩地區，檢察官詢問她是否認識坐在被告桌，身邊有律師相陪的那名被告。

「妳認識他的時候，他叫什麼名字？」

「奇普．史密斯，」她補充說道，「他發了一封電郵到我們公司的洽詢信箱，他想要搬到巴爾的摩，是二〇〇七年十一月中旬到下旬的事。」

「在第一封電郵當中，他是否有提到關於自己的任何資訊？」

「只有說他人在智利，會在隔年春天搭乘遊艇回來，準備要住在巴爾的摩。」

她被問到這個問題，「妳有沒有回覆他的電郵？」她說當然，在二〇〇七年秋季的時候巴爾的摩地產市場一片火熱，競爭激烈，只要是正常的仲介都會知道來自智利的電郵，願意花五十萬美金找房落腳，都等於是房仲業的一記灌籃演出。她說道：「他想要了解巴爾的摩以及各個社區狀況，那是我的職責……」

在那個時候他還沒有向她透露姓名，只有給她電郵而已：svshenandoah@gmail.com。「隨著我們的信件不斷往返，最後得知了一大堆的資訊，」茱莉．葛契兒說道，這都是因為「我方提出例常性的探詢為了要了解他……幫助他找出想要居住的區位……他有個女兒，需要有父女兩人居住空間的房子，他想要住在市區，然後他會接受某份合約制工作，我猜應該是建造那一行吧，遊艇業」。

葛契兒被問道，這名水手提到自己女兒的時候是怎麼說的，他自稱女兒名叫慕菲。「我知道他有個七歲的女兒，與他一起待在船上。」

「他有沒有講述自己是怎麼在船上養育一個七歲的女兒？」

「只有提到受教育的事。她接受『卡爾維特學校專案』，其實這間學校本部就位於巴爾的摩。他想要市區的聯排屋，最好有頂樓平台區，接近卡姆登球場最好，這樣他可以好好投入自己對棒球的嗜好。他說，因為他會在智利附近航行，所以電郵很難收發，時斷時續。」

「他有沒有提到女孩生母的事？」

「她是代理孕母，而且他已經毀掉了她身分的所有文件……」她還說他也燒毀了出生檔案資料，確保女兒永遠不會發現生母的身分。他告訴仲介：「她不需要知道……」

收到那封電郵的晚上，茱莉．葛契兒把這名潛在新客戶的事告訴她先生，名叫奇普．史密斯的船長。

「他是水手，」她說道，「哪裡有錢買房子？」

她丈夫回道：「這些簽約制的船長賺得很多。」光是憑那句話，就讓茱莉．葛契兒吃下定心丸，她立刻開始尋找合適物件，等待這位船長一到巴爾的摩就可以立刻帶看。

他們靠著電郵與簡訊來往了好幾個月之後，這位船長終於給了葛契兒一些特定方向。「在二月初的時候，我們開始討論他要怎麼從另一個國家搬過來，還有該怎麼安排住宿。住在飯店是否有足夠的時間找尋物件？還是需要先短租？所以我們為他安排短租……就在我們辦公室附近的某棟聯排屋，租期兩個月。」

「為什麼要租屋而不是住飯店？」

「他不喜歡飯店，」她說，根據他的說法是，他不信任他們。她為奇普．史密斯安排的住屋位於南沃爾夫街，就在她仲介辦公室的後面，每月租金是兩千美元，起租日是他預計到達的四月。她以為那封電郵的名稱就是船長的姓氏，於是以其為名草擬租約。「『真有趣，』他在回覆的電郵中寫道，『那封電郵名稱是我的船名，我的名字其實是查爾斯．史密斯。』」她作證說道，「他告訴我，他討厭查爾斯這個名字。」他叫她喊他奇普就好。而在他到達之前，奇普已經先寄出了好幾箱的個人用品到茱莉．葛契兒的房仲辦公室，都是很大的箱子，上面有波士頓的回郵地址，他解釋裡面都是衣物。「因為我到達的時候，身邊並沒有適合北方區域的衣物。」當她問道他明明說自己來自威斯康辛州、這些箱子為什麼是從波士頓寄過來的時候，他是這麼回答的：「哦，我在念哈佛的時候，留了一些個人用品在那裡，這是哈佛校友的權利。」

他們安排在辦公室會面。當史密斯漫步走進來，葛契兒定睛打量了兩次。「他與我預期的完全不一樣……我以為他會是一個身材高大、有黝黑曬色的帆船好手樣貌……他完全不是。」他的口音讓她聯想到影集《吉力根島》裡的人物索斯頓·霍威爾三世，不過，她後來承認，她之前從來沒有聽過波士頓婆羅門階級的腔調。讓她吃驚的另一點是他的身材太瘦弱，完全不像是水手，與大船船長形象更是相差十萬八千里。她先生曾經就讀南馬里蘭州的聖瑪麗學院，與一群真正的水手混在一起，他們個個身材壯碩，與這個戴著棒球帽與黑色粗框眼鏡、頂著一頭顯然是染過的鮮紅色頭髮的孱弱男士相比，根本是天壤之別。「我完全沒想到是一個身高一百六十幾公分，面色蒼白的……」

他已經事先提醒過她，他不會有任何曬色，因為他這趟旅行幾乎天天遇雨。他說道：「真是萬萬沒想到我拚命航行，卻完全沒有可以炫耀的曬色。」

他到來的時候只有一個人。他說他女兒待在他威斯康辛兩個姊姊的住處，等到夏天的時候再過來。他還說他需要一些合適物件挑屋。當時是四月，他說他需要盡快找個可以安頓的住所，立刻展開新工作：他與某間巴爾的摩造船公司簽了合約，準備要設計、建造，以及銷售頂級遊艇。

由於他根本等於住在隔壁，再加上茱莉·葛契兒本來就為客戶提供二十四小時無休的服務，所以奇普·史密斯很快就成為受到大家歡迎的黑曜石房地產仲介公司常客。當然，這個人有點古怪，鮭魚色的卡其褲，上面還有什麼小魚刺繡，還有他穿帆船鞋的時候總是不穿襪子。但他是客戶，對茱莉·葛契兒來說，客戶為王，「就連我們沒有要準備開會的時候，他也會冒出來。」她說道，「做研究啦、注意自己的那些物件以及市價什麼的，他經常進入辦公室，到處閒晃。」

他們讓他使用辦公室電腦，甚至還給了他一個專屬的辦公室電郵，名稱是奇普。

在法庭裡的時候，她被問到以下這個問題：「所以後來他擁有更大的權限可以進入你們的電腦系統？」

「是的，沒錯。」

「他是怎麼取得更大的權限？」

「我給了他鑰匙，」這裡所指的是黑曜石房地產仲介辦公室的鑰匙，「所以他可以隨自己高興來來去去，因為他得要查找許多內容，而他住的地方沒有電腦……而且，老實說，我不想要每次他有需要過來做研究的時候都得與他打照面。」

史密斯會在辦公室待上好幾個小時之久，「他簡直就像是在那間辦公室跟我們一起工作，」葛契兒補充說道，他會坐在電腦前面，「盯著船艇設計圖、金價股價啊之類的東西。」

當然，他有能力可以買下高價房產，這就沒差了。葛契兒很早就發現到這一點，當他準備要看那些五十萬美金的物件，她請他填寫制式預審貸款表格的時候，「他當時就指出他不會貸款，他會付現金。」

「好，我現在可以信任妳了。」當他們準備要看屋的時候，他對他的仲介說道，「我帶了一大筆錢來到這裡，就是不希望別人知道我有錢，因為每個人都會跑到我面前伸手。」

「好，你來對地方了，」茱莉．葛契兒說道，「因為這裡沒有人在乎你到底有沒有錢。」

她指的是巴爾的摩行事低調的南點社區，因為那裡的居民不會因為看到錢而覺得有什麼特別之處。「你要知道，你可能旁邊坐的是拖船的船長，另一邊是骨科醫生，他們幾乎是希望你有錢也不要提這檔子事，搞得大家尷尬。」不過，他並沒有什麼收斂之意。當葛契兒邀請他參加某場辦公室交誼活動的時候——她說道：「這是認識大家的好方法！」——他面色猶豫，「我沒有派對的衣服……」最後，他現身了，戴著一頂白色水手大軟帽，搭配淡粉紅色長褲，那間辦公室員工稱其為「奇普．史密斯的跑趴褲」。

奇普．史密斯還有其他的特點。他只吃「白色」食物：比方說雞肉沙拉搭配白麵包、白煮馬鈴薯、白色切片火雞肉、水煮蛋的蛋白。「而且上面不要加任何東西，」當他在午餐時對著女服務生點雞肉三明治的時候，他會特別交代，然後又面向茱莉．葛契兒說道：「我不能吃番茄，因為我過敏。」當他們在看房屋物件的時候，他總是在使用手機，或者與人大聲暢聊金錢鑽戒啊，還有他女兒不喜歡她自己的名字，「慕菲」，他可能會開始叫她「小不點」。至於他對於住家的選擇，他也有所解釋，街道名稱相當重要，他告訴茱莉．葛契兒，他沒有辦法住在波士頓街，但他願意想像自己住在蒙哥馬利街的情景，他們立刻為他找到位於聯邦丘區段的西蒙哥馬利街十號的物件，他非常中意，屋主是某位律師，對方的書房讓奇普．史密斯很欣賞。

葛契兒說道：「他喜歡這個社區，也很愛這條街的名稱。」不過，他覺得這棟房子需要十萬美金的整修費，「我要砍價出手，」奇普．史密斯告訴他的仲介，「我會付現，應該可以砍個十萬美金。」

對方拒絕了他喊出的低價，而且有另外一名買家立刻撲上來，而且出的價格與買方開價差不多。他立刻依照原本的出價又加了十五萬美金，不過，賣家還是偏好另一名買家，即便少了五萬美金也一樣，這一點讓奇普．史密斯暴跳如雷，他說：「我就是不能輸！」那一天，葛契兒見識到史密斯的另一面，「幾乎像是在鬧脾氣一樣，『我要那房子！我不懂我為什麼不能有那棟房子！我要用現金買啊！』我個人覺得他以前一定是想什麼就一定要得手。」

奇普．史密斯沒有辦法立刻得手，於是繞過了仲介、直接與賣家聯絡，但並沒有辦法讓對方改變心意，反而成功激怒了葛契兒。她說，在那個時候，她開始懷疑花了這麼久的時間，承受了這麼多的麻煩，一心只想要幫助奇普．史密斯找到房子，真的值得嗎？

到了五月初的時候，他想要帆船、遊艇，並不是為了他的遊艇設計工作，而是為了其他原因。他開始注意停泊在安克拉治碼頭的那些船隻，那裡貼有「巴爾的摩頂級遊艇中心」字樣。根據《巴爾的摩太陽報》記者安妮．林斯奇的報導：某一天，奇普在碼頭認識了二十六英尺長遊艇的船主布魯斯．波斯威爾。他趨前自我介紹，報上的名號是奇普．麥克勞林，他詢問波斯威爾是否有意出售他的船，那艘船狀況有點破爛，這位陌生人的開價是一萬美金現金，當時的船價其實也不過就是五千美金而已。後來，那艘船被描述為一堆「破銅爛鐵」，波斯威爾事後告訴《巴爾的摩太陽報》：「我當然很樂意出售。」

他們後來轉入到當地的某間酒吧，麥克勞林開始編造「天大的謊言」，波斯威爾回憶過往的時候使用了這樣的措辭。此人宣稱他來到巴爾的摩是為了要更接近住在市區的妹妹。他還誇耀自己是紐約的私人「世紀俱樂部」的會員，而且他打算買下巴爾的摩的古蹟「五月花劇院」進行修復，讓它恢復往日榮光。

至於購買這艘船，奇普建議他們可以前往他的辦公室「黑曜石房地產仲介公司」進行成交。當他們到達那裡的時候，已經是晚上了，奇普．麥克勞林按下下班時間所使用的安全密碼，然後拿出自己的鑰匙開門進去。當他在算鈔票的時候——他以二十元與五十元美金的鈔票支付一萬美金——還提到他是「黑曜石房地產仲介公司」的老闆。要是波斯威爾稍微花個時間進行確認，就會發現茱莉．葛契兒的某名公司合夥人的姓氏的確就是麥克勞林，不過，他的名字是亨利。

奇普堅持船隻登記人姓名是奇普．史密斯，波斯威爾後來表示，因為「他不喜歡麥克勞林這個姓氏」。雙方圓滿成交，而那艘遊艇依然停靠在布魯斯．波斯威爾哥哥所擁有的船位，新船主要向他支付兩千兩百美元的年租費用。

到了六月六日，洛克斐勒致電「波士頓金條」，這是一間位於波士頓郊區阿爾靈頓的貴金屬經銷商。老闆肯尼斯．莫菲說道：「他打算要買一些黃金……」打電話來的人自稱是克拉克．羅克，給他的地址是波士頓聯邦大道兩百一十七號，他還說他最近因為某起專利訴訟而拿到了兩百萬美金左右，打算全部都轉為黃金。他馬上需要四十六萬五千美金價格的黃金，六月三十號還要三十萬美元，七月三十一號需要一百二十三萬五千美元。

克拉克．羅克叫莫菲於六月九日到哈佛廣場的星巴克與他碰頭。莫菲回憶過往：

「我覺得他看起來就像是大學教授，有那麼一點貴族私校，常春藤名校的氣質。」當天他就從自己的銀行帳戶匯了四十六萬五千美金到「波士頓金條」，匯款人名稱是克拉克．羅克。等到款項進入莫菲的銀行帳戶之後，羅克就可以領取他的黃金，他想要的是南非克魯格金幣。十天之後，也就是六月二十日，羅克前往「波士頓金條」辦公室領取五百二十七枚克魯格金幣，總重量將近有十八公斤。他把金幣放入公事包，請莫菲載他回去波士頓。

第二天，六月二十一日，羅克再次打電話給莫菲，他說他想要售出他的二十四枚克魯格金幣。不過，三天之後，羅克來電說他改變心意。「他告訴我，他對於克魯格金幣不是很滿意，想要全部換成美國鷹揚金幣。」這是美國鑄幣局發行的官方金幣，幣面是奧古斯都．聖高登的「自由女神」。美國鷹揚金幣交易並不需要稅務或是其他申報資料，所以完全無法追查。到了七月七日，克拉克．羅克帶著裝滿克魯格金幣的行李箱，回到了「波士頓金條」公司，離開時帶走的是裝滿美國鷹揚金幣行李箱，它的面值是五十美金，不過要是以逐漸走揚的金價賣出，那麼每一盎司的硬幣價格就超過了一千美金。一個禮拜之後，也就是七月十四日，羅克又轉了三十萬美元給「波士頓金條」公司，加購了約三百多枚的美國鷹揚金幣，他會在七月二十一日領取。

奇普．史密斯終於在巴爾的摩找到了合適住所，位於某間豪宅後方的馬廄別墅，該豪宅如今已經改建為公寓。地址是普洛伊街六百一十八號，位於維農山社區。茱莉．葛契兒本來是沒打算讓他看那個物件，因為她確定他一定不喜歡那條街名：普洛伊[19]。她萬萬沒想到他非常喜愛。價格是四十五萬美元，包括了交屋時必須完成廚房翻修與更換地毯。史密斯堅持這間房子必須放在他的有限公司名下，PIOY[20]聖帕金有限公司，他說這是他在內華達州註冊的公司行號。

檢察官詢問葛契兒：「達成買屋協議之後，被告還經常逗留在妳的辦公室嗎？」

「沒有，」她回道，「他回到威斯康辛州的老家探望姊妹與女兒……他的姊妹都曾經離過婚，一次或兩次吧……我的基本印象是他對於她們經營婚姻之道不以為然，造成他只要回家的時候都像是在做牛做馬，所以他不是很愛回去。」

那間房屋的成交日原本是六月二十七日，「但因為諸多原因而不斷延後，有些是因為賣方……有些是因為我們這裡出狀況……」葛契兒說道，「（奇普）在歐洲各地旅遊，生了重病，沒有辦法安排搬遷事宜。他一度靠著電郵聯絡上我，那時候的他已經逐漸康復，可以上網了。」

她被問到了這個問題，史密斯於國外旅遊生病的時候，是否曾經接到他或其他來源的隻字片語？「沒有，都是他事後告訴我的。發生地點如果不是瑞士就是瑞典……結果，他們花了四天才真正找出問題。是流感，後來發現是吃了番茄乾之後的過敏反應。」

這句話引發法庭哄堂大笑，但葛契兒依然一臉嚴肅，後續還有許多故事。

他告訴她，他會搭機回來，在契斯特城降落，那是巴爾的摩的私人專機機場，他會使用私人

⑲ 意為奸計。
⑳ 與 Ploy 街名僅有一字之差。

包機——而且他是自己開飛機。他沒有辦法轉帳完成交易，「因為我現在沒有辦法從這個信託帳戶轉帳，」這是他的解釋緣由，所以，他必須以銀行本票的方式支付四十五萬美元購房房款。這一棟馬廄別墅最後在二〇〇七年七月十八日成交，葛契兒被問到他是否立刻搬進去，「我不知道，」她回道，「我知道他要回家打包，開車過來。他出國的時候，留了一些東西在波士頓，所以要收拾那些東西之後，在那個禮拜正式搬過來。」

「你知道是誰幫他搬家嗎？」

「知道啊，貝絲．葛林絲朋，她是我們辦公室的另一名仲介。」

後來，偵辦此案的雷．莫施爾以及喬瑟夫．李曼，告訴我有關葛林絲朋的事，兩人對她都很激賞。二十五歲的她，除了擔任仲介之外，還在安娜貝爾．李酒館打工當服務生與酒保。她是三鐵健將，黑曜石房地產公司的官網上面有她的照片，身材健美，漂亮，深色頭髮的女子，身穿棕色馬球衫，戴的是青綠色耳環。

黑曜石房地產公司的仲介們很快就知道奇普．史密斯個性小氣，而且他們發現他所說的某些故事——比方說，他出現在「新好男孩」的音樂錄影帶裡面——未免也太離譜了一點。不過他答應要給幾千美元的酬勞，而且還外加前往波士頓的交通費，也就是他儲放家當的地方，所以貝絲．葛林絲朋說會找朋友幫他搬家。他為他們買了廉航「穿越航空」的機票，從巴爾的摩飛到了波士頓，然後安排他們入住劍橋的「皇家索涅斯塔飯店」。他對於自己儲放物品的地點一直守口如瓶，第二天早上，有台計程車載這兩名搬家幫手到達波士頓某間雙車庫豪宅交取，他們才知道史密斯都把自己的東西塞在這裡。

那是七月二十二日，前一天，自稱是克拉克．羅克的男子從「波士頓金條」取走了他的三十萬美金的美國鷹揚金幣。

他租了一台二十六英尺長的搬家卡車，不過，當他一發現容量太小的時候，又去租了一台五呎九吋的拖車。所有的物品都是裝在大箱子裡面，非常沉重。

根據警探們的說法，葛林絲朋當場問他：「這些箱子裡裝什麼？黃金嗎？」

史密斯回答：「都是書。」

過沒多久之後，屋主回來了，史密斯說那是他的阿姨，她叫他要盡快結束。「我借用這間車庫的時間太久了，已經開始惹人嫌……」這是史密斯告訴他的搬家小組的說法，還哀求他們要快一點。等到他們把東西全都搬到卡車與拖車之後，史密斯依然留在波士頓，叫葛林絲朋回去巴爾的摩，他還欠她一千四百美金。到了七月二十三日，貝絲．葛林絲朋把卡車內的物品全都放入普洛伊街六百一十八號。在史密斯的指示之下，她找來鎖匠更換了所有的鎖、給了她全新的鑰匙。值此同時，她一直收到史密斯的電郵與簡訊，頻頻問道：「弄好沒有？」

那一天，七月二十三日，奇普．史密斯回到了波士頓，身分切換為克拉克．洛克斐勒。開始進行此生最大膽的行動，準備把眾人當成棋盤上的棋子。

那天傍晚，他打電話給司機達里爾．霍普金斯，向他預約星期五前往紐約的行程，洛克斐勒自稱要參加某場董事會會議。「他想要在早上七點離開，直接參加董事會，參與投票什麼的，希望可以在三點到三點半的時候回到波士頓。」後來，在霍普金斯作證的時候，提到他本來當天有另一名商業客戶，但他還是選擇接克拉克的生意，因為他畢竟是洛克斐勒家族的人，而且，洛克斐勒家族成員可以「讓他有機會接到更多預約電話」，這趟車資是七百美元。

當洛克斐勒的司機朝紐約奔馳的時候，他坐在後座打手機。霍普金斯回憶過往：「其中一通是說要在新堡過週末，他特別提到查飛參議員的兒子。」

掛了電話之後，洛克斐勒詢問霍普金斯：「你知道查飛參議員嗎？」

當然，他知道。那是前羅德島參議員林肯・查菲，知名的洛克斐勒派共和黨人。

洛克斐勒說道：「我是他兒子的朋友……」還提到他與女兒司努克絲受邀在那個週末到新堡與參議員兒子一起出海航行。不知道霍普金斯到時候是否可以載他們？

「好啊，當然沒問題。」

洛克斐勒叫霍普金斯讓他在中央公園南側與第六大道的交叉口下車，他說他步行一個街區左右，前去開董事會。五十分鐘過後，他打電話說會議結束，叫霍普金斯到廣場飯店門口去接他。接下來，他想要趕去JG・美隆餐廳買外帶午餐——「韃～靼～牛肉」——這是後來司機模仿他當時的發音——接下來，要趕回波士頓。

洛克斐勒雙手拿著生肉——餐廳忘了給他餐具——同時一路忙著打電話，還趁空抱怨董事會讓他覺得非常「厭煩又疲憊」。他說，他不需要董事出席的鼓勵品、頭痛或是微薄的費用。而且，他說道：「我已經不工作了。」當他還在工作的時候，他告訴霍普金斯，他為「國防部」執行某些高階任務。

在前往波士頓的途中、霍普金斯聽到的另一通手機通話內容，是關於某個「黏人」的朋友，名叫哈洛德，看來在接下來要帶著司努克絲與參議員兒子出海的那個週末，此人將會成為洛克斐勒的眼中釘。「哦，我又得要帶著他啊？」洛克斐勒對著電話另一頭大聲發牢騷，「一定得要這樣嗎？」

洛克斐勒一結束電話，立刻開始說他想要拋下哈洛德。「他說哈洛德是家族的朋友，是個同性戀，而且非常『黏人』──他老是使用這個字詞描繪對方，頗有控制欲，」霍普金斯回憶過往，「他說此人害他如坐針氈，但因為某種家族關係，他又得帶著哈洛德。」

洛克斐勒沒有講述細節，而這位司機也不敢探詢，他只是問道：「你為什麼不聲請禁制令？」

洛克斐勒回道：「這個人太危險了，可能會傷害我，拜託千萬不要，他還可能會傷害司努克絲。」

然後，洛克斐勒說道，「達瑞爾，好，我知道你最近時運不濟，你知道我可以幫點忙，要是我們可以在那一天把那傢伙弄走──我會付你兩千美金──我看我付你兩千五美金好了。」

霍普金斯除了答應之外，還能怎麼說？他後來對大陪審團說出了自己的理由：

「我知道我要回去佛羅里達，我的生意因整體經濟不佳而一落千丈──我的意思是，我的工作入不敷出，無法支付車貸與出租車牌的保險，我一年要支付五千多美元。當時是夏天，生意非常清淡，我太太和我已經做出了決定，這樣下去是不行的。所以要是這艘船即將下沉，那麼我們全家人都會完蛋。」

「我想，在美國，洛克斐勒這個姓氏可以說是無人不知無人不曉，」霍普金斯說道，「這個傢伙不需要工作，他住在燈塔山，女兒念的是紹斯菲爾德私校。所有的一切——韃靼牛肉、紐約的董事會，關於此人的一切都顯示他是貨真價實的洛克斐勒家族成員，就連他講話的方式也一樣。」

霍普金斯毫不遲疑就說好。為了洛克斐勒，他幫忙甩開一千個哈洛德也不成問題。霍普金斯告訴他：「如果你要擺脫某人，那我們就一起處理。」第二天，他們見面演習計畫，洛克斐勒甚至還在阿爾岡昆俱樂部的泊車小弟面前、練習帶著司努克絲跳入轎車裡的那一段。等到他把洛克斐勒送下車之後，霍普金斯立刻打電話給妻子，他作證時說道：「我迫不及待打電話給她，告訴她克拉克．洛克斐勒要幫助我們脫困。」

霍普金斯把洛克斐勒放在阿爾岡昆俱樂部門口，他隨即打電話給艾琳．洪，他在波士頓海航中心的朋友。她就與達瑞爾．霍普金斯一樣，對於克拉克．洛克斐勒告訴她的一切深信不疑。

這名狀似無辜的圓臉洪姓女子說道：「他是創業投資家、企業家，最近因為某場交易而損失了一千萬美金……」他告訴她，他是單親爸爸，問題超大的前妻在《*Vogue*》雜誌工作。他說，兩人在南塔克特舉行結婚典禮，但是他的壞心老婆「一直不願送出文件」。在司努克絲三歲的時候，她拋棄了他們兩人，「只有在需要錢的時候才會回頭找他」。就洪女看來，那個克拉克．洛克斐勒的確一看就是有錢人，其實，他超有錢，可以恣意把錢花在一般人連想都不敢想的事物，比方說，他打算生第二個小孩，準備要在加州某個被他稱之為「卵子農場」的地方進行受精，而卵子會來自某位體面的媽媽，而且他們會餵她吃特殊餐。他告訴洪女，這樣的小孩將會「完全是我的」。他還補充，想要與他約會的女人一直在排隊，「有一個甚至想要把我鎖在她家裡面，不肯放我走。」

在他們在波士頓海航中心共處的這段時光當中，洪女也變得跟他很熟，兩人的足跡遍布波士頓各地，一直是朋友，不是密友。她知道他正在籌備一齣電視劇，她說，他同時還在「哈佛大學攻讀他的博士學位……天文學或是觀星啊什麼的」。洛克斐勒告訴她，他想要帶自己的女兒，乘坐自己的七十二英尺遊艇環遊世界的時候觀察自己的星象，他還邀請洪女參與他們父女的環遊世界之旅。他說，這樣一來，她就可以在船上教司努克絲彈鋼琴。

七月二十五日，洪女從伊普斯維奇電影院出來的時候，發現克拉克留了語音訊息給她。她回電的時候，他問她：「準備要啟航出發了嗎？要是妳沒辦法同行，我不會生氣，但我現在要知道答案。」

她告訴他，這是不可能的事，而且還補了一句：「我喜歡我的陸地生活。」他說他與司努克絲明天準備要前往新遊艇，目前停泊在紐約，他詢問艾琳可否載他們過去，他願意支付五百美元。她說當然沒問題，但不能在星期六，她解釋因為她得要幫忙某位朋友的募款活動。「這樣啊，」洛克斐勒說道，「我是真的想要在星期六出發，不過，我盡量重新安排一下。」

第二天早上，他打電話給她，星期天沒有問題。「要不要星期天中午的時候從波士頓海航中心出發？」

洪女回道：「那我就在那裡與你會合。」

當洛克斐勒在週六早上打電話給洪女的時候，他要與他棋盤上馬上準備就定位的第三枚卒子相見，只剩下幾分鐘的時間而已了：法院指派的資深社工，他在達里爾・霍普金斯面前所描述的「黏人的朋友」哈洛德（卻不是說他的真名霍華德）・亞飛。洛克斐勒告知這名社工，他「從佛羅里達州飛過來」，亞飛沒有理由不信他，他知道洛克斐勒是非常忙的人。他離婚後第一次與女兒相見的時間本來預定是四月，但是被他取消了。最後，他在法院監控下，與女兒第一次相會的日子——七月二十六日星期六——終於到來。

早上十一點鐘，霍華德・亞飛在聯邦大道與艾克斯特爾街交叉口，從珊卓拉・博絲手中接下了司努克絲，然後帶這小女孩過馬路，前往阿爾岡昆俱樂部與她的父親會合，後來，大家才知道當初洪女與她的慈善計畫打壞了洛克斐勒的佈局。接下來，洛克斐勒、司努克絲還有那名社工待在阿爾岡昆俱樂部，悠閒度過了兩三個小時。

離開俱樂部之後，洛克斐勒在郵局買了郵票，然後這個三人組到了某間書店。下午三點三十分，他們到了芬威球場，本來是準備要觀賞紅襪隊的比賽。不過，當洛克斐勒準備領取自己預定的門票時，他們卻不肯給票，因為他拿不出有照片的證件。後來，才查出他根本沒有買票，全部都是騙術。當天被艾琳．洪搞砸的原定計畫，必須要等到會面的第二日，也就是七月二十七日星級天。

星期天早上的場景就像是星期六一樣：司努克絲與霍華德．亞飛離開珊卓拉．博絲的身邊、前往阿爾岡昆俱樂部與洛克斐勒見面。他們在俱樂部晃了一會兒，然後散步到克雷頓公園，讓司努克絲玩耍一下。亞飛說道：「我們幫她推鞦韆……」一如往常，洛克斐勒忙著講手機，亞飛回憶當時，「好像是在佛羅里達州的某個案子即將成交。」大約在十二點三十分的時候，這名社工建議該讓司努克絲吃點中餐了。

到了十二點四十五分，他們走到了馬爾伯勒街，司努克絲在她爸爸的肩上，亞飛跟在後面。洛克斐勒把司努克絲放下來、他開始抱怨背痛，同時伸手指向某棟歷史建物給亞飛看，他轉頭過去，洛克斐勒立刻展開行動。「我記得自己被克拉克撞了一下，把我往前推，」亞飛繼續回憶，「是身體的某個粗壯部位。當我起身轉頭的時候，看到了一台車門大敞的黑色休旅車。」

正如同洛克斐勒在前一晚所演練的一樣，父女同時跳上豪華轎車。司努克絲的洋娃娃與背包都從手中飛走，洛克斐勒對司機大叫：「走，走，快走！」

「我伸手抓住車門，」亞飛說道，「我想要上車，而那台休旅車立刻開走。」一切都如同洛克斐勒的事先規劃，絲毫不差，黏人的「哈洛德」的雙手鬆脫車門把手，整個人重摔在地，他躺在馬路上，頭暈目眩，鮮血直流。達瑞爾．霍普金斯熟練遵照洛克斐勒的指示——「右轉，左轉，右轉，左轉！」——最後，他下令讓他們在「白雞便利商店」下車，那裡有一台計程車在等他們，準備要把他們送往波士頓海航中心，那裡會看到艾琳．洪與她的休旅車，她之後要把他們送往紐約。最後，他們終於穿過壅塞的快速道路，進入紐約市，只不過被卡在中央車站前面，洛克斐勒把裝有五百元現金的信封丟入洪女的副座，沒有道別，直接就抓起女兒，消失在車陣當中。

幾個小時之後，達瑞爾．霍普金斯與艾琳．洪就會發現自己被騙了，成了某起父親綁架女兒案的共犯。回到波士頓，可能有腦震盪的霍華德．亞飛，依然在喃喃低語：「他帶走了那個女孩……」而為了離婚付出八十萬美金，這次會面依然由她全面買單的珊卓拉．博絲，哭得歇斯底里，她告訴警察：「你們現在永遠找不到他們了！」

那天晚上，在前往巴爾的摩的途中，已經又切換為奇普．史密斯的洛克斐勒，打電話給貝絲．葛林絲朋。

「我的鑰匙在哪裡？」他問道，「我要鑰匙，我急得要死！」

葛林絲朋嗆他：「那我的錢呢？」

「我有，不過我要午夜才會到。」

她知道這個人緊張焦慮的時候有多麼可怕，所以她同意在他到達之前將鑰匙送到普洛伊街。他在晚上九點十七分傳訊給她：「貝絲，真是抱歉，但是我要在今晚入住。我很樂意支付（前往普洛伊街）的計程車費用。任務完成了沒有？」

葛林絲朋回訊：「嗯，混蛋，我在路上。」

不到兩分鐘，史密斯迅速回覆：「我有沒有說過妳真的很棒？」接下來的文字：「我晚上七點離開匹茲堡，應該會在午夜抵達，」

葛林絲朋回訊：「混蛋。」

他回訊：「感謝出手相助。」

「夠了，」葛林絲朋回訊，「你這樣讓我很不爽。我在騎單車，鑰匙已經在信箱裡，給我閃啦。」

第二天早上，葛林絲朋再次發簡訊給他，詢問那筆欠款一千四百美元的事。「我今天會看到你的人吧？」

「沒問題，今天傍晚見面。」

她在下午五點傳訊給他：「我晚上在安娜貝爾．李酒館上班。」

直到九點二十五分，他才回訊：「我剛回來。妳還在安娜貝爾．李酒館嗎？如果不在的話，我要去哪裡找妳？」

「我還在。」

「馬上到。」

他在十點十分到達，酒館裡擠滿了人，他大步走向還在當班的葛林絲朋，給了她一個擁抱，外加一千四百美金的現鈔。她問道：「要不要留下來喝一杯？」

「我還有事得趕緊處理……」他說完之後就離開了。

等到他上了計程車、準備回到普洛伊街的時候，他傳訊給葛林絲朋：「妳看起來超正……」而她渾然不知——他的女兒，蕾恩．「司努克絲」．博絲，正在普洛伊街等他；葛林絲朋與其他被誘騙參與當日事件的那一堆人也都渾然不知——他是某起安珀警報的主嫌。

奇普．史密斯，也就是克拉克．洛克斐勒，突然成為全美的頭號通緝犯。

20

追獵行動

對於被洛克斐勒丟在波士頓、寇尼世、紐約的那些人來說，他只不過是去進行另一項冒險而已，而這一次要進入的是國際公海。他告訴其中一個朋友，他要開船前往秘魯，然後他又告訴另外一個人，他要航往阿拉斯加，對其他人的說詞則是特克斯與凱克斯群島、百慕達，或是巴哈馬。他這些毫不知情的朋友，成了他縝密脫逃計畫的一部分，構築出含有各種可能之小徑交錯的龐大網絡，想要追查他下落的人，恐怕都會被甩拋在後。

二〇〇八年七月二十九日，MSNBC新聞：

星期二波士頓警方正在調查某起父女失蹤案，令人擔憂的是這名涉入監護權爭奪戰的父親，可能已經坐上七十二英尺遊艇逃往國外，很可能是前往百慕達

二〇〇八年七月三十日，《哥倫比亞廣播公司》新聞：

德拉瓦警方正在調查某名州政府公務員的線報，克拉克・洛克斐勒與他的女兒蕾恩・博絲在

星期二出現在世麥納的某間汽車經銷商的店頭，她目擊之後立即報案。她宣稱自己看到一個衣裝體面的男人——應該是洛克斐勒，還有一個身穿印花洋裝的金髮小女孩，出現在停車場角落，那女子說他們攜帶紅色行李箱。而當她掉頭、想要拍下這對父女照片的時候，他們已經不見蹤影。

二〇〇八年八月一日，倫敦《泰晤士報》：

有人發現神秘的克拉克．洛克斐勒與他所綁架的女兒出現在加勒比海的某座島嶼，線人告訴聯邦調查局，他們是在星期四的時候，乘坐遊艇抵達。四十八歲的洛克斐勒先生，自從上週日在父女相會之際、擄走七歲的蕾恩．博絲之後就開始逃亡。昨天，追獵行動已經轉移到特克斯與凱克斯群島（警方後來證實，有兩人見到克拉克．洛克斐勒與他女兒蕾恩的蹤影，分別是「納帕汽車零件」與「7-11」便利商店的員工。警方向他們出示照片，他們證實無誤。他們說小孩是女生，不過頭髮卻剪得很短，像個小男生。該名男子在某間店內曾經使用威士信用卡，上面的名字是大衛．M．吉伯森）。

二〇〇八年八月二日，倫敦《每日電訊報》：

顯然全美與國外都傳出了目擊這對父女的消息。在過去六天當中，所有誤認為自己認識他的人——其中也包括了擁有他們女兒監護權的前妻——拚命想要知道的不只是他在哪裡，也想要追出他到底是誰。到了四十八歲這個年紀，沒有駕照、沒有社會安全號碼、工作，或者從來不曾繳交過一毛稅金的美國人，並不多見。

這位移民的美國人生，仰仗的全是女性的仁慈——而且通常包括了她們容易受騙的特點——打從他的第一任妻子．傑斯爾德，乃至房東迪蒂．索荷斯、聖馬利諾的那些寡婦，一直到珊卓拉．博絲。不過，到了現在，有一組女性對他緊追不捨，領頭的是聯邦調查局的諾琳．葛莉森，當局判斷這很可能是跨越數州的擄人案之後，就立刻由聯邦調查局接手。

綁架案過了二十四小時，葛莉森與洛克斐勒家族的某名代表通話，她與底下的幹員都以為他們追捕的對象的確是這個知名家族的成員。「我沒有理由判定他不是洛克斐勒家族的人，」她說道，「但這種事真的並不符合洛克斐勒家族成員的行為模式。」

這位洛克斐勒家族代表告訴葛莉森：「我們從來沒聽過這個人。」

幾個月之後，我與葛莉森在她的波士頓辦公室會面，洛克斐勒謊稱了這麼多的地點，得以困住一大群聯邦調查局的幹員，依然讓她覺得不可思議。她說道：「我們一開始會朝某個方向，某條線索進行偵辦，然後追到底之後，一無所獲，」她以大家誤以為的秘魯作為例子，「他曾經聯絡過秘魯政府，所以當我們開始訪查我們通常會追蹤的事項的時候，果然有暗示他往那個方向而行的麵包碎屑，然後，等到我們追到最後才會恍然大悟：他根本沒有這麼做！所以我們又得退回起點，另闢蹊徑，然後又是一次翻天覆地的查訪，一無所獲。而且，這並非我們開始之後，只走了一兩公尺就停下來，我們走了一兩公尺，然後會有別的誘因讓我們繼續下去，一小片的起司，他跟某某講過話，然後某某真的向我們證實：『對，克拉克告訴過我，他有這個打算，還給我看過地圖。』」

事後看來，就連他在綁架案前一晚的住所，似乎也是計謀之一。大多數的人都以為洛克斐勒當時下榻在阿爾岡昆俱樂部的某個房間，他在七月二十七日早晨在此與女兒及社工會面。不過，他其實住在與他有染的某名女子家中。那女子說道：「我剛從杜拜回來，不但有時差還有宿醉，不過，那一晚我還是努力打起精神與他共進晚餐……」她還提到他靠著自己的良好儀態、讚美、熟練的拉丁文，還有他對她小孩所流露的體貼之情，追她追了一年多之久。她還說他個性小氣，不會住在阿爾岡昆俱樂部，所以他經常住在她家，最近常常把裝黃金的空箱留在她家客廳，講到他女兒的時候就態度焦急，「我一定要把她帶回我身邊！」在綁架案發生的前一晚，他們在「棕櫚牛排」共進晚餐，然後回到她家。那女子回憶過往，「第二天早上，他人就不見了。」在那一夜的稍晚時段，他到某個朋友家停留了一會兒，在那裡喝了一杯水。幾天之後，當警察過來的時候，他還沒有洗那個洛克斐勒使用過的杯子，所以警方才能夠靠它採指紋。

當局分析過那些指紋之後，發布嫌犯與女兒的照片，希望有人可以認出他。七月三十一號，珊卓拉錄了一段激動錄影帶，向前夫發出懇求，在全美電視台播放，她身穿簡單綠色上衣，頭髮亂七八糟。

「克拉克，」她聲音虛弱嘶啞，語氣完全沒有起伏。「雖然狀況已經不一樣了，但你永遠是蕾恩的爸爸，我永遠是蕾恩的媽媽，我們兩個都深愛她，把她的利益與幸福放在我們心中的第一位。現在，我拜託拜託你，把司努克絲帶回來。一定還有更好的途徑可以解決我們的歧異，不需要靠這種方式。」

然後，她喊話的對象換成了女兒。「蕾恩，親愛的，我愛妳，而且非常想念妳。記得，妳永遠是公主。」

這一段影帶，加上顯示克拉克・洛克斐勒照片的通緝海報，引來全美各地的通報來電。在康乃狄克州的柏林，史提夫・賽維爾（愛德華的弟弟）告訴美聯社，他「百分百確認」警方在追捕的男子是克里斯提安・奇徹斯特，三十年前住在他家的外國交換生。在密爾瓦基，艾咪・傑斯爾德的丈夫也向《帕薩迪納星報》的記者證實，他的妻子曾經與這名綁架嫌犯結過婚，「但只有一天之久。」《波士頓環球報》也聯絡到艾咪的另一個妹妹貝絲，她告訴報社記者：「他們不像有交往過。就我看來，等於算是貪圖方便行事。」

在加州的聖馬利諾，瑞典裔的理髮師楊恩・艾德諾爾告訴記者，那名逃犯是克里斯多福・奇徹斯特，一九八〇年代、住在聖馬利諾的英國貴族，他宣稱自己與蒙巴頓閣下有親戚關係，然後，突然人間蒸發。「當我一看到照片，我立刻就知道是他，」楊恩說道，「那髮型，還有那顆頭——我剪了好幾年了。」在康乃狄克州的格林威治，金融業的老將們認出那個謎樣男子是克里斯多福・C・奇徹斯特，曾經當過電視節目製作人，在一九八〇年代末期，至少待過三間投資公司，然後就突然消失了。而且，在紐約、寇尼世、波士頓有許多人都知道他是克拉克・洛克斐勒，出身全美最著名家族，很優秀但個性有一點古怪。

不過，他們都是在以前認識這名逃犯，對於警方來說，他們提供的敘述幫助有限。現在需要的其實是在克拉克．洛克斐勒——不管他到底是誰——以誇張方式逃離波士頓之後，有人確切目擊的線索。

房仲茱莉．葛契兒說道：「當他（還）在巴爾的摩的時候，我們並不知情……」她當時多多少少想要努力忘記她這名獨特的客戶，買下了普洛伊街六百一十八號馬廄豪宅的奇普．史密斯。她以為他搭乘自己老是掛在嘴邊的遊艇離開了，或者是去找威斯康辛的姊姊們。然後，她接到黑曜石房地產仲介公司另一名合夥人辛蒂．紐柏格的來電，她看到《今日》節目有關洛克斐勒綁架案的新聞報導。

紐柏格留話給葛契兒，「我覺得電視上的那個人就是奇普！」等到葛契兒聽取留言的時候，發現紐柏格又留了好幾通，葛契兒回憶當時：「她說：『緊急狀況！緊急狀況！打電話給我！我嚇死了！』」

葛契兒保持冷靜，在網路上觀看《今日》節目的段落。螢幕上的嫌犯、以及那個讓她抓狂的挑剔船長，的確有相似之處，但是她並不能確定他們就是同一人，她這麼告訴紐柏格，「我不知道那是不是他……」葛契兒向我解釋，她之所以無法確定，是一位奇普．史密斯「總是戴帽與眼鏡」。

但是紐柏格卻相當堅持：就是奇普．史密斯，她說道：「我們一定得採取行動。」

貝絲．葛林絲朋，幫助史密斯把家當從波士頓搬到巴爾的摩的黑曜石房地產仲介公司員工，也同意紐柏格的看法。她也看了《今日》節目，她告訴葛契兒，就在兩三天前，史密斯到安娜貝爾．李酒館找她，支付搬家費的欠款。「所以，他真的為了給貝絲錢而從躲藏處跑出來，我覺得這一點都不合理，」葛契兒說道，「我的意思是，為什麼？我猜是因為他已經精心策劃好自己不會被抓到，然後他想要付清這裡的欠款——他不想給自己留下惡劣名聲，而且覺得不會有人找得到他。」

關於他對於自己又創生另一段人生的想法，的確是被她說中了。後來，他在某次受訪的時候表示，在巴爾的摩與女兒共處的那段時日，代表了「極為開心的六天」，他還補充說道：「我想要徹底改變我的生活。其實我再也無法負擔住在波士頓的費用。我一直很愛巴爾的摩。在波士頓，這幾乎不可能，而在巴爾的摩，可能性卻很高。」

對方問他：「你是要一直躲藏下去？」

「這種說法未免太極端了一點，」他回道，「我只是想要過著低調的生活。」

對，他發出了哀嘆，那些靜好歲月「結束得相當突然」。

雖然葛契兒的房仲同事們堅持克拉克．洛克斐勒就是她們的奇普．史密斯，而且應該要通知聯邦調查局，但茱莉．葛契兒卻依然猶疑不決，她後來承認，對於打電話報警，她覺得「壓力沉重」。

「貝絲驚叫：『我們得打電話！』而我說：『我不希望媒體知道是我們告密，透露他在巴爾的摩！然後他們又抓不到他的人！我覺得害我的家人處於危險狀態之中並不恰當』。」

不過，她在那一晚看到另一台新聞頻道播出這起案件的報導，葛契兒確定綁架自己女兒的那名男子就是她的客戶奇普・史密斯，某名記者提到嫌犯後腦勺有一撮白髮，她注意到奇普的確有這個特徵。這件事點醒了她：她知道自己一直心裡有數。她知道這個行事誇張的假船長其實是個騙子，當初刻意挑選一個他認為「我們這些鄉下普通人居住」的沒沒無名之地，而且選中「類似我們這種小型的本地仲介公司」，搞出他最後一次的騙局。這一切的低劣行徑——裝腔作勢、慢慢無盡的需求、亂發脾氣、謊言——害茱莉・葛契兒火冒三丈。

「他一直窩藏在巴爾的摩？」她後來驚呼，「抱歉我爆粗口，但當我聽到那消息的時候，我差點噴尿。我的意思是，他真的待在這裡？我們以為他去了特克斯與凱克斯群島。」

她與先生打了一通匿名電話給聯邦調查局的全國舉報專線，不過電話蜂擁而至，她一直沒有接到回電。然後，葛林絲朋打電話到巴爾的摩的聯邦調查局分處，她劈頭說道：「我知道克拉克・洛克斐勒在哪裡……」第二天早上六點鐘，葛契兒已經在聯邦調查局辦公室裡面。她說道：「我把一切都告訴他們了……」從那棟位於普洛伊街的房屋到她客戶破爛遊艇的停放位置，她交代得鉅細靡遺。葛契兒還讓幹員們與她哥哥聯絡，他願意讓他們在他家監控海岸狀況。「我把（奇普・史密斯）當地的手機號碼給了幹員，我想他們應該有鎖定追蹤……」她的意思是，他們靠著那個號碼追查出嫌犯的下落。此外，葛林絲朋與紐柏格也配合聯邦調查局辦案。

現在，在巴爾的摩的這三個女人，將會是他終告落網的關鍵角色。

八月三日星期六的凌晨一點，他們開始針對普洛伊街六百一十八號進行監控。那是一棟褐磚兩層建築物，幾乎沒什麼家具，四處散落未拆封的紙箱。透過橢圓形大窗戶，他們可以看到某個拆封的雪利酒酒盒，還有一張小畫斜靠牆面。奇普·史密斯與他的女兒應該是在屋內，不過，他們監控了將近十二個小時之久，卻沒有發現任何動靜。負責這場追獵行動、來自波士頓的諾琳·葛莉森，認為這是不祥預兆，因為她知道洛克斐勒是經常熬夜搞電腦的夜貓子。她說道：「我們苦追了這麼多線索卻宣告失敗，很擔心他本來待在那裡又離開了。」

他們的第一優先任務是要把小孩安全救出來。「我們希望她留在屋內，但我們希望他走出來，」葛莉森說道，「這時候我們得耍一點花招。」

茱莉·葛契兒前一天早上已經把他停放破爛遊艇的位置告訴了幹員。透過某扇船窗，他們的確看到了載明「奇普·史密斯」姓名標籤的檔案，應該是他打算開啟新生的計畫。所以，他們知道已經找到人了。為了要引他一個人走出普洛伊街住處，聯邦調查局叫船塢經理打史密斯的手機通知他，他的船艇進水了。

他回道：「我這就過去。」

十多名帶著突擊步槍的警員與聯邦調查局幹員，悄悄包圍史密斯的屋宅，他的鄰居們好奇盯著一切，但不覺得有什麼好訝異的。根據《巴爾的摩太陽報》的報導，其中一名鄰居是蘿倫·葛里澤爾，二十六歲的約翰霍普金斯醫學院研究員，她早已從他的仲介那裡聽到了這名新鄰居的消息——他要求她必須移除她家的烤肉架，因為遮蔽了他看往她住家方向的視線。「他說他要打電話給消防隊，我會接到罰單，」葛里澤爾告訴《巴爾的摩太陽報》，「我的態度是：『隨你便啊。』」他顯現出自己之前在寇尼世的那種跋扈態度。她還說史密斯的家裡總是一片漆黑，「就連到了晚上也沒有燈光。」

諾琳．葛莉森說道，史密斯接到了船塢經理的來電之後，「他花了十五到二十分鐘的時間做準備，值此同時，我們真的看到了那個小女孩蕾恩在四處走動。探員們告訴我：『諾琳，我們看得到她。』我問道：『她看起來還好嗎？』他們回我：『對，還不錯。』」

逃犯離開屋子，朝海邊走去。

某名探員大喊：「喂！克拉克！」

他轉身。

探員問道：「克拉克，你要去哪裡？」

「我要去買火雞肉三明治。」這是他說出的最後一個謊言，隨後出現了一批幹員將他制服在地，就在此時，其他人蜂擁衝入屋內，救出了小女孩。

當天稍晚時分，克拉克．洛克斐勒在聯邦調查局的巴爾的摩辦公室接受問訊。他的那身打扮，就與上週末在波士頓與司努克絲相會的那兩天一模一樣：天空藍的拉寇斯特馬球衫、卡其褲、沒有襪子。現在，他的衣服髒兮兮，而且短袖袖口正下方的上臂一片蒼白，與曬黑的前臂成了鮮明對比。他戴著黑框眼鏡，沒有刮鬍子，左手被銬在牆面。不過，一如往常，他覺得自己可以完全掌握狀況。

當局挑選聯邦調查局幹員塔咪．哈蒂與警探雷．莫施爾向嫌犯問案，兩人都是從一開始就參與辦案。哈蒂是「孩童綁架快速布建小組」的成員，而雷．莫施爾是波士頓警局的重要警探。當他們接到綁架犯已經落網的電話時，兩人都在華府，正準備要上《美國頭號通緝要犯》節目，講述這起案件。

哈蒂為他唸完米蘭達權利之後問道：「洛克斐勒先生，願意配合我們問案了嗎？」

「嗯，在有限範圍之內，」又加了一句：「叫我克拉克。」

「這個禮拜，你讓我們辛苦奔波，」哈蒂對他說道，「你在測試我們的某些極限。」

哈蒂說，她與莫施爾想要多了解他一點。他自稱平常幫大學生寫期末報告賺外快，他對於自己的童年有健忘症，不過，他相信自己是在紐約市長大；他對於自己小時候的記憶之一就是「搭乘福特的木紋旅行車『鄉間士紳』前往拉什莫爾山」；他在不同的常春藤大學旁聽課程，但其實並沒有真正註冊或是繳交學費；而他之所以會叫洛克斐勒，都是因為他的「教父」，已經過世的哈利．寇本蘭德給了他這個姓氏。

他依然還在完全胡謅模式，顯然他的確覺得自己可以全身而退，就像是先前一樣。他不但努力堅持自己就是洛克斐勒，而且還在警探們面前承認洛克斐勒這個姓氏帶來的權威感，每個人一聽到這個姓氏的時候，它就會發揮「宛若魔咒」的功能。「只要說出自己是洛克斐勒家族的一員，要進入俱樂部輕而易舉，」他一度說出這段話，「如果俱樂部董事會有洛克斐勒成員列名，就可以提升地位。」

這算是洛克斐勒說溜嘴嗎？可能吧，但除此之外什麼都沒有了。警探們完全沒有辦法讓他招供，尤其是到底怎麼會採用這種著名姓氏。哈蒂與莫施爾立刻發覺他會使用這種重要姓氏，部分原因是為了要彌補他的矮小身材，他一直在講自己很矮，他一度表示：「不會有人注意到矮子……」

「你的身高？」

哈蒂說道，他並沒有回答，但某次提到自己身高的時候，他迅速起身，然後又立刻坐在椅子上，這樣他們就可以自己看到他的身材。

這名罪犯說道，除了姓名之外，還有一個讓他的生活更上一層樓的原因，就是他的驚人藝術收藏。他說，某個「投機取巧」的朋友把東西給了他，而這些藝術作品愚弄了每一個人，也包括了他的妻子（後來，他的律師提到那些藏品都是假的，「根本沒有任何價值的衍生物」）。

他也承認自己的女兒解開了他的心防，「蕾恩就像是迷你版的我，」他說道，「就是有辦法擄獲你的心，我的目的是要與蕾恩團聚。」

他們主動要準備東西給他吃，而他堅持要火雞肉配白麵包，他解釋，因為他只吃白色食物。問訊繼續下去，他變得越來越閃避，甚至還頤指氣使，要求必須與他女兒共進晚餐。負責問訊的警探們開始逐漸失去耐心，因為他一直想要模糊焦點。

「我只想跳過桌子、雙手掐住他的脖子，因為他把我徹底惹毛了，」哈蒂說道，「這個人就是賊眼溜溜。」

哈蒂很清楚，大多數的父母綁架小孩案件，其實與小孩無關，而是與另一半相關——其中一方利用小孩當成向對方復仇的工具。就克拉克．洛克斐勒與珊卓拉．博絲這起案例來說，完全符合。「因為他有長達八、九個月完全沒有見到人（司努克絲），」這是哈蒂的觀察，而且還說洛克斐勒沒有打電話或寫信給女兒。「沒有，完全是零。」

所以，當他一直嚷嚷「我只是想要當個好爸爸」的時候，哈蒂打斷他。

「不要再給我鬼扯，」她怒氣沖沖，「這與你無關。」

他們之前告訴他，他們必須要知道他的真實身分，因為他的小女兒總有一天會想要知道自己的身世。他們之前在求他，為了你女兒著想，告訴我們你到底是誰。現在，他們採取比較強硬的態度，哈蒂語氣果決。「你跟我們講的一切都是胡說八道。」她起身，以大寫字母在某張紙上寫下這句話，「這都是為了蕾恩」，但他對自己的身分依然不肯鬆口。

哈蒂繼續施壓，「你必須告訴我們實話，不要再玩花招，」她說道，「在問訊過程當中，你一直在說謊，我們有五十名聯邦調查局幹員正在追查你是誰，而你要是覺得這樣還是可以耍弄我們的話……我們會查出真相，我們辦案能力超強。」

她回憶過往，「他就是坐在那裡，對著我再次眨眼睛，然後再次說道：『抱歉，抱歉。』我回他：『不需要抱歉，你到底是誰？告訴我！』」

依然沒有回應。哈蒂望向莫施爾，「雷，要是有人做出克拉克的這種舉動，你的第一個念頭是什麼？」她繼續說道：「隱藏身分、不肯告訴小孩、不肯告訴妻子，還使用多個假名。」

莫施爾說道：「我覺得他一定是要隱藏什麼……」

哈蒂問道：「克拉克，你想要隱藏什麼？」

他不說話。

「你是不是從某人那裡偷了東西？」

沒有回應。

「你有沒有性侵別人？總是一直闖馬路？連續殺人犯？」

哈蒂後來提到，她本來希望對方聽到謀殺那句話之後會「上鉤」，隨即說出有關加州的事。不過，就是沒有。「我覺得他依然盼望可以繼續過著以往的謎樣生活，因為他靠這一招很吃得開，而且還維持了這麼久的時間。」

他可能以為自己可以順利逃脫這種困境，就像是之前遇到的狀況一樣，只要堅守自己信奉的箴言：謊言越離譜，大家越容易相信——就算對著聯邦調查局或警察撒謊也不成問題。

終於，在四小時問訊快要結束的時候，他承認了：「沒有克拉克．洛克斐勒這個人。」

「真的嗎？」哈蒂問道，「那我是在跟誰說話？」

「然後，我繼續唸出那一連串假名，」她回憶過往，「我說：『誰是克里斯多福．克洛威？』」

洛克斐勒回道：「沒有這個人……」

「誰是克里斯多福．奇徹斯特？」

「沒這個人。」

「誰是克里斯多福．蒙巴頓？」

「沒有這個人。」

「所以我在跟誰講話？」

「我不知道，」他很堅持，「我不知道自己的名字。」

不過，幾天之後，警探們就知道了答案，聯邦調查局的指紋分析結果證明了他的身分，如他們所猜測的一樣，正是克里斯提安．卡爾．葛海茲萊特。過了將近十個月之後，他以這個名字在波士頓接受審判。

21

最後一次使詐？

他一直在扮演克拉克·洛克斐勒這個角色，從來不曾停歇。

當他從巴爾的摩看守所出來、被送回到波士頓，必須面對綁架未成年還有以致命武器（他逃亡時所使用的休旅車）傷人的種種指控，他個性外向，博學多聞，迫不及待想要與大家見面打招呼。波士頓警佐雷·莫施爾抽到了這趟押送任務，

有獄卒在旁、戴了手銬的洛克斐勒走出來的時候，周邊圍滿了記者，他們在大吼大叫：「洛克斐勒先生！洛克斐勒先生！」嫌犯似乎很想與他們說話，但莫施爾阻止他，把他推向準備要前往機場的車輛，等一下他們要搭乘飛往波士頓的「穿越航空」航班。

被上了手銬的他，在乘坐飛機的時候一直對莫施爾警佐滔滔不絕，重點是他自稱在紐約市工作的時候，在某間辦公室裡翻閱書籍發現的某起驚人謀殺案。他低聲說道，它被稱之為「帽子戲法任務」，而它牽涉到三名重要政治人物之死——兩位美國參議員，分別是約翰·陶爾與H·約翰·亨茲三世，還有一位共和黨的政治策略專家李·阿特瓦特——這三人在一九九一年某段為期八天的時間當中陸續喪命。他詢問莫施爾：「等到你將來研究這個案子的時候，可否把你的想法

告訴我？」

也許他以為把某個更大的案子交給了這名警佐進行調查，那麼對方就不會注意手中的這起案件，這招沒效。莫施爾詢問某位空服員是否有報紙，當她把當天《波士頓環球報》拿過來的時候，他把它交給了他的犯人。

二〇〇八年八月五日的頭版標題，指紋更添謎團：警方調查綁架犯與加州殺人案之間的可能關聯，此外，還有一張洛克斐勒的邋遢犯人照。這篇報導提到了約翰與琳達．索荷斯失蹤遇害的可能性，不過那時候警方還沒有公布他們的姓名。洛克斐勒仔細閱讀報紙，神情肅穆，然後把它還給了莫施爾。

警佐問道：「好，上面怎麼說？」

「我不想談這件事……」洛克斐勒陷入了這趟旅程當中第一次出現的異常沉默。

「你必須要自己解讀。」

不過，當飛機降落波士頓的那一刻，他的話匣子似乎就是停不下來。他挑選的代表律師是波士頓的老牌刑事律師史蒂芬．賀洛恩斯，律師費將由剩下的離婚協議金支付。國內外媒體的追逐風暴越演越烈，賀洛恩斯鼓勵他的當事人盡量講。「以毒攻毒啊，」賀洛恩斯後來說道，「我們必須要出面，講出他那一方的說詞，強調慈愛父親的形象，這是他的強項。我不斷強化這一點：怎麼可能會綁架自己的小孩？」

不過，當珊卓拉．博絲知道女兒平安無恙，前夫被關起來之後，她還有一個更重要的問題：

他是誰？「他是神秘男，是密碼……」蘇佛克郡助理檢察官大衛・德金在洛克斐勒保釋聽證時說出這樣的話，還補了一句：他是編謊大騙子。「數量之多，而且又變化多端，根本難以追查，就連靠資料庫也一樣。」

洛克斐勒拒絕與加州警方人士見面，在他被逮捕之後，他們已經重新啟動調查索荷斯案。不過，當他與他的律師上了《國家廣播公司》收視率冠軍的晨間節目《今日》，企圖要呈現他自身說法的時候，他又成了以往的魅力男子。節目的工作人員在記者娜塔麗・莫拉瑞絲的率領之下，在納許亞街監獄弄了間攝影棚。當洛克斐勒穿著囚服走進來的時候，簡直像是踏進自己的私人俱樂部一樣，對著每一個工作人員握手，進行暖場。他交疊雙腿，坐在莫拉瑞絲的對面，接受訪問，他展現貴氣仰頭，對她坦承：「通常，我會很享受這種時刻。」

他對於過往記憶支離破碎，不過他的確回顧了某些兒時場景。「我記得很清楚，坐在『木紋旅行車』的後座，前往拉什莫爾山，」他開心說道，「身為休旅車的愛好者，我相信那是有彈出式頭燈設計的六八年份福特。我記得很清楚，我在奧勒岡州採草莓。」

莫拉瑞絲一度問道：「你有沒有殺害約翰與琳達・索荷斯？」

「我這一生都是和平主義者，」洛克斐勒回道，「我是貴格會教友，深信非暴力原則。可以這麼說，我從來沒有對任何人施加肉體傷害。」當被問到萬一女兒在看節目的話，有什麼想對她說的話？他是這麼回覆：「她一定希望我們能夠團聚。」他開始淚水泉湧，聲音顫抖，他繼續補充：「那是我們兩人的共同期盼。」當莫拉瑞絲問他是否覺得有機會再見到司努克絲的時候，他挺直身軀。「娜塔麗……我不能預測未來，我只能盼望，充滿期待。」在這場兩段式訪問的第一段結束的時候，他以蘇格蘭腔調唸出了勞勃．伯恩斯詩作〈獻給哈吉斯〉當中的一小段。

後來，在《今日》節目後續段落之中，莫拉瑞絲訪問了刑事偵辦側繪專家派特．布朗，他對於洛克斐勒的電視表現大感驚奇，「大部分的人都不曾聽過有人這樣侃侃而談，以這種方式進行自剖，我會稱他為心理變態，」她繼續說道，「他是心理變態的騙子，一直在說謊，想要成為眾人關注的焦點。」根據她的描述，他是一個「對他人沒有同理心」的人，唯一關切的是自己，只要是阻擋他前行的人，都可能會有危險，即便是他自己的小孩也一樣，他曾經把她「當成報復妻子的工具」。洛克斐勒一臉陶然向攝影棚裡的每一個人自我介紹，這就是騙子「銷售自我」的明證，讓裡面所有人看到「（他）是什麼人物」。

洛克斐勒下一次也是最後一次接受訪問，是接受《波士頓環球報》三名記者聯訪，這也證實了側繪師的分析。《波士頓環球報》後來的頭版標題是：我不太確定我應該要記得什麼，但我並沒有因此喪失什麼思考能力。

他進入房間的時候掛著微笑，還有一種主人歡迎賓客前來派對的開心態度。他說道：「我是克拉克．洛克斐勒……」他的目光盯著某名訪客，伸出手致意問好。他指甲修剪得整齊光潔，他穿的是流蘇樂夫鞋，身穿囚服。他逐一面向每一名訪客，頷首致意。「克拉克．洛克斐勒，克拉克．洛克斐勒」他以某種波士頓婆羅門腔調說道，「幸會。您好，大家好嗎？」……

他說話的時候會加入「的確如此」以及「相當」的華麗贅詞，一直漫談自己操持「五、六種或七種語言」，還有他正在撰寫的有關以色列建國根源的歷史小說，以及他的研究工作範圍「從物理到社會科學無所不包」，他把自己描繪為全心奉獻的爸爸。

兩個月之後，在史蒂芬．賀洛恩斯前往納許瓦街監獄探視他的當事人的時候，洛克斐勒說他打算要換律師了。他說他朋友並不認同賀洛恩斯的以毒攻毒，講出自己故事版本的策略。他已經找到了由波士頓刑事律師傑佛瑞．迪納所帶領的全新法律團隊，他所想出的辯護理由與史蒂芬．賀洛恩斯準備的「慈愛父親」截然不同。

洛克斐勒打算要以精神異常進行抗辯。

二〇〇九年五月二十八日，傑佛瑞．迪納在擠滿記者與旁聽民眾的法庭中說道：

「這個案子的重點不在於發生了什麼，而是為什麼會發生這種事……」這位身材瘦長，受人敬重的律師迪納，具有深沉男中音音質，他與自己的年輕法務助理提摩西．布拉德爾，對於檢方對他當事人發動的猛烈攻擊，準備要採取貌似雪上加霜的策略，不但坦承洛克斐勒的確綁架了自己的女兒，而且還會逐一列舉洛克斐勒在美三十年欺瞞朝代的各種分身。

不過，迪納認為他的當事人並非是心思細膩的騙術大師，而是患有心理疾病，無法辨明是非的人。他的陳述是某種「自戀型人格失調與妄想失調、浮誇之類型」，而且隨著歲月過去，假面與謊言的不斷累積，狀況越來越嚴重，最後，這個可憐的被告住在一個「迷幻瘋狂的世界」之中。

「隨著每一次的身分轉變，他的個人史也發生了劇烈變化……」律師在法庭裡說明，這些變化變得越來越「顯赫」，最後達到了巔峰等級的洛克斐勒成果，擁有「百億價值」的藝術藏品、洛克斐勒中心的鑰匙，以及許多其他的浮誇內容，對於其他人來說，荒謬至極，但是對於得到這種心理疾病「的人」來說，卻並非如此。

迪納堅持，這起綁架女兒的案件並不是縝密構思的行動，而是二〇〇七年聖誕節的前四天失去了女兒，把他逼下絕崖所引發的「精神崩潰」。

「他深信自己可以與他的孩子進行心靈感應溝通，認為她悄悄對他發出信號，基本上說的是自己需要被拯救……她沒有被好好照顧，（她）陷於危險之中。」

迪納表示，洛克斐勒與自己的記憶徹底隔絕，而且與他最在乎的人被迫分離，他處於瘋狂狀態，他覺得自己別無選擇，只能「拯救自己的女兒。」

被告找了專家證人，包括了某名精神病學家與某名心理學家，他們仔細檢視過被告的狀態，可以確認他瘋了。「不需要什麼複雜科學知識，也無須請出精神病學家，也都可以看出他心理有很大問題，」迪納在法庭中這麼說，「這個人神智有問題。」

迪納做出結論：「其實，要是聽完本案之一切證據之後，各位相信被告犯罪的時候，的確患有造成影響其認知罪行或舉措失當之能力的精神疾病或缺陷，那麼，法官將會提示各位，基於精神錯亂之故，被告即屬無罪。」

洛克斐勒與他的律師團隊所找的那些專家證人，我望向被告，他身穿外套與卡其褲坐在那裡，看起來的確像是瘋子，偶爾還會自言自語。他臉色蒼白如屍色。彷彿講了一輩子的謊言之後，他終於編不出故事了。對於一個經常滔滔不絕的人而言，到了法庭，他絕對不會為自己開口辯護。不過，他透過律師，卻說出了可能是此生以來最大的謊言。我一直在想犯罪側繪師帕特·布朗在《今日》節目中所說過的話，他進入房間，向每個人介紹自己，貌似出於善意，但其實是為了要讓全部的人看到他是什麼人物。就目前狀況看來，可能受騙的對象是陪審團成員，換言之——七名男性和九名女性。

洛克斐勒與他的辯護小組花錢找來的專家證人們，努力描繪某個精神病患的樣貌。「他的父親稱他為『人渣』……」開口作證的是凱斯·艾伯洛醫生。這位著名的心理學家說，他花了十二到十六天的時間檢視洛克斐勒的狀態，被告訴說過往，他本來在德國念音樂，但他父親堅持他必須更換主修，轉換到「職訓路線」。艾伯洛繼續說道：「他公開在洛克斐勒先生面前質疑兒子是同性戀。」艾伯洛也表示，這位父親曾經懷疑過他並非自己的親生兒子，口頭羞辱惡毒至極，逼得這個男孩別無選擇，只能逃走，在美國重新開展人生。

第二位被告的專家證人是鑑識心理學家凱瑟琳·何威，她說道：「害洛克斐勒先生完全無法跳脫出來的成因是，他符合了五項或是更多的（誇大型妄想症）的特徵，他全部符合。」

就在這個時候，大衛．德金搬出了被告辯護方不斷援引的《精神疾患之診斷與統計手冊》，他問道：「對於騙子有任何的診斷方法嗎？」

何威回答：「在那本書裡面，並沒有針對那種詞彙的診斷方法，沒有。」

檢方找來的精神病學家詹姆斯．朱在作證時表示，根據他與洛克斐勒會面時的檢視，顯然被告的精神病是裝的。洛克斐勒自稱他有百分之七十的時間發現自己根本不知是怎麼會變成這樣，因此造成他無法跟正常人一樣。不過，精神病學家向他提問，他給予的答案都「很不老實」又「誇大」，但「顯然明白自己的行為失當之處」。

長達兩個禮拜的時間當中，有一堆令人頭暈眼花的證人與心理專家進入法庭，分析被告的精神狀態，讓他再次成為眾人關注的中心，自我世界裡的明星。大衛．德金不斷詢問證人：「有任何證據可能看出被告出現幻覺嗎？」

「沒有。」這是經常聽見的答案。

「有任何徵象顯示他有幻想症嗎？」

「沒有。」

在結辯的時候，德金在法庭中陳詞：「這起案件與瘋狂無關，而是與操弄人心有關……千萬不要讓他利用這一點逍遙法外，千萬不要讓這種為了讓他企圖得其所願荒唐的辯護方式、成為終生謊言操弄的終點。千萬不要迴避事實，睜大眼睛看清眼前的真相。」

大多數的陪審團成員都很年輕——可能只有四個人超過三十歲——看起來都很容易受到被告影響。當我凝視他們的時候，我心想：「他們很可能會被騙。」不過，他們看待自己的任務卻是態度相當慎重，遵從法官的指示，一定要聽完所有的證據之後才能與彼此討論。

不過，在十二天的審判結束，他們離開法庭、到了樓上房間詳細討論的那一刻，眾人瞬間爆裂。

某名陪審員後來說道：「我覺得自己彷彿置身在約翰・葛里遜的小說裡面一樣！難以置信那個人做出了那些舉動，而妻子（珊卓拉・博絲）居然就信了。那名（轎車）司機，很可憐，只是想要討生活而已，以為自己找到了金主。至於那些警探……」

陪審團的每一名成員都十分確信克拉克・洛克斐勒是個大騙子，而且他綁架自己女兒的罪行當然也毋庸置疑。不過，他再次找到了成功定位，也許是現在能夠讓他脫困的唯一方法，也就是讓陪審團陷入左右為難的窘境。

「他是瘋子！」不止一名陪審員，而且還不止一次說過這種話，「任何正常人都不會做出這種事！」

陪審團成員包括了律師、消防隊員、好幾名大學生（其中有兩名是十九歲的大學新鮮人），還有一位準備攻讀醫學院的年輕女子。他們花了五天以上的時間辯論瘋狂的概念。對，克拉克・

洛克斐勒是瘋子，但他是否已經瘋狂到精神錯亂的地步？不知道自己在做什麼？他們不斷來回交鋒。

其中一人想要把自己當成那名騙子，「好，假設我是克拉克．洛克斐勒，我有這個女兒，我覺得在這場離婚當中，我所受到的待遇並不公平。」她自言自語，「我很愛這個小女孩，她在我身邊已經這麼久了，我得要把她帶回來。我可以使用那筆離婚之後拿到的費用，我可以找到一間房子，我可以想辦法掌控她，然後，我們自此之後，就可以在巴爾的摩過著幸福快樂的生活，很酷，因為我就是想要這樣，沒問題啊。」

她知道他顯現出典型自戀者的所有徵象，他們的信念就是對他們而言最重要的事物，就等於具有重要無比的地位。「這個世界以我的需求與想望為中心，不斷旋繞，所以我就訂出計畫，逐步實現……」她站在被告的角度思考，「對，的確非法。不過，非法就非法啊——我就是我行我素。」

「這並不是精神病患者真能夠做出的舉動，」她繼續說道，「他們可以幻想，但是他們無法執行。我認為他真的聰明！這絕對是一起縝密計畫。」

第二天，陪審團達成共識，克拉克．洛克斐勒的行為並不是精神病的行為，而是某個自我中心的自戀者精心安排的計畫，他長期為所欲為，認為自己有權拿到珊卓拉．博絲的離婚協議金八十萬美金，還可以帶走她的女兒。他不是瘋子，他有罪。

在六月十二日，陪審團團長把裁定結果交給了法庭：最嚴重的起訴內容都有罪——包括了綁架未成年、危險武器傷害罪——洛克斐勒站著聆判，眼睛瞪得好大，眨眼，但不發一語。他的律師們倒是成功讓他擺脫了其中一條罪名：給警方假名，因為他已經使用洛克斐勒這個姓氏這麼久，也沒有其他更好的身分證明。被告要求輕判：少於兩年的刑期，洛克斐勒的律師認為這對於「過於深愛自己的女兒，努力表達那種愛意的時候犯下大錯」的「精神病患」來說，相當公平。檢方則要求處以最高刑期，也就是說十五年，他唸出珊卓拉．博絲寫給法庭的某份聲明，內容包括了以下這段話：「在蕾恩失蹤的時候，我面臨了為人母親的最可怕惡夢——可能會失去孩子，完全無消無息。隨著她的綁架者窮凶極惡過往逐一浮現，只讓我更加擔憂她可能會受到傷害。」

當天稍晚，法官法蘭克．賈西阿諾把這起訴訟案畫下句點。「被告完全不尊重法規，誤以為自己可以靠計謀拿走珊卓拉．博絲的錢，之後又挑時機帶走她的女兒。被告犯罪，完全沒有顧慮博絲小姐會因此產生的強烈苦痛。」法官據此宣判洛克斐勒的刑期：因綁架案判處四到五年，以休旅車傷人判處二到三年。

麻州矯正署犯人編號W九四五七九，於二〇〇九年六月十四日開始服刑，他待在戒護程度最低的獄所，地點位於麻州加德納，這裡本來是精神病院，在二〇〇〇年左右才轉為監獄。他被分配到三樓的某間囚室——基本上就是一張床、馬桶，以及水槽——而他向朋友們得意洋洋膨風：

「我有自己專屬的兩房套房！」

他大部分的時間都在閱讀、寫作、準備自己的上訴。他請某位朋友為他寄來他最愛的期刊——《航海世界》、《巡航世界》、《航海》、《經緯度》——他還說：「我不知道現在能相信誰（除了你之外）。現在，我擔心可能會有人騙我。」

雖然他曾經向某位朋友坦承自己年少時代住在德國，強調當初是因為遭受父親霸凌而逼他逃往美國，但是他在大眾面前依然緊緊依附克拉克・洛克斐勒這樣的人設，在審判結束的一年之後，身穿花呢外套參加上訴減輕刑期的聽證會，他的要求當場遭拒。關於約翰與琳達・索荷斯的失蹤案，洛克斐勒的辯護律師傑佛瑞・迪納表示：「洛克斐勒與那個案子絕對沒有任何瓜葛。」

對我來說，克拉克・洛克斐勒的故事在某個郊區地下室畫下了句點，我受邀到達那裡，看到了就某種角度來看，已經算是壽終正寢的克里斯提安・卡爾・葛海茲萊特的個人物品。這些東西是如何又是為何到了這間地下室，我沒有確定的答案。不過，全在那裡，他的出生證明、他的德國護照、扮演克里斯多福・奇徹斯特時期的玳瑁眼鏡、扮演克拉克・洛克斐勒時期的「漫遊者」黑色太陽眼鏡，還有庫爾卡牌的破損皮夾，裡面有十多張私人俱樂部的會員卡——波士頓的阿爾岡昆與哈佛俱樂部、紐約的印度之家、大都會，以及蓮花俱樂部。

還有一堆信用卡——某些是他的名字，還有的是珊卓拉・博絲之名，全都用橡皮筋綑紮在一起。

數量龐大、令人瞠目結舌的洛克斐勒紀念物，全都收藏在某個盒子裡：這個著名家族的族譜，最遠可溯至一九三二年，氏族領導人物約翰．D．父子、尼爾森，以及大衛的個人照片以及剪報、洛克斐勒家族的摩根大通股票證書（簽名者是大衛．洛克斐勒）、小約翰．D．洛克斐勒的書信（「親愛的，感謝你美好寬容的來性……」），以及似乎只有洛克斐勒家族成員才能夠擁有的手工藝品。

四處散落了某些藝術作品，但不是他熱愛炫耀的那些大號數作品：有些還裝在架子裡面，有些已經裱框，還有的就直接扔在地面，包括了《抽象突破》，他朋友威廉．奎格利的小幅畫作，據說是他在二手店挖到的寶。還有他的衣服，全部都是J．Press這個牌子，整齊堆成一疊——有一件晚禮服西裝，好幾件大格紋休閒外套，全部都放在塑膠的旅行衣袋裡面。也不知道為什麼，我把手伸入某件外套的胸前口袋，我大吃一驚，居然摸出了一塊小型玻璃陽具。有些全新沒拆封的J．Press襯衫，還在原本的包裝裡面，有幾雙鞋帶繫得好好的英國名牌鞋，尺碼是九號。某個紙袋裡塞的是他在審判時每一天都相同的穿搭服飾——外套、白襯衫，還有卡其褲。這整個地方有點像是某個騙子的DIY包裝套組，

不過，少了這個人，這一切只不過是死氣沉沉的一堆東西而已。

騙子克里斯提安．卡爾．葛海茲萊特滲透進入美國時所使用的這些玩意兒，是否真的就此成為垃圾？或者，在他預定的二〇一三年出獄之日，他準備要收拾這些東西，在某個全新的城市，

以全新的身分展開新生？

在加州，這些問題的答案依然是未定之天，當地的洛杉磯治安官辦公室與聯邦調查局的探員們繼續追查，找了無數曾與克里斯提安．卡爾．葛海茲萊特有過瓜葛的人進行問案，希望能夠完成他眾多分身的「千片拼圖」。而且，更重要的是，要解答那一個終極謎團：琳達與約翰．索荷斯夫婦到底怎麼了？

他們的魂魄待在南加州的某棟小屋之中，琳達最忠實的好友蘇．考夫曼一直持續守靈。「他們無法以體面的方式離世，」她說道，「他們沒有任何的儀式，沒有好好道別，什麼都沒有。」她盼望只要他們的死因之謎找到了答案，殺害他們的兇手得到司法制裁，有朝一日，可以給他們一個遲到多時的紀念活動。

二〇一一年三月十五日，克里斯提安．卡爾．葛海茲萊特因謀殺約翰．索荷斯而遭到起訴。此案之所以成立，是因為洛杉磯治安官辦公室的警探們主張本案累積了充足證據，包括聖馬利諾後屋找到的屍骸已經確認是約翰。至於琳達．索荷斯到底怎麼了，在那份起訴書之中並沒有提及。葛海茲萊特的某位律師探視過他的這位獄中當事人之後，向媒體宣告，葛海茲萊特「百分百無辜」，一定會全力抗辯。

還不知道這個消息的葛海茲萊特，依然在忙著為他的綁架案準備上訴。他告訴朋友，他很有信心會得到假釋，企盼展開新生，很可能會是電視圈。

聽到了謀殺指控之後，葛海茲萊特一生中各個階段的演員重新聚首，在全世界的舞台呼喚彼此，都在等待這個謎樣騙子接下來會戴上哪一張面具——或者，站在那裡聽審的時候，是否有可能終於以某種方式，展現出這名男子真實內心的殘餘部分。

後記

在本書出版之後，我收到了超過一百五十封的讀者電郵。許多聯絡我的人都曾經在克拉克．洛克斐勒的不同假面階段遇過這傢伙，即便在我調查洛克斐勒多年，追蹤了每一條線索之後，他們所提到的許多故事都是我從來不曾聽聞的內容。

有些人提到了他的行騙天賦，「我是克拉克．洛克斐勒來到波士頓的第一個朋友，而且也是在他綁架司努克絲的那個星期天之前、最後見到他的人之一，」某名後灣的婆羅門寫信告訴我，「我花了將近一年的時間才終於明瞭，他並不是他自己所宣稱的那個人。」

還有些人對於自己如此容易受騙感到不可思議，「馬克，我剛剛看完了你的書，我很喜歡。要是能夠在你動筆之前認識你就好了。我是『克拉克』在波士頓的鎖匠，而且也幫他租了一台貨車，開車到寇尼世為他運送『望遠鏡』。現在我驚覺應該是那些畫。（他的女兒）司努克絲當時也在車上，後來，他又來找我，在查爾斯街吃晚餐的時候，說出他希望我要做什麼，我告訴他，那是非法行為，我不會幫他，我猜他後來找其他人幫忙綁架，標準的事後諸葛。如果你願意修潤改版，那麼我很樂意提供你一點篇幅，祝安好。鮑伯．懷特羅克，燈塔山門鎖與鑰匙老闆。」我打電話給那名鎖匠，「他打從一開始就騙我……」鎖匠詳細解釋，克拉克拿出美國運通白金卡、支付了第一筆的鎖費，他身穿萊姆綠長褲，搭配白色腰帶，粉紅色的伊索德牌休閒襯衫，豎領。

懷特羅克告訴我：「我當時心想，全世界除了洛克斐勒家族的人之外，有誰會穿成那樣！」他喜歡洛克斐勒提到自己夜訪洛克斐勒中心的那些故事，他會在那裡觀看他最愛的《週六夜現場》，因為節目錄製地點是在大樓內的全國廣播公司攝影棚，不過，對於他宣稱自己擁有通往那棟巨大建物的唯一主鑰匙，鎖匠懷特羅克曾經質疑過他。「他告訴我：『當日本人接手洛克斐勒中心之後，他們就拿走了那把鑰匙。』」他記得自己開著租來的貨車、載著克拉克與司努克絲前往寇尼世，拿回一堆巨大的金屬管，克拉克宣稱那是望遠鏡的零件，但現在懷特羅克認為那應該是他的現代藝術畫作。開車回去波士頓的時候，克拉克與他的女兒以繁複精緻的方式演繹流行歌曲，讓他聽得如癡如醉。「他們會唱齊柏林的〈通往天堂之梯〉，然後轉化成為《吉力根島》的主題曲，」他回憶過往，「我就跟你書中的多數人一樣，我覺得他超有魅力。我寧可相信他真的是洛克斐勒家族的某名成員，而我是那些耀眼明星的鎖匠。」

有許多讀者想要進一步了解洛克斐勒驚人的現代藝術贗品收藏的結局。「我是羅伯特．馬瑟威爾『藝評目錄計畫』的主持人，也是代達羅斯基金會的董事長，這是由馬瑟威爾本人親自創設的基金會……」寫信給我的是這個著名基金會的傑克．佛拉姆，「幾年前，這個計畫注意到克拉克．洛克斐勒號稱擁有的某幅馬瑟威爾畫作，所以，就在那時候，我們的某名研究員寫信給（他的妻子）珊卓拉．博絲，她只說她並沒有馬瑟威爾的畫。我閱讀您的書，開始非常好奇洛克斐勒擁有的馬瑟威爾、羅斯科，以及其他抽象表現主義藝術家作品畫作的來源以及下場。我特別想要知道他是在哪裡購得這些畫作。自從他的騙子身分曝光之後，我很好奇那些畫怎麼了。當然，我最有興趣的是「馬瑟威爾」的畫作。

（我回信給他，洛克斐勒已經大方向警方承認那些藏品全是假的。洛克斐勒的朋友，也就是那位藝術家威廉・奎格利，曾經告訴我在克拉克紐約住所的壁爐架上方掛了一幅馬瑟威爾的畫，不過，關於他究竟是在哪裡購畫，以及這些「藝術品」的下落，在我們以電郵往返的這段期間，依然沒有答案）。

當我在美國各地為本書做宣傳的時候，遇到更多人向我分享他們的故事。在康乃狄克州的格林威治圖書館，史坦佛特・菲爾普斯的妻女參加了讀書會，

他正是給予洛克斐勒（當初的化名是克里斯多福・克洛威）第一份投資公司工作的人，會後，菲爾普斯接了我的電話，告訴我這個自稱為克里斯多福・克洛威的男子在他公司史坦佛特・紐頓・菲爾普斯公司擔任電腦工程師的情景——寄送的履歷表當中自稱在加州聖馬利諾出生長大，念的是理工學院，位於帕薩迪納的某間貴族預科學校，還有加州理工大學，曾在電影圈工作。等到克洛威開始在他公司上班之後，菲爾普斯說他想要讓自己變成「不可取代」的角色，而且拒絕把自己電腦的檔案細節交給他。菲普爾絲告訴我：「就在那時候，我告訴他：『你給我滾。』」

內容最有爆炸性的電郵之一是來自曼森・薛爾伍德，住在威斯康辛密爾瓦基分校大學附近的某位建築師，大騙子自稱是在這裡念大學，而且他也在這裡為了能夠取得美國公民身分的綠卡、娶了第一任妻子。薛爾伍德說當他在《華爾街日報》知道有這本書的時候，覺得「大感驚奇」。

「這傢伙在密爾瓦基念電影的時候（我想應該是一九七九年的夏天中期到十月），曾經是我的房客（雖然很短暫）。他利用認識朋友的朋友的詐術，出現在我的榆樹林住所門口。他自稱是克里斯・吉爾哈特，不過後來又說自己名叫克里斯多夫・肯尼斯・派翠克・羅斯（或是羅茲，我記憶力不是很好）・葛海茲萊特・迪・隆查普。他解釋自己的口音雖然是出身康乃狄克州，但後來前往德國與瑞士念書。他只在剛開始的時候付了一點住宿費，接下來就一直在等他父親寄來（鉅額）零用錢。

住在密爾瓦基的富庶郊區榆樹林的薛爾伍德，記得這個年輕人在某個雨夜站在他家門口的情景，薛爾伍德寫道：「他自我介紹，自稱是威斯康辛密爾瓦基分校的學生，正在找尋住所……」由於此人宣稱他是靠著薛爾伍德母親某位「已逝的朋友」找到這裡，所以薛爾伍德以一個月七十五美金的價格、租房間給這個當時十八歲的年輕人，外加押金三百美元。他的零用錢與房租一直沒有出現，不過，倒是有信件——多達數十封——全都是他父親寄來的，內容都是德文，後來薛爾伍德翻譯了其中一封信，薛爾伍德告訴我：「裡面寫道：『我們想念你，你怎麼都不寫信？我和你媽媽好擔心。』」

薛爾伍德繼續寫道：「他似乎有去上學，但是我下班回家的時候卻發現他黏在電視機前面，看著愚蠢的重播情境喜劇，和我的狗坐在一起……」幾個月過去了，根本沒有迪・隆查普家族寄來的零用錢，他下達繳租的最後通牒，時間到了，也過去了。「所以我就開始收拾他的東西，發現了他的德國護照，名字是克里斯提安・卡爾・葛海茲萊特……」

薛爾伍德很火大，不只是因為他被騙了超過六百美元的房租欠款，還有他的房客根本就是在糊弄他。他把洛克斐勒所有的東西全部收好——護照、信件、電子型單人棋戲機，還有關於波士頓與康乃狄克州的書籍，丟入自己的車後廂，鎖好。「我們在門口大吵一架，我告訴他，只要他付清欠款，東西就可以拿回去，他一直沒有回來。」

薛爾伍德開始著手進行他稱之為「戰役」的討錢行動，他聯絡威斯康辛大學密爾瓦基分校的財務部與行政部，希望可以找到這傢伙之後的地址，薛爾伍德說道：「他們完全沒有他的就學紀錄。」

我在撰寫此書時遇到諸多離奇謎團，其中最令人困惑的就是追查葛海茲萊特於一九八九年到一九九二年之間的下落，在這段時間，化名為克里斯多福·克洛威的這個騙子，完全人間蒸發。他被格林威治警局找到，詢問他有關那台他想要賣掉的貨卡的事，那台車是約翰與琳達·索荷斯——也就是那對在洛杉磯失蹤的夫妻名下的車。自此之後，他就逃逸無蹤。

不過，從另外一位讀者吐露的消息，以及二〇一二年年初的預先聽證內容之中，我發現葛海茲萊特當時的主要落腳地點。在一九八九年十月，他以全新人設重現江湖——距離他以克里斯多福·克洛威之名消失無蹤還不到一年——當時他在緬因州卡姆登的某間餐廳服務台，因為等待桌位的時間漫漫無盡而讓他冒火。突然之間，他靈機一動。

「我是洛克斐勒……」他撒謊臉不紅氣不喘，這個全美知名姓氏讓女服務生眼睛一亮。

「克拉克．洛克斐勒。」

很神奇，突然有桌位了，然後，克里斯多福．克洛威，也就是克里斯多福．奇徹斯特，之前有一連串其他化名的男子，就從那一刻起成了克拉克．洛克斐勒。

他一定發現利用這偉大姓氏何其簡單，還有大家為之傾倒的速度何其迅速，完全不會有任何的質疑。就連在日興證券——克拉克以克里斯多福．克洛威之名負責證券部門的那個單位——當中的某位老同事，對於這個全新姓氏也依樣買單。當我打電話給此人，詢問他這一點的時候，他坦承從克洛威到洛克斐勒的「姓氏遷移」是很奇怪，但是在這兩個單身漢四處獵豔的那段日子當中，他認為完全沒有任何可疑之處。洛克斐勒的這位朋友繼續說道，在那個時候，只要能夠讓你把女人弄上床、在狗吃狗的華爾街商業世界能夠保持領先的任何優勢，都不會有任何問題。

這個姓氏發揮了奇效，有位名叫甘蒂絲．雷特的女子發電郵給我，在克拉克．洛克斐勒向人吹噓他是洛克斐勒家族的一員，她是最早的被騙者之一。他們在聖多馬教會相識，曼哈頓中城最尊貴的聖公會教堂，讓這個年輕人取得在曼哈頓社交圈與投資圈不斷向上爬升之鑰的聖殿。

「我在葛羅瑟特與唐拉普出版社擔任童書企劃，現在它成了企鵝出版集團的一員，」她寫信給我，「某天傍晚，我準備要到上城上某堂舞蹈課，因為還早，所以我去參加聖多馬教會的週間日晚禱殺時間。結束之後，這個貴族私校打扮的年輕人與我聊天，才不過幾分鐘的時間，他已經從我身上套問出某些重要資訊。他問我是否是聖多馬教會的成員，我說不是。但我主動告訴他，我隸屬於市中心的某個教區，聖使徒堂。就是因為當初那段話，我現在才恍然大悟，原來我本來是他鎖定的目標，但所幸最後我並沒有他在尋覓的那等財力或是賺錢的潛能。」

當時是一九八九年十月，他的克里斯多福．克洛威身分人間蒸發之後還不到一年，但他幾乎就已經不再東躲西藏。「讓我真正大吃一驚的是，他居然敢那樣偽裝自己與洛克斐勒家族的關係，」她繼續說道，她的阿姨與舅舅認識大衛．洛克斐勒，而他居然敢在他們的面前自封為洛克斐勒家族之人。「克拉克對於吹噓自己的『大衛叔叔』、大談洛克斐勒莊園，完全沒有任何擔心之意，」她說道，「克拉克強調他與我到大都會藝術博物館的時候，他帶我導覽他所宣稱的『堂哥』（已故的麥可．洛克斐勒）館藏。他還說自己曾經在家族把那艘獨木舟（麥可．洛克斐勒乘坐而失蹤的那一艘）捐給大都會博物館之前，窩在裡面的挖空處玩火柴盒小汽車。」

當洛克斐勒家族之人並不容易，克拉克告訴他的新朋友甘蒂絲以下這段話：「紐約最有價值單身漢之一，」她說道，「隨著那篇報導不斷流傳，他必須把垃圾分為可丟棄在公眾區或是必須私人處理，因為大家開始翻找他的垃圾，據說他必須要在自家壁爐燃燒私人垃圾。」

她把她的日記內容寄給我，裡面都是關於克拉克的各種註腳：「在哈佛拿到他的物理系學位，賣掉緬因州的住處，準備要修繕他那棟位於麻州的十八世紀老屋，他賣掉了主要的夏屋，換了一間位於南塔克特的房子。在那次聊天之後，我開始夢想能夠收到克拉克寄來的紅色聖誕卡

㉑ 當初他被捕時的化名姓氏為奇普，意思為薯片。
㉒ 起司球與奇徹斯特發音近似，意思為俗氣之人。

片。」

我的收件匣裡面還有其他人寄來的電郵，其中一位是洛克斐勒女兒蕾恩在波士頓的老師，還有一些是新罕布夏州寇尼世三一教會的成員。依然還有其他人在批評克拉克的人生歷程，也就是他在因綁架案被逮捕之後，在《今日》節目對娜塔麗．莫拉瑞絲所說的那一段內容——尤其是他編出自己小時候搭乘「木紋旅行車」前往拉什莫爾山的那一段——根本就是從電影《北西北》直接抄襲的某個段落，這部片子是由洛克斐勒最愛的導演所執導，希區考克之作品。不過，條條大路最後都回到了聖馬利諾，那個洛杉磯郊區，這個騙子現在曝光的最令人不安之篇章的發生地。

在富而有禮、超級友善的聖馬利諾，當初是以克里斯多福．奇徹斯特之名，認識洛克斐勒的那些人辦了一場慶祝我作品問世的花園派對。我在那場派對玩得很開心，舉辦人是這座鎮上的領袖級住戶與他的妻子，地點在他們家中的後院。一切都與騙子主題相關，有一個真人大小的奇徹斯特立牌（被關在監牢柵欄後面），自助餐桌面的裝飾物包括德國陶瓷啤酒杯、德國醃白菜、手銬，以及針對這個在當初一九八〇年代把整座城鎮欺哄得一塌糊塗的騙子藝術家之諷刺招牌。

薯片與沾醬後面的某個招牌是這麼寫的，「浸薯片[21]）！獻給克里斯多福．奇徹斯特，克拉克．洛克斐勒（或者他當初在中學油漆時使用的那個什麼名字）的免費食物！」

起司球旁邊的招牌是：「克里斯多福．奇徹斯特是起司球[22]」。

有名鄰居弄了一座巨大的奇徹斯特大教堂複製品——這個騙子當初吹牛那是他們家族所擁

有，而且他打算要把它外運到聖馬利諾——在義大利波隆納之外的那一座。

某個夜晚，我在南帕薩迪納附近的弗羅曼書店看書。後來，有一名女子在我耳畔低聲說道：「你漏掉了一個重大部分，」她說道，「奇徹斯特搬到聖馬利諾之前，曾經住過南帕薩迪納。」

她所指的地方，是依照聖馬利諾標準判斷的破舊區域，距離書店只有幾公里之遠而已。當然，我迫不及待想要挖出更多線索，她說她可以追查在那段時間認識他的人，然後回報給我。這就是我之所以會來到哈洛德・法蘭克・諾勒斯牧師家中的原因，他是身材高瘦，七十多歲的資深神職人員，在我們到訪的那一天，他隨性穿著白色襯衫與同色寬管褲，脖子上掛了一個銀色墜飾項鍊。

我們的會面地點是他的住家，到處都是書本與紀念品的舒適空間，他向我展示了他收藏的初版謀殺懸疑小說，包括了阿嘉莎・克莉絲蒂的作品。諾勒斯挨近錄音機，開始說話，彷彿在唸誦已經預備多時的一場演講，他說，當初在一九八〇年代的時候，他已經把這段話告訴偵辦約翰與琳達・索荷斯夫婦失蹤案的警察。

「我是哈洛德・諾勒斯牧師，曾經是南帕薩迪納聖公會的聖雅各教會牧師，服務時間是從一九六九年至一九八九年，」他開始說道，「這個自稱是克里斯・奇徹斯特的男子，參加聖雅各教會的時間是從一九八一年的八月開始，到一九八二年的二月或三月結束。我第一次見到這個自稱是克里斯的人，是在我夏天度假回來之後的第一個週日，也就是一九八一年勞動節過後的那一個星期日。」

他誇張停頓了好一會兒之後，開始描述他認識這騙子當天的情景。那一年，他在英格蘭待了兩個禮拜，度假的重點之一就是一睹「舞毒娥四號」，法蘭西斯・奇徹斯特爵士於一九六七年用以環遊世界一周的歷史性帆船。當諾勒斯牧師回到他的南帕薩迪納教會之後，發現年輕的奇徹斯特在大門口等他，他把這位年輕人帶入自己的辦公室，開始進行對可能是未來新成員的例常性詢問，而這位牧師則是對這位年輕人講述自己的旅程作為開場。

「兩個禮拜前，我把我的雙手放在『舞毒娥』的側邊，」諾勒斯牧師問道，「想必你一定很熟悉『舞毒娥』吧？」

奇徹斯特回道：「並沒有……」

牧師說道：「那是法蘭西斯・奇徹斯特爵士在一九六〇年代環遊世界一圈的時候所使用的帆船。」

不過，這年輕人依然是一臉茫然。「他從來沒有聽過『舞毒娥』，」諾勒斯說道，「也沒有聽過法蘭西斯・奇徹斯特爵士這號人物。」

奇徹斯特告訴這位牧師關於他那個變造身分的某些細節，「他告訴我，他父親是建築師，而他父母住在康乃狄克州的格林威治，家裡很有錢，但是他與父母失和，因為他們不贊成他去南加大念電影，」諾勒斯牧師說道，「他每個月會收到父母寄來的津貼，但有時候他們生他的氣，支票就不會出現。顯然，這是他拿來向教友們借錢的理由。」

他的資格得到了大家的認可。一如往常，奇徹斯特總是會吸引到某個對他深信不疑的人。這一次，是備受大家敬重的C・布佛德・路易斯，他一直是孤家寡人，在聖塔菲鐵路局工作一輩子。退休之後，將時間慷慨奉獻給聖雅各教會。「他是來自密西西比州的可愛老先生，是許多人所熟知的『聖雅各先生』，」諾勒斯說道，「他不僅是我們的首席引座員，而且他總是很照顧新進成員，他會自我介紹，開口詢問：『何不來參加我們的教友咖啡時間？讓大家認識一下？』」

C・布佛德・路易斯為克里斯・奇徹斯特做的不僅是如此而已，他還在自己負責管理的社區中，以相當優惠的價格租給了他一間公寓。過沒多久之後，他成了這間莊嚴古老教會大門前的固定人物。他會拿著禱文書，站在大家熟知的「聖雅各先生」C・布佛德・路易斯身邊，一起負責引位，他馬上受到大家的喜愛與信任——尤其是那些被諾勒斯牧師稱為「孤單鰥寡」之人，特別是有錢的那一群。

他似乎立刻就成了無所不在的角色：星期天的時候跟在C・布佛德・路易斯身邊帶教友入座，為教會活動排桌，在教友們吃早餐的時候煮咖啡，為大家服務，百樂餐晚宴結束之後，關上教會大門，什麼都做。諾勒斯說，總而言之，他就是要「讓自己變得不可或缺」。

當C・布佛德・路易斯帶著少見的慍怒、出現在諾勒斯牧師辦公室的時候，這位牧師對於克里斯多福・奇徹斯特的真正本性開始略知一二。

「我對於自己說出口的話，必須要很慎重，就算這不是告解，但如果大家對我講出秘密，我就不能揭露，」諾勒斯說道，「不過，有一些人來找我抱怨，他們覺得克里斯與他們結為朋友，利用他們的友誼。第一個這麼說的人士是布佛德・路易斯，他是負責管理克里斯公寓的老先生。」

「他說：『好，諾勒斯牧師，我只是要告訴你，對於大家都認為超級優秀的這位年輕朋友，克里斯多福．奇徹斯特，我感到失望透頂。』」

「他告訴我，他在那公寓沒見到克里斯已經有一個多禮拜的時間了。然後，他看到了一些年輕女孩，應該是二十多歲左右，頻頻進出克里斯的公寓。布佛德終於開口詢問她們，得到的答案是克里斯把公寓轉租給她們——拿來牟利……這是非法行為。然後，我開始接到不同人的抱怨，」諾勒斯繼續說道，「都是小事，」他繼續補充，「嗯，『他上個月向我借了五十美元，還說等到他父母寄支票過來就會歸還，現在我只要在教會大廳遇到他，他就一直躲著我！』」

牧師說，他至少聽到十多個人抱怨這種事，而且，根據他「多年牧養」經驗，他知道如果有十多人抱怨，那麼就表示至少有數十人選擇沉默。首席引座員C．布佛德．路易斯踢走奇徹斯特之後，他又找到了某位年輕的教會女教友，根據諾勒斯牧師的說法，兩人相當「合得來」。她與她當心理醫生的丈夫，在「帕薩迪納的高租金地段」，給了這個年輕人免費的房間與餐飲，交換條件是要擔任他們三個小孩的保姆。「那是間很漂亮的房子，」諾勒斯說道，「然後，她怒氣沖沖來找我，她說奇徹斯特偷了她許多東西，還欠了她一大筆錢。」

接下來，他住進了另一名醫生與他太太的家裡，他們會將寬敞家中的房間租給有需要的學生。奇徹斯特又因為被控偷竊而遭到驅逐。諾勒斯說道：「女屋主覺得家裡有東西不見了。」

他嘆氣，「克里斯老是在哭窮……四處找人借錢，因為他父母沒有寄支票給他，」諾勒斯牧師繼續說道，「他老是找藉口，大家總是邀請他到家中、免費招待他大吃大喝……他是騙子，是小偷。」

諾勒斯給了我一份名單，上面列有幾個應該是被騙的教友，期盼當中有哪個人願意見我。不過，他們都不想要討論克里斯多福．奇徹斯特的事，只有一家人除外：某位老太太與她的年輕兒子。

「諾勒斯牧師深愛英格蘭，」這名兒子說道，「有時候他在證道的時候，會突然講起英國的事。」他還記得當年諾勒斯牧師站在佈道台上面，以驕傲口吻介紹與英國有深厚親族淵源的克里斯多福．奇徹斯特，「我只記得我朝克里斯的方向望過去，他面露微笑。」

這位母親已經事先準備好了她的一連串過往印象，幾乎包含了我之前聽說的一切：他「有魅力」，她過世的丈夫很喜歡他，氣急敗壞的房東先生與房東太太們在他離去之後，才驚覺家中有東西不見了而叨唸不休。而她現在擔任會計師的兒子，講出了全新的故事篇章。當年，奇徹斯特自稱是著名南加大電影藝術學院電影系學生，席捲南帕薩迪納的時候，他才十二歲。「在那個時候，他對所有的想法都很有興趣，」兒子說道，「他希望我們幫他寫劇本，想要把這本童書改編為電影，而我們其他人在禮拜結束之後繼續留下來陪他，幫助他寫劇本。」

這位兒子描繪出當時的場景：幾個小孩聚在會堂，坐在厲害的克里斯多福．奇徹斯特前面，他身穿棕褐色西裝，戴的是好萊塢風格太陽眼鏡。奇徹斯特把打算改編為劇本的童書複本發給每一個人，開始滔滔不絕。

「我需要大家集思廣益，」這位兒子記得奇徹斯特會這麼告訴大家，而他自己則忙著做筆記、舞台指導，以及在索引卡寫下各種構想。「我記得他說自己見過史蒂芬．史匹柏與喬治．魯卡斯，他說他比較喜歡盧卡斯，」兒子說道，「他是這麼說的：『魯卡斯比較謙遜，而史匹柏有點臭屁。』當時是《星戰》與《法櫃奇兵》的盛行年代，這些都是重要電影。」

「哇！」小朋友們只有由衷的驚嘆。

兒子說道：「我當時是超級粉絲……」

他母親補充：「他這個人滿跩的……」

我們坐在餐桌前聊天，這就是奇徹斯特當初經常拜訪這一家人的時候所坐的位置。某些夜晚，他們會打開電視，她已故的先生，也就是這位兒子的過世爸爸，特別喜歡熱門晚間肥皂劇，尤其是《朱門恩怨》與《朝代》，但克里斯多福卻對它們嗤之以鼻。

『「這些影集根本不值得看……」』這位兒子還記得奇徹斯特怒氣沖沖的模樣。他堅持他們應該要轉到另一個他認定是「美國最佳電視節目」的頻道：播放的是《霹靂超人》，這位兒子描述給我聽的內容是：「某人一夜之間發現自己有了超能力，開始四處拯救大家。」

也許這正是克里斯多福．奇徹斯特看待自己的角度：對於缺乏一切的凡夫俗子來說，他等於是某種超級英雄。

自從奇徹斯特在南帕薩迪納的第三個住所被轟出來之後，似乎就此人間蒸發了。

「從那時候開始，我就不知道他到底住在哪裡，」諾勒斯牧師說道，「我只知道自一九八二年之後，他到教會的次數越來越少。」

在那個時候，他已經佔了聖雅各教會許多教友的便宜，包括住宿、金錢，以及友誼。而且奇徹斯特也偷偷取用了諾勒斯牧師前往英國旅行時的個人寶貴見聞，他曾經在那裡將雙手放在「舞毒娥」號上面，也就是法蘭西斯．奇徹斯特爵士當初環遊世界的那艘傳奇帆船。

「在一九八二年三月的時候，他自稱是法蘭西斯．奇徹斯特爵士的姪子，」諾勒斯牧師說道，「聖雅各教會的前牧師吉爾．普林斯是優秀的船艇運動員，他跑來跟我說：『能夠見到你的新成員，年輕的奇徹斯特先生，真是非常開心。他是開「舞毒娥」號的法蘭西斯．奇徹斯特爵士的姪子，真讓我驚嘆不已。』」

這位牧師搖搖頭，「我只有點到為止，『吉爾，我覺得那年輕人告訴你的話，你不能盡信。』」

過沒多久之後，他就不見了。「差不多是在一九八二年的春天或初夏的時候，我收到聖蓋博救主堂（聖馬利諾超級有錢人參加的教會）的要求，他們表示現在克里斯．奇徹斯特是那裡的成員，希望可以轉籍，」諾勒斯牧師說道，「我印象非常清楚，簽署他的轉籍信函的時候，還曾經告訴我的秘書：『瑪麗，趕快寄出這封信，以免他改變心意。』……再也不用看到他了，讓我覺得很慶幸。」

一如往常，這個騙子不斷鑽營，進入了更富裕的聖馬利諾，還住進了酒鬼迪蒂．索荷斯的家裡，而她的兒子約翰、約翰之妻琳達，他們兩人就像是南帕薩迪納那些家戶之中的值錢物品一樣，消失無蹤。

為了想要知道更多有關約翰與琳達．索荷斯的事，我打電話找他們的朋友，到他們家中拜訪，還到了帕薩迪納公共圖書館，在約翰與琳達失蹤二十六年之後，他們在這裡悼念故友。他們追憶過往，這兩個人是飽受折磨的拼圖碎片，但卻完美契合在一起：約翰，矮個頭的宅男電腦天才，琳達，身材粗壯，個性固執，髮色偏金的紅髮女孩。他們告訴我琳達固執到不行的個性，還有約翰的妄想症。「他覺得政府在監控，要知道每一個人在做些什麼，」他的某位童年好友是這麼說的，「他從來不去看牙醫，因為會留下紀錄。」他喜歡收集科幻奧秘：《星戰》的死光槍與光劍、科幻與奇幻書籍，最重要的是，他的電腦，還有這台神奇機器帶引他前往的那些地方。打從他的探索期開始，他就對電腦一直很癡迷——他是「噴射推進實驗室」的探索隊成員，反而沒有加入童軍團——而且，他還在帕薩迪納的「位元店」找到了夢寐以求的工作，這是該地區的第一間電腦店。約翰．索荷斯雖然只是包裝與收貨部門的小員工，卻覺得自己站在這一波電腦革命的浪頭。自此之後，他的一切工作都與電腦有關，所以最後一份職務是「雙圖像」的電腦工程師。對於這個身體孱弱，這麼早就罹患第一型糖尿病被警告恐有昏倒之虞而不能開車的年輕人來說，每一次都是巨大的闊步前行。

至於琳達，她的朋友們已經在我先前撰寫內容中增添了不少幽微細節。他們說她根本是科幻作家腦袋裡冒出的人物：古怪的科幻迷藝術家，在「危險視界」書店當店員，科幻天界似乎派她下凡來當約翰老婆、戀人，以及保護者——甚至保護他不要受到酒鬼迪蒂・索荷斯的傷害，約翰依然與她同住，這一點讓他很難為情。他們兩人阮囊羞澀，朋友們猜測，可能正是因為如此，讓他們成為那名客屋弄蛇人，克里斯多福・奇徹斯特的完美欺騙目標。

他們的朋友似乎都沒有人見過奇徹斯特，更不要說認識這個人了，這對夫妻的朋友們不約而同都把他稱之為「住在客屋的那個人」。本書先前曾經提過，根據洛杉磯郡治安官辦公室負責兇案之警探的說法，他就是慫恿迪蒂・索荷斯搬入某個拖車園區、最後把她房子賣掉、而且在約翰與琳達外出執行「秘密任務」之後、叫她取消兒子繼承權的主嫌，但這些朋友根本都不認識他。

他們回想約翰與琳達離開前那幾天所發生的那些事。有一個朋友是某間小型獨立雜誌《奇幻之書》的老闆，琳達本來要在他們出國幾個禮拜，完成「秘密任務」回來的時候提供一幅她自己的奇幻畫作，而在他們出發之前，出了怪事。我之前已經知道而且寫過琳達把愛貓留在籠子裡、自己一直沒有回來的事，不過，這位雜誌發行人說：「還有更大的警訊：她的馬兒。她省吃儉用存錢，在聖蓋博的某間農場租了一匹馬，牠是她繪圖研究的對象，而且騎馬讓她無比著迷，是她的命。她負責餵食、梳毛、照顧這匹馬兒，她絕對不可能在不做任何安排的狀況下、把牠丟在那裡。」這位朋友說道，從馬兒事件看來，「完全不是她的作風，是一大警訊。」

「他們對於各種事物都抱持興奮態度，他們熱愛生命，也熱愛彼此，」另一名朋友說道，「從他們凝視彼此的方式，就可以看出端倪，點點滴滴的愛意。她是他的保護者，她比較高，也比較強壯，我相信她受過某些自衛訓練。我猜，她應該是為了要保護約翰而招來殺身之禍。」

約翰與琳達比原定時間早離開，甚至沒有打包自己的物品，突然消失，大家都不知道跑到哪裡去了。至於奇徹斯特，至少當他離開聖馬利諾的時候，顯然還有充分的時間打包，將自己的資產處理妥當。後來，某名犯罪學家提出指證，奇徹斯特在一九八五年離開時的那間客屋，裡面找到了四塊大面積血跡——而且還有人髮以及一小塊人類頭皮殘骸。

在這個充滿善心與信任的聖馬利諾，大家似乎都覺得克里斯多福．奇徹斯特最多就是佔人便宜吃免費午餐罷了，而直到一九九四年，在某間聖馬利諾住宅後院挖出了疑似約翰．索荷斯的骸骨之後，大家才為之改觀。當時迪蒂已經過世，而克里斯多福．奇徹斯特也變身為克拉克．洛克斐勒，直到十多年之後發生了波士頓綁架案，才終於讓他的謊言一生曝光。

二〇一二年一月，在加州阿罕布拉高等法院長達五天的預先聽證程序之中，將會決定檢方是否有足夠證據能夠起訴這個騙子面對謀殺罪之審判，檢察官哈比比．巴利安傳喚了二十九名證人，拿出了七十五項證據——其中，最特殊的就是那些裝有約翰．索荷斯分屍骸骨以及碎裂頭蓋骨的埋屍塑膠袋的駭人老照片。其中一個袋子印有威斯康辛大學密爾瓦基分校的標誌（「UWM書店」字樣），檢察官指出，該大學使用這個商標的時間，只有從一九七九年到一九八二年而已，而現在自稱為克拉克．洛克斐勒的這名男子，當時就住在威斯康辛州，而且為了取得綠卡，在密爾瓦基娶了他的第一任妻子。索荷斯命案的巴利安檢察官說道：「可能的合理結論只有一個，就是被告下手殺死了他。」另外還有一個袋子，印有南加大特洛伊書店的標誌，奇徹斯特當初經常混跡這所大學，謊稱自己是電影系學生的時候，經常使用這個袋子。

洛杉磯治安官辦公室的資深犯罪學家琳恩·賀洛德的證詞，更增添了這起事件的希區考克風格，屍袋裡某件包裹人骨的法蘭絨襯衫，曾經被某種具有「強烈殺傷力」的武器或工具割了好幾次。而根據驗屍官法蘭克·P·薛里登提供的證詞，死者是因為頭部三道重擊而身亡。「骨折時還殘留一口氣，而過沒多久之後就死亡，」他說道，「（這些重擊）力道相當兇猛，應該是靠某個物件下手，」他又繼續補充，「很有可能是『圓頭的棒球棒』。」

某名證人提到奇徹斯特借了一把電鋸，另一名證人則提到她發現索荷斯客屋壁爐冒出惡臭黑煙之後、曾經向他抱怨（奇徹斯特告訴這位鄰居，他在燒地毯）。聖馬利諾的貝蒂與羅伯特·布朗夫婦表示，他們認識的這個自稱為克里斯多福·奇徹斯特的男人，曾經在一九八五年離開這座城鎮之前、想要賣給他們某條小波斯毯，他們指出毯面有一小塊明顯的血跡，他立刻捲起那條毯子，開車走人。羅伯特·布朗還想起宣稱自己是南加大電影系學生的奇徹斯特，曾經詢問過他哪裡適合埋藏裝滿處理影片化學物品的圓桶（布朗的建議是聖蓋博山脈）。

然後是蘇珊·梅菲爾德，也就是琳達·索荷斯的母親。現在的她是體弱多病的老年人，現身法庭的時候坐在輪椅裡，還帶著氧氣瓶。梅菲爾德證實林達在高中輟學，搬去與外婆同住，她最後一次見到女兒是一九八五年二月，琳達說她與約翰要前往東岸進行一場特殊之旅，詢問是否可以把自己的卡車停放在母親家中（梅菲爾德給的答案是不行）。兩個禮拜之後，琳達與約翰並沒有回來，梅菲爾德打電話報警，她說：「他們一直對我置之不理。」

最具爆炸性的證詞來自美穗子．真部，在本書先前的章節之中，我都以蘿絲．米娜作為她的假名。她身材矮小，深色頭髮，出身紐約金融圈的亞裔女子，現身法庭的時候一身整齊灰色套裝，戴著無框眼鏡。當年她認識這個自稱為克里斯多福．克洛威男子的時候，是在一九八〇年末期，兩人都在市中心曼哈頓的世貿大樓日興證券工作。她在日興擔任翻譯，克洛威是公司債券部門的主管。我曾經嘗試以電郵、電話、信件聯絡真部多次，但一直沒有得到回應。她被傳喚，站在證人席之中，顯然是渾身不自在，她低聲說出克里斯多福．克洛威如何自我變身為克拉克．洛克斐勒的過程。

「他說他來自帕薩迪納，念加州理工學院，在南加大念電影……」這是真部對於這個騙子的開場介紹。他告訴她，他的真名是奇徹斯特．蒙巴頓，但是他以「克洛威」之名行走江湖，參與新版《希區考克劇場》電視影集。他還宣稱自己父親是麻醉科醫師，他母親是童星。「……還有他外婆住在英格蘭。」

經過了一年的朋友關係，兩人開始談戀愛，持續了七年之久，兩人在西六十九街以及曼哈頓東區的都鐸城的兩個住所同居。不過，這就像他之後與珊卓拉．博絲的關係一樣，這個騙子過沒多久之後就開始以言語凌辱真部，甚至在他突然離開基德爾與皮博迪公司，她開始獨立支付兩人的所有開銷之後亦是如此。真部說道，一開始的時候，他說他在寫書，但其實他的時間都花在管理家務、付帳（拿的是她的支票簿）、照顧狗兒，以及採買日常用品。所有的金融活動紀錄與帳號都是在真部的名下，克洛威連身分證或支票帳戶都沒有。

她在證人席的時候被問道：「他待妳如何？」

「不是很好……」

「他會大發雷霆，但不是肢體暴力的方式。就是非常尖酸刻薄，不尊重別人。他有時候心眼很壞……非常討厭那些從事底層工作的人。比方說，我們要是點外送，延遲送達或是食物變冷，他會向對方講出難聽的話。」

有一次，情感與語言層次的暴力升高為肢體層次，她不小心把他的戈登蹲獵犬耶茲鎖在炎熱的車內，他一把揪住她的手臂。

她一度被問道她是否愛他，她回道：「我想是吧。」

「我只是想要保護他……」她也說出了這樣一段話，而且還娓娓道出了某段保護過頭的往事。

一九八八年的某一天，真部與克洛威同居公寓的電話響了，接電話的人是真部。來電者表明身分，是格林威治警局的探員丹尼爾・艾倫，他想要詢問克洛威有關約翰與琳達・索荷斯夫婦那台卡車的事。當真部把這通電話的事告訴男友的時候，他陷入驚慌——跟以往一樣，他總是找得出辯解的理由。「這傢伙是壞人，想要抓到他，千萬不能告訴對方他人在哪裡……」她在法庭說道，「他說他父母惹了麻煩，有生命危險，因此他也有生命危險。」

她說：「他宣稱自己必須要隱匿行蹤。」

真部相信了這樣的說法，依循他的要求，為他的頭髮與眉毛染色（他也開始蓄鬍，「拋棄」了正字標記的眼鏡，改戴隱形眼鏡，而且也必須「棄車」）。她還聽從他的其他指令，包括把他們的郵件轉到賓州的某個郵政信箱，撕毀他們的文件，把他們的垃圾丟入類似購物中心的公共場所，而且在紐約街頭行走的時候，必須要與人流方向相反。

真部說道：「他堅持我必須要疏離自己的親友，」為什麼她要乖乖聽話？「重點是因為他逼我做出這些舉動之後，應該是會娶我吧。」

艾倫警探來電沒多久之後，克洛威向真部求婚。她答應了，他旋即提議搬到德國，然後，她去了一趟德國大使館，發現他的德國護照上印的姓氏是她並不認識的葛海茲萊特。真部作證說道：「他說他拿的是假護照，這樣我們才能夠躲避追殺他的那個人。」

婚禮的預定地點是緬因州的卡姆登，在一九八九年的時候，克洛威與真部前去造訪可能會作為婚禮地點的某間小酒店。就是在這裡，她的未婚夫以克拉克．洛克斐勒之名預訂餐廳，發現了這個著名姓氏引發的美妙關注，不禁讓他大感驚豔。

那一場晚餐，揭開了克里斯提安．卡爾．葛海茲萊特最大騙局的序幕。

真部說道：「終於，他成了克拉克．洛克斐勒。」

他們一直沒有成婚。她說道：「在他求婚的兩三個月之後，他改變心意。」不過，他們繼續同居了好幾年，最後，真部在一九九四年結識了她現在的先生，過沒多久之後，她離開洛克斐勒，當他出現在她的新公寓的時候，帶了一份禮物，她說道：「他送給我一幅他自己的畫作。」

五天的聽證結束之際，阿罕布拉高等法院法官哈瑞德．莫賽斯進行裁定，「我已經審視了七十五人的所有供證，」他說道，「證據充分，被告必須還押候審。」

宣布的保釋金是一千萬美金，審判的排期是二〇一二年秋天。

所以，這個身穿藍色連身囚服，在加州阿罕布拉高等法院面臨殺人罪行指控的犯人到底是誰？也許，他是在自己春風得意之繁盛時期的某個心理扭曲的精神變態，那是大家覺得為了贏得一切不擇手段也理所當然的年代。生活是一場遊戲，而這個自稱為克拉克．洛克斐勒的男人把自己視為勝利者，凌駕一切律法之上，是自戀黃金時代的終極自戀者。對他來說，一切的人事物都成了可供操弄的對象，尤其是他結縭十二年的妻子，珊卓拉．博絲。他告訴探員，雖然他的精采現代藝術藏品充滿了假畫，但是他必須要維持一切為真的假象，才能夠保住自己的朋友、妻子，以及生活。要是沒有那些藝術品，要是沒有眾人誤以為放到公開市場會產生的千百萬美元價值，那麼他又算是哪根蔥？在他的世界當中，他必須要成為一切的中心，而且他必須要操弄絲線與橫桿，讓世界在他身邊翩翩起舞。

現在，他坐在自己的囚室之中，大談黃金與歐元價位，還有他對於華府政治的強烈不滿之情。他依然擺出克拉克·洛克斐勒的姿態，否認所有犯行，靜候司法判決，不過，另一組陪審團總算將要做出定奪，克里斯提安·卡爾·葛海茲萊特是否只是個狡詐騙子？或者，也是冷血殺人犯？

致謝

首要感謝的是我的維京蘭登編輯，亞歷珊卓拉・盧薩迪：感謝妳的智慧、熱情、編輯專業，還有，在我們這趟旅程當中、拼湊有「千片拼圖」之稱的某人生活面貌所展現的耐心。感謝維京企鵝總裁克萊兒・費拉洛，謝謝妳在一開始就大力支持此書。

克拉克・洛克斐勒的故事一開始刊登於二〇〇九年一月的《浮華世界》雜誌。為此我想要感謝厲害的威恩・勞森，謝謝他的編輯天賦與指導，一開始是雜誌文章，後來是這本書；感謝《浮華世界》的優秀編輯葛雷頓・卡特爾，當初是他請我去追克拉克・洛克斐勒的真相，而且看到《浮華世界》那篇報導產出的時候，顯露出無比興奮之情，還要感謝馬修・普雷斯曼對於雜誌報導與本書充滿智慧的寶貴貢獻。

感謝我的獨特作家經紀人，來自杜普利・米勒公司的珍・米勒・李赫，還要感謝我的摯友、厲害的書探，以及備受敬重的顧問傑夫・李赫，我非常珍惜我們的友誼。

幾乎所有報導的起頭都是因為線人，而在克拉克・洛克斐勒這個案子而言，我最初的線人正是羅克珊・威斯特。她在紐約認識了洛克斐勒，在他綁架自己小孩沒多久之後、羅克珊打電話給我，她真的是放聲尖叫，堅持我必須要寫下他的故事。謝謝妳，羅克珊，感謝關鍵的那通電話，還有妳一路以來的幫助、觀察，以及記憶。

謝謝伊莉莎白・蘇曼，感謝妳在每個階段不屈不撓的珍貴研究技能，感謝約翰・魯迪持續不斷的協助，感謝湯姆・克林甘在迷宮中查核事實，釐清了諸多人物與地點。

感謝「皇冠波士頓」飯店的偉大工作人員：各位的慷慨好客以及令人滿意至極的住宿空間，讓我在波士頓有了第二個家。感謝席拉・唐納利公司在波士頓的所有協助。

這本書得以問世，都得靠曾與最後以克拉克・洛克斐勒之名行走江湖的這個男人生命交錯的近兩百人的訪談紀錄，許多撥冗與提供觀察的受訪者都要求我必須要姑隱其名，所以，接下來的感謝名單，只是其中一部分而已。

在德國，我有馬丁・洛爾夫作陪，他是在當地撰寫有關洛克斐勒新聞的報社記者。謝謝你，馬丁，感謝你的翻譯、介紹，還有提供背景資料，還要謝謝伯根小鎮願意與我這樣一個來自美國的陌生人閒聊的諸位，特別謝謝那些日夜在「聚餐地」相聚喝啤酒的諸位男士，也就是小鎮中心啤酒花園的那些常客。

在康乃狄克州，感謝愛德華・薩威爾、可利斯・比夏普、韋恩・坎貝爾、格林威治警局的警督丹尼爾・艾倫以及傑夫・維恩。

在聖馬利諾與加州的其他地方，感謝嘉安・埃德諾、貝姫・伊布萊特、艾莫爾與珍・克林夫婦、蘇・考夫曼、洛杉磯郡治安官辦公室警佐提摩西・米利、蘭克・吉拉爾多特（《聖蓋博山谷報》的都會版編輯）、威恩・克林、肯尼斯・維榮達、達娜・法拉爾、卡蘿・康普爾、比爾與寇莉・伍茲夫婦、梅利迪絲・布魯克、卡蘿與華納・J・伊利福夫露、史蒂芬・J・比歐德洛斯基、傑佛瑞・葛里恩教授、伯妮絲・沙達慕恩、翠西亞・高夫、莉莉・哈德賽爾・瑪莉安・肯特、莉蒂亞・馬拉諾、拉爾夫・威克、《未解謎團》電視影集製作人，以及柔情回憶約翰與琳達・索荷斯夫婦的洛杉磯科幻協會的諸位成員。

在紐約，感謝安東尼・梅爾、瑪莎・亨利、威廉・奎格利、韋納奇歐・奇亞姆帕、羅倫斯・史坦葛拉德，以及貝姬・史東，還有夏琳・史賓格勒、戴夫・寇柏爾蘭德、理查德・巴奈特、史登・佛爾克納、勞夫・波因頓、薛爾頓・費雪、傑佛瑞・李查茲以及布里特妮・羅斯。

在新罕布夏州的康瓦爾，感謝彼得・伯爾林、艾瑪・姬爾伯特・史密絲、梅莉琳・波爾恩、唐・麥克雷、南西・納許・康敏斯、蘿拉・懷特，以及葛雷哥里・史瓦茲。

在波士頓，感謝傑克・瓦克、史蒂芬・赫隆斯、派翠克・西寇克斯、波士頓警佐雷蒙德・默施爾、波士頓警探喬・李曼、鮑伯・史科魯帕、約翰・葛林恩、約翰・西爾斯、聯邦調查局探員諾琳・葛莉森、蓋兒・瑪爾欽寇維茲，聯邦調查局探員塔瑪拉・哈爾蒂、法蘭克・盧德威茲、葛雷琴・伯格，以及她在《國家廣播公司》的《日界線》以及《今日》節目的朋友們，波士頓警局副警司湯瑪斯・李、蘇佛克郡助理檢察官大衛・德金、辯護律師傑佛瑞・迪納、提摩西・布拉德爾、潔西卡・凡・薩克、強納森・沙爾茲曼、丹尼斯・拉沃伊、維多莉亞・布洛克、瑪莉亞・克拉梅爾，還有阿爾岡昆俱樂部的工作人員。

在巴爾的摩，感謝茱莉・葛契兒。

感謝南西・多賀蒂、安妮・蘿莉・海恩斯、齊南・德拉尼、湯姆・利澤爾。

放在最後，但重要性絕對非同小可的感恩對象，我要感謝我的家人：伊芙琳・阿布羅姆斯・克勞斯以及梅爾文・克勞斯、已經過世的柏尼・席爾、艾迪與梅莉莎・席爾一家人，B・J與阿拉娜・席爾一家人、布蘭登與珍妮佛・布洛克爾一家人，還有席爾、阿布羅姆斯、克勞斯、布洛克爾，以及甘比尼的所有家族成員。

Storytella 196

洛克斐勒之狼

The Man in the Rockefeller Suit

洛克斐勒之狼/馬克.席爾作；吳宗璘譯. -- 初版. -- 臺北市：春天出版國際文化有限公司, 2024.04
面；公分. -- (Storytella；196)
譯自：The Man in the Rockefeller Suit
ISBN 978-957-741-838-8(平裝)

873.57　　113003717

版權所有・翻印必究
本書如有缺頁破損，敬請寄回更換，謝謝。
ISBN 978-957-741-838-8
Printed in Taiwan

The Man in the Rockefeller Suit
Copyright © 2011 by Mark Seal
This translation published by arrangement with Viking, an imprint of Penguin Publishing Group, a division of Penguin Random House LLC.
All rights reserved.

作　者　馬克・席爾
譯　者　吳宗璘
總編輯　莊宜勳
主　編　鍾靈

出版者　春天出版國際文化有限公司
地　址　台北市大安區忠孝東路四段303號4樓之1
電　話　02-7733-4070
傳　真　02-7733-4069
E－mail　bookspring@bookspring.com.tw
網　址　http://www.bookspring.com.tw
部落格　http://blog.pixnet.net/bookspring
郵政帳號　19705538
戶　名　春天出版國際文化有限公司
法律顧問　蕭顯忠律師事務所
出版日期　二〇二四年四月初版

定　價　499元

總經銷　楨德圖書事業有限公司
地　址　新北市新店區中興路二段196號8樓
電　話　02-8919-3186
傳　真　02-8914-5524
香港總代理　一代匯集
地　址　九龍旺角塘尾道64號 龍駒企業大廈10 B&D室
電　話　852-2783-8102
傳　真　852-2396-0050